Un odieux ultimatum

*

Un si séduisant défi

*

Le défi d'une héritière

JENNIFER HAYWARD

Un odieux ultimatum

INTÉGRALE

TROIS HÉRITIERS À AIMER

Traduction française de

CÉLIA VAL

♦ SAGAS ♦

HARLEQUIN

Collection : SAGAS

Titre original :
THE DIVORCE PARTY

Ce roman a déjà été publié en 2015

HARPERCOLLINS FRANCE
83-85, boulevard Vincent-Auriol, 75646 PARIS CEDEX 13
Service Lectrices — Tél. : 01 45 82 47 47

www.harlequin.fr

ISBN 978-2-2804-1686-3 — ISSN 2426-993X

1

La douleur n’allait pas passer par magie, hélas…

Lilly porta la main à son front. Il lui semblait que son cerveau cognait contre les parois de sa boîte crânienne. Si elle évitait tout mouvement, peut-être le mal se calmerait-il avant de devenir une vraie migraine.

Mais éviter tout mouvement dans les prochaines heures alors que la Rolls-Royce de Riccardo, conduite par Tony, son chauffeur habituel, la propulsait vers sa soirée de divorce, ce n’était même pas envisageable. D’ailleurs, elle était déjà en retard. Et pourtant, cette soirée allait consacrer ce qu’elle voulait plus que tout au monde : sa séparation d’avec Riccardo. Enfin, elle allait retrouver sa liberté !

— Mon Dieu ! s’exclama Alex.

Lilly se tourna vers sa sœur jumelle assise à côté d’elle, qui tenait un magazine à la main.

— Que se passe-t-il ?

— Comment peuvent-ils imprimer ces horreurs ?

— Lis-les-moi, demanda Lilly.

— Sûrement pas !

— Alex, lis…

— C’est dans la rubrique « Ragots ». Tu as mieux à faire que d’écouter ça.

— Allez ! insista Lilly.

— Je t’aurai prévenue, répliqua sa sœur en s’éclaircissant la gorge. « Dans ce qui promet d’être l’événement le plus croustillant, le plus scandaleux et le plus commenté de la saison, le millionnaire Riccardo De Campo, dont la famille a fait fortune dans le vin, donne une soirée en l'honneur de son divorce d'avec Lilly De Campo. Cette fille de la campagne avait quitté la ferme familiale pour pratiquer son métier de kinésithérapeute du sport, avant d'épouser Riccardo et de s'installer à New York. J'ai pu dire à une époque qu'ils me semblaient le seul couple vraiment amoureux de notre belle ville. Mais apparemment, le conte de fées, s'il a jamais existé, prendra fin ce soir. Les infidélités de Riccardo, bourreau des cœurs notoire, ont enterré cette union supposée solide. Je suis bien sûr invitée et vous chuchoterai tous les détails savoureux. » Signé Lacey Craig. Quelle vipère, cette femme ! Je n'aurais jamais dû ouvrir ce torchon !

Alex froissa le magazine et le jeta à terre. Lilly avait fermé les yeux, en proie à une nouvelle vague de nausée. Dieu sait qu'elle avait voulu ce divorce, mais elle n'avait pas imaginé toute cette boue. Pas plus que l'étrange sentiment qui lui serrait le cœur à l'idée que son mariage serait bientôt à ranger au rayon des souvenirs.

Elle devait être folle…

— Désolée, Lil', reprit sa sœur, j'aurais dû t'épargner cela.

Elle soupira. De toute façon, ce soir, rien n'allait comme elle le voulait. Sa robe fuchsia — une couleur que détestait Riccardo — était élégante, mais bien trop moulante, elle s'en rendait compte à présent. Avant de partir, le miroir lui avait révélé sa pâleur et les cercles sombres des nuits sans sommeil marquaient ses yeux noisette. Elle avait la tête d'un spectre. La seule chose qui la consolait un peu, c'était sa coiffure. Sa styliste lui avait sauvé la mise en lissant ses mèches châtaines à la perfection. Pour le reste…

C'était vraiment problématique de se sentir si vulnérable avant même que la soirée ait commencé. Affronter Riccardo sans défense pouvait se révéler très dangereux.

— Je me demande si tu as bien fait de te faire si belle ce soir, murmura Alex. Tu es trop bien coiffée.

Sachant que sa sœur n'était pas une championne de la diplomatie, Lilly apprécia le compliment, qui lui fit même du bien.

— Pourquoi aurais-je dû négliger ma mise ?

— Parce que Riccardo est presque une substance interdite pour toi. Ce mariage a failli te détruire, ne l'oublie pas ! Tu aurais mieux fait d'avoir l'air moche, cela t'aurait simplifié les choses.

Lilly esquissa un sourire, vite rengainé à l'approche d'une nouvelle attaque de migraine.

— Tu devrais être satisfaite, maintenant qu'il m'accorde le divorce, dit-elle en se massant les tempes.

— A voir… T'a-t-il envoyé les papiers ?

— J'espère qu'il va me les donner ce soir.

— Tu vois que j'ai raison de me méfier, répliqua Alex d'un ton furieux. Je crains qu'il ne mijote quelque chose.

— Je ne vois pas quoi, vu qu'il est manifestement temps pour lui de me remplacer, murmura Lilly, le cœur serré.

Pourquoi cette soudaine douleur ? Elle devrait se réjouir d'avoir obtenu ce qu'elle voulait de Riccardo. Il avait fini par admettre qu'il n'y avait aucun moyen de réparer les dégâts qu'il avait causés. Et Lilly savait toute réconciliation impossible. Alors comment se faisait-il qu'elle soit si déstabilisée à la perspective de cette soirée ? Ils annonceraient officiellement la rupture de leur mariage, ce qu'elle voulait depuis un an. Il était absurde d'être abattue par ce qu'elle désirait ? Elle n'avait pourtant pas passé ces douze derniers mois à pleurer, en espérant que le refus de Riccardo de lui accorder le divorce voulait dire qu'il l'aimait encore ! Elle n'en était plus à rêver que Riccardo vienne la rejoindre en passant par le balcon, comme dans un film, pour lui jurer un amour éternel et promettre un nouveau départ. Nourrir de tels espoirs aurait vraiment été stupide. Et naïf.

Lilly affermit sa résolution : il lui fallait se méfier. Riccardo avait sans doute une idée derrière la tête. La soirée devait sûrement servir un de ses projets, car rien de ce qu'il faisait n'était sans arrière-pensée.

— Si je veux être libre de nouer une vraie relation avec

Harry, ajouta-t-elle, il me faut la signature de Riccardo au bas de ce papier !

— Harry Taylor ?

Sa sœur avait levé les yeux au ciel.

— Il a beau être un distingué cardiologue, membre de Médecins sans frontières et tout le tralala, reste qu'il est triste comme la pluie ! Tu vaux mieux que cela, sœurette. L'épouser, ce serait revenir à ce que tu as été si contente de quitter.

Lilly frémit. Revivre la vie sans joie qu'elle avait connue jusqu'à ses dix-huit ans ? Plutôt se faire découper en morceaux !

— Il est bel homme, chic et adorable, rétorqua-t-elle. J'ai beaucoup de chance de l'avoir rencontré.

— Après Riccardo, soupira Alex, c'est comme de boire un mousseux tiède après une coupe de champagne…

— Je croyais que Riccardo était dangereux pour moi ?

— Harry Taylor aussi : il te tuera d'ennui.

— J'en ai fini avec les hommes qui font saliver les femmes, décréta Lilly. C'est trop destructeur pour moi.

— C'est juste que celui avec lequel tu as fait l'essai a failli te réduire à néant. Mais il en existe d'autres ! A quelle heure est-on censées y être, au fait ?

Elle jeta un coup d'œil à sa montre.

— Depuis une demi-heure…

Sa sœur lui décocha un grand sourire.

— Riccardo va adorer !

Lilly se tortilla sur son siège. Elle était toujours en retard, ce qui avait toujours fait rager son mari — et pourtant, elle se battait contre ce défaut ! Mais c'était dans sa nature de prévoir des journées trop pleines, et dans celle des athlètes richissimes qu'elle soignait de ne pas être ponctuels. Or Riccardo se moquait bien de ses excuses : ce qu'il voulait, il le voulait quand il l'avait décidé. Non négociable…

L'expression d'Alex se fit soudain plus sérieuse.

— J'ai parlé à David tout à l'heure.

Elle se figea. Si Alex avait eu leur frère au téléphone, cela ne pouvait signifier qu'une chose…

— Comment va Lisbeth ?

— Elle a eu une semaine difficile. Son médecin dit qu'il lui faut ce traitement au plus vite, si on veut la sortir de là.

Lilly se tordit les mains, de nouveau envahie par ce désespoir familier qu'elle ne savait plus comment combattre.

Lisbeth, leur plus jeune sœur, était atteinte d'une leucémie. Depuis trois mois, elle n'était plus en rémission et son médecin préconisait un nouveau traitement révolutionnaire, le seul, selon lui, qui pouvait lui donner une nouvelle chance. Mais il était terriblement coûteux.

— Je ne peux pas demander l'argent à Riccardo, Alex. Je ne peux pas lui donner un pareil pouvoir sur moi.

— Je sais, fit doucement sa sœur en lui pressant la main. On trouvera une autre solution. Il doit bien y avoir un moyen.

Lilly grimaça.

— Je retourne à la banque demain. Peut-être qu'on m'accordera un prêt.

Il fallait qu'elle le trouve, ce moyen, la vie de Lisbeth en dépendait. Mais ce soir, elle devait se focaliser sur une chose et une seule : sa propre survie.

Le cœur de Lilly battait la chamade lorsque la Rolls quitta l'avenue ombragée pour pénétrer dans l'allée privée. Au bout se dressait la prestigieuse maison de ville de Riccardo De Campo. Ancienne, élégante, elle avait conquis Lilly au premier coup d'œil. Son mari n'avait eu qu'à voir son expression ravie pour prendre sa décision.

« Elle te plaît ? avait-il dit sans ciller une seconde devant le prix faramineux. On l'achète. »

La limousine s'arrêta devant la demeure que Lilly avait fuie douze mois plus tôt avec une simple valise, quand elle avait enfin trouvé le courage de partir. Elle devait être folle pour se prêter à cette mascarade ! Fêter son divorce était peut-être du dernier chic, mais voulait-elle vraiment s'y plier face à tous ceux qui avaient fait de sa vie un enfer ?

En fait, elle n'avait pas le choix. Riccardo avait insisté : « Il faut mettre un terme officiel à notre relation, Lilly. Si tu n'es pas là, nous ne divorcerons pas. »

Tony avait fait le tour de la voiture pour lui tenir la porte et elle s'accrocha à sa main pour quitter l'habitacle. Mais ses jambes lui refusaient tout service et elle faillit s'effondrer, soudain saisie par le souvenir de Riccardo, la nuit de leur premier anniversaire, la soulevant dans ses bras pour lui faire passer le seuil de la maison. Il lui avait fait l'amour ce soir-là avec une intensité passionnée qui promettait un bonheur éternel.

Et voilà, la boucle était bouclée, elle revenait à leurs débuts. Pour célébrer la fin. Comme les choses pouvaient vite vous échapper ! Et combien les sentiments étaient fragiles…

— Tu es sûre que tu veux y aller ? demanda Alex en la soutenant.

— Il le faut si je veux ce divorce.

Et elle le voulait, au moins pour ne plus être obligée d'évoluer chaque jour dans un monde qui n'était pas le sien.

Un valet leur ouvrit et les fit entrer.

— Curieux d'avoir besoin de montrer patte blanche pour entrer chez soi…, murmura sa sœur.

— Ce n'est plus chez moi.

Mais chaque détail de la décoration disait le contraire. Ce lustre de verre de Murano, elle l'avait choisi avec Riccardo pendant leur lune de miel. Sur la goutte en cristal qui pendait au milieu, ils avaient fait graver deux cœurs entrelacés et leurs initiales.

— Ce sera le symbole de notre union, avait-il dit. Nous ne faisons plus qu'un, à présent.

Le souvenir la fit vaciller sur ses hauts talons, dispersant aux quatre vents le peu d'assurance qu'elle avait réussi à gagner. Le désir de faire demi-tour l'assaillit avec une telle force qu'elle dut se cramponner à Alex pour ne pas fuir.

— Lilly…

— Ça ira, ne t'en fais pas, la rassura-t-elle.

Elle se força à sourire au jeune serveur qui leur indiquait la direction de la salle de bal.

— Nous connaissons le chemin.

Aux côtés d'Alex, elle grimpa le magnifique escalier de marbre. Avant, c'était aux côtés de Riccardo qu'elle le montait. Il avait été un roc, l'avait soutenue sans relâche dans un monde qui lui était étranger. Aujourd'hui marquait le début de sa vie *après* Riccardo.

Elle fit une pause à l'entrée de la salle de bal : un orchestre de jazz jouait sans parvenir à couvrir le bourdonnement des conversations. Les chandeliers de prix qui éclairaient la salle faisaient étinceler les joyaux des invitées. Lilly se raidit. Tous ces gens étaient parfaitement habillés, comme pour une vraie célébration !

Alex la poussa pour qu'elle franchisse le seuil.

— Tu as besoin d'un verre, toi.

Si seulement un seul suffisait ! Elle se mit en pilotage automatique, seule façon qu'elle connaissait de survivre en milieu hostile, et entra d'un pas décidé.

Alors qu'elle s'avançait, un phénomène étrange se produisit : il lui semblait que la foule s'écartait devant elle comme les flots devant Moïse. A sa gauche, elle reconnaissait ses amis et les relations qui avaient gardé contact avec elle depuis la séparation ; à sa droite se tenaient les amis de Riccardo, sa famille, ses partenaires commerciaux et les politiciens qu'il fréquentait.

Elle se crut de nouveau à leur mariage, pendant son arrivée à l'église, avec d'un côté sa famille endimanchée tout juste débarquée de l'Iowa, et de l'autre le clan de Riccardo, tout en élégance aristocratique. Dès le premier jour cette division avait existé entre eux. Elle aurait dû se méfier.

Soudain, un frisson lui parcourut le dos. Elle blêmit. Riccardo était là et la regardait, elle en était sûre. Elle le sentait.

Lilly se retourna et comme elle l'avait deviné, elle se trouva sous le feu des yeux de son mari, qui la fixait comme une cible. Il semblait contrarié et n'avait nul besoin d'une des quatre langues qu'il parlait en plus de son italien maternel pour exprimer l'intensité de sa colère. Elle la percevait à son regard intense, plein d'une flamboyance qui étonnait chez un homme de son siècle.

— Ne te laisse pas intimider, souffla Alex. C'est ta soirée de divorce, n'oublie pas ! Elle t'appartient autant qu'à lui.

« Plus facile à dire qu'à faire », songea Lilly, d'autant que Riccardo, ayant pris deux flûtes sur un plateau, se dirigeait vers elle, avec sur le visage une expression qui la fit frémir.

En smoking noir, il était aussi sensationnel qu'à l'habitude ; ses traits sculptés semblaient s'être creusés, comme durcis. Ses cheveux étaient plus courts : il avait sacrifié les boucles sombres qui retombaient sur son front et cette nouvelle coupe le faisait paraître plus dangereux — et encore plus attirant, si cela était possible…

Le pouls de Lilly s'accéléra et ses ongles lui entrèrent dans les paumes. Pourquoi, après tout ce qui s'était passé entre eux, était-il encore le seul homme capable de la faire vibrer ? Pourtant, jamais avant ce soir il n'avait tourné vers elle cette expression impitoyable qu'il affichait.

Sa sœur lui donna un petit coup de coude.

— Riccardo égale substance interdite, tu t'en souviens ?

Lilly prit une profonde inspiration et se prépara mentalement à la bagarre alors que Riccardo arrivait à sa hauteur. Il lui effleura la joue d'un baiser.

— En retard et en rose : on dirait que tu fais tout pour me contrarier, Lilly !

— Peut-être est-ce que je célèbre ma liberté retrouvée…

— Tu n'en disposes pas encore. Si tu me mets de méchante humeur, je risque de changer d'avis.

Lilly avait conscience que tous les regards étaient tournés vers eux. Elle s'écarta de son futur ex.

— Pas de ce petit jeu avec moi, Riccardo. Sinon, je serai partie si vite que tu n'auras pas même le temps de t'en apercevoir.

Les yeux sombres étincelèrent.

— Tu as déjà joué les filles de l'air, *tesoro* ; te revoilà, pourtant…

Elle serra les poings et se mordit l'intérieur de la joue pour se retenir de le gifler. Comment pouvait-il la mettre si vite hors d'elle ? Elle allait lui dire sa façon de penser lorsqu'il se détourna pour saluer Alex.

— *Buonasera*. Vous allez bien ?

— Le mieux du monde, grommela Alex.

— Pourrais-je parler à ma femme en particulier ?

Sa *femme* ! Il avait prononcé le mot avec une telle assurance que c'en était un défi. Lilly en frissonna.

— Tu peux tout dire devant ma sœur.

— Pas ça, crois-moi, et pas ici. A moins que tu ne veuilles voir notre conversation dans tous les journaux à scandale dès demain. Je suggère une conversation en privé.

Comme cela ne faisait que quelques mois que son nom avait enfin disparu de la presse people, Lilly lui concéda le point. Riccardo fit signe à son frère, qui s'approcha et la salua d'un signe de tête.

— Gabe va vous chercher à boire, fit-il à l'adresse d'Alex.

— Est-ce vraiment la peine de confronter tous les membres de la famille De Campo à ceux de la famille Anderson ? rétorqua celle-ci.

— Je vous connais, Alex : vous ne réagissez vivement qu'envers ceux qui vous émeuvent. Essayez de me rendre mon frère en un seul morceau…

— Tu crois que c'est une bonne idée ? lui demanda Lilly à mi-voix.

— Gabe et Alex adorent s'asticoter, répliqua Riccardo, ne les prive pas d'un bon moment.

Lilly était plus troublée par la main de Riccardo posée au creux de son dos que par la situation de sa sœur qui, après tout, était une grande fille et saurait se défendre.

Il la guida vers l'escalier puis la conduisit au troisième étage. D'un geste, il rassura le garde qui sécurisait le niveau.

— Pourquoi allons-nous vers les chambres ? s'étonna Lilly. Ne pouvons-nous pas parler tranquillement dans ton bureau ?

— Je ne veux pas risquer que notre conversation soit entendue. Nous parlerons sur le balcon de notre chambre.

— De *ta* chambre.

— Ça suffit, *cara* ! Je suis ton mari, pas un type à la recherche d'une aventure d'un soir !

Lilly prit sur elle pour ne pas riposter, mais il n'aurait servi à rien d'envenimer la situation. Elle franchit la porte à double battant mais refusa de poser les yeux sur le vaste lit à baldaquin qu'ils avaient partagé. Trop de scènes érotiques seraient remontées à la surface de sa mémoire.

Leur lit nuptial… Le lieu où Riccardo et elle avaient toujours su communiquer…

Il ouvrit la large baie qui donnait sur le balcon planté de roses, qu'il avait fait disposer là pour elle. Elles avaient commencé à fleurir, embaumant l'air de leur suave odeur que Lilly aimait tant. Chassant sa sentimentalité d'un geste décidé du menton, elle se retourna pour faire face à Riccardo.

— Je t'écoute, fit-elle d'une voix dont elle ne chercha pas à cacher l'animosité. Qu'as-tu à me dire ?

— Ne prends pas ce ton-là avec moi, *tesoro*, l'avertit Riccardo d'une voix profonde qui ne la laissa pas indifférente. Tu sais ce qui peut arriver quand on me pousse.

Elle avait quelques souvenirs en la matière, oui. De nombreuses escarmouches s'étaient conclues au lit — ce qui était exclu aujourd'hui.

Une expression satisfaite passa sur le visage de Riccardo.

— Je vois que tu saisis les allusions. Et que ça t'agace !

— Bon sang, Riccardo, peux-tu me dire à quoi tu joues ? Voilà un an que je te demande un divorce, que tu refuses, et tout d'un coup, tu me convoques avec cette idée folle de célébrer notre séparation. Et à présent, tu commences à t'amuser de moi comme le chat avec la souris.

Il croisa les bras et s'appuya dos à la balustrade.

— Peut-être que si tu avais accepté de me rencontrer, nous n'en serions pas là ?

— Une rencontre n'aurait servi à rien. Ça se passe toujours mal entre toi et moi.

Ses yeux étincelants la parcoururent des pieds à la tête.

— Tu viens de dire un gros mensonge, et tu le sais parfaitement.

— Le sexe n'est pas un ciment suffisant pour un mariage, rétorqua-t-elle crânement.

— Ce n'était pas que du sexe entre nous. Nous partagions plus, bien plus que cela…

La voix de Riccardo avait pris cette tonalité veloutée qui la faisait fondre en une seconde.

— Eh bien, cela ne suffisait pas. Si tu savais à quel point j'ai été heureuse toute seule, ces derniers mois !

Elle crut le voir pâlir sous son bronzage.

— Nous étions heureux aussi, au début.

Lilly resserra ses bras autour d'elle pour tenter de se réchauffer et de dissiper la douleur qui vrillait sa poitrine.

— Mais à la fin, nous étions mieux séparés.

— Je ne serai jamais d'accord sur ce point, répliqua-t-il.

Lilly releva le menton.

— Je veux ce divorce, Riccardo. Et si tu n'es pas d'accord, je te ferai poursuivre par mon avocat jusqu'à ce que tu cèdes.

— J'espère que tu n'es pas pressée. Je ferai durer la procédure des années.

— Pourquoi ? s'écria-t-elle d'un ton trop désespéré à son goût. Toi et moi, c'est de l'histoire ancienne. Ne trouves-tu pas que nous nous sommes fait assez de mal comme ça ? Nous avons tous deux besoin de tourner la page.

Celui qui était toujours son mari plongea les poings dans ses poches, avec cette expression combative que Lilly connaissait si bien. Cependant, il ne rétorqua rien, et le silence s'étira entre eux jusqu'à ce que Lilly ait envie de hurler.

— Très bien, fit-il enfin d'un ton brusque.

Elle le regarda droit dans les yeux.

— Très bien quoi ?

— Je t'accorde le divorce. A une condition.

Lilly savait qu'elle ferait mieux de fuir dans l'instant, fuir cet enfer à toutes jambes. Mais celles-ci refusaient de lui obéir…

— J'ai besoin que tu restes ma femme encore six mois.

Lilly, stupéfaite, se demandait si elle avait bien entendu.

— Que… comment ?

— Mon père pense qu'il me faut donner de moi une image stable si je veux que le conseil d'administration me nomme P.-D.G. Apparemment, ils ne sont pas convaincus par la façade sage que j'affiche ces derniers temps.

Un sourire cynique étira ses lèvres et Lilly eut l'impression d'atterrir avec fracas. Toute illusion qu'elle aurait pu entretenir — et elle s'apercevait qu'en dépit de tout, elle en avait entretenu — venait de voler en éclats. La prolongation de leur mariage n'avait rien à voir avec les sentiments de Riccardo ! Soudain, ses paupières se mirent à brûler.

— C'est ridicule, parvint-elle à articuler, la voix rauque. Tu as abandonné la course automobile il y a trois ans.

Il haussa les épaules.

— Je n'y peux rien. Impossible de modifier la perception qu'ils ont de moi.

Si elle avait eu le cœur à rire, l'ironie de tout cela aurait pu l'amuser. Tant qu'ils avaient été ensemble, Riccardo s'était appliqué à dissiper l'image frivole de l'insouciant pilote de course qu'il avait été, pour la remplacer par celle d'un homme entièrement dévoué à l'entreprise familiale.

— Enfin, Riccardo, notre mariage a échoué à cause de ton obsession pour ton travail ! Tu consacrais toute ton énergie à devenir un patron plausible !

— J'étais occupé, c'est vrai, mais ce n'était qu'un des obstacles auxquels nous nous sommes heurtés, corrigea-t-il sombrement. En tout cas, mon père veut nous savoir ensemble. Il dit que la couverture médiatique aidera à stabiliser mon image auprès du conseil d'administration et il en fait une condition pour m'accorder son soutien.

Ainsi, c'était son père qui réclamait sa présence à ses côtés ? s'étonna Lilly. Elle avait toujours cru qu'Antonio De Campo regrettait ce qu'il considérait comme une mésalliance, même s'il était trop bien élevé pour souligner le milieu modeste dont elle sortait.

— Mon père trouve que tu as une bonne influence sur moi,

reprit-il avec un demi-sourire narquois qui adoucit un peu la sévérité de son expression. Probable qu'il n'a pas tort sur ce point…

Lilly secoua la tête et marcha d'un pas fébrile à l'autre bout du balcon.

— C'est totalement insensé ! Nous ne pourrions même pas faire semblant d'être un couple heureux…

— Tu as la mémoire courte, fit-il d'un ton de douce réprimande qui ramena son regard vers lui. Six mois. C'est tout ce que je te demande.

— Je suis venue pour divorcer de toi ! Qu'est-ce qui peut te faire croire que je vais accepter de t'aider ?

Il inclina la tête de côté.

— De quoi as-tu peur ? De t'apercevoir que nous sommes loin d'en avoir fini, tous les deux ?

— Je suis sûre du contraire, rétorqua Lilly, piquée. Et revivre avec toi ne me paraît pas une bonne idée. Pas du tout.

— Elle est excellente, au contraire. Et ces six mois paieront ta liberté.

— Et quelles autres conditions ton père a-t-il imposées ? Tu dois arrêter de conduire des bolides et de fréquenter des top-modèles ?

Riccardo fronça les sourcils.

— Il n'y a pas une once de vérité dans ces rumeurs. Après toi, il n'y a eu personne.

Elle se raidit.

— Je sais ce que je sais. La presse à scandale n'a pas toujours tort.

— Cette fois, si. Mais qu'y a-t-il qui te gêne tant dans ce projet, *tesoro* ? Tu en avais d'autres avec Harry Taylor, peut-être ?

Lilly faillit s'étrangler. Comment était-il au courant ? Harry et elle s'étaient montrés si discrets qu'ils avaient pratiquement renoncé à toute existence sociale !

— Oui, avoua-t-elle d'une voix tranchante. J'aimerais tourner la page, et tu serais bien avisé d'en faire autant.

Il s'était rapproché soudain, raréfiant l'air autour d'elle, et il lui prit le menton.

— Tu oublies que nous avons prononcé des vœux, *amore mio*. Pour le meilleur et pour le pire.

— Cela, c'était avant que tu ne les rompes.

Une lueur dangereuse passa dans le regard de Riccardo.

— Nous avons déjà eu cette conversation. Je n'ai jamais couché avec Chelsea Tate.

— Encore un point de friction entre nous, rétorqua-t-elle sèchement. Je ne te crois pas. Pas plus qu'on puisse donner l'illusion d'avoir de l'affection l'un pour l'autre. Ton projet est risible.

— Pas tant que cela, puisque le simple souvenir de nos ébats suffit à te troubler…

Elle s'écarta de lui mais il la retint.

— Tu m'as aimé, Lilly. Tout comme je t'ai aimée.

— Je ne veux…

Il lui ferma la bouche d'un baiser profond et sensuel qui l'ébranla jusqu'aux tréfonds de son être. Riccardo ne s'était pas embarrassé de préliminaires, il se contentait de l'embrasser exactement comme il le fallait pour la faire craquer, utilisant toutes les armes dont il disposait. Lilly s'agrippa à sa chemise dans l'intention de le repousser ; hélas, elle n'y parvint pas.

— Riccardo, je…

Il la plaqua contre lui, glissant une main possessive le long de son bras nu.

— Tais-toi ! murmura-t-il en prenant de nouveau sa bouche.

Cette fois, son baiser était plus tendre, plus persuasif que dominateur, plus séducteur que punitif. Et quelque chose se fissura dans l'armure de Lilly : cela faisait trop longtemps qu'elle n'avait plus été embrassée ainsi, trop longtemps qu'elle avait quitté ses bras… Seigneur ! Ils avaient échoué en bien des domaines, mais celui-là, jamais.

— Bon sang, fit-elle en reprenant son souffle, tu ne joues pas selon les règles.

Il la saisit par les hanches. Le contact de son corps dur la fit frémir, lui rappelant tout ce qu'ils avaient partagé.

— Quand est-ce qu'il y a eu des règles entre nous ? Nous

étions comme pris dans un tourbillon et aucun de nous n'y pouvait rien.

Il la fit bouger pour l'installer entre ses cuisses, avec un regard lascif qui ne mentait pas. Son érection contre son ventre, la pulsation de sa propre excitation déclenchèrent en elle un flot de souvenirs. Son cœur chavira. « Non ! » la prévint une voix intérieure. Mais seul un gémissement s'échappa de ses lèvres.

Riccardo émit un soupir satisfait.

— Donne-moi tes lèvres, Lil'.

Captive du pouvoir sensuel qu'il avait toujours eu sur elle, Lilly obéit. C'était comme si on venait de lui offrir un verre du meilleur bourgogne après des mois d'abstinence : un pur bonheur. Elle se laissa aller avec délice. Tant pis si c'était une erreur, elle voulait plus que tout retrouver la chaude intimité de leurs baisers.

Soudain, un flash explosa devant eux. Lilly recula maladroitement. Riccardo jura et l'entraîna à l'intérieur, refermant la baie à double tour et tirant les rideaux.

— *Dio !* Comment sont-ils arrivés jusque-là ?

— Paparazzis ?

Il hocha la tête tandis que Lilly portait la main à sa bouche, encore brûlante de leur baiser. Avec l'équipe de sécurité qui protégeait la villa de Riccardo, aucun photographe n'aurait dû pouvoir grimper jusqu'au balcon ! Un soupçon lui vint.

— Tu as organisé tout ça pour plaire à ton père et au conseil d'administration, déclara-t-elle, désabusée.

— La soirée, oui, mais certainement pas ces photos !

Lilly pressa les mains à ses tempes. Elle ne voulait pas revivre le parcours déjà vécu, se retrouver transformée en automate sans plus rien ressentir de vrai. Divorce ou pas, elle ne resterait pas une minute supplémentaire. Elle se dirigea vers la porte.

— Je te donne la maison, Lil'.

La voix déterminée de Riccardo l'arrêta net.

— Tu l'as toujours aimée, reprit-il. Bien que tu n'aies jamais rien accepté de moi, j'espère que tu l'accepteras. Elle sera à toi à la fin de ces six mois.

Lilly allait ouvrir la bouche pour lui dire ce qu'elle pensait de ses cadeaux, mais les mots moururent sur sa langue : la vente de la maison paierait le traitement de Lisbeth, et plus que largement !

— Tentant, non ? La maison de tes rêves, sans moi au milieu.

Comment pouvait-il croire une seconde qu'une somme d'argent, aussi énorme soit-elle, pourrait la convaincre de revisiter les ruines de leur mariage ? Malheureusement, elle était prise au piège. Pour Lisbeth, il fallait faire vite.

Elle tourna le regard vers lui.

— Je vais y réfléchir.

— Tu as jusqu'à 22 heures ce soir. Car à 22 heures, Lilly, je veux pouvoir faire l'annonce. Sinon… Je peux être diabolique, tu le sais.

2

Bien sûr, songea Lilly en regagnant la salle de bal, Riccardo se servait d'elle pour parvenir à ses fins. Son seul but était de devenir P.-D.G. de l'entreprise De Campo. Ce n'était pas elle qu'il voulait à ses côtés mais Lilly De Campo, épouse parfaite qui savait sourire et placer au bon moment des remarques intelligentes dans ses dîners d'affaires. Elle serait folle d'accepter, au moment où sa vie reprenait un peu de sens, où elle avait fidélisé sa clientèle, recommencé à faire ce qu'elle aimait — parfois sans grand enthousiasme, mais au moins elle avançait.

Jusqu'au baiser de ce soir...

Sa gorge se serra. Comment pouvait-elle embrasser Riccardo ainsi alors que les baisers de Harry ne suscitaient chez elle qu'un sentiment affectueux ?

Reprendre une vie de couple avec Riccardo serait une pure folie, certes, mais avait-elle vraiment le choix ? Croyait-elle que la banque allait lui prêter plus que ce qu'elle avait gagné en dix ans ? Ses parents s'en sortaient tout juste avec la ferme et, bien qu'Alex vive très correctement de son poste dans les relations publiques, ils n'arriveraient jamais, même ensemble, à lever les fonds nécessaires au traitement de Lisbeth.

Elle, elle seule avait le pouvoir d'aider sa sœur. Mais le prix à payer serait lourd. Pourrait-elle le supporter ?

Alex se précipita pour l'attirer à part.

— Alors, que t'a-t-il dit ?

Sa sœur la dévisageait de ses grands yeux bleus — la seule

chose qui les différenciait puisque les siens étaient noisette, comme ceux de Lisbeth.

Lisbeth... Soudain, la culpabilité et le remords qu'elle éprouvait de ne pas avoir été aux côtés de sa jeune sœur quand on lui avait annoncé la fin de sa rémission lui dicta sa décision. L'avenir était clair. Elle se força à sourire.

Riccardo ne voulait pas que quiconque soit au courant de leur marché, pas même leurs familles. Garder le secret éviterait des impairs qui pourraient être gênants pour lui, surtout si la presse en avait vent. Donc, elle savait ce qui lui restait à faire.

— Eh bien, répondit-elle à sa sœur avec une force de conviction maximale dans la voix, on a vraiment discuté et...

Soudain la musique s'arrêta et Riccardo avança vers elle. Il devait être 22 heures. Lilly avala péniblement sa salive, affermit sa décision et repoussa ses cheveux pour dégager son visage. C'était maintenant ou jamais.

— Je t'expliquerai plus tard, murmura-t-elle à Alex.

Elle rejoignit Riccardo. Une lueur satisfaite passa dans le regard de ce dernier, qui leva la main pour imposer le silence. Les invités se turent, leurs conversations remplacées par des murmures curieux. C'était la première fois qu'on assistait à la dissolution d'un mariage dans la famille De Campo. Et ce n'était pas n'importe quelle union !

Une serveuse s'avança, leur présentant une bouteille. Un chianti 1972. Lilly se raidit. C'était le vin qui avait été servi à leur mariage... Elle plongea les yeux dans les pupilles sombres de Riccardo. A quel jeu jouait-il ?

La serveuse leur versa un verre à chacun. Lilly eut du mal à stabiliser sa main. Le liquide rubis dansait dans le cristal, menaçant de déborder. Riccardo se tourna vers les convives avec une aisance pleine de détermination.

— Lilly et moi vous remercions de votre présence. Vous êtes nos proches, famille, amis ou relations, et nous voulions que vous soyez les premiers à entendre la bonne nouvelle.

Il s'arrêta, et le silence qui se fit alors avait de quoi impressionner. Lilly resserra les doigts sur le pied de son verre, le cœur et les tempes battant à tout rompre.

— La destinée emprunte parfois d'étranges voies pour révéler à chacun ce qu'il éprouve vraiment, reprit Riccardo, les yeux fixés sur elle. Il nous a fallu songer au divorce pour comprendre à quel point nous nous aimions encore.

Un cri étouffé jaillit du premier rang : Alex, debout au côté de Gabe, porta la main à sa bouche.

— Lilly et moi nous réconcilions ! conclut Riccardo d'une voix forte.

Un bourdonnement de murmures ébahis suivit ces paroles. Des flashs crépitèrent. Lilly cilla. Entendre son destin se sceller ainsi la faisait défaillir, mais elle parvint à afficher une ombre de sourire : le rôle qu'elle devait jouer pour les six prochains mois commençait maintenant…

Riccardo s'approcha et leva son verre en sa direction.

— Aux recommencements !

A son tour, Lilly leva son verre et but. L'arôme épicé du chianti la ramena au jour de leur mariage, qu'elle avait cru le début d'une vie de rêve. Alors, à cet instant précis, elle comprit à quoi elle venait de se condamner. Jamais elle n'avait été — et jamais elle ne serait — capable de contrôler ce qu'elle ressentait pour Riccardo.

Ces six mois allaient la détruire…

Riccardo se versa un whisky et s'assit dans le fauteuil près de la fenêtre, le regard fixé sur sa femme endormie sur le lit.

Elle avait vacillé après qu'ils eurent porté leur toast, en proie à une de ces migraines qui le terrifiaient quand ils vivaient ensemble. Il était sûr qu'elle aurait glissé à terre s'il n'était intervenu, passant le bras autour de sa taille et l'aidant à quitter la pièce.

Il avait refusé l'aide d'Alex, qui voulait à toute force rejoindre sa sœur, et laissé Gabe se charger d'elle et piloter la soirée. Il savait que la seule façon de lutter contre ces féroces migraines était d'isoler Lilly dans le noir. Heureusement, il avait retrouvé dans la salle de bains quelques-uns des médicaments qu'elle prenait dans ces cas-là. Lilly avait violemment vomi, puis il l'avait allongée et lui avait donné les comprimés.

Il prit une gorgée du breuvage au goût fumé et, de nouveau, posa les yeux sur sa femme. Elle était livide et son visage restait crispé, même dans le sommeil. Un instant, la culpabilité l'envahit. Au moment où il l'avait sentie prête à s'enfuir, il avait sorti sa carte maîtresse : lui donner la maison. La seule chose capable de la faire changer d'avis. Il savait qu'il n'avait pas été très réglo, mais l'avait-elle été le jour où elle était partie sans même le prévenir ? Sans même avoir le courage de l'affronter une dernière fois pour lui dire les choses en face…

La fureur qui dormait en lui se déchaîna comme une bête indomptée. Personne ne tournait le dos à un mariage heureux ! Personne ! Bien sûr, il y avait eu des hauts et des bas, mais c'était pareil pour tout le monde. Il n'y avait que Lilly pour mépriser ce dont elle jouissait au point de tout plaquer du jour au lendemain. Plutôt que d'en discuter avec lui, elle avait préféré se muer en statue de glace, devenir une étrangère pour lui. Il ne lui avait pas fallu longtemps pour prendre un amant, un chirurgien d'un tel renom dans le monde des organisations caritatives qu'à côté de lui, Riccardo passait pour un tyran sans cœur et sans pitié.

Il resserra son étreinte autour du verre de whisky, baissant les yeux sur le liquide ambré. Non, il ne se laisserait pas aller à éprouver le moindre regret. Elle aurait beau le regarder avec ses yeux de biche et le supplier de la laisser repartir, il avait fait preuve d'assez de grandeur d'âme avec elle. A présent, elle se trouvait dans son lit, qu'elle n'aurait jamais dû quitter, et elle y resterait.

Pas pour seulement six mois. Pour de bon. Il était temps que Lilly Anderson se rappelle qu'elle était devenue Lilly De Campo.

Elle était encore plus belle, si cela était possible, que le jour où il avait croisé son chemin dans un bar de SoHo, quartier animé de New York où il comptait ouvrir un bar. Elle évoquait alors une jeune pouliche, avec ses jambes interminables qui avaient trébuché — elle s'était pratiquement étalée sur lui. Elle s'était excusée, mordant sa lèvre dans ce geste qui lui était devenu familier, et Riccardo avait été renversé par sa sensualité, ses cheveux châtains, lisses et brillants qui lui frôlaient les épaules, ses grands yeux noisette et son air d'extrême innocence. Il n'était pas habitué aux femmes sans artifice et avait eu envie d'elle avec une force inconnue.

Il ne l'avait pas laissée repartir du bar sans avoir noté son numéro de téléphone, qu'elle lui avait donné à contrecœur. S'étaient ensuivis des coups de fil journaliers, jusqu'à ce qu'elle accepte de sortir avec lui.

Quand il avait découvert qu'elle était vierge, la révélation avait consommé sa défaite. La semaine suivante, il lui glissait une bague au doigt.

Riccardo fut tiré de ces souvenirs par un mouvement de Lilly, qui se frotta le visage dans son sommeil. Sa vulnérabilité lui fit l'effet d'un coup de poing. Elle était différente de toutes celles qu'il avait rencontrées. Ce n'était pas la richesse ou le pouvoir qui lui avait plu chez lui. Au contraire, son statut social la mettait mal à l'aise car elle venait d'un milieu plus que modeste. Mais il avait vaincu ses réticences, mettant tout en jeu pour obtenir celle qu'il voulait, puisque c'était ainsi qu'agissaient les De Campo depuis la nuit des temps. Dans sa famille, ce qu'on entreprenait, on le réussissait, quel qu'en soit le prix.

Lilly sortit péniblement du brouillard où l'avaient plongée les médicaments et tendit la main vers le verre d'eau qu'elle savait trouver sur la table de chevet. Mais sa main se referma sur le vide. Et d'ailleurs, elle n'était pas dans son lit ! Celui-ci était plus grand, plus doux, et cependant familier…

C'était son ancien lit !

Elle se redressa d'un bond.

— Tiens, bois, fit une voix mâle marquée par la fatigue.

Elle sentit qu'on portait un verre à ses lèvres. Un bras puissant la soutint. Elle ouvrit les yeux et, dans la pénombre, rencontra le regard de Riccardo, qui la fixait avec inquiétude.

Seigneur ! Elle était au lit avec lui !

Elle repoussa le verre, paniquée, et voulut se lever.

— Lilly, bois, pour l'amour du ciel ! Tu sais bien l'effet que te font ces médicaments.

Il la maintenait en place d'une main ferme, mais elle se débattit pour se lever. Cependant, une quinte de toux la secoua et elle accepta le verre, buvant presque désespérément pour étancher sa soif intense.

— Quelle heure est-il ? demanda-t-elle enfin.

— 1 heure du matin.

Une pulsation sourde à ses tempes la fit se rejeter sur ses oreillers.

— Je veux rentrer chez moi.

— Tu *es* chez toi, fit tranquillement Riccardo. Reste allongée, tu n'es pas en état d'aller où que ce soit.

Ce fut alors qu'elle se rappela quelques-uns des épisodes de la nuit : Riccardo la soutenant pendant qu'elle vomissait, la portant au lit... Elle en fut si mortifiée que ses joues la brûlèrent. Il fallait qu'elle parte d'ici. Elle envoya les jambes par-dessus le drap et tressaillit en constatant qu'elles étaient nues...

— C'est toi qui m'as déshabillée ?

Riccardo lui répondit avec un regard amusé :

— C'est un peu normal, non, *tesoro* ? Mais je me suis arrêté aux sous-vêtements. C'est plus amusant de te les enlever quand tu es consciente.

Lilly devint cramoisie.

— Donne-moi mes vêtements !

Le visage du bel Italien se durcit.

— Tu oublies notre petit marché. Tu habites ici, à présent. Tu es mienne pour six mois.

— Es-tu fou ? Ne crois pas qu'accepter ton projet, c'était accepter que tu me touches !

— Quand il s'agit de toi, je suis fou, c'est vrai, acquiesça tranquillement Riccardo en la réinstallant sur les oreillers. Nous nous soucierons des détails demain. A présent, il faut que tu te reposes.

— Toujours à vouloir établir ta loi ! Figure-toi que demain, je dois être de bonne heure à la clinique. J'ai des patients.

— Je t'y conduirai. Il y a encore quelques vêtements à toi ici, tu pourras te changer.

Il avait gardé ses affaires ? Elle était partie si vite qu'elle n'avait pris que ce qui tenait dans une petite valise, laissant derrière elle toutes les tenues de soirée et les bijoux.

— Oui, j'ai tout gardé, fit-il comme si elle avait posé la question tout haut. Contrairement à toi, je n'ai jamais tiré un trait sur notre mariage.

Lilly ferma les yeux.

— Tu ne sais pas de quoi tu parles, fit-elle dans un souffle.

— Peut-être auras-tu la bonté de m'éclairer, dans ce cas. Tu ne m'as jamais fait l'aumône de la moindre explication.

Elle lui décocha un regard furieux.

— Tu n'as jamais voulu entendre ce que j'avais à dire !

Il plissa les yeux en deux fentes irradiant la colère.

— Peut-être y suis-je prêt maintenant. En six mois, nous devrions trouver le temps…

Lui, prêt à écouter ? Comme si la lune allait sortir en plein jour… Une douleur subite lui déchira la tête et Lilly porta la main à sa tempe.

— Assez discuté, fit-il avec autorité. Ferme les yeux et rendors-toi.

Elle aurait bien lutté mais son corps était épuisé. Riccardo tapota ses oreillers, puis ce fut le trou noir.

3

Six heures de sommeil, un réveil difficile après sa migraine, trois patients et une visite à la banque plus tard, Lilly se sentait comme un lutteur qu'on vient d'envoyer dans les cordes. Elle entra dans le premier bar venu. Il lui fallait un café. Elle avait réussi à s'en passer ces derniers mois, mais ce n'était pas le moment de finasser, elle en avait besoin.

Car elle avait accepté de redevenir Mme De Campo. Pire : elle avait laissé son mari voir clair en elle. Le pouvoir qu'il détenait toujours sur elle était ahurissant. Et pas seulement au niveau des sentiments. Quand, le matin même, elle avait consulté son banquier pour un prêt éventuel, il n'avait étudié sa demande que parce que les journaux venaient de publier la nouvelle de leur réconciliation… D'ailleurs, tout New York parlait de leur réconciliation !

— Votre époux est un bon client, madame De Campo. Nous serons ravis de signer le prêt avec lui.

Elle s'était alors levée et lui avait jeté un regard glacial.

— Je vous remercie mais non. Il s'agit d'une affaire personnelle.

Malheureusement, le banquier n'était pas le seul au courant, se dit Lilly en songeant aux nombreux appels que lui avait laissés Harry. Elle avait sciemment évité de répondre, espérant qu'un accord avec la banque lui permettrait de revenir sur son engagement vis-à-vis de Riccardo. A présent, elle savait qu'il n'en serait rien.

Qu'allait-elle pouvoir dire à Harry ? « Je suis désolée mais je viens de reprendre la vie commune avec l'homme qui m'a détruite. Navrée, je n'aurais pas dû te laisser d'espoir alors que le seul que je veuille dans mon lit, c'est mon ex-mari sexy et dominateur, qui m'a embrassée avec tant de fougue hier que j'en veux encore et encore ! » Non, il n'y avait aucune façon élégante de clore ce chapitre. Elle allait passer pour quelqu'un d'horrible, à raison.

Elle s'assit à une table et but son café d'un trait. En reposant sa tasse, elle vit la deuxième personne qu'elle tentait d'éviter franchir le seuil du café…

— Tu ne pensais quand même pas pouvoir te cacher de moi ? fit Alex en la rejoignant après avoir lancé sa commande à la serveuse. Je suis ta jumelle, rappelle-toi : je sens quand tu as des ennuis…

— Je ne cherche pas à t'éviter, mentit Lilly. Je suis juste un peu groggy à cause des médicaments.

— Bien. Dans ce cas, tu vas me dire ce qui se passe. Ton dictateur de mari m'a fait raccompagner chez moi avant que j'aie pu constater l'ampleur des dégâts.

Lilly prit une profonde inspiration.

— Riccardo a dû te dire qu'après une longue conversation, nous avions compris que tout n'était pas mort entre nous.

Sa sœur se rejeta sur le dossier de sa chaise et croisa les bras.

— A d'autres, Lilly. Je te connais trop bien pour avaler cela. Hier, tu voulais divorcer. Que s'est-il passé ?

— Nous avons parlé, nous avons réalisé que…

— Que quoi ? la coupa Alex. Que tu avais rêvé les derniers mois de ton mariage ? Tu te rappelles, ceux qui ont failli avoir ta peau !

— Riccardo n'était pas le seul responsable de notre échec.

— Non, sa responsabilité se montait seulement à 90 %. Et que devient Harry, dans tout ça ? Hier encore, tu me chantais ses louanges.

Lilly se mordit la lèvre.

— Je t'ai juste dit que je voulais la liberté de pousser un peu plus loin avec lui.

Seigneur, elle était en pleine contradiction ! Il fallait qu'elle rende son histoire crédible. Si elle ne le faisait pas pour Riccardo, qu'elle le fasse au moins pour Lisbeth !

— Tu sais que je n'ai jamais cessé d'aimer Riccardo, reprit-elle sans avoir l'impression de mentir. Je veux donner une dernière chance à ce mariage.

— Tu en es partie pour sauver ta peau. Et je ne tiens pas à être celle qui ramassera les morceaux quand Riccardo sera redevenu le mari autoritaire qu'il a toujours été.

— Il a changé.

— Les hommes comme lui ne changent pas, rétorqua Alex. Ils sortent comme ça du ventre de leur mère et restent un bloc de certitudes jusqu'à leur tombe. Et ses infidélités, alors ? Tu es prête à passer l'éponge ?

La pièce se mit à tourner autour de Lilly. Si elle voulait garder le contrôle, il fallait qu'elle se raccroche à ses propres mensonges ; car imaginer Riccardo en compagnie d'une autre, alors qu'il lui avait promis une fidélité éternelle, aurait raison de ses forces.

— Cela ne se produira plus, affirma-t-elle. Il me l'a juré.

En fait, Riccardo avait nié, affirmant que tout cela avait été une invention vicieuse de la presse à sensation. Mais les photos ne mentaient pas. Et elle avait vu ces photos…

Elle eut un mal fou à garder un visage impassible.

— Fais-moi confiance, Alex. Je sais ce que je fais.

Sa sœur lui jeta un long regard.

— Tu me promets que si les choses se gâtent, tu partiras ?

— Promis. Et… tout ceci veut dire qu'on peut offrir son traitement à Lisbeth.

Une lueur étrange passa dans le regard bleu de sa sœur.

— Lilly Anderson, tu n'es pas en train de me dire que tu fais tout ça pour Lisbeth ? Je n'ai pas besoin de me retrouver avec deux sœurs en état critique…

— Pas du tout, la rassura-t-elle fermement. C'est juste une heureuse conséquence de ma décision.

Après tout, elle n'en était plus à un mensonge près. Et que n'aurait-elle pas fait pour aider Lisbeth ?

*
* *

Riccardo vint la chercher à la clinique à 18 heures.

— Tu n'as pas l'air très en forme, déclara-t-il d'un ton rogue en lui tenant la portière. Trop de travail ?

— Tu sais bien que ce sont les suites de la migraine.

Il démarra et le moteur rugissant rappela à Lilly celui qui conduisait : bien rodé, puissant et dangereux.

— J'avais oublié à quel point elles te démolissent.

Avait-il oublié autre chose d'elle ? De son côté, elle avait tout fait pour purger sa mémoire de leurs souvenirs communs. Et elle avait échoué… Mais il ne fallait pas qu'elle se construise une romance : Riccardo n'était pas le genre d'homme à se lamenter, ni surtout à regretter une femme qui l'avait plaqué.

Ce qui la menait à la question suivante : pourquoi n'avait-il pas eu de maîtresses pendant leur séparation ? Riccardo aimait les femmes, et il avait besoin de sexe comme d'autres de respirer. Son ancien métier de coureur automobile lui avait procuré nombre de conquêtes plus sublimes les unes que les autres, et elle s'était leurrée si elle avait cru pouvoir lui suffire.

Désespérée, elle laissa son regard errer par la fenêtre. Dans un silence tendu, ils dépassèrent sa rue, mais Riccardo ne fit pas mine de s'arrêter.

— Riccardo, il faut que j'aille prendre des affaires chez moi !

— J'ai demandé à Magda de s'en charger pour toi.

Comment ? L'intendante de Riccardo avait été autorisée à pénétrer chez elle ? A fouiller dans ses affaires personnelles ?

— Arrête-toi !

Riccardo la regarda en fronçant les sourcils.

— Lilly, c'était…

— Arrête-toi, j'ai dit !

Il jura à mi-voix et se rangea sur le bas-côté.

— C'était la façon la plus efficace de le faire rapidement.

— *Efficace ?* reprit-elle d'une voix qui tremblait de colère. Tu as violé mon espace privé ! Et comment as-tu pu entrer, d'ailleurs ?

— C'était moi qui avais fait poser les verrous, souviens-toi. Il n'y a pas de quoi s'énerver…

Lilly crispa les poings pour se retenir de le gifler. A l'époque, elle avait été heureuse de sa proposition car des serrures solides étaient utiles à New York. Mais ce n'était en fait pour lui qu'un moyen de contrôle supplémentaire sur sa vie.

— Ça t'a permis de m'espionner. Comment ai-je pu être stupide au point de…

— Ça suffit ! l'interrompit-il d'une voix blanche. Tu sais que je t'entoure d'un maximum de sécurité mais jamais je ne t'ai espionnée !

— Tu savais pour Harry.

— Parce que je t'ai vue avec lui ! Vous dîniez au Nevaros un soir où je m'y trouvais.

— Et tu n'es pas venu nous saluer ?

— Pour dire quoi ? « Bonjour, comment trouvez-vous ma femme ? Au lit, elle vous paraît à la hauteur ? »

Lilly eut l'impression que le sang se retirait de son visage.

— Ça ne va pas marcher, Riccardo.

— Tu as accepté ce contrat. Tu es ma femme pour les six prochains mois. Fais-toi à cette idée.

Elle ferma les yeux, se forçant à respirer lentement. Si elle voulait survivre à ces longues semaines, elle allait devoir apprendre à contrôler ses émotions. Elle tourna vers lui un regard de défi, qui rencontra des prunelles pleines d'arrogance.

— Règle numéro un, énonça-t-elle lentement, personne ne fouine dans mes affaires et tu ne rentres plus jamais chez moi sans permission.

Il hocha la tête.

— *Bene.*

Presque surprise de la facilité avec laquelle il acceptait, elle poussa son avantage.

— Je veux retourner à mon appartement tout de suite.

— Pourquoi ?

— Parce que Magda n'a certainement pas pris le livre que

je lis en ce moment, ni mes deux pots de violettes. Et il y a certaines choses que je ne veux pas laisser traîner.

— Comme les jouets sexuels que tu utilises avec Harry ? lâcha-t-il, mi-ironique mi-amer.

— Pourquoi pas ? le défia-t-elle. Harry sait pimenter les choses.

Riccardo se figea, les mains crispées sur le volant.

— Tu sais ce qu'un tel commentaire peut déclencher chez moi. Tu veux que je monte les enchères ? Parce que je peux t'assurer que jamais Harry ne te fera crier comme moi je le fais... Choisis mieux tes terrains d'affrontement si tu veux avoir une chance de gagner.

Le cœur de Lilly battait fort dans sa poitrine. Elle n'avait jamais gagné contre Riccardo : il était bien trop malin et retors.

Ils se turent pendant le temps où elle prit ses affaires à l'appartement et ils gardèrent aussi le silence sur le chemin du retour.

A la maison, Magda accueillit Lilly en la serrant contre elle, puis elle annonça que le dîner était prêt. Elle monta se changer. De retour en bas, elle trouva Riccardo qui l'attendait dans la plus petite des salles à manger, qui donnait sur la terrasse.

Magda avait fermé la baie vitrée car la fraîcheur de ce début mai devenait pénétrante. Elle avait allumé les bougies qui décoraient la table ; la pièce au parquet sombre et aux lambris blancs était accueillante. Lilly hésita un instant sur le seuil. Aux derniers temps de son mariage, elle était si désespérée de perdre l'attention de son mari qu'elle aurait tout donné pour partager un repas tranquille avec lui, comme ce soir.

Elle le vit ouvrir une bouteille : les muscles de son bras jouaient à la lumière des bougies. Il ne s'était pas changé, se contentant d'ôter sa veste et de rouler les manches de sa chemise immaculée, qui ressortait contre le gris de son pantalon. Aucun homme n'aurait dû être autorisé à avoir tant d'allure. Son corps sculpté était une œuvre d'art. Lilly se mordit la lèvre inférieure. Dans la rue, les femmes se retournaient pour le regarder. Au début, elle n'y avait pas fait attention car elle savait qu'elle était la seule dans sa vie. A la fin de leur histoire, c'était devenu une torture.

Quand elle leva les yeux jusqu'à son visage, elle vit qu'il la regardait, et ses yeux sombres semblaient vouloir lire jusqu'au fond de son âme. Elle en fut presque gênée. Le mètre quatre-vingt-cinq de Riccardo rendait la pièce incroyablement petite et étouffante. Il l'avait toujours intimidée, sauf quand il se trouvait nu entre ses jambes. Dans ces moments-là, c'était souvent elle qui prenait le contrôle. Des cuisses, elle enserrait son corps musclé doré par le soleil et c'était comme s'il la suppliait de lui accorder une délivrance qui, pour eux, prenait une tournure presque mystique.

Elle secoua la tête. A quelles pensées se laissait-elle aller ? Riccardo risquait de les deviner, comme l'en avertit l'étrange lueur que prenait son regard noir.

— Règle numéro deux, *cara* : ne me regarde pas comme ça si tu n'es pas prête à en assumer les conséquences…

Un feu brûlant inonda ses joues et elle marcha maladroitement vers lui pour prendre le verre qu'il lui tendait. Ils s'assirent à table, puis Magda vint déposer les salades, un grand sourire illuminant son visage rond.

— C'est si bon de vous revoir tous deux à la même table !

— Oui, acquiesça Lilly, j'en avais perdu l'habitude les derniers temps…

Magda lui décocha un regard perplexe, grommela quelque chose au sujet d'une casserole laissée sur le feu et s'échappa.

— Tiens ta langue quand nous ne sommes pas seuls, ordonna Riccardo. Notre marché ne tient que par la discrétion.

— Ma langue ne te dérangeait pas tant que ça en certaines occasions, le provoqua Lilly.

— Tu auras l'occasion de me montrer cela plus tard.

— Sûrement pas ! Nous faisons chambre à part.

Riccardo prit une gorgée de vin et reposa son verre avec une lenteur délibérée.

— Notre réconciliation doit paraître authentique, déclara-t-il d'un ton sec. Nous allons partager la même chambre.

Son estomac se noua.

— Magda est une personne de confiance : elle n'irait pas révéler que nous ne…

— Il n'y a pas lieu de discuter ! Des gens entrent et sortent de cette maison quotidiennement, et ils n'ont pas les yeux dans leur poche. Donc, règle numéro trois, on ne se quitte pas. Ni la nuit ni le jour. Tu m'accompagnes partout où j'aurai besoin d'aller pour mon travail, y compris en voyage.

— Et mon métier, Riccardo ? Mes patients comptent sur moi.

— Il faudra ajuster ton emploi du temps à mes besoins, fit-il en haussant les épaules. Notre première occasion de nous montrer ensemble est samedi, à une soirée contre le cancer.

Lilly étouffa le cri animal qui montait dans sa gorge. Comme d'habitude, Riccardo écrasait tout sur son passage. Sa carrière à elle, ses responsabilités ne comptaient plus. Et puis elle n'avait pas de garde-robe appropriée à un tel événement : comme elle avait pris cinq kilos ces derniers mois, aucune de ses anciennes tenues ne lui irait plus.

— Oh ! ajouta Riccardo comme s'il y pensait soudain, c'est un défilé de mode organisé pour récolter des fonds. Ils ont appelé aujourd'hui pour savoir si tu accepterais de faire le mannequin pour eux.

Elle ouvrit de grands yeux, affolée.

— Tu veux dire… porter des robes sur scène ?

— C'est la définition du mannequin, non ?

La simple idée de devoir présenter ses formes arrondies aux regards de la foule la révulsait.

— Pas question.

Riccardo fronça les sourcils.

— Mais enfin, il s'agit d'une bonne cause !

— Eh bien, vas-y, toi ! Va faire le mannequin !

Le regard de son compagnon s'assombrit.

— Tu vas te disputer avec moi à toute occasion ?

— Chaque fois que tu me demanderas de parader alors que tu sais que je déteste ça.

Il inclina légèrement la tête.

— Tu es une très belle femme, Lil'. Je n'ai jamais compris pourquoi tu te sentais si peu sûre de toi.

Et il ne le comprendrait jamais, compléta-t-elle *in petto*. Il n'avait pas idée des démons qu'elle avait dû combattre pour calmer le sentiment permanent d'insécurité qui la minait. Elle préférait taire ce combat, pour ne donner à personne d'arme contre elle. La moindre faiblesse vous rendait si vulnérable !

— Je refuse de participer à ce défilé.

— Il le faudra, pourtant. Et règle numéro quatre : plus aucun contact avec Harry Taylor.

Cela lui rappela qu'elle n'avait pas eu le courage de le rappeler…

— Je dois lui parler. Il a tenté de me joindre et…

— … et tu ne l'as pas rappelé ? Je vois que tu pratiques toujours l'évitement, fit-il, cynique.

— Fiche-moi la paix avec ton ironie. Notre accord ne date que d'hier et il me faut le temps de m'en remettre avant de lui expliquer.

— Très bien. Tu as le droit à une conversation, Lilly. Si après cela, j'apprends que tu lui as parlé ne serait-ce que pour lui demander l'heure, notre accord deviendra nul et non avenu.

Lui avait le droit de la tromper sous les flashs de la presse mais pour elle, la même licence ne s'appliquait pas !

— Cela ne devrait pas être bien long de mettre un terme à votre liaison, vu la façon dont tu m'as embrassé hier soir. A moins qu'un homme ne te suffise plus…

Lilly secoua la tête.

— Tu peux vraiment être pervers, quand tu veux !

Un sourire insolent étira les lèvres de Riccardo.

— Exact. Et généralement, ça t'excite si je me souviens bien.

Elle se mordit la lèvre pour ne pas dire quelque chose qu'elle aurait pu regretter. Bien sûr qu'au début, elle avait aimé sa façon de tout diriger. Cela avait été un soulagement pour elle, qui avait dû gérer sa vie seule depuis si longtemps. Y compris du côté financier. Pour payer ses études, il lui avait fallu travailler dur, même si elle avait réussi à décrocher une bourse au mérite. Rien ne l'avait préparée à une vie d'insouciance et d'exposition publique. Tout juste sortie d'une ferme de l'Iowa, comment aurait-elle pu connaître les ressorts de cette jungle mondaine qu'était Manhattan ? Elle n'avait jamais pu s'y faire. Et cela avait causé sa perte.

— Règle numéro cinq, poursuivit Riccardo d'une voix radoucie. Toi et moi allons nous comporter exactement comme avant, en couple parfait, follement amoureux. Il n'y aura plus aucun autre homme pour toi et quand tu n'en pourras plus, que tu te sentiras sur le point de craquer, c'est vers moi que tu te tourneras. Tu verras, ça va bien se passer…

Il lui décocha un de ses sourires vainqueurs.

— Je ne suis plus la même, Riccardo, affirma-t-elle en soutenant son regard. Tu ne me verras plus ramper à tes pieds pour gagner ton attention. Traite-moi en égale, sinon je fais voler notre accord en éclats.

Il eut un rictus sarcastique, comme s'il trouvait sa petite sortie amusante.

— Mais tu veux cette maison, *cara*… Tu la veux vraiment. Je l'ai lu dans ton regard hier.

C'était vrai, mais il ne saurait jamais pourquoi.

— Tu as fini ? demanda-t-elle calmement. Parce qu'il se trouve que j'ai perdu tout appétit. Je vais ranger mes affaires là-haut.

Le regard de Riccardo se fit perçant.

— Ne va pas jouer les martyres, à présent.

— C'est toi qui aimes les petits jeux, pas moi. Mais ne t'inquiète pas : je tiendrai, pour le seul plaisir de me débarrasser de toi. A vie.

En accrochant chaque vêtement de sa garde-robe dans le dressing de leur chambre, Lilly eut l'impression que son ancienne vie renaissait devant ses yeux. Sans qu'elle y puisse rien. Elle s'était bien juré de ne jamais revenir et pourtant, elle était là…

Obstinément, elle vint à bout de sa tâche. Tout était en ordre quand elle redescendit. Riccardo devait être à son bureau en train de travailler, et ce sans doute jusqu'à minuit. Elle se glissa jusque dans la cuisine pour se préparer un en-cas. Elle se prépara une assiette de fromage et de biscuits salés, se versa un verre de vin et remonta le tout dans la chambre.

Elle était au lit, un livre à la main, lorsque son mari fit irruption. Il était à peine 23 heures, pourquoi dérogeait-il à ses habitudes ?

— Tu viens te coucher ? s'étonna-t-elle.

Il eut un sourire moqueur.

— On dirait bien, oui.

— Mais d'habitude, tu travailles plus tard, nota-t-elle, mal à l'aise.

— Peut-être que la présence de ma belle épouse dans ce lit y est pour quelque chose, fit Riccardo d'une voix taquine qui lui fit monter la chaleur aux joues.

— Tu parles, bredouilla-t-elle entre ses dents.

— Pardon ? C'est mal élevé de grommeler, Lilly.

Elle replongea le nez dans son livre. Rien ne la forçait à jouer aux petits jeux de Riccardo. Mais il lui fut impossible de ne pas lever les yeux quand il ôta sa chemise. Ce torse musclé, bronzé, lui parut encore plus séduisant que dans son souvenir, comme si le ciseau d'un sculpteur avait enlevé toute la chair qu'il pouvait y avoir en trop pour ne laisser que l'épure, ces muscles bien dessinés et l'abdomen dur qu'elle aimait tant…

Seigneur !

Elle baissa de nouveau les yeux sur son livre, mais les bruits de la fermeture Eclair et du pantalon glissant au sol l'obligèrent à relire trois fois la même phrase. Et quand le boxer atterrit dans le panier à linge, son souffle se bloqua dans sa gorge. Elle ne devait pas, *absolument pas* lever les yeux !

Riccardo s'enferma dans la salle de bains, ce qui permit à Lilly de respirer plus à l'aise. Hélas, tous ces mois sans Riccardo ne l'avaient pas immunisée : elle se sentait ridiculement vulnérable. Dès qu'il approchait, elle perdait pied…

Elle avait miraculeusement réussi à lire deux pages lorsque son mari émergea de la salle de bains. Une odeur épicée d'après-rasage flotta jusqu'à elle. Du coin de l'œil, elle aperçut un triangle de peau nue, ce qui lui confirma qu'il n'avait pas perdu l'habitude de dormir sans rien sur lui.

Elle s'appliqua à respirer profondément pendant qu'il faisait le tour du sommier, saturant ses narines de son odeur mâle. Puis le matelas s'affaissa sous son poids. Il avait repoussé le drap pour entrer dans le lit et elle le rajusta sur elle, bien trop exposée dans sa petite nuisette de soie. Mais Riccardo avait eu le temps de lui jeter un coup d'œil appréciateur. Rougissante, elle tira le drap jusqu'à son menton, ce qui le fit éclater de rire.

— J'ai vu tout ça hier, et je dois dire que j'aime tes nouvelles rondeurs. On dirait une voluptueuse Italienne ! Tes seins sont fabuleux, et tes hanches… Sans doute ma partie favorite du corps féminin, arrondie sous la caresse…

Il s'adossa aux oreillers avec un sourire coquin.

— Ça suffit, gronda Lilly, lui décochant un regard noir. Si je dois vivre avec toi, je ne veux pas de ce genre de conversations.

— Comme aux derniers temps de notre mariage, lui reprocha Riccardo. Tu te transformais en statue de glace avant que j'aie pu aller plus loin.

Elle cilla.

— Mais il n'y avait que le sexe pour toi ! Parfois, j'avais tout simplement envie de communiquer.

— C'est là la différence entre hommes et femmes. Lorsque nous sommes stressés, nous avons besoin de sexe. C'est ainsi que nous communiquons.

— C'était la seule façon dont *tu* communiquais, rétorqua-t-elle. Et ça n'a pas suffi à résoudre nos problèmes, vois-tu…

Le visage de Riccardo prit une expression dure.

— Tu ne voulais pas les résoudre, tu as préféré l'échec.

Lilly ravala l'émotion qui l'envahissait.

— Bien au contraire, je voulais de tout mon cœur que ça marche ! Mais nous étions trop différents. Nous ne vivons pas sur la même planète. Tu n'as jamais voulu l'admettre mais c'est ainsi.

Il se pencha, lui prit le livre des mains et le lança sur la table de chevet.

— Tu n'as pas lu une ligne depuis que je suis entré, *cara*. Tu es tellement occupée à nier ce qui existe entre nous que ça te rend aveugle. Encore une fois, tu essaies d'éviter ce qui te dérange.

— C'est plus simple si on sait que ça va finir en catastrophe !

Elle eut la satisfaction de voir la frustration dans son regard avant qu'elle ne se détourne pour éteindre. Puis elle se roula en boule, le plus loin possible de lui. Cependant, même dans un lit extra-large, il lui était difficile d'oublier sa présence. Elle sentait autour d'elle sa chaleur, elle percevait sa respiration…

Lilly froissa les draps dans ses poings crispés, choquée par le besoin qu'elle avait de lui, un besoin qui la ravageait au point de lui faire mal. Elle aurait tout donné pour qu'il tende la main vers elle et la réconforte, comme lui seul savait le faire. Quand il lui faisait l'amour, elle était sûre de lui, de son cœur. C'était au grand jour qu'arrivaient les problèmes, pas pendant les nuits qu'elle passait dans ses bras.

Elle s'obligea à fermer les yeux. Demain, il lui faudrait dire à Harry que c'en était fini de leur relation. Cette décision dut être terrible pour elle, mais avec Riccardo de nouveau dans sa vie, elle savait qu'il n'y avait plus d'avenir pour Harry et elle. Car il n'y avait jamais eu qu'un homme pour elle, et elle lui avait donné son cœur.

Dommage qu'il ne s'en soit pas montré digne…

4

Lorsque Riccardo se réveilla, il ressentit le besoin de casser quelque chose. De briser, d'aplatir n'importe quoi pour évacuer la tension qui lui nouait le ventre.

Les paroles de sa femme résonnaient dans sa tête, rendues plus insupportables encore par la vision de son visage livide après qu'elle avait parlé à Harry Taylor au téléphone.

Il voulait coller son poing dans la figure de ce docteur.

Il se retourna pour regarder Lilly, mais il ne restait d'elle qu'une forme imprimée sur les draps. Sortie du lit avant lui ? Elle qui avait toujours été une vraie marmotte !

Il jeta un regard au réveil posé sur la table de nuit, et ses yeux s'écarquillèrent : 8 h 30. C'était impossible... Bien sûr qu'il avait besoin de récupérer, vu que sa femme s'évertuait à le rendre fou, mais dormir si tard ne lui ressemblait pas. Certes, il avait parcouru des montagnes de paperasse la nuit précédente, pour éviter la tentation de rejoindre Lilly avant qu'elle ne dorme et de lui faire ravaler ses paroles. Pour éviter de la prendre jusqu'à ce qu'elle crie sa jouissance et oublie que Harry Taylor avait jamais existé.

Une tronçonneuse devrait faire l'affaire...

Il attrapa son téléphone et appela Gabe. Il y avait sur sa propriété de Westchester, à la campagne, un chêne à moitié mort qui commençait à poser des problèmes de sécurité. Et dans l'état où était Riccardo, s'en charger lui paraissait un défoulement bien venu.

— Matteo est arrivé hier soir, dit Gabe au téléphone. J'arrive avec lui.

Matteo, leur plus jeune frère, dirigeait les opérations De Campo en Europe. Il était en ville avec leur père pour la réunion annuelle du conseil d'administration. C'était d'ailleurs l'autre raison qui justifiait les tempes bourdonnantes de Riccardo : son père pouvait faire ou briser ses chances de devenir président-directeur général.

Après avoir fixé rendez-vous à Gabe, Riccardo prit une douche, enfila un T-shirt sur un vieux jean et alla prendre un café dans la cuisine. Lilly n'y était pas, ni dans la bibliothèque — où elle adorait pourtant passer des heures à lire.

Il était en train de se demander si elle n'était pas partie de nouveau lorsqu'elle déboula, une expression furieuse sur le visage, à l'instant même où son jeune frère entrait.

— Gabe est resté en bas dans la…

Il s'interrompit en découvrant sa belle-sœur.

— Matteo ? s'exclama celle-ci.

La colère déserta Lilly alors que le jeune frère de Riccardo s'avançait pour l'embrasser.

— Lil' ! Je ne savais pas que tu étais en ville.

Matteo la serra longuement dans ses bras. Ils étaient proches, ou plutôt l'avaient été jusqu'à la séparation. Il était le plus réfléchi et le plus communicatif des trois frères De Campo.

— Moi non plus, je ne te savais pas ici, mais je suis ravie de te voir, affirma-t-elle, chaleureuse et sincère.

Elle jeta un regard rapide au jean et aux bottes de Riccardo ; Matteo était lui aussi vêtu pour la campagne.

— Peut-être te reverrai-je à votre retour d'expédition ? proposa-t-elle.

Riccardo était dévoré par la colère. Comment Lilly pouvait-elle rayonner de joie face à son frère alors que lui n'avait même pas eu droit à un sourire depuis des jours qu'elle était là ?

— Cela dépendra à quelle heure tu rentres, intervint-il, notant le sac et les lunettes de soleil de Lilly. Tu vas faire du shopping, je présume ?

— Je dois trouver des sous-vêtements pour aller avec la robe de la styliste.

— Tu en as des dizaines à l'étage.

Lilly pinça les lèvres.

— Ils n'iront pas.

Riccardo n'arrivait pas à comprendre comment, parmi tous ces ensembles, il n'y en avait pas un qui puisse convenir. Même si Lilly avait pris quelques belles rondeurs depuis qu'ils étaient ensemble, celles-ci étaient indubitablement placées aux bons endroits. Il haussa les épaules. Il ne comprendrait décidément jamais les femmes…

— Tu as donc toujours la carte de crédit ?

Elle lui jeta un regard angélique.

— Je l'ai découpée en morceaux… Mais j'ai la mienne.

L'envie de lui administrer une bonne fessée pulsa dans ses veines. Serrant les dents, Riccardo fouilla dans sa poche et en sortit les clés de sa Jaguar, qu'il lui tendit.

— Prends la voiture. On part à Westchester tous les trois.

Après une hésitation, les doigts de Lilly se refermèrent sur les clés. Elle adorait conduire la Jaguar. Riccardo le savait, tout comme il savait où l'embrasser pour la rendre folle de désir.

— O.K. Merci.

Elle plaqua un baiser sonore sur la joue de Matteo et sortit. Une onde furieuse balaya Riccardo. Elle ne voyait peut-être pas l'intérêt de jouer le jeu devant son frère, mais si elle ne faisait pas un effort pour se montrer plus affectueuse, il devrait lui donner une sérieuse leçon !

Matteo lui lança un regard amusé.

— Je n'arrive pas à croire que tu lui aies passé la Jaguar. Elle semble d'humeur à l'encastrer dans un mur juste pour le plaisir de te l'annoncer.

Riccardo grommela dans sa barbe et suivit son jeune frère jusqu'à la Maserati au volant de laquelle Gabe les attendait.

— Lilly paraît en forme, lança Matteo en se glissant à l'arrière. Etre éloignée de toi semble lui avoir fait le plus grand bien.

— On sait tous que tu es amoureux de ma femme, contre-attaqua-t-il en prenant le siège côté passager. Et si tu t'en trouvais une au lieu de loucher sur la mienne ?

— Elle a besoin de mon aide pour pouvoir te supporter, reprit Matteo, imperturbable. Tu n'as pas exactement été le mari de l'année, je te rappelle.

Riccardo se retourna vivement, alors que Gabe pouffait, concentré sur la route.

— Et qu'est-ce que tu entends par là, exactement ?

— Tu travailles quatorze à seize heures par jour. On voit clairement où sont tes priorités, répondit leur petit frère. Je ne sais pas comment Lilly a fait pour tenir deux ans à ce rythme.

Il faillit bondir sur son frère, mais Gabe intervint :

— Rassieds-toi, bon sang ! Tu vas me faire avoir un accident si tu continues à t'agiter comme ça.

A contrecœur, Riccardo se renfonça dans le cuir du siège.

— Lorsqu'on ne connaît pas toutes les données d'une équation, on la boucle, Matteo, grommela-t-il. Essaie de vivre avec une statue de glace, et tu verras.

— Elle n'a pas toujours été comme ça. Peut-être devrais-tu t'interroger sur la cause du changement.

— Peut-être devrais-tu t'occuper de tes affaires !

Pendant les quarante-cinq minutes qui les amenèrent à Westchester, Riccardo garda le regard obstinément fixé sur le paysage. La banlieue new-yorkaise avait laissé place à un défilé de belles maisons ; si le paysage était paisible, on ne pouvait pas en dire autant de son humeur…

Que s'imaginait donc Matteo ? Que son aîné allait porter De Campo au sommet aux Etats-Unis en rentrant tous les soirs à 18 heures ? Qu'il engrangerait les bénéfices sur le seul nom de leur famille ? Il lui fallait se montrer au moins aussi travailleur et inspiré que leur père.

Il passa une main sur sa mâchoire mal rasée et secoua la tête.

« Tu ne me verras plus ramper à tes pieds pour gagner ton attention », avait crié Lilly l'autre soir. *Dio !* Avait-il été un si mauvais mari que ça ?

Il avait connu beaucoup de femmes à l'époque où il était

coureur automobile. Il se sentait alors libéré de l'emprise de son père et avait dévoré la vie avec appétit, profitant des conquêtes qui venaient à lui, cerise sur le gâteau de ses victoires.

Mais Lilly n'était pas une de ces femmes faciles qu'on cueillait au pied des podiums. Elle était le trophée ultime. La seule femme dont il ne se lasserait jamais. Son esprit vif, sa nature sensible et sa sensualité débordante avaient fait d'elle la créature la plus excitante qu'il ait jamais touchée. L'envie de la posséder corps et âme l'avait instantanément consumé.

Il se rencogna dans son siège. Sa seule erreur le poursuivrait toute sa vie : il avait embrassé Chelsea Tate avec l'intention de la mettre dans son lit, au moment où son mariage prenait l'eau de toute part. A cette époque, Lilly ne lui adressait plus la parole, il était un étranger dans sa propre demeure et devenait incapable de raisonner correctement. Il avait voulu se prouver qu'il n'avait pas besoin de sa femme.

Mais à peine avait-il embrassé Chelsea que le contraire lui était apparu de façon éclatante : il s'était rendu compte que Lilly était la seule dont il ait vraiment envie.

Un goût amer lui emplit la bouche. Lilly, de son côté, semblait être passée à autre chose aussi facilement que si elle avait changé de voiture… Ses doigts agrippèrent la poignée de cuir de la portière. S'il devait dormir à ses côtés une nuit de plus sans pouvoir la toucher, il ne jurait plus de rien.

La tension qui régnait dans l'habitacle s'évacua lorsque Gabe se gara devant la belle maison de campagne. Riccardo descendit et s'étira. Puis il inspira à fond : autour d'eux flottait un air sain aux fragrances boisées et ses soucis semblèrent s'évanouir comme par magie. C'était toujours l'effet bénéfique du refuge qu'était cette demeure. Il était tombé amoureux de ce lieu magnifique, bordé d'un lac, à la seconde où il l'avait contemplé pour la première fois, alors qu'il visitait quelques propriétés dans la périphérie de New York. Lilly et lui avaient besoin de se ressourcer et Westchester, endroit paisible et vert, lui avait paru le lieu idéal. Mais par la suite, il avait été tellement occupé qu'ils n'y avaient que rarement séjourné.

Une autre promesse qu'il n'avait pas su tenir… « Va au diable, Matteo », songea-t-il comme les reproches de son cadet lui revenaient en tête.

Empoignant la tronçonneuse, il passa ses nerfs sur l'arbre mort. Unissant leurs efforts, les trois frères parvinrent à abattre le chêne sans dégâts pour la maison. Leur tâche effectuée, ils s'assirent sur le tronc pour déguster une bière bien fraîche.

Ils étaient très différents et cependant très proches. Gabe, passionné d'œnologie, avait toujours été le plus sérieux. Il passait la majorité de son temps dans la Napa Valley, de l'autre côté des Etats-Unis, en Californie, où leurs vignobles étaient situés. Matteo restait le plus sensible ; il dirigeait depuis la Toscane les transactions européennes de l'entreprise familiale. Et lui, l'aîné rebelle, était basé à New York. Mais même éloignés géographiquement, ils restaient unis, fraternellement soudés. Peut-être leur enfance passée à se serrer les coudes pour résister à la domination d'Antonio avait-elle construit ce lien : ils avaient appris à survivre ensemble.

Gabe posa sa bière.

— Quelqu'un sait vers qui Antonio incline ?

Ils appelaient leur père par son prénom parce qu'il n'était pas seulement leur géniteur, mais aussi la figure dominante du clan. A la force du poignet, il avait transformé le vignoble familial légué par leur grand-père en une entreprise dont le nom était connu sur toute la planète.

Riccardo secoua la tête. Matteo haussa les épaules et se tourna vers lui.

— Tout le monde sait que ça va être toi. Tu assumes le rôle de dirigeant depuis les soucis de santé d'Antonio.

Riccardo scruta le visage de ses frères, à la recherche d'une quelconque amertume face au choix de leur père. Il lui avait confié les rênes lorsqu'il était tombé malade, alors que Gabe était le candidat idéal — d'autant que lui-même était impliqué à fond dans la course automobile. Mais les visages de ses frères restaient bienveillants, comme s'ils avaient depuis longtemps accepté la préférence d'Antonio pour son aîné.

Il prit une longue gorgée de bière.

— Il est impossible de prévoir ce qu'Antonio compte faire.

Chez celui-ci, l'envie d'administrer une leçon à son fils semblait prévaloir sur le bien de l'entreprise ! En effet, le *padre* ne lui avait jamais pardonné sa carrière de pilote automobile, quel qu'ait été son talent — et il était sur le point de remporter le championnat nord-américain au moment où il avait tout plaqué. Il avait toujours vu la course comme une activité frivole et vaine qui jetait l'opprobre sur sa famille. Et à présent, Antonio le laissait sur le qui-vive, en attente du couperet de son jugement.

Se redressant d'un bond, Riccardo ramassa la tronçonneuse.

— Finissons-en.

Il débita l'arbre de haut en bas, donnant les morceaux à recouper à ses frères. Durant l'effort, ses muscles travaillaient et son esprit s'éclaircissait. Voilà ce qu'il était : un homme qui savait régler seul ses problèmes. Sa femme pouvait penser le contraire, mais elle se trompait. C'était la fin de la trêve.

Ce soir.

Lilly ajusta pour la millième fois le bustier lavande tout en se demandant comment elle avait pu se laisser convaincre que cette tenue lui allait. Elle se sentait fragile, mais aussi désirable et sexy. Peut-être trop. Car elle ne voulait surtout pas attirer l'attention : la première apparition publique du couple De Campo rabiboché causerait déjà bien assez d'agitation sans cela. Quant à la robe de soirée d'Antonia Abelli, qu'elle devrait présenter lors du défilé, c'était une création somptueuse mais Lilly serait-elle à la hauteur ? Tous les regards se porteraient sur elle, en quête du moindre défaut… Le public allait pouvoir s'en donner à cœur joie en commentant ses nouvelles formes !

Son estomac se souleva. La séance d'essayage avec la styliste avait été assez humiliante. Antonia avait tourné autour d'elle, fronçant les sourcils et tirant sur la robe. « Il faudra ouvrir quelques coutures, avait-elle murmuré. Mais ça devrait aller. »

Les joues de Lilly s'étaient enflammées : elle aurait tout donné pour laisser sa place à quelqu'un d'autre. Mais non, il fallait qu'elle se calme. La nouvelle Lilly, celle qui avait gagné en sagesse, avait décidé de ne plus s'occuper du qu'en-dira-t-on. Cette Lilly allait se montrer avec Riccardo ce soir, jouer à la perfection son rôle d'épouse aimante, ne laisser entrevoir à personne ce qu'elle ressentait vraiment. Elle pouvait s'en sortir. Pour Lisbeth, car sa petite sœur comptait plus que tout.

Lilly entendit Riccardo sortir de la douche et un frisson d'anticipation courut dans ses veines.

Elle fouilla dans une armoire pleine de chaussures et dénicha la paire argentée à longues lanières qu'elle cherchait, élégante mais confortable malgré les vertigineux talons. Et ce soir, un peu de confort ne serait pas du luxe.

D'ailleurs, tout ce qui pouvait accroître sa confiance en elle était bienvenu. Car le défilé était une chose, mais faire croire à toutes leurs relations que Riccardo et elle filaient le parfait amour en était une autre. Troublée, elle dut s'y reprendre à deux fois pour ajuster autour de sa cheville les lanières de cuir.

— Besoin d'aide ?

La voix rauque et sexy de son mari la fit sursauter.

— Non, merci, murmura-t-elle. J'ai fini.

Et heureusement, car Riccardo, comme elle s'en aperçut en relevant la tête, était presque nu, seulement drapé dans une serviette. S'il s'était agenouillé auprès d'elle pour l'aider à nouer les lanières, elle n'aurait répondu de rien.

Appuyé négligemment contre le chambranle, il ne parut pas s'apercevoir qu'elle le buvait des yeux. Tout ce que Lilly s'interdisait de regarder était à sa disposition… Elle déglutit difficilement devant les lignes parfaitement dessinées de ses abdominaux. Son regard descendit plus bas, se détourna un bref instant pour ne pas échauffer son imagination.

Les paroles de Riccardo résonnèrent dans son esprit : « Ne

me regarde pas comme ça ou il faudra assumer… » Elle se redressa trop vite et vacilla sur ses talons.

— On devrait y aller, dit-elle pour échapper à son trouble. Je crains la circulation.

Elle s'aperçut qu'il ne l'écoutait pas le moins du monde : ses yeux sombres se livraient à un examen précis de tout son corps. Enfin, il se retourna, marcha jusqu'à la commode et en sortit un écrin. Le pouls de Lilly s'accéléra alors qu'il revenait vers elle, la fixant avec détermination.

— Il faut qu'on y aille, répéta-t-elle d'une voix étranglée. Nous sommes déjà en retard.

Riccardo se plaça derrière elle.

— Il te faut un collier, murmura-t-il en soulevant ses cheveux. De quoi donc as-tu peur, Lilly ? Que je t'arrache cette robe et que je mette fin à la trêve ?

Comme s'il la respectait… Elle frissonna au contact de pierres froides contre sa peau moite. L'éclat des diamants brillait à son cou. La première fois qu'elle avait porté ce collier pour sortir avec Riccardo, ils avaient dû quitter le restaurant en hâte tant leur désir mutuel était ardent ; ils avaient ensuite fait l'amour sans qu'elle ait le temps d'ôter ses bijoux. Depuis, chaque fois qu'elle avait mis le collier, les images les plus érotiques venaient la hanter.

— Riccardo…, fit-elle en s'éclaircissant la gorge.

— Riccardo quoi ? répliqua-t-il avec une note d'humour dans la voix. Riccardo, retire-moi cette robe ?

— Eloigne-toi de moi.

— Parce que tu ne peux pas te faire confiance lorsque j'ai les mains posées sur toi ?

— Parce que nous jouons un rôle. Et lorsque nous sommes en privé, tu n'as aucune raison de me toucher.

Le souffle léger d'un baiser sur son épaule la fit tressaillir.

— Tu es splendide dans cette robe, *tesoro.* A couper le souffle. Tu pourrais aisément me convaincre d'oublier cette soirée pour un langoureux tête-à-tête…

Les dents de Riccardo vinrent frôler gentiment sa peau, et une vague de chaleur la balaya. Cela pourrait être un bon moyen d'éviter le défilé… Mais les conséquences en seraient trop lourdes. « Souviens-toi qu'il t'a brisé le cœur, se dit-elle. Et qu'il ne s'agit que de six mois. »

Elle se dégagea de son emprise et le fixa.

— Je dois prendre ça comme un non ? fit-il, le regard à demi voilé par ses paupières.

— Comme un *jamais*, confirma Lilly, glaciale. On y va ?

5

La salle de bal, proche de Central Park, scintillait de mille feux et bruissait du murmure des conversations. Lilly se tenait à l'entrée, au bras de Riccardo, bien décidée à ne se laisser intimider par rien. Des lustres somptueux dominaient la salle, témoins de la gloire des siècles passés. Une élégante musique classique, jouée par un orchestre virtuose, assurait un fond sonore de qualité. Les serveurs, tout de noir vêtus, auraient pu passer pour des maîtres d'hôtel de l'époque victorienne. La seule personne qui détonnait dans ce lieu splendide, c'était elle. Les convives venaient tous de grandes familles et allaient poser sur elle des regards sans concession.

Lilly aperçut le podium où les mannequins allaient défiler. Des jeunes femmes splendides, vêtues de créations non moins splendides qu'elles porteraient à ravir. Et dire que dans une heure, elle serait sur ce tapis rouge elle aussi, offerte à tous les regards dans la création d'Antonia Abelli ! Si elle ne vomissait pas avant, ce qui était plus que probable…

Les têtes se tournaient sur leur passage, des yeux pleins d'incrédulité se posaient sur eux, on se mettait à chuchoter. Lilly s'accrocha désespérément au bras de Riccardo. La presse redoublait d'imagination pour expliquer leur remise en couple. Lilly était enceinte, ce qui expliquait ses kilos en plus, avait avancé un magazine. Riccardo avait eu son content de maîtresses, déclarait un autre, et cherchait à fonder une famille. Le pire avait été les spéculations sur la supposée libido en berne du pauvre Harry Taylor.

Riccardo baissa les yeux vers elle.

— Ignore-les, dit-il calmement. Ignore les bêtises qu'ils profèrent et reste fidèle à toi-même.

Lilly aurait vendu son âme pour un peu de confiance en soi, cette aptitude qu'avait Riccardo à se concentrer uniquement sur l'important en occultant le reste.

— Allons prendre un verre, murmura-t-il en glissant une main autour de sa taille.

Elle se laissa enlacer et, une fois de plus, éprouva le sentiment délicieux d'être en sécurité contre lui. Mais il s'agissait d'une illusion trompeuse, comme la fin de son mariage l'avait démontré.

Ils se firent servir un Martini au bar, et furent vite entraînés dans une série de conversations qui visaient à démêler la vérité des rumeurs sur leur couple. Lilly avait du mal à se concentrer : plus le défilé approchait, plus ses jambes faiblissaient. Sous les regards impitoyables qui la toisaient, son estomac commençait à la brûler. Riccardo lui fit un clin d'œil qui lui signifiait de tenir le coup. Mais elle n'avait plus la force de feindre. Il voulait qu'elle soit sa femme ? Eh bien, il aurait droit à la vraie Lilly, pas au pantin qu'il avait modelé.

— Riccardo ! *Amore mio !*

La voix chantante lui fit tourner la tête. Vêtue d'un magnifique fourreau doré, une blonde outrageusement belle se laissa tomber dans les bras de Riccardo en multipliant les marques d'effusion. Il l'écarta doucement de lui, un sourire au coin des lèvres.

— Tu n'as pas changé, Victoria. Toujours les mêmes entrées tonitruantes…

— Ah, *caro*, ça me rappelle le bon temps où tu remportais tous les trophées sur les circuits. Le bruit et la fureur de vivre. Le suspense dans les gradins, les hourras de la foule quand tu gagnais. Nos soirées et le champagne qui coulait à flots !

La nouvelle venue se tourna vers Lilly pour la scruter de la tête aux pieds.

— Alors c'est vous qui avez été assez stupide pour le laisser filer !

Estomaquée, elle préféra ne pas répondre.

— Qui va à la chasse risque de perdre sa place, poursuivit la blonde. Vous avez eu de la chance de le trouver encore libre avec toutes les femmes qui font la queue pour…

— Victoria, la coupa Riccardo, je crois que tu devrais aller retrouver tes amis. Tu dois leur manquer affreusement.

Ce fut au tour de Victoria d'avoir l'air sidérée. Lilly en profita pour s'échapper, au prétexte de se rafraîchir. Que Riccardo se débrouille avec ses conquêtes !

Lorsqu'elle revint, Riccardo discutait au milieu d'un petit groupe. Il prit congé et se rapprocha d'elle.

— Je me demandais ce que tu devenais, fit-il.

— Oh ! j'avais une certaine blonde sur l'estomac. Je suis fatiguée d'entendre combien les femmes seraient ravies d'être à ma place. Qu'elles y viennent, si elles trouvent mon sort enviable !

— S'il ne l'est pas, pourquoi est-ce que tu sembles sur le point de cracher du feu ?

— Parce que j'aurais aimé que tu prennes mon parti ! explosa Lilly. Pourquoi n'as-tu pas dit une phrase du genre « une bonne chose que je sois fou amoureux de ma femme », ou n'importe quoi pour lui river son clou ? Je suis passée pour une idiote à cause de ton petit sourire malin.

— Qu'en as-tu à faire ? N'es-tu pas en train de jouer un rôle, de toute façon ?

Elle lui jeta un regard agacé.

— Ce qui m'énerve, c'est que tu sois resté béat à l'écouter te dire combien les femmes t'apprécient ! Un peu plus et elle t'embrassait au beau milieu de la foule, devant moi. Et cela, tu t'en régales. Tu avais le même regard que lorsque tu contemplais ton public du haut de ton podium.

La mâchoire de Riccardo se crispa.

— Tous les hommes aiment attirer l'attention. Surtout quand ils n'en obtiennent aucune de leur femme.

Le coup avait porté, et Lilly dut prendre sur elle pour retrouver la vigueur de son indignation. Mais cette fois, elle refusait de laisser Riccardo marquer des points.

— Est-ce si invraisemblable d'espérer que tu me défendes en public ? lança-t-elle, d'une voix d'autant plus mordante qu'elle était déstabilisée. Tu ne me rassures jamais. C'est humiliant.

Il la conduisit sur la piste de danse, conscient sans doute que des regards commençaient à se tourner vers eux.

— Tu sais ce qui a été humiliant ? chuchota-t-il en la prenant dans ses bras pour une valse. De dire à tous nos amis que tu étais partie sans laisser d'adresse. De ne rien pouvoir expliquer parce que j'ignorais les raisons de ton départ subit.

— Tu l'avais bien cherché. N'essaye pas de me faire culpabiliser. Il m'a suffi d'une semaine hors de la maison pour que tu te conduises de nouveau comme « Riccardo le Tombeur ».

Le regard de son cavalier se fit plus acéré à la mention du surnom que certains tabloïds lui avaient donné.

— Tu parles vraiment trop, tu sais, *cara* ?

Elle se raidit alors qu'il la rapprochait de lui, mais ne put résister longtemps et se retrouva à quelques centimètres de son torse, essayant au mieux d'éviter son regard.

Ainsi, il avait dû répondre à des questions sur son départ ? Cela n'avait certainement pas été aussi douloureux que la jalousie qui la torturait chaque fois qu'il quittait la maison sans un mot, la laissant se demander s'il allait retrouver Chelsea Tate…

Elle étudia son profil fier et droit. Peut-être n'aurait-elle pas dû filer sans préavis. Elle était sûre, en tout cas, de lui avoir porté un coup. Pour un homme dont la vie était une affaire de fierté et d'honneur, un homme qui avait une image publique, il était difficile d'admettre que sa femme s'était enfuie. Mais si elle était restée un jour de plus dans cette maison, elle serait devenue folle.

— Et que leur as-tu dit, à ceux qui t'interrogeaient ? ne put-elle s'empêcher de lui demander.

Il baissa les yeux vers elle avec une expression glaciale.

— Je leur ai dit que nous faisions une pause. Et je les ai laissés parler. C'était notre histoire, pas la leur.

— Tu penses que je devrais faire pareil ce soir ?

— Laisse-les dire et penser ce qu'ils veulent. Ils ne peuvent pas t'atteindre si tu le décides.

— As-tu lu ce que la presse dit à propos de moi, ces derniers temps ?

— Je n'ai pas le temps de m'intéresser à ces torchons.

Lilly crispa les poings.

— Aujourd'hui, ils ont parlé de ma silhouette. « Tout sauf une gravure de mode », paraît-il. Ils ont insinué que j'étais enceinte.

— Et alors ? répliqua Riccardo, imperturbable.

— *Et alors ?*

Lilly calma son indignation avant qu'elle ne lui souffle une réponse qu'elle aurait pu regretter.

— Tu dois reconnaître la jalousie quand tu la vois. Ils aimeraient tant être toi ! C'est pour cette raison qu'ils essayent de te déchirer.

Elle lui jeta un regard amer.

— Qu'est-ce que tu en sais ? Tu es monsieur Parfait pour eux. Tu trompes ta femme et ça ne te rend que plus désirable à leurs yeux.

Les yeux de Riccardo devinrent deux traits derrière lesquels filtrait un regard coupant.

— Arrête avec cette obsession, veux-tu ! Je ne t'ai pas trompée.

Elle contenait la nausée qui tournait dans son ventre comme un requin avant l'attaque. Les huit photographies ne mentaient pas !

— Je veux partir.

— Nous restons. Tu as signé, rappelle-toi.

Elle le haïssait ! Oui, en ce moment précis, elle le haïssait comme elle n'avait jamais haï personne auparavant.

— Nous n'aurions jamais dû conclure cet arrangement, souffla-t-elle rageusement. Regarde ce qu'on s'inflige mutuellement !

— Nous aurions dû le conclure bien plus tôt, au contraire. Ma plus grosse erreur a été de te donner du temps alors qu'il te fallait quelqu'un qui te remette dans le droit chemin.

Lilly fronça les sourcils.

— Comment peux-tu dire une chose pareille ! Qu'importe,

de toute façon, poursuivit-elle plus calmement, notre couple n'a aucune chance de survie.

Un éclair traversa le regard de Riccardo.

— Ça reste à voir.

— C'est tout vu. Dès que tu deviens P.-D.G., je pars.

— Matteo m'a dit que j'étais un mauvais mari, lâcha soudain Riccardo.

Lilly resta un instant sans voix. Sa détermination avait-elle dynamité les murailles d'arrogance de son mari ?

— Il… il a dit ça ? Matteo ?

— Oui. J'imagine que ça m'est arrivé, à l'occasion.

— A *l'occasion* ? s'indigna-t-elle. Les derniers temps, j'aurais pu vivre sur Mars sans que tu t'en soucies ! Bien sûr, tant que je continuais à faire bonne figure à tous les galas… Tout allait bien du moment que je charmais les clients difficiles.

Il fronça les sourcils.

— Tu exagères. On se soutenait l'un l'autre. On était une équipe.

— Une *équipe* ? répéta-t-elle, narquoise.

Elle laissa échapper un rire sans joie.

— Si par « équipe », tu entends que je te soutenais pendant que tu piétinais ma carrière, alors tu dois avoir raison.

— Tu es ridicule, lui lança-t-il d'un ton agacé.

— Vraiment ? Je me souviens très bien d'un soir où j'avais reçu un tout jeune patient, qui récupérait d'un accident de voiture dans lequel il avait perdu sa mère. Ses jambes étaient très abîmées, et cette première consultation m'a mise en retard à l'une de tes soirées. J'ai eu beau t'expliquer la raison de ce retard, tu ne m'en as pas moins reproché mon manque de coopération.

— Je n'ai pas fait ça, protesta Riccardo. D'ailleurs, je n'ai jamais entendu cette histoire.

Lilly lâcha une exclamation outrée.

— Bien sûr que si ! Mais tu l'as écoutée d'une oreille distraite et tu es passé à autre chose. Par la suite, tu n'as jamais demandé des nouvelles du gamin. Eh bien, je vais te dire une chose : j'ai travaillé à ses côtés pendant six mois pour qu'il puisse remarcher.

Je n'ai peut-être pas été capable de ramener sa mère mais je lui ai redonné l'usage de ses jambes. C'est au moins une chose dont je peux être fière.

— A bon droit. J'ai toujours pensé que ton travail était fantastique.

— Du moment qu'il n'interférait pas avec ta carrière, corrigea-t-elle amèrement.

Les mâchoires de Riccardo se crispèrent légèrement.

— Mon destin est de diriger l'entreprise De Campo, mais cela ne s'improvise pas. Pourquoi n'as-tu jamais été capable de comprendre cela ?

— J'ai compris que cela t'intéressait au point d'occulter tout le reste. Moi comprise.

Il leva les yeux au ciel en soupirant.

— Ça ne va pas durer toujours. A la seconde où je serai nommé, les choses changeront.

— Cela ne changera jamais. Tu as dû laisser un petit morceau de toi-même sur les circuits, Riccardo. Rien de ce que tu fais aujourd'hui n'est aussi exaltant, mais tu chercheras toujours à retrouver la même décharge d'adrénaline.

— N'essaye pas de jouer à la psychologue avec moi.

Elle savait qu'elle avait raison. Enfin, elle commençait à comprendre son mari.

— Ton besoin de défi et de compétition sera toujours là. Tout le monde autour de toi en souffre. Nos enfants en auraient souffert si nous avions été assez fous pour en mettre au monde.

— Tu sais que cela aurait changé les choses.

— Non, je n'en ai aucune idée. On n'a même pas réussi à garder notre chien en vie, comment aurait-on pu faire avec un enfant ?

Ses iris s'assombrirent dangereusement.

— C'est une comparaison absurde ! Brooklyn était un chien sauvage. On n'aurait rien pu faire pour empêcher sa mort.

Cette fois, il avait raison. Depuis le jour où ils l'avaient trouvé sur la route, chiot blessé, Brooklyn n'avait jamais cessé de courir derrière les voitures.

— Tu avais promis que tu le dresserais, se défendit-elle néanmoins. Comme tu avais promis d'être plus présent à la maison. Tu n'as jamais fait ni l'un ni l'autre.

Les lèvres de Riccardo se serrèrent en une fine ligne.

— Tous les mariages ont leurs hauts et leurs bas. On les traverse. Ensemble. On ne s'enfuit pas.

Lilly retint un soupir de dépit. Si seulement il savait comme elle avait essayé d'être à la hauteur…

— Tout n'est pas terminé, insista-t-il.

— Dans six mois. Et quels mois ! ajouta-t-elle en grimaçant. Une vraie partie de plaisir…

— Boucle ta ceinture, *tesoro*, lui rétorqua Riccardo avec assurance. Ces six mois vont être une sacrée épopée !

L'éclat du splendide diamant de deux carats scintillait à sa main, posée sur l'épaule de son cavalier. Il le lui avait acheté pour remplacer celui qu'elle disait avoir perdu. Lilly se demanda quelle serait la réaction de Riccardo s'il apprenait la véritable histoire de cette bague…

Soudain, elle vit l'organisatrice du défilé agiter la main en sa direction. Son cœur manqua un battement. *Elle ne voulait pas jouer au mannequin !* Mais puisqu'elle ne pouvait pas se dérober, elle résolut d'en finir au plus vite.

— Je dois y aller…

Ce fut sans doute le trémolo dans sa voix qui alerta son mari. Il fit glisser les doigts sous son menton et le releva jusqu'à ce qu'elle le regarde dans les yeux.

— Tu es nerveuse.

— C'est faux.

Elle s'attendait à ce qu'il la relâche, mais au lieu de cela, il la plaqua contre lui.

— Il y a bien un moyen de t'apaiser. Il a toujours fonctionné…

Lilly voulut protester, mais il avait déjà plaqué la bouche sur la sienne. Sa paume lui caressait la joue tandis qu'il explorait ses lèvres comme s'il les redécouvrait. Une chaleur délicieuse montait de leurs deux corps.

Personne n'embrassait comme Riccardo. Personne.

Elle fit un pas en arrière, le regard planté dans le sien, désireuse de le découvrir aussi remué, aussi déstabilisé qu'elle. Elle ne vit qu'un homme tellement en contrôle qu'il aurait pu être taillé dans la pierre.

— Maintenant, tu as repris des couleurs, murmura-t-il en la relâchant. Allez, en route !

Lilly suivit l'organisatrice jusqu'au grand salon qui servait de coulisses et de loges pour le défilé. Elle se sentait *effectivement* plus calme…

Des dizaines de personnes s'affairaient autour des mannequins, retouchant ici une mèche de cheveux, là une nuance de blush. Antonia Abelli ouvrit une cabine d'essayage et commença par faire déshabiller Lilly, car elle pensait que sa culotte marquerait sous la robe.

— *Buon Dio !* s'exclama-t-elle en jetant un regard désolé aux sous-vêtements ordinaires que Lilly avait achetés le matin même.

La styliste disparut, pour revenir bientôt avec deux pièces de tissu si arachnéennes qu'elles auraient pu tout aussi bien ne pas exister. Elle les lui tendit.

— Cadeau. Riccardo me remerciera plus tard.

Non, pensa Lilly en refermant le rideau de la cabine. Parce que ce n'était pas un vrai mariage. Elle ne couchait pas, ni ne coucherait avec Riccardo.

Lorsqu'elle sortit, Antonia l'examina d'un œil critique. Immobile, les joues en feu, Lilly était la seule à ne pas bouger dans le chaos qui l'entourait, si caractéristique de la préparation d'un défilé. Quand elle s'était retrouvée nue devant le miroir de la cabine, elle aurait voulu disparaître : elle avait trop de fesses, et trop de rondeurs au niveau du décolleté, quant à ses cuisses… Au moins deux de ses kilos en trop s'y trouvaient stockés !

« Vous avez une vue fantasmagorique de votre corps, cela ne correspond à aucune réalité. » Les mots de sa psychologue lui revinrent à la mémoire. Mais comment se faire confiance au milieu des créatures de rêve qui l'entouraient ?

— Tournez-vous, ordonna Antonia, la faisant pivoter d'une main ferme. Voyons voir… Oui, vous êtes très bien.

Lilly sourit, faisant de son mieux pour oublier toutes les tailles de guêpe qui allaient défiler en sa compagnie. Un passage sur la piste, se dit-elle en pressant ses paumes moites l'une contre l'autre. Un passage et c'en serait fini.

Antonia procédait aux derniers ajustements lorsque les yeux de Lilly rencontrèrent un regard froid dans le miroir. Elle reconnut aussitôt Lacey Craig, une journaliste féroce spécialisée dans les ragots. Elle avait déjà eu affaire à elle, pour son plus grand malheur…

— Ah, Lilly ! Vous voilà revenue à la vie publique, lança la vipère d'un ton faussement goguenard, la détaillant de la tête aux pieds. Il faudra faire attention au poids, ma petite ! Ce serait dommage que Riccardo reconsidère ses options…

Antonia se dressa devant elle et fit signe à un gorille de la sécurité.

— Fichez-moi ça dehors, dit-elle en toisant la nouvelle venue.

— C'était juste un conseil d'amie à Lilly, protesta Lacey en haussant les épaules. Son mari connaît tant de jolies femmes…

Comme si elle pouvait l'oublier ! La pièce commença à tourner autour d'elle tandis que la journaliste était éconduite par une armoire à glace. Lilly ferma les yeux et se concentra. Il fallait chasser de son crâne les paroles nocives de Lacey Craig et se focaliser sur le moment présent. Mais des images affluaient derrière ses paupières comme un mauvais film : Riccardo dans l'appartement de Chelsea Tate, engagé dans une conversation intime, le visage penché vers elle ; Riccardo qui l'embrassait… Le souvenir des clichés flous qu'elle avait eus sous les yeux lui fit monter la bile à la gorge. La trahison de son mari l'avait consumée, l'entraînant au fond d'un gouffre de remise en question.

— Oubliez cette sorcière, lui conseilla Antonia en lui faisant essayer des chaussures. Vous avez le corps d'une vraie femme, bien des gens vendraient leur âme pour ça !

Le cerveau en feu, Lilly comprenait à peine les paroles réconfortantes de la créatrice. Finalement, Antonia décida que les chaussures apportées par Lilly étaient préférables aux autres et elle s'agenouilla pour les lui rajuster.

Le régisseur appela les modèles.

— Il faut y aller, prévint Antonia. N'oubliez pas de garder le menton haut !

Lilly prit sa place dans la file au pied du podium, mais elle n'était pas vraiment là. La seule chose qu'elle voyait, c'était le sourire étincelant de Chelsea Tate alors qu'elle attirait Riccardo à lui pour l'embrasser.

Elle passa le dos de sa main sur son front moite. Quelqu'un en régie prononça son nom.

— Allez, fit-on en la poussant légèrement. C'est à vous !

Lilly s'avança sur la piste. Les lumières étaient aveuglantes. La musique pulsait dans ses oreilles. Elle entama sa progression, mais ses jambes flageolaient. Des centaines de visages entouraient le podium. Devant elle, le tapis s'étendait comme un interminable ruban rouge.

Elle faillit trébucher et son regard rencontra celui d'un bel homme blond, assis au premier rang.

Harry !

Il lui adressa un sourire. Elle ne pouvait lui répondre et l'aurait-elle pu, ses lèvres étaient comme gelées. Elle aurait dû s'attendre à sa présence : lui aussi était impliqué dans de nombreuses actions caritatives. Elle fit glisser son regard jusqu'au rang où Riccardo était assis. Harry et lui s'étaient-ils parlé ?

La musique syncopée lui vrillait la cervelle. Elle avait du mal à respirer. Elle se força à avancer encore, mais ses membres tremblants la firent trébucher de nouveau. Un murmure s'éleva du public. Son pied glissa dans sa sandale, dont les lanières se dénouèrent.

Lilly tomba en avant.

Elle tenta désespérément de se rééquilibrer, mais le poids de son corps l'emportait. Un cri étouffé lui échappa, le sol montait vers elle à la vitesse de l'éclair. Elle se préparait à l'impact quand l'air quitta violemment ses poumons : deux bras musclés s'étaient refermés sur elle. Juste à temps !

Elle aperçut le visage de Harry Taylor, son sauveur.

— Bon sang, Lilly, tout va bien ?

Reprenant ses esprits, elle hocha la tête.

— Je ne sais pas ce qui s'est passé, je…

— Lilly !

Antonia s'était frayé un chemin à travers la foule, un air horrifié sur le visage.

— Je… J'ai dû mal serrer les lanières de votre chaussure, reprit la styliste.

Lilly grimaça et posa une main sur l'épaule de Harry.

— Ce n'est rien, plus de peur que de mal. Harry, tu peux…

— … la lâcher, fit la voix sèche de Riccardo.

Ce dernier affrontait Harry du regard. Il ne le remerciait pas ? s'offusqua Lilly. Pourtant, le chirurgien avait évité à *sa femme* quelques fractures en la récupérant avant qu'elle ne dégringole du podium ! Face au défi glacial de Riccardo, plus d'un courageux aurait tourné les talons. Harry n'en fit rien. Il la reposa doucement au sol et l'aida à garder l'équilibre alors qu'Antonia rattachait les lanières de sa sandale.

— Je suis tellement désolée, murmura cette dernière. Est-ce que vous vous sentez de force à terminer le défilé ?

Lilly ouvrit la bouche pour répondre mais Riccardo la devança :

— Elle en a eu assez pour ce soir, fit-il en lui glissant un bras autour de la taille. Continuez sans elle.

A ces mots, l'humiliation de Lilly se mua en colère. C'était lui qui l'avait poussée à faire ce défilé, comment osait-il décider pour elle ? Il était trop tard pour agir en mari inquiet ! Si elle ne remontait pas tout de suite, la tête haute, le souvenir de ce désastre s'imprimerait en elle à jamais.

Déterminée, elle se retourna vers Antonia Abelli et lâcha :

— Je vais très bien. Allons-y.

Antonia lui adressa un regard soulagé et Harry, rassuré, se

rassit. Lilly se dressa sur la pointe des pieds et colla les lèvres à l'oreille de Riccardo.

— Ne parle *plus jamais* pour moi en public ! Compris ?

Puis elle suivit Antonia, laissant son mari médusé.

Riccardo avait fait un saut en coulisses à la fin du défilé, puis il était retourné à ses obligations mondaines. Une bonne douzaine de personnes étaient venues féliciter Lilly. Elle tombait de fatigue et fut soulagée d'entendre les organisateurs annoncer la fin de la soirée.

Elle s'apprêtait à quitter les coulisses pour rejoindre Riccardo lorsqu'elle vit arriver Harry. Mieux valait que son mari ne soit pas dans les parages, car son humeur s'était considérablement assombrie depuis qu'il l'avait vue tomber dans les bras du chirurgien !

— Je voulais juste m'assurer que tout allait bien, fit ce dernier en la prenant par les épaules.

Elle lui sourit et l'embrassa sur la joue.

— C'était plus embarrassant qu'autre chose, au final. Merci d'avoir joué les héros.

— Tu te souviens de ce que je t'ai dit au téléphone l'autre jour : De Campo n'est pas l'homme qu'il te faut. Je serai toujours là si tu as besoin de moi.

Lilly se mordit la lèvre.

— Ecoute, je ne devrais même pas être en train de te parler en ce moment. Riccardo va exploser s'il découvre que…

— C'est bien ce que je veux dire ! la coupa Harry, sourcils froncés. Si ce type ose te dicter de force ta conduite et régenter ta vie, je te jure que…

— Pardon ? fit derrière eux une voix tendue de colère.

Lilly se retourna. Riccardo avait le visage figé en un masque de colère froide.

— Que comptes-tu faire, Taylor ? reprit-il. J'aimerais bien le savoir.

Harry fit un pas en avant. Il était grand, mais moins que son mari. Cela ne sembla pas l'intimider et il continua d'avancer.

— Je t'en tiendrai personnellement responsable.

Riccardo lui jeta un regard mauvais.

— La vie privée de ma femme ne te concerne pas, Taylor. Tu n'avais aucune chance, dès le début. Accepte-le.

Harry blêmit. Comme en rêve, Lilly le vit serrer l'un de ses poings et le propulser en direction du visage de son adversaire. Harry, ce parangon de flegme ? Mais les réflexes de Riccardo étaient aiguisés : il attrapa le poing de Harry au vol.

Des dizaines de flashs se mirent à crépiter autour d'eux. Lilly leva les yeux pour découvrir un cercle de photographes. Oh ! mon Dieu !

— Arrêtez ! s'interposa-t-elle, posant une main sur le bras de Riccardo.

Ce dernier lâcha le poing de Harry, mais ils restèrent chacun campés sur leur position, face à face.

— Tu t'approches encore d'elle, Taylor, et je te démolis.

— Tu ne me fais pas peur, De Campo. Ne crois pas que…

— Harry ! intervint Lilly. Je t'en prie !

Elle fut soudain saisie par l'horrible sentiment que si le beau et brillant chirurgien s'était depuis le début conduit en homme, peut-être que cela aurait tout changé entre eux… Elle prit une grande inspiration et entraîna son mari.

— Nous partons. Bonne soirée, Harry. Merci encore.

Riccardo roula jusqu'à la maison comme s'il était sur un circuit et non en plein Manhattan. Lorsqu'il lui ouvrit la porte, sa femme entra d'un pas furieux. Ses talons claquèrent alors qu'elle montait à l'étage.

Il fila dans son bureau et se servit un whisky. Sa valve de sécurité menaçait de sauter. « De Campo n'est pas l'homme qu'il te faut », avait dit Taylor ! « Je serai toujours là si tu as besoin de moi. » Son sang se mit à bouillir. Taylor était là, dans l'ombre, à attendre qu'il fasse un faux pas. Qu'avait-il fait pour mériter cela ?

Il termina son whisky en une gorgée, maîtrisant à grand-peine son envie de filer chez son rival pour conclure leur entretien de la seule façon qui lui calmerait les nerfs. Lilly était la femme d'un seul homme, et ce n'était pas Taylor, bon sang ! Curieusement, elle semblait en douter. Il était temps qu'il le lui prouve…

Riccardo jeta son verre dans la cheminée, où il explosa en morceaux, et monta les marches quatre à quatre. Lorsqu'il arriva à la porte de la chambre, Lilly se tenait devant le dressing, chaussures à la main. Il en eut le souffle coupé. Elle avait retiré sa robe et était seulement vêtue de sous-vêtements en fine dentelle blanche, presque transparents. Une vague de désir le balaya.

Elle se tourna vers lui ; ses yeux de chat le défiaient.

— Sors d'ici !

Il secoua la tête et s'adossa au chambranle.

— Je t'avais prévenue de ne pas lui adresser la parole, rétorqua-t-il, bien décidé à garder la main dans ce duel.

Les yeux de Lilly s'écarquillèrent, deux grands puits sombres dans lesquels il aurait pu se noyer. Il s'avança vers elle, le pas lent et sûr. Elle planta les deux poings sur ses hanches.

— Je suis tombée de ce podium parce que *tu* as insisté pour que j'y monte ! Harry voulait juste s'assurer que j'allais bien.

— Et surtout se rappeler à ton bon souvenir ! fit-il d'un ton grinçant.

— En l'occurrence, heureusement qu'il était là pour me rattraper !

Lilly se rendit compte de son erreur à la seconde où son mari l'accula contre le mur.

— Tu penses que je ne suis jamais là pour toi ? Eh bien, me voilà.

— Va au diable ! souffla-t-elle, les épaules plaquées au mur.

— Je préférerais aller entre tes cuisses, répondit-il en faisant passer le dos de sa main contre sa joue. Je sais à quel point tu es sucrée, *tesoro.* Je sais à quel point tu aimes ça quand je…

Il s'interrompit dans un juron pour attraper au vol la gifle qu'elle venait de lui lancer. Puis il lui maintint la main dans le dos. Lilly laissa échapper un cri et se débattit, mais Riccardo la tenait fermement.

— Bon sang, lâche-moi !

Il s'exécuta mais se rapprocha encore un peu plus, jusqu'à coller le corps au sien.

— Il est temps de communiquer de la seule manière qui nous convienne. Rends-toi à l'évidence, Lilly, murmura-t-il.

Elle voulut protester mais il l'embrassa sauvagement, d'un baiser qui n'était que contrôle et domination. Elle aimait cela avant, et il devinait que ça n'avait pas changé. Elle serra les lèvres cependant quand il glissa la langue entre elles.

Il s'écarta légèrement. Souriant — comme si son entêtement l'amusait —, il fit descendre la main le long de la courbe de ses seins, jusqu'au téton érigé sous la fine dentelle du soutien-gorge. Il le prit entre ses doigts pour le titiller. Elle eut un cri rauque et se tordit dans ses bras.

Mais ce n'était pas le cri d'une femme qui voulait partir…

Ses yeux s'étaient fermés et déjà, elle entrouvrait les lèvres. Il suffit à Riccardo de tourmenter un peu plus son mamelon pour la faire craquer. Il passa les doigts dans le fin duvet de ses cheveux, à la base de son cou. Puis il l'embrassa de nouveau. Cette fois, elle s'ouvrit et le laissa approfondir le baiser en une caresse sensuellement intime. Le gémissement brisé qui filtra entre les lèvres de Lilly lui fit savoir à coup sûr qu'il avait gagné la bataille.

— *Basta*, murmura-t-il. Tu me désires, admets-le.

— Ric…

Il passa la main sous la dentelle de son slip minuscule et ses doigts trouvèrent le mont qui surplombait sa féminité. Elle poussa un gémissement et se pressa contre sa main. Un désir primaire envahit Riccardo. Elle était ouverte, pour lui… Il faillit en perdre le contrôle mais parvint à suspendre sa caresse.

— Dis-moi que tu aimes quand je te touche, *tesoro.*

Elle hocha la tête sans répondre.

— Dis-le.

— Oui, oui… Je t'en prie… Continue !

— Je suis le seul qui te touchera jamais ainsi ?

Lilly plaqua les mains sur son torse en un mouvement subit qui le prit par surprise.

— Lâche-moi !

Il se recula.

— Lil'…

— Voilà ce que tu cherchais à prouver, alors ? s'emporta-t-elle. Que tu es le seul homme pour moi ! Que je n'ai qu'à me plier à tes désirs.

Il fronça les sourcils.

— Ça t'a autant plu qu'à moi.

— J'ai réagi stupidement. *Stupidement !* Comment ai-je pu oublier ? Une fois de plus, il ne s'agit que de toi. Comme d'habitude. Toi, toi et encore toi !

Elle chassa une mèche rebelle devant ses yeux qui étincelaient de rage avant de poursuivre :

— Toi qui viens réclamer ce qui selon toi te revient de droit.

— Tu es ridicule, je ne pense pas que…

— Ce que tu penses m'indiffère, le coupa-t-elle, furieuse. Je reprends le contrôle de ma vie. Et je ne compte pas perdre l'objectif de vue, cette fois. Je ne suis pas un trophée, figure-toi. Je suis ta femme. Tu n'arrives pas à le comprendre.

— Lilly…, murmura Riccardo, une note de désarroi dans la voix.

— Sors de cette chambre ! Sinon, c'est moi qui pars et contrat ou pas, tu ne me reverras plus.

Comprenant qu'il serait incapable de la raisonner dans cet état, Riccardo la libéra de son emprise et quitta la pièce.

Il prit une douche froide dans une des chambres d'amis, laissant l'eau glacée gifler chaque centimètre carré de sa peau. Etait-il fou d'avoir osé un tel plan ? Etait-il fou de vouloir faire payer à Lilly tout ce qu'elle lui avait fait subir, l'humiliation qu'elle lui avait causée ?

Ce soir, il n'était plus très bien sûr de sa stratégie, ni de savoir qui gagnerait la partie.

6

— C'est *ça*, ton idée pour convaincre le conseil d'administration que tu es l'homme rêvé pour diriger De Campo ?

Gabe fourra un journal sous le nez de Riccardo, qui y jeta un coup d'œil. C'était celui que Lilly lui avait mis sous les yeux le matin même avant qu'il parte au travail. La une barrait toute la couverture : « GRABUGE AU PARADIS, DÉJÀ ? », au-dessus de trois photos de son couple. Sur la première, celle qui leur avait été volée sur le balcon, ils s'embrassaient passionnément, l'air vraiment amoureux. Sur la deuxième, Lilly tombait du podium dans les bras de Harry Taylor — Riccardo aurait aimé oublier cet instant ! La dernière photo le représentait en train de stopper le poing du chirurgien.

Rien de cela n'allait arranger ses affaires…

— Qu'est-ce que je peux dire de plus ? lâcha-t-il en haussant les épaules. Ils n'avaient rien d'autre à publier.

Gabe semblait sidéré par son calme.

— Qu'est-ce qui s'est passé, bon sang ? Ce genre de démonstration ne correspond pas à ton style habituel !

— C'est Taylor qui m'a agressé.

— On peut savoir pourquoi ?

— Il expliquait à Lilly qu'il comptait être là le jour où je lui briserais le cœur. Ça ne m'a pas plu.

Son frère laissa échapper un sifflement.

— Je suis surpris que tu ne l'aies pas achevé !

— Je me suis retenu uniquement dans l'optique du conseil d'administration, ironisa Riccardo.

Son frère émit un petit rire.

— Et Lilly, elle est remise de sa chute ?

Riccardo froissa le magazine et l'envoya dans la poubelle.

— Tu la connais, elle s'est relevée et elle est remontée.

— C'est bien elle, sourit son frère. Elle a le feu sacré.

Presque jusqu'à la fin de leur mariage, elle avait eu ce feu sacré. Puis elle était devenue le fantôme d'elle-même, comme si elle haïssait ce que sa vie était devenue.

Le remords envahit soudain Riccardo : il avait eu tort de l'obliger à faire le mannequin.

Dio ! Il termina sa tasse de café. A une époque, Lilly aimait ce jeu des mondanités. Ils étaient surnommés « le couple mythique » et, selon beaucoup de jet-setteurs, aucune soirée n'était totalement réussie sans eux.

Alors, qu'est-ce qui avait changé ?

Lilly l'avait accusé de ne jamais être là pour elle. La portée symbolique du sauvetage de Taylor avait infligé un coup brutal à son ego ; pas seulement parce qu'il était trop éloigné pour intervenir et que son rival avait surgi comme un chevalier blanc, mais parce que lui-même commençait à comprendre pourquoi Lilly l'avait quitté. En lui résistant physiquement, elle démontrait qu'elle avait changé. Savait-il encore qui était vraiment sa femme ?...

Sa main se crispa autour de la tasse vide pendant qu'une colère noire s'infiltrait dans ses veines. Il était temps que Lilly et lui aient une longue conversation, qu'elle lui dise ce qu'elle avait vraiment ressenti durant les derniers mois de leur mariage. Pourquoi elle l'avait écarté. Pourquoi elle était devenue l'ombre d'elle-même. Tout cela n'était pas seulement dû à cette histoire stupide avec Chelsea, il en avait la ferme intuition désormais.

A côté de lui, Gabe jeta un coup d'œil à sa montre.

— Prêt ?

Riccardo hocha la tête. La guerre froide qui sévissait entre

Lilly et lui ne pouvait plus durer. Pas alors qu'une autre guerre s'annonçait, contre son père.

Il reposa sa tasse. Il était sur le point de réclamer ce qui lui revenait de droit. Au conseil d'administration comme chez lui.

Trois coups furent frappés à la porte et sa secrétaire entra.

— La réunion va commencer, monsieur De Campo.

Il hocha la tête et enfila sa veste. C'était probablement la plus importante de sa vie, au cours de laquelle il déploierait ses plans concernant le futur de l'entreprise, et voilà qu'il ne pensait qu'à sa femme ! Riccardo serra les dents. Si elle l'avait su, Lilly n'aurait pas manqué d'en souligner l'ironie... Il prit son ordinateur portable et suivit Gabe.

— Hum... Monsieur ?

La secrétaire le rattrapait, lui tendant un carton à dessin.

— Vous oubliez les plans, reprit-elle à mi-voix.

Ceux de leur futur restaurant à SoHo. La clé de voûte de sa présentation... Il grimaça un remerciement.

Lorsqu'ils pénétrèrent dans la salle du conseil, Antonio tenait à la main le tabloïd infamant. Riccardo, prenant place près de lui, jeta un regard circulaire à l'assemblée. Deux autres membres avaient un exemplaire du même torchon. Sa vie était-elle devenue un *soap opera* médiatique ?

— Tu soignes tes effets, à ce que je vois, lui murmura son père. Sais-tu que Phil Bedford, assis à ma gauche, joue au golf avec Harry Taylor ?

Riccardo posa son ordinateur sur la table avec un peu plus de vigueur qu'à l'accoutumée, ramassa le journal que son père tenait en main et le tint devant l'assemblée.

— Il semblerait que tout le monde ait lu la presse ce matin...

Matteo ouvrit de grands yeux. Gabe avait l'air fasciné. Les autres partenaires le dévisageaient, immobiles et muets. Riccardo toisa Phil, un de leurs directeurs exécutifs.

— Harry Taylor tente de séduire ma femme. Je ne considère

pas cela comme acceptable, étant donné qu'elle est toujours *ma* femme. J'ai réagi en conséquence.

Il jeta le journal sur la table d'un air méprisant.

— Si quelqu'un a quelque chose à dire là-dessus, reprit-il, qu'il parle. Sinon, nous pouvons revenir à nos affaires.

Phil contemplait son café avec application. Riccardo jeta un coup d'œil à son père, avant de conclure à mi-voix :

— Ils sont à toi, Antonio.

Il aurait pu jurer que ce dernier ravalait un éclat de rire alors qu'il se levait pour ouvrir la réunion. Il lut les bilans annuels, avant de lui redonner la parole.

Riccardo présenta les bénéfices du secteur restauration, puis il passa au futur joyau de la société : le restaurant qu'il comptait ouvrir à SoHo. Il vit briller les yeux des membres du conseil alors qu'il vantait les 12% d'intérêts que l'établissement rapporterait, et comprit qu'il avait fait passer son message quant à l'avenir du groupe.

Il se rassit, les mâchoires serrées et le regard fier. Il avait le sentiment d'avoir parfaitement accompli sa tâche.

Gabe se leva pour donner un aperçu des résultats californiens, puis la séance fut levée le temps d'une pause déjeuner. Antonio suivit Riccardo dans son bureau.

— *Buon lavoro, figlio.*

« Beau travail » ? Le compliment prit Riccardo par surprise.

— *Grazie.*

— Continue et je pourrai peser en ta faveur.

Riccardo se figea. Même après les résultats exceptionnels qu'il avait donnés plus tôt, son père tentait encore de reprendre la main…

— Je suis le seul responsable des 12% qui font saliver le conseil. Si tu ne montres pas un peu plus de reconnaissance pour mon travail, je quitterai l'entreprise sans un regard en arrière.

Son père le toisa avec hauteur.

— Un De Campo ne fait pas ce genre de déclaration !

— Celui que tu as devant toi, si. Juste pour information,

combien de temps comptes-tu me faire payer mes hésitations de jeunesse ?

Antonio fronça les sourcils.

— Tu crois que c'est ce que je suis en train de faire ?

— Je *sais* que c'est ce que tu es en train de faire.

— Peut-être est-ce que j'estime que Gabe est le meilleur…

— Nous ne sommes pas Caïn et Abel, jeta Riccardo d'une voix blanche. Et tu n'es pas Dieu. Je n'entrerai pas en rivalité avec Gabe. Prends une décision, mais n'essaye pas de nous monter l'un contre l'autre. Aucun de nous ne le tolérera.

Son père haussa ses larges épaules.

— Gabe a vraiment un don pour ce métier.

— Alors pourquoi ne l'as-tu pas choisi pour diriger la société pendant ta maladie ? Tu en avais l'opportunité.

— Bien que tu n'aies pas fait honneur à notre famille en choisissant les circuits plutôt que notre héritage, tu as un cœur de lion, Riccardo. Et tu as la vision qu'il nous faut pour emmener cette entreprise vers son destin.

— Gabe en est tout aussi capable.

Son père secoua la tête.

— Pas comme tu saurais le faire. Tu as la capacité d'être impitoyable. De prendre les décisions qui font reculer les autres.

— Alors appuie-moi, jeta Riccardo. Parce que je n'attendrai pas plus longtemps. J'ai assez sacrifié à l'entreprise.

Antonio pointa un doigt en sa direction.

— Ah, enfin tu l'admets ! Tu vois le groupe De Campo comme un sacrifice. Un obstacle à ta liberté personnelle. Pas comme un droit de naissance qui t'a été légué, avec les devoirs y afférents.

— J'aime cette entreprise. Je me suis tué au travail pour elle.

Il jeta un regard à son père, avant d'ajouter :

— Tout comme toi…

En raccompagnant son dernier patient, un grand boxeur aussi doux qu'un agneau, Lilly se demandait ce qui lui avait pris, l'autre soir. Elle avait presque rechuté ! Si elle avait de nouveau couché avec Riccardo, elle l'aurait regretté amèrement. Il savait trop bien la faire craquer…

Ils avaient échangé moins de cinquante mots depuis qu'elle l'avait chassé de la chambre. Lorsque Riccardo était dans la cuisine quand elle arrivait, elle partait prendre son petit déjeuner sur la terrasse. Si elle descendait en premier, il se réfugiait dans son bureau pour y regarder les informations.

Cela ne pouvait continuer.

Les problèmes non résolus pavaient leur chemin comme autant de mines antipersonnel. La soirée du défilé lui avait confirmé qu'elle ne voulait plus vivre cette vie sociale au bras de Riccardo. Pourquoi tout semblait-il aller de travers ? Pourquoi ne pouvait-elle adopter une attitude plus zen en public ?

Tout en réfléchissant, elle classait les notes qu'elle avait prises sur les progrès de ses patients. Elle venait de ranger un dossier lorsque la sonnerie de son portable retentit ; toute à sa tâche, elle décrocha sans regarder le nom affiché sur l'écran.

— Lilly Anderson.

— Lilly *De Campo*, corrigea la voix chaude de Riccardo.

— Je n'utilise pas ton nom sur mon portable professionnel.

— Et je le déplore. Je t'appelle pour te demander de libérer ton agenda pour jeudi et vendredi.

Riccardo *demandait* au lieu de décider ? Etait-il malade ?

— Je suis à la clinique ces jours-là. C'est pour une occasion importante ?

— J'aimerais t'emmener à la Barbade pour le week-end. On logerait chez un ami qui nous prête sa maison.

— Tu y vas pour le travail ?

— Non, fit-il d'un ton rauque. On ne travaillera pas.

Une vague de chaleur la submergea.

— Riccardo…

— On a besoin de faire une trêve et de parler, Lil'. Juste nous deux, loin des photographes et des importuns.

Elle ne pouvait nier qu'il avait raison. C'était juste que la perspective semblait… terrifiante ! Ils avaient déjà passé un week-end dans les Caraïbes, du temps de leur mariage, et Riccardo s'était montré si peu présent qu'elle en gardait un souvenir amer.

— Tu es toujours là ? s'enquit-il.

— Oui, soupira-t-elle.

— J'escompte bien que tu répondes oui, en effet…

Elle sourit. Au moins savait-elle que son mari n'avait pas été remplacé par un clone.

— Je vois. Donc, il ne me reste qu'à accepter.

— *Bene*. Je dîne avec mon père. Souhaite-moi bonne chance, conclut-il avec ironie. *Ciao, bella*.

Lilly raccrocha, encore frissonnante sous l'effet de ces deux derniers mots. Est-ce qu'un jour Riccardo perdrait son pouvoir sur elle ? Combattant le sentiment d'avoir fait une énorme erreur, elle appela sa sœur pour la mettre au courant.

— Alex, tu as une seconde ?

— Toujours, pour toi, sœurette. Tu tiens le coup ? Riccardo ne s'est envoyé en l'air avec personne, ces derniers temps ?

— Très drôle. Il va falloir qu'on reporte notre brunch. Je ne serai pas là. On part à La Barbade tous les deux.

— Je me réconcilierais bien avec lui, moi aussi !

Lilly sourit.

— Gabe est toujours en ville, tu sais…

— Hmm… J'ai bien peur de ne pas avoir le loisir d'affronter cet adversaire-là. Je veux garder le temps d'aller voir Lisbeth avant sa nouvelle série de tests.

— Ne veux-tu pas que je t'accompagne ?

Soutenir ses sœurs était autrement plus important que tous les week-ends possibles avec Riccardo.

— Je vais m'en charger, Lil', fit Alex doucement. Vous avez besoin de temps ensemble, lui et toi.

Elle se mordit la lèvre. Alex pensait sûrement que Riccardo et elle se réconciliaient sur l'oreiller… Elle aurait aimé pouvoir avouer qu'ils se parlaient à peine, et qu'elle avait perdu tout espoir, mais elle ne pouvait pas se le permettre. Pas si elle voulait respecter l'accord passé avec Riccardo.

— Tu m'appelleras si Lisbeth a besoin de quoi que ce soit ? Je reviendrai aussitôt, se contenta-t-elle de répondre.

— Promis.

— Et… Alex, ajouta Lilly d'un ton soudain hésitant, est-ce que tu penses que les gens sont capables de changer ?

— Les gens ou Riccardo ? Même si c'est le salaud le plus arrogant que j'aie jamais rencontré, je sais que ce qui existe entre vous est spécial. Dans son genre cinglé, cet homme t'aime comme un fou. Donc, il fera ce qu'il faut pour te garder. Mais accorde-moi une faveur : surtout, ne tombe pas enceinte.

Lilly eut un sourire acide. Sa sœur ne connaissait pas l'état réel de leur relation, sa préoccupation était donc légitime.

— Ne t'inquiète pas, cela ne risque pas d'arriver…

7

Lilly se tenait sur la terrasse de la très belle propriété qui surplombait Heron Bay, à la Barbade.

C'était là le terrain de jeu des puissants et des célébrités : la baie regorgeait d'hôtels de luxe et de villas qui s'ouvraient toutes sur des plages paradisiaques, au bord d'une eau turquoise, la plus claire que Lilly ait jamais vue. L'ami de Riccardo préférant la discrétion à l'ostentation, il avait acquis cette villa retirée, qu'il lui prêtait à l'occasion.

C'était une oasis privée au beau milieu du paradis.

A tout autre moment, Lilly aurait été aux anges de se trouver là. Mais pas ce soir. Trop de stress pesait sur ses épaules. Y aurait-il un avenir pour son couple ? Il n'était plus question de fuir, mais de faire face à ses démons familiers.

Les yeux perdus dans le lointain, elle regardait sans le voir l'océan dont le miroir variait du sombre au clair. Etait-ce à cela que ressemblait une relation, avec des profondeurs qu'il leur restait à explorer ? Ou bien était-ce la fin ?

Madame Adams, la gouvernante qui les avait accueillis et leur avait montré leur chambre, fit son entrée avec un seau à glace et deux verres, sur un plateau.

— M. De Campo a pensé qu'un peu de vin vous ferait plaisir pendant qu'il prend sa douche. Il sera là très vite.

Lilly se força à sourire.

— Vous êtes déjà venus à la Barbade ? demanda la gouvernante.

— Oui, l'année dernière.

Riccardo était alors en voyage d'affaires. C'était peu après que les rumeurs sur sa liaison avaient commencé à faire surface et elle avait passé le séjour à se persuader qu'elle devait lui faire confiance, pour le salut de leur mariage.

Et puis… et puis elle avait vu les photos.

— C'est une… bien belle île, articula-t-elle, embarrassée, réalisant que Mme Adams attendait sa réponse. Nous étions… un peu plus loin, sur la côte, à l'hôtel.

La gouvernante comprit qu'il ne fallait pas insister et se retira en lui souhaitant un bon séjour. Lilly garda un sourire de commande sur le visage jusqu'à ce que l'employée ait passé la porte. Elle était horriblement tendue. Pendant les cinq heures de vol dans son jet privé, Riccardo était resté plongé dans ses dossiers.

Elle se tourna vers la mer et joignit les mains en une supplique muette. « Ne pas chercher à nier la douleur, mais plutôt la prendre en charge, l'aménager… » Ces mots, que lui répétait souvent sa psychanalyste, l'aidaient à tenir alors qu'elle aurait voulu fuir. La fuite, c'était sa pulsion constante, depuis l'adolescence et les conflits sans fin avec ses parents.

— Tu veux un verre ?

La voix calme et chaude de Riccardo contrastait avec l'hystérie qui montait en elle. C'était comme un résumé de leurs relations : lui traitant tout par le biais de la raison, pesant ses mots après mûre réflexion, et elle réagissant immédiatement, sous le coup de l'émotion.

Elle se retourna, prête à la riposte. Mais son mari était si incroyablement beau dans un jean et un polo bleu marine, mâchoire carrée, œil sombre, traits réguliers, que les mots moururent sur ses lèvres.

Beau, il l'avait toujours été au-delà de toute expression. Le charisme jaillissait de lui comme d'une fontaine, prêt à abreuver toutes femmes à la ronde ; elle y avait bu, et savait désormais quelle erreur c'était de vouloir garder un homme que toutes les femmes désiraient.

Elle se retourna vers l'océan.

— Si tu veux…

Il fit couler un vin doré dans les verres. Ce petit bruit tout simple, on aurait dit un doux chant murmuré dans l'air du soir. Riccardo s'approcha et elle fut enveloppée par son odeur épicée.

— Qu'est-ce qui ne va pas ? demanda-t-il.

Elle pivota pour lui faire face.

— Tu es pendu au téléphone depuis notre départ. Je croyais que nous avions un accord là-dessus, tous les deux ?

Riccardo pinça les lèvres.

— J'ai terminé. J'avais encore deux ou trois choses à voir avec Gabe. Au fait, il a voulu inviter Alex à dîner et elle a refusé en disant qu'elle allait à Mason Hill pour le week-end. Or je sais très bien que vous allez rarement à la ferme. Il y a un problème avec vos parents ?

Lilly déglutit péniblement.

— Non, tout va bien. Est-ce qu'on ne pourrait pas parler d'autre chose ? Je crois que nous avions prévu des sujets plus personnels…

Il lui tendit son verre, l'air sombre. Lilly le saisit d'une main qui tremblait un peu.

— Très bien. Que s'est-il passé le soir du défilé de mode ? Pourquoi étais-tu visiblement si mal à l'aise ?

Elle cilla. Elle savait le moment de la confrontation arrivé mais ne s'était pas attendue à cette première question.

— Je n'ai jamais été à mon aise dans ce genre de circonstances. Je te l'ai dit dès que nous avons commencé à sortir ensemble.

— Mais tu avais travaillé là-dessus. Dépassé ces angoisses.

— Sans doute, mais ça me reste désagréable. Ne t'inquiète pas, je m'y ferai. Je ne te laisserai pas tomber.

Il fronça les sourcils.

— Mais enfin, pourquoi une femme telle que toi a-t-elle si peu confiance en elle ? Tu es riche, tu es belle…

Elle eut un sourire embarrassé.

— Je viens d'une ferme pauvre, Riccardo. Je me sentirai toujours déclassée, même si tu m'habilles comme une reine et que tu me fais fréquenter les grands de ce monde. Tu m'as ouvert les portes d'une vie raffinée dont je ne savais rien. En fait, tu m'as poussée dans le grand bain, mais je ne savais pas nager.

— Mais tu n'as jamais protesté ! De mon côté, je te trouvais parfaitement à ta place, en toute occasion.

— Je faisais ce que j'avais à faire. C'était mon rôle ; j'étais Lilly De Campo.

Il poussa un lourd soupir.

— Eh bien, personne n'aurait pu s'en douter à te voir…

Elle eut une moue amère.

— Faire semblant n'était pas un talent inné. Je l'ai acquis. J'ai fait semblant durant tout notre mariage.

Instantanément, le regard de Riccardo se durcit et une lueur dangereuse brilla dans son œil sombre.

— Je crois que tu ferais mieux de t'expliquer sur ce point.

— Je ne voulais pas de cette vie. Je te l'ai dit, et tu n'as rien voulu entendre. Tu as continué à me pousser…

— Nous étions amoureux !

— Nous étions sous le coup d'une attirance réciproque, plus exactement. Il m'a fallu du temps pour comprendre combien tes manières de Pygmalion étaient destructrices pour moi. Je n'ai jamais été aussi à l'aise que je le laissais croire. Etant ton épouse, je ne pouvais pas prendre cinq cents grammes sans que cela soit dans toutes les gazettes.

— Je t'ai dit de cesser de les lire.

— Facile à dire : elles sont partout !

— Mais d'où te vient cette insécurité sur ton physique ? Que je sache, la presse n'y est pour rien.

Elle se détourna, comme pour échapper à un tir de barrage. Mais les mots de son analyste la hantaient : « Avant toute chose, soyez honnête, Lilly. Avec vous-même et ceux qui vous entourent. »

Honnête, c'était la seule issue…

— J'étais très malheureuse lorsque j'étais adolescente. Le mariage de mes parents battait de l'aile. La ferme marchait mal et le manque d'argent nous tenaillait. Nous n'avons pas eu d'enfance. Nous passions notre temps libre aux travaux agricoles. Alors tu penses bien, les copains et tout ça…

— Je savais que tu n'avais pas été heureuse, mais j'ignorais l'ampleur du problème.

Elle hocha la tête.

— Les disputes des parents finissaient régulièrement par des hurlements. Ma mère menaçait de partir. Papa avait une liaison avec une femme d'une ferme voisine. C'était un désastre. Un vrai gâchis.

Un pesant silence s'installa. Riccardo avait pâli. Sans doute comprenait-il à présent pourquoi sa trahison l'avait tant ébranlée…

— J'intériorisais ma douleur, continua Lilly. Je pensais que si je pouvais contrôler ma vie et la tenir à l'extérieur de cet enfer, tout irait bien. J'ai voulu commencer par contrôler mon alimentation. En fait, je mangeais le moins possible.

Riccardo prit une longue inspiration, révélant sans le vouloir qu'il cherchait à maîtriser ses émotions.

— Mais tu n'as jamais été en surpoids !

— Détrompe-toi. Je haïssais mon apparence, celle d'une gamine bien en chair, une « solide fille de ferme », comme disait ma mère. Aucun garçon ne voulait sortir avec moi.

— C'est plutôt difficile à imaginer.

— Et pourtant… J'ai changé, je me suis transformée vers l'âge de vingt ans. C'est peu après que tu m'as rencontrée.

Il fronça les sourcils.

— Pourquoi continues-tu à aller aussi mal, alors ? J'ai vu le désir que tu inspires aux hommes, Lilly. Tu ne peux pas l'ignorer. Cela devrait te redonner confiance.

Elle admira quelques instants le splendide coucher de soleil qui incendiait à présent le ciel, cherchant à se défaire du nœud d'angoisse qui lui bloquait la gorge.

— C'était trop tard : le laisser-aller alimentaire était devenu pour moi une habitude.

Riccardo baissa la tête, puis la releva lentement vers elle, après un long silence.

— Je ne savais pas, dit-il d'une voix blanche.

— Ce n'est pas un sujet qui vient facilement dans la conversation…

— Mais c'est essentiel ! fit-il en lui prenant les épaules. C'est une clé pour te comprendre, j'aurais dû le savoir.

Elle leva fièrement le menton.

— Je ne *voulais pas* que tu saches.

— Mais pourquoi ? Pourquoi me dissimuler la véritable Lilly ? Nous avons été aussi intimes qu'un homme et une femme peuvent l'être !

Elle secoua la tête et s'écarta de lui.

— Le sexe et les sentiments sont des choses bien différentes, dit-elle d'un ton sec.

— Il faut le croire, acquiesça-t-il avec amertume. Parce qu'à partir du moment où tu es devenue une statue de glace et que tu m'as fermé ta porte, nous avons perdu toute intimité.

— Je n'ai pas voulu te faire de mal, mais seulement me protéger. Tu es quelqu'un d'unique, Riccardo. Je n'ai jamais pu respirer à ton altitude, ni être la femme que tu méritais.

— Arrête, protesta-t-il, c'est ridicule, voyons !

— C'est ce que je ressens ! Tout, dans ma vie avec toi, s'est résumé à sauver la face, à faire semblant d'être ce couple glamour sans cesse exposé au jugement des autres.

— Tu aurais pu le dire plus tôt, murmura-t-il, les épaules brusquement voûtées. Je t'aurais aidée.

Le cœur de Lilly se serra.

— Je n'ai pas voulu ajouter mes problèmes à la longue liste des tiens. Tu avais assez à faire comme cela.

— Est-ce que j'ai exercé la moindre pression sur toi, à propos de ton poids ?

— Non. Mais tu ne m'as pas rassurée non plus.

— Je t'ai toujours dit à quel point je te trouvais belle, se récria Riccardo d'un ton sincère.

— Oui, mais quand je disais que je me sentais grosse, tu me répondais de faire du sport au lieu de me réconforter.

— C'est ce que je fais moi-même quand je me sens mal. Le sport me permet d'évacuer ma tension. Ah, *cara*, tu ne sais donc pas à quel point j'aime ton corps ?

Le regard de sa femme se déroba.

— J'ai repris du poids depuis mon… notre séparation.

— La scène de l'autre soir n'a pas suffi à te faire comprendre que cela n'a aucune importance pour moi ?

— Pourquoi est-ce que je ne te suffis pas, alors ? cria-t-elle, perdant toute retenue. Si tu aimes mon corps, pourquoi as-tu eu une liaison avec Chelsea Tate ?

Hors d'haleine, Lilly nota que le visage de Riccardo avait perdu toute couleur.

— Quelle liaison ? Tu es la seule femme que je désire, Lil'. Chelsea ne t'arrive pas à la cheville !

— Dis la vérité ! lui lança-t-elle rageusement.

Il la regarda comme s'il découvrait une nouvelle femme en face de lui.

— Avant notre rencontre, Chelsea et moi avons été très proches, tu le sais. Mais dès que je t'ai vue, j'y ai mis fin. Tu es la seule femme dans ma vie, *tesoro*, la seule ! Lorsque tout est allé très mal entre nous, j'étais complètement perdu, je ne savais plus que faire. Il me semblait impossible qu'un mariage puisse décliner en si peu de temps, mais je ne pouvais me voiler la face : c'était ce qui arrivait au mien, et je ne comprenais pas pourquoi.

Lilly retenait son souffle, suspendue aux lèvres de son mari.

— J'étais blessé, furieux de ta froideur. Alors, j'ai appelé Chelsea et je l'ai invitée à dîner.

Elle eut soudain l'impression qu'un train lui fonçait dessus à toute allure et qu'elle ne pouvait rien faire pour l'éviter.

— Je voulais me prouver que je n'avais pas besoin de toi, continua Riccardo d'une voix tendue, et peut-être aussi voulais-je te faire souffrir, autant que je souffrais. J'ai ramené Chelsea, je suis monté à son appartement et j'avais l'intention de coucher avec elle, c'est vrai. Mais en l'embrassant, je me suis soudain vu pour ce que j'étais : minable…

Lilly sentit le sol se dérober sous elle. Riccardo la rattrapa de justesse, jurant entre ses dents. Il la porta dans un fauteuil.

— Peu importe que tu m'aies chassé de ta vie, fit-il en s'agenouillant, tu es la seule femme que j'aie jamais aimée.

Elle restait immobile, comme absente… Quand elle parla enfin, sa voix était basse et lente.

— Tu l'as embrassée et tu n'as pas couché avec elle ?

Il acquiesça.

— Je suis rentré et je ne l'ai plus revue depuis.

— C'est faux, Riccardo. J'ai vu des photos. Tu ne l'as pas juste embrassée, tu as fait l'amour avec elle !

— Nous étions dans son appartement. Il ne peut pas y avoir de photographies !

— Et moi, j'en ai vu huit ! Huit photos de vous à des stades divers de déshabillage. Arrête de mentir !

Il la prit par les épaules.

— Qu'est-ce que tu racontes ? dit-il d'une voix blanche.

— Lacey Craig ! lui jeta-t-elle au visage. Elle a parlé la première de ta trahison. Lorsque nous sommes revenus de ce premier week-end à la Barbade, je l'ai appelée pour demander quelle preuve elle avait. Elle m'a montré des photos de Chelsea et de toi. Et j'ai dû les acheter, pour m'épargner la honte de les voir à la une de tous les magazines !

Riccardo resta bouche bée, comme s'il avait du mal à déchiffrer le sens de ses paroles.

— Attends… Tu as appelé une faiseuse de ragots professionnelle, tu lui as demandé des infos sur mon infidélité supposée et tu as payé des photos *truquées* ?

— Elles n'étaient pas truquées ! s'écria Lilly. Tout New York savait que vous aviez une liaison. Sauf moi, bien entendu. La femme bafouée est toujours la dernière à savoir…

Il crispa les mains, toujours posées sur ses épaules.

— Elles sont forcément truquées parce que je n'ai pas couché avec Chelsea Tate. Pas depuis que je suis avec toi.

Sa colère froide aux accents de sincérité finissait par impressionner Lilly. Jamais Riccardo ne lui avait menti. Pas une fois. Dire la vérité était une sorte de credo sur lequel la société De

Campo avait été fondée. Pour eux, mieux valait être direct, quitte à blesser, que malhonnête.

Et si c'était elle qui se trompait ?…

Son cerveau fonctionnait à toute vitesse. Oui, les photos avaient pu être retouchées. Aujourd'hui, c'était simple avec certains logiciels. Peut-être n'étaient-ce pas des photos de lui ? Après tout, les visages n'étaient pas très nets sur les photos où ils s'embrassaient… Est-ce que Lacey Craig aurait osé lui vendre des photos truquées ? Aurait-elle pu prendre le risque que Riccardo la traîne en justice ? Mais peut-être que Lacey elle-même ignorait que ces photos étaient truquées…

— Oh, mon Dieu, souffla-t-elle.

— Combien as-tu payé pour ces photos ?

— Cent mille dollars.

Le visage de Riccardo se durcit.

— La somme que tu disais vouloir envoyer à tes parents ?

Elle acquiesça imperceptiblement et il serra les poings.

— Tu avais donc si peu confiance en moi pour n'être même pas venue m'en parler ?

— Si tu n'as pas couché avec elle, tu l'as quand même embrassée ! Tu l'as suivie chez elle, bien décidé à entrer dans son lit. Tu crois que c'est le genre de choses qui pousse à la confiance ?

Il serra les dents et resta silencieux un long moment, dont chaque seconde mettait le cœur de Lilly au supplice. Finalement, il demanda posément :

— Y a-t-il eu un moment, un seul de tout notre mariage, où tu as été heureuse ?

Elle se mordit la lèvre car des larmes lui montaient aux yeux.

— La première année fut la plus extraordinaire de toute ma vie. Je t'aimais. Je bénissais l'air que tu respirais, la terre sur laquelle tu marchais. Tu étais mon chevalier à l'armure étincelante. Mais l'éclat s'en est terni, hélas. Tu ne m'aimais pas comme je t'aimais, j'étais obligée de le constater, et c'est devenu une torture que de vivre auprès de toi.

Elle regarda machinalement l'anneau à son doigt.

— Alors, je t'ai quitté.

— Tu m'as quitté, croyant que je ne t'aimais plus ?

— Je t'ai quitté parce que nous étions en train de nous détruire. Tu étais obsédé par le travail. Tu m'as laissée seule avec la lourde tâche d'être Lilly De Campo. Or je ne pouvais y réussir sans toi.

Riccardo ne répondit pas, son visage figé en un masque de granit. Lilly serra les bras autour de sa poitrine, écoutant le chœur lancinant des petites rainettes.

— Et il ne t'est pas venu à l'idée, dit soudain Riccardo, que je pouvais souffrir, moi aussi, et avoir besoin de ma femme ?

Il avait prononcé ces mots d'une voix délibérément tranquille, sans une trace d'émotion.

— Aurais-je pu le deviner ? Tu es comme le Vésuve. Tu retiens tout jusqu'à ce que tu exploses. Et alors, il ne reste plus que la colère pour te répondre.

— Je pourrais en dire autant de toi…

— Oui, j'ai des squelettes dans mon placard, je le reconnais. Mais au moins, je sais qu'ils y sont.

Riccardo tressaillit à ces mots, comme si un coup l'avait atteint. Tournant les talons, il traversa la terrasse pour aller s'accouder à la balustrade qui surplombait la mer.

— J'ai toujours pensé que si on voulait quelque chose assez fort, on l'obtenait, dit-il pensivement. J'imaginais que nous pourrions dépasser nos différences puisque nous nous aimions tant.

Lilly sentait la boule dans sa gorge prendre de telles proportions qu'elle l'étouffait complètement.

— Parfois, balbutia-t-elle, l'amour n'est pas suffisant.

Il lui fit de nouveau face, ses larges épaules se découpant sur le soleil couchant. Il ne paraissait pas comprendre, aussi Lilly se décida-t-elle à enfoncer le clou.

— Un mariage a besoin de confiance, pour durer. Et nous avons démontré qu'il n'y en avait pas entre nous. Cela n'aurait jamais marché, de toute façon.

Ces mots aux accents désespérés flottèrent un instant dans l'air nocturne. Tout à coup, le visage de Riccardo s'empourpra de colère et il marcha vers elle. Lilly retint son souffle. Ses yeux lançaient de véritables éclairs et elle sentit son cœur manquer un battement quand il prit la parole.

— Nous nous sommes dit nos quatre vérités, ce soir, mais je ne te permettrai pas de t'exonérer de toute responsabilité dans le naufrage de notre mariage, que tu as déclenché en me quittant. C'était ton choix et tu vas l'assumer.

Elle cherchait désespérément à trouver sa respiration. L'air semblait raréfié. Il la regarda longtemps, attendant une réponse mais aucun son ne put franchir ses lèvres. Alors il tourna les talons et se dirigea vers l'intérieur.

— Riccardo, je...

— J'ai besoin de prendre l'air, la coupa-t-il sans même se retourner.

Lilly se laissa glisser au sol et pleura toutes les larmes de son corps. Riccardo était-il parti pour toujours ?...

Elle se rassura en n'entendant aucun bruit de voiture, mais les pleurs continuaient à rouler sur ses joues comme un flot que rien ne semblait capable d'endiguer. Riccardo avait embrassé Chelsea Tate et il avait voulu coucher avec elle. Même s'il y avait renoncé, le seul fait qu'il ait embrassé cette femme la désespérait.

Comment avait-il pu ? L'homme qui lui avait promis de l'aimer et de la protéger dans le chœur de la cathédrale le jour de leur mariage, celui pour qui elle avait accepté de franchir toutes les barrières, cet homme l'avait trahi de la pire des façons possibles. Car est-ce que d'une certaine manière, le baiser n'était pas le plus intime de tous les actes d'amour ?

Au fond d'elle-même, Lilly avait espéré que cette histoire soit fausse. De A à Z. Mais la naïve confiance des débuts de leur mariage devait céder devant la réalité. Riccardo et elle étaient faillibles, et le message qu'il venait de lui délivrer était clair : c'était elle qui l'avait poussé dans les bras de Chelsea Tate. Il avait voulu la faire souffrir autant qu'il avait souffert. Voilà bien quelque chose qu'elle découvrait sur lui : le bloc de confiance en soi qu'était Riccardo pouvait se fêler. Et *elle* avait cet incroyable pouvoir sur lui.

Cela ne changeait pourtant pas grand-chose : elle n'avait pas su correspondre à ce qu'il attendait d'elle. Elle n'en avait pas fait assez, sans quoi il ne serait jamais allé voir ailleurs.

Lilly ferma les yeux, au bord du gouffre.

Elle avait quitté Riccardo par réflexe de survie, pour ne plus s'évertuer à essayer d'être ce qu'elle ne serait jamais. Mais la trahison de Riccardo avait continué à la miner. Des émotions trop longtemps bridées lui revenaient à fleur de peau.

Elle se souvenait de ce jour merveilleux, quand ils avaient recueilli leur petit chien, Brooklyn, et qu'ils avaient passé le week-end à la campagne. Le soir, Riccardo avait pris le chiot dans une main, celle de Lilly dans l'autre, puis déposé le petit animal au pied du lit. Tandis que Brooklyn s'endormait, son mari avait évoqué la possibilité qu'ils aient trois ou quatre enfants. Elle en était restée stupéfaite et surexcitée, tant et si bien qu'elle n'en avait pas dormi de la nuit. Elle s'était sentie comme une petite fille au pied de l'arbre de Noël, qui avait reçu tout ce qu'elle avait demandé. Et c'était bien le cas : elle avait Riccardo, un métier merveilleux et un foyer, un vrai, où régnait l'amour, et non la tension incessante qu'elle avait connue enfant. Elle aurait une famille à qui serait épargné le déchirement continuel. Oui, parfois les rêves pouvaient devenir réalité, s'était-elle dit en s'endormant, l'aube venue, dans les bras de Riccardo.

Ce souvenir lui coupa le souffle, au point que ses sanglots cessèrent brutalement. Pas le souvenir lui-même, en réalité, mais la conclusion qu'elle venait malgré elle d'en tirer : *elle était toujours amoureuse de son mari.*

Elle pouvait le nier, crier haut et fort qu'ils n'auraient jamais dû être ensemble, que cela n'était pas fait pour durer, la douleur lancinante qui s'était emparée d'elle depuis qu'elle l'avait quitté n'avait jamais cessé.

Seigneur… Elle était folle d'un homme qui avait parlé de leur amour au passé, ce soir. Et comment aurait-il pu en être autrement après le mal qu'ils s'étaient fait ? Il avait raison, sur toute la ligne : elle aurait dû lui parler de son trouble alimentaire et des photos, tout de suite. Au lieu de cela, elle avait fui, comme toujours.

Mais il avait embrassé Chelsea Tate, elle n'était pas sûre de pouvoir le lui pardonner…

Elle se mordit sévèrement la lèvre, sentant à peine le goût du sang dans sa bouche. Au moins, ce soir, elle était allée de l'avant. Elle avait dit toute la vérité, ce qui pour elle représentait un progrès énorme. Et si c'était fini entre eux, mieux valait regarder la vérité en face.

Lilly se releva, s'aspergea le visage d'eau froide, puis revint sur la terrasse pour attendre Riccardo et lui annoncer son départ.

Deux ou trois heures passèrent, elle ne savait pas exactement. Le ciel des Caraïbes était tout piqueté d'étoiles. Elle écoutait la rumeur de l'océan. Ses yeux se fermèrent…

L'horloge qui sonnait minuit la réveilla. Désorientée, à demi assoupie, elle réalisa que son mari n'était pas rentré.

8

Son verre de rhum à la main, Riccardo s'assit sur les marches de la taverne. Bien raide, le rhum, et à boire sans glace, l'avait prévenu le patron qui avait une tête de bandit.

L'esprit en feu, il avait déambulé jusqu'à ce bar, simple baraque de planches peintes en rouge comme on en voyait des dizaines dans le pays. On y servait surtout de la bière et du rhum, et les quelques autochtones qu'il avait trouvés là, occupés à discuter du match de football de la veille, ne risquaient pas de lier conversation — ce qui l'arrangeait grandement. Il avait besoin d'être tranquille, loin du bord de mer et de ses hôtels chics. Il lui fallait un endroit calme où digérer l'incroyable conversation qu'il venait d'avoir avec sa femme. Car s'il avait pu deviner parfois qu'il ne connaissait pas tout d'elle, il comprenait à présent qu'elle lui était restée complètement étrangère.

Il prit une gorgée de rhum, appréciant le conseil du patron : l'arôme fumé de l'alcool ressortait mieux sans glace, et il avait besoin de sa brûlure pour apaiser le tumulte qui faisait rage dans son cerveau.

Sa femme lui faisait si peu confiance qu'elle avait payé des sommes folles pour des photos truquées, lui mentant quant à la destination des cent mille dollars qu'elle avait dépensés.

Che diavolo…

Il respira profondément. Dans quel état d'esprit avait-il fallu qu'elle se trouve pour croire une journaliste de caniveau au lieu de venir lui parler ? Il ne pouvait même pas lui reprocher de s'être montrée stupide puisqu'il en était en partie responsable. Il lui avait donné des raisons d'être jalouse. C'était lui qui, le premier, avait fait voler en éclats la confiance dans leur mariage. A cause du passé de Lilly, cette affaire était devenue une bombe à retardement, dont il avait très imprudemment allumé la mèche...

Il poussa un juron sourd. Sa femme souffrait de troubles alimentaires et il n'en avait rien su ? Comment avait-il pu l'ignorer ? Il n'était pas expert en la matière, mais il savait que les personnes affectées vomissaient souvent leur repas. Quel autre signe aurait-il pu remarquer chez elle ?

Il l'avait toujours connue grande et fine ; de bonne foi, il avait cru qu'il s'agissait de sa constitution naturelle. Maintenant qu'il y réfléchissait, il se souvenait qu'elle avait plus de formes au moment de leur rencontre. Elle avait perdu du poids durant leur mariage, et lui avait pensé qu'elle cherchait à mieux porter ses robes de grands couturiers. Oui, sa tendance à picorer aurait dû l'alarmer. Mais sans doute n'avait-il pas été assez souvent chez eux pour s'en inquiéter...

Un souvenir revint à sa mémoire : Lilly, épuisée, le suppliant de la laisser à la maison le soir du grand bal de Noël dans le quartier financier de New York. Il avait cru à un caprice et avait insisté, parce que la société De Campo était l'un des sponsors de la fête.

Sa main se serra sur son verre de rhum. Un tel aveuglement était blâmable. Avait-il été tellement obsédé par l'idée de devenir président-directeur général qu'il n'ait rien voulu voir ? Il fut submergé de remords et de honte en se souvenant qu'il lui était arrivé de ne pas dîner chez lui pendant tout un mois...

Bon sang, qu'avait-il fait !

Il avala une rasade de rhum et regarda le front de mer. Oui, la capacité que Lilly et lui avaient de se blesser mutuellement était phénoménale, tout comme leur manque de communication. Voilà comment une histoire aussi merveilleuse avait pu tourner aussi mal. C'était bien sa faute : il ne vivait pas, il avançait comme une machine.

Il baissa les yeux vers le fond de liquide ambré qui restait dans son verre. Il était grand temps de remettre tout à plat. La première étape avait été ce week-end avec Lilly, nécessaire à sa prise de conscience. La deuxième aurait lieu dans trois mois, lorsque Antonio lui céderait sa place. Une troisième… la troisième était avant tout une question d'honnêteté.

« J'ai fait semblant durant tout notre mariage. »

Cet aveu de Lilly lui avait porté un rude coup, faisant également office de chiffon rouge. Si elle croyait qu'il allait renoncer alors qu'un début de franchise s'installait enfin entre eux, elle se trompait ! Elle allait comprendre ce que signifiait un serment prononcé devant l'autel, et que les De Campo ne divorçaient pas.

Il finit son verre d'un coup et le reposa sur les marches. Puis il se leva d'un mouvement décidé et prit le chemin de la villa.

Sur la terrasse, Lilly regardait l'océan scintiller au clair de lune. Il était 1 heure du matin et son mari n'était toujours pas rentré. Sans doute avait-il conclu qu'elle n'était pas digne de lui puisqu'elle l'avait abandonné sans lutter… Bah, elle ne l'en blâmait pas.

— Tu ne devrais pas être au lit, à l'heure qu'il est ?

La voix chaude et profonde de Riccardo la fit se retourner, le cœur dans la gorge.

— Tu es revenu ! ne put-elle s'empêcher de s'écrier.

Il s'approcha.

— Je t'avais dit que rien n'était fini entre nous.

Certes, mais c'était avant, avant qu'elle ne gâche leur dernière chance… Elle brûlait de lui dire qu'elle l'aimait, qu'elle avait bien cru l'avoir perdu pour toujours, qu'elle se haïssait pour ce qu'elle lui avait fait.

— Non, ça n'est pas fini, répéta-t-il. Mets-toi bien ça dans la tête, Lilly. Ce n'est même que le commencement.

Elle en restait pantoise. Ça n'avait pas de sens… Il vint si près d'elle que l'air lui manqua soudain. La main qu'elle avança pour l'arrêter fut capturée.

— Ric…

— Ne dis plus rien, murmura-t-il en posant les lèvres sur ses paupières encore gonflées par les sanglots. Nous avons suffisamment parlé pour cette nuit.

Ses doux baisers cherchaient-ils à effacer leur passé ? Elle laissa échapper un profond soupir. S'il avait simplement voulu la réconforter, le résultat dépassait ses espérances car il lui mettait le corps en feu. Il défit rapidement les liens de son négligé et en écarta les pans.

« Au diable les conséquences, songea-t-elle confusément, ce soir j'en ai besoin ! »

Il prit sa bouche, en un baiser enivrant qu'elle ressentit jusque dans la pointe des pieds. C'était comme un calmant pour l'âme ; un frisson la parcourut. Elle crispa les doigts sur les muscles solides des épaules de son mari, heureuse d'en redécouvrir la souplesse et la fermeté. Les mains sur ses fesses, il l'attira à lui. Elle ne put retenir un soupir d'impatience excitée en sentant la dureté de son érection. Tandis qu'elle respirait son odeur si familière, il la souleva du sol. Il l'emportait dans la chambre.

C'était comme retrouver la lumière au bout d'un long tunnel…

La blanche lumière d'une lune presque pleine éclairait la pièce. Lilly n'avait d'yeux que pour son mari, qui la laissait doucement redescendre au sol dans le bruissement de la soie du négligé. Un moment intense, comme cette nuit tropicale ; excitant, comme une tornade après une grande chaleur ; capiteux comme les vins que produisait la famille De Campo.

Le cœur battant, elle le laissa la défaire de sa légère nuisette. Elle ferma les yeux.

— Mon Dieu, Lilly, comme tu es belle !

L'intonation sincère de Riccardo lui fit rouvrir les paupières. L'évident désir qui luisait dans ses pupilles manqua de la faire défaillir. Il l'attira à lui, nue contre ses vêtements.

— Je ne suis pas aussi belle qu'avant, chuchota-t-elle, embarrassée.

— Je te l'ai dit : j'aime tes courbes et je te veux. Je te désire plus que je ne t'ai jamais désirée.

La main sur sa nuque, il lui fit ployer la tête ; sa bouche vint sur la sienne et l'entraîna vers un gouffre de plaisir qui n'avait pas de fond. Lilly agrippa désespérément le col de sa chemise en gémissant de plaisir contre sa bouche lorsqu'il glissa le doigt en elle.

Riccardo tomba à genoux devant elle. La tête en arrière, elle se laissa aimer. La langue de son mari faisait naître des vagues de bonheur si intenses qu'elle avait l'impression que tout son être se concentrait là. Elle flottait sur un véritable océan de sensations affolantes quand elle se sentit de nouveau soulevée du sol : il l'emmenait vers le lit.

Elle l'aida à se débarrasser de ses vêtements. Ce n'était pas la première fois mais ce soir, elle en avait la gorge sèche et les mains tremblantes. Il entra en elle sans difficulté : elle était plus que prête. Elle avait presque oublié comme il était fort et puissant, comme il la remplissait. Fermant les yeux, elle accorda le mouvement de ses hanches au sien pour mieux accompagner ses va-et-vient. Elle s'abandonnait au plaisir. Aucun homme, jamais, ne pourrait être comparé à Riccardo.

Il allait de plus en plus fort, plus vite, et Lilly avait déjà connu plusieurs orgasmes. Soudain, il se cambra, lui agrippa frénétiquement les fesses et poussa un cri rauque. Il perdait tout contrôle. Elle le suivit dans un bienheureux néant.

Quand Riccardo retomba sur l'oreiller, elle se coula contre son torse, écoutant son cœur battre avec force. C'était ordinairement le moment où il lui disait des mots d'amour en italien, la berçant jusqu'à ce qu'elle s'endorme, apaisée et heureuse, enfin rassurée quant aux sentiments qu'il avait pour elle. Cette fois, il restait muet…

La moiteur chaude des nuits caribéennes les enveloppait. Ils restèrent ainsi de longues minutes. Puis, Riccardo s'écarta et remonta le drap sur elle.

— Tu as besoin de dormir, dit-il.

Elle aurait voulu le supplier de la garder encore contre lui, de prolonger ce qu'ils venaient de vivre. Elle l'entendit se lever, éteindre les lumières, puis le matelas se creusa de nouveau sous son poids. Lilly poussa un long soupir. Au moins, chacun était à sa place, même si tout cela ne devait durer qu'une seule et dernière nuit.

Elle s'endormit presque immédiatement.

Son esprit en surchauffe la réveilla au petit matin. C'était comme si on martelait ses tempes. Lilly fonça dans la salle de bains. Elle prenait le tube d'analgésiques lorsqu'une pensée la saisit : dans le désordre du départ, ce matin, elle avait oublié de prendre sa pilule contraceptive. La voix d'Alex résonna à ses oreilles : « Surtout, ne tombe pas enceinte ! »

En hâte, elle sortit la boîte de son sac et avala une pilule dans une précipitation désespérée. Les vingt-quatre heures fatidiques n'étaient pas encore écoulées. Cela ne devrait pas avoir de conséquences…

Elle se maudissait, néanmoins. C'était tellement stupide ! Comment avait-elle pu prendre le risque de compliquer davantage une relation qui n'avait vraiment pas besoin de cela ?

9

Lilly se réveilla en proie à une telle sensation de bien-être qu'elle se crut transportée au paradis, sur un nuage où tout n'était que douceur soyeuse, virilité protectrice et sentiment de plénitude. Elle aurait voulu que cela n'ait jamais de fin.

C'était si bon de retrouver cette impression familière qu'elle étendit la main pour toucher l'homme qui en était la cause. La tête plongée dans l'oreiller, elle tâtonna mais ne trouva que la soie des draps sous sa paume. Ses yeux s'ouvrirent d'un coup.

Elle était seule dans le grand lit.

Elle se retourna d'un bond et s'adossa à la pile d'oreillers. Elle aurait presque pu croire à un fantasme tant la nuit avait été passionnée, mais la pulsation entre ses jambes, légèrement douloureuse, attestait de la réalité du rêve. La parenthèse avait été brûlante, incontrôlable, et la lumière crue du matin faisait paraître encore plus leste l'épisode de la nuit.

Elle avait laissé celui dont elle était encore follement éprise — et qui, lui, ne l'aimait plus — abattre des défenses qu'elle avait mis dix ans à ériger. Et, dans un moment de pure folie, elle avait couché avec lui sans être protégée, ce qui était bien la preuve qu'elle avait perdu l'esprit.

Seigneur…

Elle ferma les yeux, comme pour se défendre des conséquences de son geste. Pouvait-on imaginer erreur plus monumentale ? La seule chose qu'elle n'avait jamais pu nier, c'était le parfait accord de leurs peaux, de leurs souffles. Si elle laissait le processus s'enclencher, elle était perdue. C'était une des raisons pour lesquelles elle avait si longtemps refusé de revoir Riccardo : elle se savait incapable de lui résister.

L'angoisse commençait à la ronger. Elle avait beau, comme son mari, venir d'une famille très fertile, une nuit ne suffisait quand même pas ? Soudain impatiente face à cette question sans réponse, elle rejeta les draps et se leva. Riccardo était sûrement debout depuis des heures, à faire des longueurs de piscine ou à travailler en salle de sport.

Pieds nus, elle sortit sur la terrasse ; la chaleur humide l'enveloppa. L'air était chargé du parfum d'un millier de fleurs exotiques, sous-tendu par la note salée qui venait de l'océan. Tout poussait au farniente, à la léthargie. C'était un temps à prendre un bon livre et à s'allonger sur un transat. Après, peut-être, aurait-elle envie d'une baignade pour se rafraîchir.

Elle cligna des yeux sous la franche lumière du soleil et aperçut Riccardo. Il avait délaissé la piscine pour les vagues puissantes de l'océan et son crawl efficace le ramenait vers le rivage. Elle le vit prendre pied sur la plage ; des gouttelettes luisantes dégoulinaient de son torse musclé. Cette vue la fit saliver. Profiter de lui si intensément n'avait en rien calmé l'envie qu'elle avait de son corps…

Il s'essuya le visage d'un revers de main et l'aperçut. Un sourire si terriblement sexy naquit sur ses lèvres que Lilly fondit instantanément, toute remuée. Il vint se planter sous le balcon, visiblement détendu.

— Tu descends ?

Lilly sourit.

— D'accord, mais seulement si tu retournes à l'eau avec moi. Il fait déjà une chaleur…

— Il nous reste un quart d'heure avant le petit déjeuner. Mets ton maillot et rejoins-moi.

Elle changea rapidement son négligé pour un maillot fuchsia qu'elle avait acheté avant le départ. Et tant pis si la couleur contrariait son époux ! Elle avait peut-être commis l'erreur de coucher avec lui la veille, mais elle comptait bien s'arrêter là. Il fallait qu'elle garde la tête froide.

Mais si c'était le cas, pourquoi se hâtait-elle pour le rejoindre sur la plage ? Et qu'avait-il voulu dire avec son : « Ce n'est que le début » ? Oh ! il pouvait bien dire ce qu'il voulait, songea-t-elle en passant une touche d'écran solaire sur son visage, il n'en restait pas moins dangereux pour elle. Il valait mieux accepter ce qui s'était passé entre eux comme inévitable, et trouver un moyen de vivre ensemble en ayant tourné cette page. Sans se prendre à la gorge… Il n'y avait qu'avec du bon sens qu'ils y parviendraient, pas du sexe.

Un sable doux comme de la soie lui glissait entre les orteils tandis qu'elle rejoignait Riccardo. Elle espérait que ses hormones avaient compris le message, ce qui n'était pas gagné : à voir comment elle réagissait aux regards de son mari, il allait falloir gérer une permanente crise de surchauffe…

— Alors, bien dormi ? Tu en avais besoin…

Elle rougit. Son Bikini n'avait rien de brésilien, mais elle se sentait plus que nue quand il la détaillait ainsi de la tête aux pieds. Gênée, elle baissa les cils.

— Eh bien ? reprit Riccardo d'un ton amusé, je croyais que nous avions déclaré une trêve hier, et voilà que tu viens me retrouver en Bikini rose !

— C'est le seul maillot à peu près décent que j'ai. Avec les autres, je ressemble à une actrice de film porno.

Il lui prit la main.

— Pourquoi cacher ce dont la nature t'a dotée, *cara* ?

Elle prit une profonde inspiration alors qu'il l'attirait contre son torse encore humide, dur comme de l'acier.

— As-tu écouté un seul mot de ce que je t'ai dit hier ? demanda-t-elle.

— Bien sûr que oui. Et je veux t'aider à surmonter cela.

— Il ne suffit pas d'un coup de baguette magique. Mes troubles alimentaires seront toujours présents, même si je les maintiens sous contrôle.

Il la souleva dans ses bras.

— Je le sais, mais je vais quand même essayer d'y aider.

Elle sourit devant son entêtement. Il posa la bouche sur la sienne. Ses lèvres étaient chaudes de soleil, son baiser aussi décontracté que son humeur et Lilly ne trouva pas le courage de le combattre.

Riccardo la porta jusqu'à la mer. Elle sentit à peine la caresse de l'eau tant la température était élevée. Il ne l'avait pas lâchée et ils flottaient ensemble au gré des vagues.

— Enroule tes jambes autour de moi…

— Hum…

— Qu'y a-t-il ?

— Je… je ne pense pas que ce soit une bonne idée.

Il lui décocha un regard amusé.

— Personne ne nous regarde, et nous sommes mariés !

Le regard de Lilly s'attacha à sa pomme d'Adam.

— Eh bien… c'était fantastique hier soir mais si… si on recommence, je crains que ça ne complique inutilement les choses entre nous.

Il lui prit le menton du bout des doigts.

— Si tu veux parler du sexe, Lilly, je vais devoir te contredire. Le sexe abolit les barrières qui se dressent entre nous et si tu crois que je vais te laisser les remettre en place, tu te trompes. Enfin nous parvenons à nous parler ! Je ne veux plus que tu me caches quoi que ce soit de toi.

Elle se raidit.

— Je n'ai rien d'autre à te dire.

— Que tu crois ! Pour commencer, comment as-tu fait pour me dissimuler ton problème avec la nourriture ? Je n'en ai jamais vu aucun des signes révélateurs.

Elle tenta de gagner un peu d'espace en le repoussant, mais il garda les bras rivés autour d'elle.

— J'allais mieux quand je t'ai rencontré. Le mal était sous contrôle, grâce à mes années d'étude en kinésithérapie. J'avais compris quelle merveilleuse machine est notre corps et combien il est important de la respecter.

Elle fit une pause pour s'éclaircir la gorge. Sous le regard attentif de son mari, elle se sentait comme sous un microscope.

— Les choses se sont gâtées quand la presse a cessé de célébrer le fantastique couple que nous étions pour nous dénigrer systématiquement. Mon allure, mes vêtements, tout leur était sujet à critique.

— C'est toujours ce qui se produit quand on est longtemps sous les feux de la rampe, fit Riccardo, philosophe.

— Certains y sont peut-être habitués, ce n'était pas mon cas. Je me suis repliée sur moi-même, j'ai quasiment arrêté de manger. Il me devenait impossible de me regarder objectivement, tout était déformé. Je n'étais jamais assez bien à mes propres yeux.

Lilly avait admis cela avec un sourire penaud. Elle vit Riccardo se crisper.

— Est-ce que j'exigeais une telle perfection de toi ?

— Indirectement. C'est une des conséquences de la vie que tu mènes. Quand tu succéderas à ton père, tu vas diriger un conglomérat qui pèse dix milliards de dollars. Les gens autour de toi attendent la perfection. Et ta disponibilité.

— On aurait pu changer notre rythme, leur donner le strict nécessaire et s'arranger pour le reste.

Elle secoua la tête.

— Tu rêves ! Même si tu le voulais, il te serait impossible de changer. Tu avais besoin d'une autre épouse que moi.

Les yeux de Riccardo lancèrent de furieux éclairs.

— Je n'avais pas besoin de quelqu'un d'autre mais d'une femme qui soit assez confiante pour me parler et qui soit présente pour moi dans l'un des moments les plus difficiles de ma vie. Au lieu de cela, tu as déserté !

Elle se recroquevilla entre ses bras.

— J'avais perdu la capacité à maintenir mon équilibre. C'était trop dur. J'ai préféré fuir que me perdre tout à fait.

— Et tu ne pouvais pas attendre mon retour d'Italie pour cela ?

Elle le repoussa de toutes ses forces et cette fois, il la lâcha.

— Que s'est-il passé en Italie ? lança-t-elle sans se démonter. Tout ce que j'ai su, c'est que ton père t'avait convoqué.

— Peu importe. Nous évoquions les raisons de ton départ.

— Justement, tu viens de mettre le doigt dessus. Je suis partie parce que tu refusais de me parler, comme maintenant. Tu ne dis jamais ce que tu ressens. Qu'est-ce qui s'est passé en Toscane ?

Le visage de Riccardo se mua en masque de pierre.

— J'avais travaillé sur l'avenir de De Campo et j'ai compris qu'il passait par un investissement dans la restauration. Mais Antonio n'était pas d'accord. Il m'a interdit de poursuivre le projet que j'avais lancé. J'ai quand même signé ce contrat, ce qui l'a conduit à me menacer. Il promettait de me virer.

Lilly laissa échapper un cri de surprise.

— Quelle folie ! Jamais il n'aurait mis ses paroles à exécution.

— Détrompe-toi. La seule chose qui m'a sauvé la mise, c'est d'avoir eu raison. Il s'est aperçu un peu plus tard que le projet était bénéfique. Mais quand je suis revenu à New York cette nuit-là, je croyais avoir tout perdu. J'avais arrêté un sport qui était ma vie pour un vieil homme buté qui n'imaginait pas l'ampleur de mon sacrifice. J'étais certain de perdre mon poste et quand j'ai franchi le seuil de notre maison, je l'ai trouvée vide ! La seule personne dont j'attendais un réconfort m'avait abandonné... C'est la pauvre Magda, en larmes, qui m'a annoncé que tu étais partie. Je n'avais pas dormi depuis deux jours et j'ai mis un moment à comprendre qu'elle voulait dire « partie *définitivement* ».

Son regard tourmenté était la pire des accusations pour Lilly, gagnée par une vague de nausée. Elle était si obsédée par ses problèmes personnels à l'époque qu'elle n'avait pas su interpréter le son de sa voix cassée quand Riccardo avait appelé d'Italie.

— Je suis désolée, souffla-t-elle, alors que des pleurs brûlaient ses paupières.

Il regarda au loin ; le soleil souligna la ligne dure de sa mâchoire crispée. Les vagues clapotaient doucement autour d'eux, seul bruit perceptible dans ce coin de paradis.

— Il n'y a pas que toi qui as des soucis, Lilly.

— Je n'ai jamais prétendu être la seule. Comment les choses se sont-elles gâtées entre toi et Antonio ?

— Quand je suis sorti de Harvard, j'ai eu la chance d'être

remarqué par une grande écurie du sport automobile, TeamXT. Ils avaient suivi les courses auxquelles je participais en amateur. Leur offre était à prendre ou à laisser. J'ai dit à mon père qu'il me fallait deux ans, histoire de voir à quoi ce rêve pouvait mener. Je savais qu'il le prendrait mal, mais je croyais que ça passerait. J'aurais dû être moins naïf. Il a formulé son ultimatum : rejoindre l'entreprise tout de suite, ou jamais.

— Tu es parti ?

— Oui. Et nous ne nous sommes plus parlé jusqu'au jour où il est tombé malade et m'a demandé d'assurer l'intérim.

— Il s'attendait à ce que tu acceptes ? s'étonna Lilly.

Riccardo exhala un soupir.

— Il faut savoir qu'Antonio n'a pas pu faire ce qu'il voulait dans la vie : son propre père avait monté cette affaire, il devait reprendre la suite. Il a sacrifié son rêve.

— Et en agissant différemment, tu insultais son choix de vie, je comprends. Mais pourquoi ne s'est-il pas adressé à Gabe ? Toute la vie de ton frère tourne autour de votre entreprise.

— Antonio est de la vieille école. Pour lui, c'est l'aîné qui doit reprendre les affaires. Et comme il est aussi têtu que moi, il a fini par obtenir ce qu'il voulait.

L'émotion lui étreignait la poitrine. Soudain, elle n'était plus si sûre d'avoir eu raison de partir. Peut-être aurait-elle dû laisser une chance à leur mariage…

— A présent, où en es-tu avec ton père ?

— Il prend sa retraite dans trois mois et m'a promis son poste. Si je continue à lui prouver que je le mérite.

Elle frémit en entendant la note d'amertume dans sa voix.

— Tu aurais pu retourner à la course automobile, il n'était pas trop tard. Tu es de l'étoffe des champions, Riccardo. Tu aurais soulevé les montagnes s'il l'avait fallu.

— Ne crois-tu pas que je l'ai voulu ? lâcha-t-il d'un ton déchiré. Chaque fois que je pilotais une voiture de course, j'étais le plus heureux du monde. Libre, vivant, dans un perpétuel défi vis-à-vis de moi-même et de la machine. L'adrénaline au volant était ma raison de vivre.

— Alors, retourne vers les circuits ! le pressa-t-elle. Tu ne dois rien à ton père, il s'agit de ta vie, après tout.

— C'est devenu une question d'honneur, qui dépasse le simple plaisir de faire ce que j'aime. Je ne sais pas si tu perçois bien cela, toi qui as laissé ta famille pour une autre vie, avant de m'abandonner moi aussi. Parfois, il faut s'accrocher, là où on se trouve, et ne pas décevoir ceux qui vous ont élevé.

L'intensité que Riccardo contenait à grand-peine passa dans les veines de Lilly et l'ébranla au plus profond. Il lui fallait réfléchir à tout cela, mais au calme, pas ici.

— Nous devrions aller prendre ce petit déjeuner, fit-elle hâtivement. Il doit être prêt à présent.

— Mais comment donc, persifla Riccardo. Un peu d'introspection, c'est bien, mais il ne faudrait pas laisser refroidir les œufs brouillés…

Elle se mordit la langue. Cinq mois et demi. Elle tiendrait.

Il était donc possible de vivre l'enfer au paradis, songea Lilly, au comble de la détresse. Elle avait passé l'après-midi sur la plage en compagnie d'un mari qu'elle découvrait aussi malheureux qu'elle, soumise à une tension sexuelle impossible à ignorer.

La culpabilité la rongeait. Au lieu de fuir, elle aurait dû être là pour accueillir son époux quand il avait eu besoin d'elle. Le récit de son retour dans la maison vide lui avait broyé le cœur. Peu importaient ses propres problèmes, elle aurait dû rester.

Ne s'était-elle pas montrée incroyablement égoïste ? Et pas seulement vis-à-vis de lui. Elle avait passé sa vie à poursuivre son rêve, inconsciente des dégâts qu'elle faisait autour d'elle. Ainsi, quitter la ferme de Mason Hill sans se retourner avait fait souffrir ses parents, ses frères et sœurs. Et même si ce départ avait été une question de vie ou de mort pour elle, elle commençait à comprendre combien son attitude avait pu être blessante.

Oui, elle avait trop négligé ceux qui l'aimaient.

Aujourd'hui encore, songea-t-elle, le cœur serré, elle se trouvait ici et non pas au chevet de Lisbeth… Dès que sa jeune sœur irait mieux, elle irait la chercher et l'installerait à ses côtés, à New York, pour rattraper le temps perdu.

— A quoi penses-tu ?

La question apparemment innocente était la première que lui posait Riccardo depuis qu'ils étaient arrivés au restaurant. Sa voix tira Lilly de ses pensées. Vêtu d'un jean en cuir et d'un T-shirt gris sombre, son mari était séduisant en diable, comme n'avait pas manqué de le remarquer une des clientes, une star de Hollywood qui lui jetait sans cesse des coups d'œil. Mais Riccardo ne lui avait pas accordé un regard.

Lilly prit une gorgée de vin.

— C'est ton nouveau passe-temps, de m'analyser à chaque seconde ?

— Jusqu'à ce que je sois sûr que tu dis la vérité, oui.

Elle haussa les épaules.

— Je suis un livre ouvert, que pourrais-je bien te cacher ?

« A part que je t'aime toujours désespérément », ajouta-t-elle pour elle-même.

— Toi, tu es en train de penser à quelque chose, nota-t-il malicieusement.

Oh oui ! Elle se voyait sauter le dessert, rentrer au plus vite avec lui et profiter de son corps incroyable avant de s'endormir. Mais bien entendu, c'était hors de question !

Riccardo la regarda avec un demi-sourire.

— Tu connais les règles : si tu me regardes avec cet air-là, on quitte immédiatement cette table.

Il sortit son portefeuille et le cœur de Lilly se mit à palpiter.

— Je ne te regardais pas spécialement, et nous n'avons même pas consulté la carte des desserts.

— Tu n'en prends jamais, rétorqua-t-il en donnant sa carte de crédit au serveur à l'allure rasta qui la prit du bout des doigts comme si elle allait le contaminer. Explique-moi plutôt où sont passées ta bague de fiançailles et ton alliance, puisque tu me dis toute la vérité dorénavant. Tu es trop soigneuse pour les avoir perdues.

Lilly s'éclaircit la gorge. La vérité était parfois dure à dire.

— Je ne suis pas sûre que tu tiennes à le savoir…

Il lui décocha un regard si insistant qu'elle poursuivit :

— Eh bien, elles doivent se trouver au fond de l'East River…

— *Scusi ?* s'étrangla son mari.

— Je les ai jetées dans le fleuve en passant sur le pont.

— Une bague à cinquante mille dollars, dans le fleuve !

— J'étais en colère…

Riccardo en resta coi.

— C'était le jour où je suis partie, expliqua-t-elle. J'étais furieuse, je me sentais trahie. A cause de Chelsea Tate, de ton mutisme. Alors, en passant sur le pont, j'ai demandé au taxi de s'arrêter et…

— … et tu t'en es débarrassée, conclut-il amèrement. Tout ce qui pouvait te rappeler ton mariage… Rentrons.

— Pas tout de suite. J'aimerais goûter un rhum arrangé.

— Que se passe-t-il, Lil', tu cherches à repousser l'inévitable ? fit Riccardo, sarcastique.

— J'essaie de m'amuser, pour une fois, protesta-t-elle pour gagner du temps.

Il sembla peser le pour et le contre, puis fit signe au serveur. Celui-ci arriva dans un grand mouvement de dreadlocks.

— Qu'est-ce que je peux te servir d'autre, mon frère ?

— Deux rhums arrangés, fit Riccardo sans se démonter.

— Le « spécial » maison ? C'est ma recette, déclara le rasta. Rien que du naturel. Du sucre, des herbes. Des fruits.

— Bonne idée. Essayons.

C'était si fort que la première gorgée brûla le gosier de Lilly, peu habituée à ce genre de boissons. Riccardo avala le sien d'un trait. Au deuxième essai, elle perçut le goût fruité du liquide ambré, très agréable. Elle eut bientôt fini son verre et se sentait plus légère. Serait-ce si grave si elle s'autorisait encore une nuit dans les bras de ce mari dont la simple vue la faisait fondre ?

Après tout, c'était bien joli d'avoir des principes, mais dans un endroit aussi romantique, c'était difficile de tenir…

Riccardo fit signe au serveur et reposa son verre, en compagnie d'un billet dont la vue changea l'expression blasée de l'homme aux dreadlocks.

— Garde la monnaie, *mon frère*, fit Riccardo avec un demi-sourire.

— Merci, Son Altesse, tu reviens quand tu veux ! Demande Lewis, je serai toujours là pour toi, mon frère.

Lewis les raccompagna avec effusion et le silence qui se fit ensuite dans la voiture sembla à Lilly d'autant plus pesant. Elle avait le corps en feu et la tête lui tournait légèrement.

— Qu'est-ce qu'il a mis dans ce rhum ? maugréa-t-elle en bouclant sa ceinture.

Riccardo la regarda en riant.

— Je préfère ne pas le savoir.

Il se pencha vers elle et Lilly agrippa sa chemise, ouvrant la bouche à un baiser sauvage. Peut-être ne lui en voulait-il pas trop pour les bagues, après tout…

Riccardo se savait bon pilote, mais sa conduite manqua singulièrement de finesse alors qu'il négociait les virages de la route côtière qui les ramenait à la villa. Lilly s'était lovée contre lui. Soudain, elle se mit en devoir de défaire sa chemise. Bientôt, sa main fut contre son torse.

— Lilly, je peux savoir ce que tu fais ?

— Alors, champion, tu ne peux pas garder la tête froide ?

Il prit une profonde inspiration, tandis que la main de Lilly s'égarait sur le cuir de son pantalon.

— Je n'aurais jamais dû te laisser boire ce rhum…

— Exact, murmura Lilly en descendant la fermeture Eclair de sa braguette. Mais c'est trop tard.

Elle posa la main sur son érection et son sursaut fut tel que la voiture fit un écart. Il donna un coup de volant pour éviter le fossé.

— Pour l'amour du ciel, si tu veux nous garder en vie, enlève ta main de là !

Elle lui obéit et s'enfonça dans son siège, à regret visiblement. *Dio*, qu'est-ce qui lui prenait ? Il ne l'avait pas vue dans un tel état d'impatience depuis… quand ? Il ne parvenait même pas à s'en souvenir. Son corps pulsait à cent à l'heure et lorsque les pneus du coupé crissèrent devant le perron, Riccardo bondit hors de la voiture.

— Tu t'es conduite de façon stupide, *cara*.

Elle semblait s'en moquer éperdument, le regardant avec ses yeux de chat qui luisaient de défi. Il l'entraîna alors jusqu'à la chambre. Là, il défit sa ceinture et laissa tomber son pantalon. Il poussa Lilly contre le mur et caressa ses seins. Les yeux de sa femme prirent une expression extatique, dilatés comme deux lunes pleines.

— Riccardo…

Tout le contrôle qu'il pouvait avoir sur lui-même avait été épuisé lors de l'éprouvant retour. Il écarta les cuisses de Lilly et sa main se posa sur son entrejambe tiède. Elle trembla sous sa caresse. Il la débarrassa du petit triangle de dentelle qui lui servait de slip. Elle était belle, sexy. Toute à lui…

Il passa les mains dans ses cheveux et lui prit la bouche pour un baiser ardent. Ses lèvres étaient douces et pleines. S'il n'avait eu autre chose en tête, il lui aurait suggéré de les refermer sur une certaine partie de son anatomie. Mais la conduite de Lilly lui avait donné envie de garder le contrôle des opérations, ne serait-ce que pour lui donner une petite leçon…

Il glissa un doigt en elle ; Lilly se cambra.

— Riccardo, souffla-t-elle. Oui, s'il te plaît…

— Oh non, tu ne t'en tireras pas comme ça, *cara* !

Un deuxième doigt vint rejoindre le premier et il leur impulsa un rythme qu'il savait efficace pour la mener au bord du gouffre. La respiration de Lilly se fit hachée, ses hanches ondulaient… Il savait qu'elle le supplierait bientôt et continua délibérément.

— Je t'en prie, Riccardo…

— C'est moi qui décide.

Il retira ses doigts et la poussa vers le lit. Les genoux de Lilly butèrent contre le rebord et il la fit s'incliner en avant, les bras tendus, ses mains reposant sur le drap.

— Qu'est-ce que…

— Chut… Je sais que tu aimes aussi comme ça, fit-il en remontant sa jupe.

Il lui embrassa le dos en se frottant à elle, dureté contre douceur, et l'entendit gémir. Elle était prête. Alors, il la pénétra, s'obligeant à aller doucement : elle était incroyablement vulnérable dans cette position et il avait besoin qu'elle lui fasse entièrement confiance.

— C'est bon ? demanda-t-il.

Elle émit une plainte étranglée qui disait la force de son désir. Riccardo ferma les yeux et se laissa aller à l'urgence du sien. Cette femme le hantait littéralement. Elle lui avait tellement manqué !

Il resserra les mains sur ses hanches et conduisit Lilly au bord de l'orgasme. Puis il se retira et revint doucement en elle. Il voulait prolonger l'exquise torture à l'infini. Mais il avait un mal fou à se retenir. Soudain, il lui sembla que l'univers éclatait. Cependant, il voulait que sa femme parvienne au nirvana avec lui, il le fallait, et il cria presque de soulagement quand il la sentit se contracter autour de lui, décuplant son plaisir, lui arrachant un gémissement rauque.

Dio…

Il serra contre lui le corps tremblant de Lilly et s'assit en la prenant sur les genoux. Elle enfouit le visage dans le creux de son épaule, comme pour prolonger leur intimité. L'émotion brute qu'il ressentit alors le balaya avec la force d'un raz-de-marée, lui coupant le souffle.

Non, ils n'en avaient pas fini, loin de là.

Pourtant, elle avait su le quitter sans un regard…

Il se leva presque brusquement et déposa Lilly sur le lit. Elle le regarda avec de grands yeux étonnés. Son visage exprimait la plus grande satiété. Oui, le sexe entre eux était incroyable, et il y avait de quoi brouiller les idées de l'homme le plus raisonnable. Mais est-ce que rien d'autre que cela ne les liait ?

— Je vais vérifier que la maison est fermée, jeta-t-il.

Quand il revint, Lilly était roulée en boule comme un petit animal effarouché. Sa gorge se noua et il faillit la prendre dans ses bras. Il se retint. Lui aussi avait souffert, chaque nuit pendant un an. Au tour de sa femme, à présent…

10

Lilly passa doucement la tête par la porte de la chambre d'hôpital. Sa sœur dormait peut-être. Leur frère David, qui avait conduit Lisbeth à New York pour une série d'examens avant le nouveau traitement, était assis à son chevet.

— Lilly ! s'écria sa sœur dès qu'elle la vit entrer. Tu es là !

Après avoir embrassé David, elle serra Lisbeth contre elle. Celle-ci avait une perfusion enfoncée dans le bras. Elle avait l'air si frêle, ses yeux noisette paraissaient si profondément enfoncés dans ses orbites que Lilly manqua défaillir. Il fallait que ce traitement réussisse. Il le fallait !

— Où est Riccardo ? Tu ne l'as pas amené ? reprit Lisbeth.

Elle secoua la tête, ne parvenant pas à dire ce qu'il en était.

— Il viendra plus tard, ma belle. Comment te sens-tu ?

Lisbeth grimaça.

— Pas terrible, mais le docteur reste confiant.

Lilly luttait contre une angoisse infinie.

— Six semaines, ma chérie. Tu peux tenir.

— Puisque Riccardo et toi vous êtes de nouveau ensemble, je pourrai venir chez vous après le traitement ? demanda Lisbeth, ses yeux noisette emplis d'espoir.

— Quand tu voudras, bien sûr.

Un sourire satisfait s'épanouit sur les lèvres de sa sœur.

— Une raison de plus pour m'en sortir, murmura cette dernière.

Lilly lui pressa la main.

— Pour l'instant, garde bien ton énergie en vue de la bataille à venir. Nous en reparlerons après.

Dès qu'ils sentirent leur sœur fatiguée, Lilly et son frère quittèrent la chambre.

— Elle va s'en tirer, n'est-ce pas ? demanda Lilly, chavirée.

David l'attira contre lui et referma sa solide étreinte sur elle. Elle aimait ce grand frère qui avait le sens du bien et du mal chevillé au corps. Il lui avait clairement dit à l'époque qu'il désapprouvait son départ et celui d'Alex. Il était resté à la ferme, travaillant dur, et s'était occupé de Lisbeth. Cela faisait trop longtemps qu'elle ne l'avait pas vu.

— Bien sûr qu'elle va s'en tirer. Et toi ? demanda-t-il en la relâchant. Comment vas-tu ? Tu as une mine affreuse.

— Juste quelques soucis, mentit-elle, ne voulant pas accabler David de ses problèmes. Quand je pense à Lisbeth…

— Pense plutôt à la chance que représente ce nouveau traitement, l'interrompit-il. Ne t'inquiète pas. On l'a élevée à la dure, elle tiendra le coup. Je vais rentrer à la ferme, à présent.

— Tu es sûr ? Tu pourrais passer la nuit chez nous et…

— Ce ne serait pas raisonnable. Même avec l'aide financière que tu nous envoies pour engager des saisonniers, il y a du boulot pour tous, du matin au soir.

— Je suis désolée, murmura Lilly, submergée par l'émotion. Tu sais qu'il m'était impossible de rester là-bas…

Le visage de David s'adoucit.

— Je le sais bien. Et je pense que même nos parents en conviendraient. Tu devrais revenir les voir. Rester à distance n'effacera pas le passé, au contraire.

— Je sais, admit-elle, persuadée qu'il était dans le vrai. Est-ce que ça va mieux entre eux ?

— Ils ont arrêté de se disputer, c'est déjà ça.

— Je pensais venir faire un tour pour l'anniversaire de maman. Tu penses que c'est une bonne idée ?

— Elle en sera heureuse. Je t'assure que tu lui manques, Lilly, même si elle ne se plaint pas. Quant à Lisbeth, une fois qu'elle sera rétablie, je ne crois pas qu'il faudra la ramener à la ferme. Elle a besoin d'aller voir ailleurs, elle aussi.

Les mois s'étaient écoulés, et son frère avait eu le temps de réfléchir. Leur réconciliation s'avérait pleine de promesses pour toute la famille.

Après avoir serré David contre son cœur, Lilly le laissa repartir. De son côté, elle avait rendez-vous avec Riccardo, dans un nouveau restaurant tenu par un chef français. Elle héla un taxi, s'installa et, après avoir donné l'adresse, elle ferma les yeux.

Sept semaines s'étaient écoulées depuis son week-end à la Barbade avec Riccardo. Sept semaines pendant lesquelles elle avait nourri l'illusion de sa liberté proche. Mais la visite qu'elle avait rendue à son médecin le matin même avait confirmé ce qu'elle s'efforçait de nier : elle était enceinte. Elle portait l'enfant de son ex-mari. Si elle avait cherché exprès à créer un désastre, elle ne s'y serait pas prise autrement…

Comment un enfant trouverait-il place dans cette situation déjà tellement complexe ?

Ces presque deux mois avaient représenté pour elle un effort constant d'adaptation : ne pas délaisser ses amis ni ses clients, tout en remplissant ses obligations d'épouse. C'était le seul moyen d'éviter la confrontation et, bizarrement, elle s'en était plutôt bien tirée.

Riccardo, de son côté, s'efforçait d'alléger le stress que représentait pour elle sa vie publique. Il n'avait accepté que les invitations essentielles aux intérêts de l'entreprise De Campo et se conduisait envers elle un peu comme un chien de garde, présent et protecteur. Lilly en était arrivée à s'interroger sur ce qu'aurait pu être leur vie s'il avait toujours fait preuve des mêmes attentions. Cette interrogation la plongeait dans des abîmes de chagrin. La douleur qui la consumait était profonde, bien qu'elle s'efforçât de l'ignorer — dans une simple perspective de survie. Mais chaque fois qu'elle essayait de mettre une distance de sécurité entre Riccardo et elle, celui-ci l'abolissait, ce qui lui rappelait à quel point elle l'aimait.

Il rentrait plus tôt, insistait pour qu'ils dînent ensemble et surtout, ils avaient de vraies conversations. Au sujet du conseil d'administration, du retard des travaux à SoHo, au sujet d'Antonio et de son fichu caractère…

Et puis il y avait leurs nuits. L'intimité sexuelle, Lilly ne pouvait ni la nier ni la combattre. Il lui devenait de plus en plus ardu de se rappeler que cette vie aurait la durée du contrat qu'ils avaient passé.

C'était l'heure de pointe en plein Manhattan et le taxi se faufilait de son mieux entre les voitures. Situé en plein milieu du quartier financier, l'établissement où ils avaient rendez-vous représentait une cible pour Riccardo, qui espérait convaincre son caviste des mérites des crus De Campo. Lilly avait déjà rencontré le propriétaire, Henri Thibout, précédemment chef dans un restaurant étoilé parisien. Il l'accueillit avec un grand sourire avant de la conduire à la table de Riccardo. Ce dernier n'était pas seul : son père était assis à côté de lui. Que faisait donc Antonio en ville ?

Son mari se leva et lui effleura la joue d'un baiser. Elle le vit tendu. Elle n'avait pas besoin de cela après sa journée !

Antonio était impressionnant, de forte carrure et d'allure aristocratique. Dans son visage taillé à la serpe dominait un nez aussi volontaire que son caractère. Mais Lilly n'en avait cure : il en aurait fallu plus pour l'intimider, peut-être parce qu'elle était enceinte. Enceinte ? Seigneur ! Elle avait du mal à y croire encore, et pourtant…

Henri déboucha le vin pétillant qui attendait dans le seau à glace et voulut emplir le verre de Lilly.

— Riccardo me dit que vous travaillez beaucoup. Quelques bulles s'imposent !

— Pas pour moi, merci, lança-t-elle en posant la main sur son verre, que le chef s'apprêtait à remplir. C'est vrai que la journée a été épuisante, je ne voudrais pas achever le peu de résistance qu'il me reste !

Riccardo lui jeta un regard intrigué. Il n'ignorait pas qu'elle goûtait particulièrement ce pétillant venu d'Italie. Lilly détourna les yeux.

Le repas fut exquis, mais les coquilles Saint-Jacques lui donnèrent la nausée, et elle ne put avaler qu'un tiers de la poularde servie en plat principal.

— Ça ne vous a pas plu ? s'enquit Henri d'une voix inquiète alors qu'on débarrassait leurs assiettes.

— Oh si, beaucoup ! assura Lilly. C'était délicieux, mais j'ai un peu perdu l'appétit, dernièrement.

Riccardo posa de nouveau sur elle son œil vigilant de chien de garde, et elle se força à prendre un peu de fromage de chèvre pour dissiper ses soupçons. Ensuite, elle mangea du sorbet à la framboise, assez léger pour qu'elle le déguste avec plaisir. Comme Antonio avait décidé de rester avec Henri pour discuter affaires autour d'un cognac, Riccardo et elle sortirent seuls du restaurant. Ils avaient à peine mis le pied dehors qu'il se planta devant elle.

— Qu'est-ce qui se passe, Lilly ? *Dio*, tu ne fais rien comme d'habitude ce soir !

Elle n'avait pas l'intention de lui parler de son état sur le bord d'un trottoir de Manhattan. Elle contre-attaqua :

— Dis-moi plutôt ce qu'Antonio fait ici.

— Il est venu à l'improviste fourrer son nez dans ce qui ne le regarde pas, comme souvent. Mais ne cherche pas à détourner la conversation. Tu es restée presque muette, tu n'as rien mangé…

— Je me sens un peu nauséeuse, c'est tout.

— Alors je t'amène chez un docteur. Il n'est pas question que tu replonges dans tes problèmes.

— Je sors de chez le docteur. Tout va bien.

Il lui saisit le poignet, déterminé.

— Dans ce cas, je ne bouge pas tant que tu ne m'auras pas dit ce qui cloche.

— On devrait plutôt…

— Lilly ! l'interrompit Riccardo sur un tel ton qu'elle pâlit. Parle !

L'angoisse de ne plus rien contrôler, qu'elle combattait depuis l'annonce de sa grossesse, la rattrapa tout d'un coup.

— Je suis enceinte, lâcha-t-elle. Enceinte, bon sang ! Voilà.

Ce fut au tour de Riccardo de pâlir. Ils se tenaient debout l'un face à l'autre, comme deux adversaires prêts à en découdre. Soudain il l'entraîna à l'écart du flot des passants.

— Cet enfant est de moi ?

Lilly écarquilla les yeux, partagée entre fureur et ébahissement.

— Tu oses me poser une pareille question ?

— Il pourrait être de Taylor.

Elle posa une main protectrice sur son ventre.

— Je suis enceinte de sept semaines très exactement. Tu te rappelles où nous étions il y a sept semaines ? Il est de toi.

Riccardo cilla, puis se passa une main nerveuse dans les cheveux.

— Allons parler ailleurs.

— C'était ce que j'essayais de te suggérer, figure-toi !

Riccardo se fit amener sa Jaguar par le voiturier du restaurant. Il y installa Lilly et démarra en trombe. Il n'ouvrit pas la bouche du trajet, mais Lilly remarqua ses mains crispées sur le volant, au point que ses jointures en étaient blanches.

Il ouvrit à la volée la porte de la maison et la claqua derrière elle.

Lilly alluma le petit salon et s'y assit. Riccardo se versa un verre de scotch. Il se mit à arpenter la pièce fébrilement, tel un animal en cage, comme s'il ne savait par où aborder la nouvelle.

— Donc, c'est arrivé à la Barbade, fit-il en s'adossant à la cheminée, le regard fixé sur Lilly.

— J'ai oublié ma pilule le jour de notre arrivée. Je ne m'en suis rendu compte que trop tard.

— Et tu n'as pas songé à m'en parler ? fit-il d'une voix dangereusement douce.

— Il y avait tellement peu de chances que…

— Eh bien, coupa-t-il, c'est arrivé quand même.

Elle se leva, se sentant trop vulnérable devant sa haute stature.

— Qu'allons-nous faire ? demanda-t-elle.

Il lui attrapa vivement le bras, qu'il serra comme un étau.

— Nous aurons ce bébé ! lança-t-il avec véhémence.

— Bien sûr, fit-elle, déconcertée par sa ferveur. Ce qu'il faut décider, c'est de nos arrangements une fois séparés.

— *Séparés ?*

Il avait prononcé le mot d'une voix étranglée, comme s'il lui brûlait la gorge.

— Je ne veux pas que ce bébé passe sa vie en allers-retours entre toi et moi, reprit-il.

Elle lui décocha un sourire sarcastique.

— Que proposes-tu, dans ce cas ? Que nous vivions heureux ensemble jusqu'à la fin de nos jours ?

— Exactement ! Je suis content de voir que nous sommes sur la même longueur d'onde, *tesoro.*

Ces mots eurent sur elle l'effet d'une gifle. Elle étudia le visage de Riccardo pour voir s'il plaisantait, mais elle n'y lut que de la détermination.

— Tu ne me feras pas rester près de toi. J'ai grandi avec des parents malheureux, je refuse d'imposer cela à un enfant.

— Tu crois qu'il vaut mieux se disputer cet enfant comme deux chiffonniers ?

— Il faut nous séparer à l'amiable en gardant à cœur ses intérêts.

— C'est ton passé qui parle, Lilly, mais je ne le laisserai pas détruire l'avenir de mon enfant. J'irai devant les tribunaux.

Elle se libéra de son étreinte et recula.

— Tu es fou. Cela ne marchera jamais, toi et moi.

— Si, parce que nous l'aurons décidé. N'avons-nous pas prouvé récemment que nous étions capables de compromis ?

— Sur notre agenda mondain, oui. Mais comment vivrait un enfant dans un couple dont le seul lien est le sexe ?

Riccardo se rapprocha pour lui prendre le menton.

— Ça a marché entre nous dans de nombreux domaines, depuis ton retour. Au début, notre mariage a été fantastique. Nous pouvons recréer cela.

Si l'amertume ne les consumait pas tous deux, songea Lilly. Puis leur enfant par la suite, comme cela s'était passé pour elle.

— Nous avons fait des concessions pour respecter un contrat, lui rappela-t-elle. L'enfant n'en faisait pas partie.

— Et le sexe, oui ? répliqua-t-il avec un sourire moqueur. Dans ce cas, j'aimerais bien en signer plus souvent !

— Tu es impossible !

— Ce qui est impossible, c'est de vivre sans cet enfant. Tu le portes et les De Campo ne divorcent pas. De plus, nous en aurons d'autres. Mes frères ont été un merveilleux soutien pour moi, et je veux que cet enfant en ait aussi. Affaire réglée.

— Donc, tu ne me laisseras jamais reprendre ma liberté ?

— Tout aurait été différent sans l'enfant.

« Pourquoi ? » aurait voulu hurler Lilly. Par sa propre faute, elle s'était mise dans la plus inextricable des situations : elle s'était liée à un homme qu'elle adorait et qui ne l'aimait pas.

— Je n'en peux plus, déclara-t-elle. Je vais me coucher.

Il ne la retint pas.

Epuisée, elle monta faire une toilette de chat avant de se réfugier dans la chambre obscure et silencieuse. Là, elle laissa couler ses pleurs, qui roulèrent en un ruisseau brûlant. Elle pleurait pour cet enfant, qui aurait pu être le couronnement de leur mariage ; elle pleurait sur ses rêves perdus, sur sa propre enfance, et même sur Riccardo. Ils s'étaient fait tant de mal !

Quand il vint la rejoindre et l'étreignit dans ses bras puissants, elle se laissa aller contre lui, pleurant sur son épaule.

— Ne sois pas triste, *amore mio*, murmura-t-il. Le passé ne compte pas. Nous pouvons créer notre avenir, et je te promets qu'on va y arriver.

« Mon amour »… Il n'avait pas prononcé ces mots du ton sarcastique qu'il affectait depuis qu'ils avaient repris la vie commune, mais tendrement, comme avant. Peut-être tenait-il à elle plus qu'il ne le disait. Peut-être avaient-ils une chance. Ou bien était-elle encore en train de se leurrer ?

11

Une nuit, quand elle était petite, Lilly avait rêvé que, drapée dans une fabuleuse robe de soirée, elle assistait à la cérémonie des oscars à Hollywood. Au bras d'un très bel homme, elle parcourait le tapis rouge sous les flashs des paparazzis. Mais jamais elle n'avait imaginé qu'il lui serait possible de mener une telle vie. Pas elle, la fille timide élevée à la ferme. Et lorsqu'elle était venue à New York et que sa carrière avait démarré, elle n'en avait pas moins gardé les pieds sur terre.

Puis elle avait rencontré Riccardo, et sa vie avait pris la forme de son rêve. Mais dans la réalité, tout avait été beaucoup moins glamour. Jamais elle n'avait été plus seule.

Ce soir, elle allait parcourir un tapis rouge au bras de Riccardo, pour l'avant-première du film le plus attendu de l'année. La vie rejoignait le rêve. Mais elle ne voulait plus du rêve : il lui fallait le réel, et son mari *en vrai*. Car elle était plus amoureuse de lui que jamais.

Depuis leur retour de la Barbade, il lui arrivait de retrouver le Riccardo d'avant, celui qu'elle avait épousé, celui des débuts de leur mariage. Il l'avait accompagnée à ses rendez-vous médicaux, lui avait posé les bonnes questions pour l'aider à y voir clair et à accepter la situation — sa grossesse dans le cadre d'une relation de façade.

Il la faisait asseoir devant un bon dîner chaque soir et veillait à ce qu'elle se couche de bonne heure. Il prenait le temps, avant de retourner à son travail, de la bercer contre lui, et parfois même il se confiait à elle. Elle découvrait à quel point son mari était complexe. En fait, pendant leurs deux années de mariage, elle n'avait pas même entrevu sa nature profonde.

Bien sûr, il y avait eu ces mois terribles durant lesquels, obsédé par son avenir chez De Campo, il avait complètement cessé de communiquer. Mais elle comprenait à présent ce que signifiait ce poste pour son mari : c'était la pièce finale du puzzle, l'élément crucial pour devenir l'homme qu'il voulait être. Il avait tant sacrifié pour cela ! Comment avait-elle pu rester aveugle devant cette évidence ?…

Assise à son bureau, accablée de lassitude, Lilly ferma un moment les yeux. Le poids de la décision qu'elle devait prendre lui faisait peur. Allait-elle suivre son cœur et rester aux côtés de Riccardo, en espérant qu'elle n'avait pas fantasmé les sentiments qu'il semblait lui porter de nouveau ? Ou bien suivrait-elle sa raison et le quitterait-elle ? Alors commencerait une guerre d'avocats dont leur enfant serait la première victime.

Il fallait qu'elle arrête de fuir et qu'elle écoute enfin son cœur.

Elle aurait voulu pouvoir s'endormir les bras croisés sur son bureau tant elle était lasse après sa journée de travail. Et ce n'était pas fini puisqu'ils sortaient ce soir. D'ailleurs, elle n'avait rien à se mettre pour l'occasion, n'ayant pas eu le temps de renouveler sa garde-robe depuis que son état commençait à se voir. Décidément, cette soirée était un calvaire ! Mais il fallait qu'elle en passe par là puisque c'était important pour De Campo. L'entreprise se devait de sponsoriser des événements en vue tels que celui-là.

On frappa à sa porte et elle se redressa immédiatement. Ce ne fut pas sa secrétaire qui entra mais Riccardo, avec sur les lèvres ce sourire si craquant. Qui s'effaça aussitôt.

— *Cara*, tu dors éveillée !

— Je prenais simplement une petite pause, fit-elle en lissant ses cheveux. Ne devions-nous pas nous retrouver à la maison ?

— Ma dernière réunion de la journée a été annulée et me voilà ! Tu as une mine épouvantable, il faut que tu te reposes.

— Ça ira, mentit Lilly en se levant. Donne-moi une minute et je te suis.

Elle rangea des dossiers dans sa mallette et allait décrocher son manteau lorsqu'elle entendit la voix de son mari au téléphone :

— Jim, c'est Riccardo. J'ai un empêchement pour la première, ce soir. Est-ce que vous pourriez y assister pour De Campo ?

Lilly ouvrit des yeux ronds. Elle fit signe à Riccardo pour lui dire que tout irait bien mais il l'arrêta d'un froncement de sourcils.

— Merci, Jim, c'est super de ta part. Je te dépose les billets.

— Enfin, Riccardo, protesta-t-elle quand il eut raccroché, c'est un événement important, tu ne peux pas…

— Jim est à la tête du département des ventes, ce sera une excellente opportunité pour lui de représenter De Campo. Il va rencontrer des tas de gens utiles.

— J'aurais pu tenir, fit-elle, presque coupable.

Il vint vers elle et lui caressa la joue.

— Je le sais, *tesoro*, tu es un bon petit soldat. Mais trop, c'est trop. Je me soucie de ta santé. En ce moment, tu ne prends pas assez de repos. Regarde-moi ces grands cernes !

— C'est vrai, admit-elle. En fait, je suis soulagée que tu aies annulé.

— Parce que tu n'as rien à te mettre ? lança Riccardo en souriant. J'ai bien vu que tu ne prenais pas le temps de renouveler ta garde-robe ; et pourtant, tu t'arrondis…

— Et alors ?

— Et alors, j'y ai remédié.

Lilly lui lança un regard surpris.

— Tu as fait du shopping pour moi ?

— Mais oui ! Et ne prends pas cet air étonné. Je me suis autorisé une petite virée chez l'un des créateurs les plus tendance pour femmes enceintes.

Elle avait du mal à en croire ses oreilles.

— Comment as-tu su ma taille ?

— Je sais depuis combien de temps tu es enceinte, et j'ai été bien conseillé dans la boutique. Mais il manque sûrement quelque chose, tu me diras ce qu'il te faut d'autre. Tout est dans la voiture, conclut-il d'un ton triomphant. J'espère que tu aimeras…

Sa nouvelle garde-robe était d'un goût exquis, constata Lilly en découvrant les merveilles rapportées par son mari. Et contrairement aux craintes de celui-ci, il ne manquait rien.

Sa gorge se serra. Son cœur, qu'elle avait cru définitivement en pièces, commençait à rebattre. Son grand macho de mari avait tout choisi suivant les couleurs et les formes qu'elle aimait. Il faisait donc vraiment attention à elle, à ce qu'elle était profondément… Dans le dernier sac, elle découvrit un pantalon de yoga couleur fuchsia ; pour la première fois depuis longtemps, un vrai et large sourire naquit sur son visage. Acheter quoi que ce soit de rose représentait pour Riccardo un acte héroïque !

Elle enfila le pantalon d'intérieur et compléta sa tenue d'un T-shirt, ravie de ne plus être boudinée dans ce qu'elle portait. Puis elle descendit rejoindre son mari dans le salon.

— Je crois que je n'irai plus faire les courses sans toi ! s'exclama-t-elle avant de déposer un baiser sur sa joue qu'ombrait un soupçon de barbe. Tu as tapé dans le mille.

Riccardo l'enlaça.

— Il m'a quand même fallu fermer les yeux quand j'ai pris le pantalon de yoga…

— Et pour ça, tu gagnes des points bonus.

Elle leva le visage vers lui en une invite muette. Riccardo ne se le fit pas dire deux fois et une étreinte ardente la récompensa.

— Il va falloir adapter ton emploi du temps à ta condition, nota-t-il quand ils eurent repris leur souffle.

— Je ne prends plus de nouveaux patients. Donc le rythme va se ralentir petit à petit.

— Bien. Et, au sujet des changements de ton corps…

— J'ai un peu de mal avec le fait que je ne contrôle pas cette évolution, mais je travaille à l'accepter.

— Je sais ce que c'est d'avoir pour habitude de tout contrôler.

On peut affronter cette difficulté ensemble. Si tu as du mal, n'hésite pas à m'en parler, Lil'.

Elle lui jeta un regard reconnaissant. Il prenait vraiment soin d'elle à présent.

— D'accord, c'est promis.

Il mit un peu de musique, une sonate de Mozart qu'il adorait, et elle resta pelotonnée contre lui sur le sofa. C'était cela, la vie qu'elle avait toujours voulue. Et le fait qu'elle se soit renfermée avant d'abandonner Riccardo comptait pour beaucoup dans le fait qu'elle ne l'ait pas eue avant.

— Riccardo ? fit-elle d'une petite voix.

— *Cara ?*

— Je suis navrée d'être partie, d'avoir désespéré de toi.

Il se crispa contre elle, puis il posa les lèvres sur son cou.

— J'ai fait beaucoup d'erreurs aussi. La faute est partagée.

La gorge de Lilly se noua.

— Je veux que ça marche, nous deux, murmura-t-elle. Tu as raison, il est temps de laisser le passé de côté et de donner une chance à notre mariage. Notre bébé le vaut bien.

Riccardo, visiblement ému, lui prit le visage dans les mains.

— Mais attention, reprit-elle, c'est toi que je veux. Pas le mari idéal du couple idéal.

— C'est moi que tu auras. Tu as toujours été la seule, tu sais…

— D'ici quelques mois, tu auras changé d'avis, fit-elle avec un sourire taquin. Quand mon tour de taille aura triplé.

Il lui rendit son sourire.

— Il n'y a rien qui puisse m'éloigner de toi. Tu es l'étincelle qui met le feu à tout mon être. Je ne cesse de te désirer.

En disant cela, il jouait avec la ceinture de son pantalon de yoga. Bientôt, Lilly lâcha une kyrielle de petits soupirs éloquents, et son pantalon glissa sur le plancher.

Quand Riccardo la touchait, qu'il la tenait ainsi contre lui, elle se sentait à l'abri. Son sentiment d'insécurité s'évanouissait, elle devenait la plus belle femme du monde.

Elle s'agenouilla devant son mari et le prit dans sa bouche. Lorsqu'il la supplia de mettre fin à ses tourments, elle enjamba ce corps qu'elle aimait tant et le chevaucha, tenant le regard de Riccardo captif du sien jusqu'à ce qu'il explose en elle. Tant pis si elle lui laissait ainsi voir le fond de son âme. Elle en prenait le risque puisque de toute manière, elle allait arpenter avec lui des sentiers inconnus, ceux d'une vie à deux — et bientôt à trois.

Peut-être la tromperait-il, mais elle voulait parier sur son honnêteté. Après tout, ce n'était pas plus absurde que de redouter l'inverse. Et beaucoup plus constructif.

12

Le timbre profond de plusieurs voix masculines accueillit Lilly au moment où elle rentra à la maison. Les riches inflexions de son mari glissèrent comme du velours sur sa colonne vertébrale ; elle discerna aussi la voix de Gabe, et les sonorités graves de celle d'Antonio.

Elle étouffa un soupir déçu : elle aurait aimé être seule avec son mari ce soir encore, car elle comptait lui parler de Lisbeth et de son nouveau traitement. Sa sœur allait en effet partir sous peu pour la Suisse, et Lilly se sentait à présent suffisamment sûre de ce qu'elle construisait avec Riccardo pour lui parler de toute l'affaire. Peu à peu, elle faisait la paix avec son passé. Elle était allée à la ferme familiale pour l'anniversaire de sa mère la semaine précédente ; même si les retrouvailles n'avaient pas été parfaites, elles constituaient un progrès.

Elle déposa ses affaires, le cœur léger, mue par une sérénité nouvelle à l'idée de ne plus rien avoir à cacher à son mari. Au départ, elle avait accepté le contrat de six mois pour Lisbeth, mais elle dirait aussi à Riccardo qu'une motivation plus personnelle la poussait à continuer. Avec lui, elle avait trouvé l'équilibre, le secret du bonheur.

Elle fit un petit signe à Magda avant d'aller rejoindre les hommes sur la terrasse.

— *Cara !* fit Riccardo, enthousiaste et souriant. Tu arrives juste à temps pour célébrer la bonne nouvelle avec nous.

— Quelle bonne nouvelle ?

— Demain, l'assemblée générale de De Campo me nommera P.-D.G.

— Avec mon soutien, précisa Antonio en venant embrasser sa bru. L'entreprise va repartir sur de bonnes bases.

Lilly était heureuse de voir enfin le père de Riccardo apprécier le travail qu'avait fourni son fils. Une expression calme et satisfaite détendait les traits de son mari. Pour eux deux aussi, une ère nouvelle s'ouvrait. Pourvu qu'il parvienne à jongler avec ses nouvelles responsabilités aussi bien qu'il avait su le faire récemment ! Car l'intimité qu'ils partageaient depuis peu, elle n'y renoncerait pour rien au monde. D'ailleurs, elle aussi devrait s'adapter : son mari aurait besoin d'elle et cette fois, elle entendait bien le soutenir de toutes ses forces maintenant qu'elle avait mis en place, avec détermination, tous les éléments lui permettant de gérer son stress.

— Félicitations, mon chéri, dit-elle en déposant un baiser rapide sur les lèvres de son mari.

Trop rapide à son goût…

Matteo, Gabe et Antonio levèrent leur verre en direction de Riccardo, et Lilly se joignit symboliquement à eux avec un verre de jus de fruits.

Durant le dîner qui suivit, une belle harmonie régna entre les quatre mâles De Campo. Gabe leur fit part de ses projets pour développer un nouveau cru, dont les arômes de fruits rouges en feraient un incontournable des repas d'été. Il fut applaudi de tous. Brillant dans sa partie, il ne jalousait pas le moins du monde la position de son aîné. Cette solidarité entre eux était une force, une des conditions de l'essor de leur entreprise.

Au moment où Lilly se levait pour aller vérifier avec Magda où en était le dessert, Gabe la rejoignit et lui glissa à l'oreille :

— Tu ne vois pas d'inconvénient à ce que je me rapproche d'Alex ?

Lilly tourna vers lui un grand sourire.

— Bien sûr que non ! Mais avec son emploi du temps, ce sera un miracle si tu arrives à l'inviter ne serait-ce que pour prendre un sandwich.

Gabe eut un demi-sourire rappelant ceux de Riccardo.

— Fais-moi confiance. Quand on veut, on peut.

Lilly lui pressa doucement la main. Un homme aussi posé que Gabe était exactement ce qu'il fallait à sa jumelle. Ces deux-là ne se tournaient-ils pas autour depuis longtemps ?

L'après-dîner se déroula dans la bibliothèque. On y prépara joyeusement la réunion générale du lendemain. Lilly sortit un instant sur la terrasse pour profiter de la fraîcheur du soir — la grossesse lui valait souvent quelques bouffées de chaleur. Au-dessus d'elle, le ciel de Manhattan déployait son tapis sombre, plus étoilé qu'à l'ordinaire. Elle leva les yeux et son regard se perdit dans l'immensité du cosmos.

Soudain, un bruit derrière elle lui fit quitter sa rêverie. Antonio venait de la rejoindre.

— Il fait chaud à l'intérieur, n'est-ce pas ? commença son beau-père d'un ton engageant.

— Mais vous, pourtant, vous n'attendez pas d'enfant que je sache ? lui répondit-elle d'un ton taquin.

— L'adoubement de Riccardo à la tête de la société est une sorte d'accouchement. Mon fils va devenir l'un des hommes les plus puissants du pays. Etes-vous prête pour cela, Lilly ?

Décidément, les hommes de la famille ne perdraient jamais l'habitude de chercher à l'intimider !

— Vous devez me penser à la hauteur de la tâche ; sinon, vous n'auriez pas exigé de Riccardo qu'il se réconcilie avec moi.

— *Scusi ?*

Il semblait sincèrement surpris.

— Cela faisait partie de vos conditions pour soutenir la candidature de Riccardo. J'ai cru comprendre que la reprise de notre vie commune a lourdement pesé dans votre décision.

Antonio haussa un sourcil.

— Ce qui a pesé, ce sont les résultats qu'il a obtenus.

Ce fut au tour de Lilly de s'étonner :

— Mais vous vouliez que notre couple se reconstitue, non ?

— Bien sûr ! J'ai toujours trouvé que vous aviez une influence positive sur mon fils. Mais cela n'a en rien déterminé mon choix.

Antonio leva les yeux au ciel, puis ajouta avec un sourire :

— Si Riccardo vous l'a fait croire, c'est qu'il cherchait à toute force à vous récupérer. Vous le connaissez, n'est-ce pas ? Il se concentre uniquement sur le but à atteindre et parfois, les moyens sont… un peu spéciaux.

Lilly sentit le sang se retirer de son visage.

— Il fait presque frais, à présent, dit-elle en frissonnant, je crois que je vais rentrer.

Antonio la rattrapa avant qu'elle ait quitté la terrasse.

— Vous avez l'air contrariée, Lilly. Pourquoi ? Riccardo est peut-être brutal dans son obsession du résultat, mais est-ce mal qu'il vous aime à ce point ?

En soi, non, bien sûr, admit Lilly, mais cela voulait dire qu'il lui avait menti en lui promettant le divorce : il n'avait jamais eu l'intention de le lui accorder…

Elle s'excusa auprès de tous, prétextant une soudaine fatigue et monta avant que son mari, visiblement inquiet, n'ait eu le temps de l'interroger.

Lilly s'immergea dans un bain chaud, cherchant désespérément à calmer son état de nerfs. Riccardo avait voulu tout savoir d'elle, il avait exigé la vérité et elle s'était livrée sincèrement, sans rien lui cacher. Mais lui, il était loin d'avoir tout révélé. Même si elle lui avait pardonné l'épisode Chelsea Tate, puisqu'elle était à présent convaincue que les photos étaient truquées, comment pourrait-elle passer sur cette manipulation ? Riccardo avait-il autant changé qu'elle le croyait ? A la Barbade, en la serrant dans ses bras, il s'était engagé à un nouveau départ, basé sur la confiance et l'honnêteté. Elle l'avait cru, en irréductible naïve qu'elle était, et s'était mise à nu devant lui, physiquement comme moralement.

Alors qu'elle sortait du bain, elle dut se rendre à l'évidence : la peur qu'elle avait presque oubliée était réapparue…

— Que se passe-t-il, Lilly ?

La voix tendue de son mari la fit sursauter et elle se tourna vers lui, drapée dans son peignoir.

— Tu m'as promis l'honnêteté. La confiance.

Il hocha la tête, son regard sombre et intense rivé sur elle.

— *Sì*. As-tu motif à douter de ma sincérité ?

Elle s'assit sur le lit, de peur que ses jambes ne la trahissent.

— Tu m'as menti au sujet de la prétendue exigence de ton père sur notre réconciliation.

Riccardo pâlit.

— Que t'a dit Antonio ?

— En gros, que tu n'avais aucun scrupule du moment que tu pouvais atteindre ton objectif.

Il s'approcha.

— J'ai peut-être un peu coloré la vérité, c'est vrai, mais mon père voulait vraiment que notre couple reparte.

Elle leva la tête pour l'affronter, même si elle tremblait comme une feuille.

— Tu m'as dit que le soutien de ton père à ta candidature *dépendait* de notre réconciliation !

— Et qu'étais-je supposé faire ? jeta Riccardo. Tu refusais de me voir, de me parler ! Tu ne croyais quand même pas que j'allais abandonner la partie ?

— Quoi qu'il en soit, notre compromis était basé sur un mensonge. Et pas que de ta part, souffla Lilly, soudain bouleversée par le parallèle qui lui sautait aux yeux entre la stratégie de Riccardo et sa propre dissimulation.

— Je ne comprends pas…

Riccardo s'assit à côté d'elle et lui prit les mains.

— Je n'ai accepté ton offre qu'à cause de la maison, avoua Lilly. Je comptais la vendre pour payer le nouveau traitement de Lisbeth.

— Lisbeth ? Elle n'était pas en rémission ?

— Plus depuis quelque temps, malheureusement. Et puis son médecin a parlé de ce nouveau traitement, mais il fallait aller en Suisse et c'était très onéreux. Nous n'aurions jamais pu le lui payer. Alors j'ai accepté tes conditions et ton offre.

Son mari s'était rembruni.

— Lilly, quel monstre crois-tu que je suis pour m'avoir dissimulé cela ? Je t'aurais donné les fonds pour Lisbeth, tu le sais bien.

— Je ne voulais rien te devoir. Je ne te faisais plus confiance. Et j'avais raison, conclut-elle amèrement.

— Nous sommes une famille, *cara*. Je te devais mon aide. Tu parles de confiance mais toi non plus tu ne m'as pas accordé la tienne.

L'amertume de Lilly se mua en un profond chagrin et les larmes se mirent à couler sur son visage. Il avait tellement raison, hélas…

Bouleversé, Riccardo l'attira dans ses bras.

— Ne vois-tu pas que c'est un mal pour un bien ? Tu m'as dissimulé tes raisons, je n'ai pas osé te dire les miennes, mais je te voulais à toute force car… je t'aime comme un fou. Peux-tu comprendre cela ?

Entre deux sanglots, Lilly hocha la tête, même si elle n'était pas certaine d'avoir bien entendu. Ainsi, Riccardo l'aimait *comme un fou* ?…

— Et maintenant, reprit-il, nous avons recommencé sur de nouvelles bases, nous avons appris les compromis et il y a cet enfant qui grandit en toi et que nous aimons déjà de toute notre âme. Sans ces deux mensonges, nous n'en serions pas là, le bébé ne serait pas là. Mais je te promets solennellement qu'il n'y aura plus de dissimulation entre nous. Sous aucun prétexte.

Il avait posé une main tendre sur son ventre arrondi. Lilly se pressa contre lui. La sincérité de son mari résonnait dans sa voix grave et elle avait besoin d'entendre ces mots-là. Elle aussi avait fauté, et si leur réconciliation s'était soudée sur une affabulation mutuelle, cette étape avait été nécessaire à leur nouveau départ.

N'avait-elle pas beaucoup mûri ces derniers temps ? Un mariage n'était pas que le serment d'un jour, celui d'un chevalier blanc à une princesse de conte de fées. C'était une construction qui allait en se solidifiant. Aujourd'hui, elle comprenait que les voies de la providence étaient parfois tortueuses. Le plus important n'était-il pas que Riccardo l'aime du plus profond de son être ? La confiance, ils la rebâtiraient entre eux, jour après jour.

Les lèvres de son mari se posèrent sur les siennes, scellant un accord sans lequel elle n'aurait pu vivre.

Épilogue

Westchester

De la baie du salon, on voyait briller l'eau claire du lac.

— Voilà le nouveau membre de la famille, déclara Riccardo d'un ton triomphal, entrant dans le salon de leur maison de campagne.

Entre ses mains, une boule de fourrure jappait.

— Papa !

Le petit Marco, un an et demi, glissa des bras de Lilly et courut vers son père aussi vite que ses jambes pouvaient le porter. Il était craquant dans son costume de petit marin, et Lilly étouffa un soupir de bonheur en le voyant s'accrocher aux jambes de Riccardo. Père et fils étaient merveilleux à contempler.

D'habitude, elle se serait accordé un peu plus de temps pour admirer la silhouette musclée parfaitement mise en valeur par le costume que portait son mari, mais la boule de poils qui remuait entre ses bras attirait son attention. C'était un chiot labrador, couleur chocolat.

— *Cucciolo !* cria Marco. Petit chien ! *Giù !*

Le ton impérieux du bambin se rapprochait tant de celui de Riccardo que Lilly craignit un instant qu'il ne saute l'étape de l'enfance pour atteindre directement la maturité dominatrice propre aux De Campo.

Riccardo se pencha et, exauçant le souhait de son fils, posa le chiot au sol. Marco s'accrocha à sa fourrure de manière si brusque que le jeune chien courut se réfugier derrière les jambes de son maître.

— *Dolcemente*...

La douce réprimande de Riccardo s'adressait à son fils. Il prit le chiot sous un bras et Marco sous l'autre pour parfaire les présentations.

— Il faut y aller en douceur avec lui, c'est un bébé ; comme toi quand tu es né.

Comme Marco continuait d'agiter les bras, son père conclut :

— Tu es une brute, jeune De Campo.

— Tout comme son père, soupira Lilly. Enfin la plupart du temps...

Taquine, elle se dressa sur la pointe des pieds pour embrasser son époux. Mais entre la joyeuse boule de poils qui gigotait et Marco qui se tortillait, visiblement ravi, l'effort était difficile.

— Je n'oublierai pas ce que tu viens de dire, murmura Riccardo. Les comptes se solderont... plus tard.

Le rouge monta aux joues de Lilly. Il rit, du rire rauque et sexy qui la faisait frissonner.

— En attendant, je te présente Dutch, fit-il en désignant le chiot. Et j'ai encore une autre surprise : j'ai apporté quelque chose qui devrait te plaire.

— Vraiment ? fit-elle avec un sourire ravi.

— Mais je le garde pour le moment où nous réglerons nos comptes, précisa son mari avec un sourire entendu.

Lilly s'embrasa aussitôt. Il avait le chic pour lui dénicher des déshabillés suggestifs ou de la lingerie sexy. Mais il valait mieux ne pas s'attarder sur ces idées-là, pas pour le moment tout du moins.

Elle prit le chiot dans ses bras et fondit à la vue des grands yeux bruns et des pattes courtaudes.

— Je pensais que le chiot devait arriver plus tard.

— L'éleveur a eu une annulation de dernière minute, il m'a appelé, j'ai fait l'erreur d'aller le voir, et... voilà !

Elle sourit alors que le chiot entreprenait de lui lécher le visage avec enthousiasme.

— Je n'aurais pas été capable de lui résister non plus. Il va falloir le mettre dans un panier pendant que nous irons nous baigner.

— Tu comptais aller te rafraîchir ?

Elle hocha la tête.

— Nous ne t'attendions pas avant des heures.

Le regard de Riccardo se posa sur elle, avec cette intensité toute singulière qu'il réservait aux choses importantes.

— Je suis parti plus tôt. Tu me manquais.

Une boule se forma dans la gorge de Lilly. Sa vie était aussi proche de la perfection que possible. Trop parfaite, à vrai dire, comme si ce bonheur ne pouvait durer. Mais quand le doute s'insinuait en elle, Riccardo s'en apercevait et savait trouver les mots propres à la rassurer. Car lui aussi avait craint de perdre ce qu'il aimait le plus au monde et à présent, il la comprenait mieux que personne. Il l'accompagnait tout au long du chemin et chaque obstacle était franchi main dans la main.

Elle fit courir les doigts le long de sa joue râpeuse. Ils avaient toujours leurs moments de tension, et mieux valait ne pas se trouver dans les environs lorsque cela se produisait. Mais leurs disputes devenaient rares, et leur bénéficiaient à tous deux : une fois admis à quel point ils s'aimaient, tout reprenait sa place.

Marco s'invita entre eux deux, et poussa sa main contre le torse de son père.

— Nager ! *Cucciolo.*

Lilly éclata de rire.

— Le chiot est trop petit, mon chéri, et je n'ai pas de brassières pour lui !

Lilly sauta dans les eaux du lac que Riccardo avait fait aménager en piscine naturelle. Puis elle y fit entrer Marco et le surveilla pendant qu'il barbotait joyeusement.

Riccardo les rejoignit bientôt. Après avoir nagé, Lilly s'assit sur le ponton de planches, alors que son mari jetait Marco en l'air et le rattrapait en le plongeant dans l'eau. Les cris ravis de son fils emplissaient l'air. C'était un risque-tout que ce petit bonhomme, et elle s'attendrit une fois de plus sur sa ressemblance avec son père.

— Tu t'habitues au mi-temps, chérie ? lança-t-il en la voyant s'alanguir au soleil.

— Comme tu le constates…

Pour consacrer plus de temps à son fils, elle avait préféré travailler moins après sa naissance, et partageait sa clientèle avec un autre kinésithérapeute, qui lui aussi avait une famille. Cela lui permettait de se concentrer mieux sur chacune de ses tâches, et elle savourait chaque minute de sa nouvelle vie.

Marco gifla l'eau de sa main et éclaboussa le visage de son père. Lilly sourit. Non seulement il avait les traits de Riccardo, mais il semblait tout aussi diabolique ! Le petit Marco était sans peur, prêt à tout essayer.

Marco Alfonso De Campo. L'enfant avait été nommé d'après le héros de Riccardo, Marco Agostino, un pilote qui s'était tué au volant quelques semaines seulement avant la naissance de son fils. Son deuxième prénom lui venait du grand-père de Riccardo, celui qui avait créé la première exploitation des vins De Campo en Toscane.

Lilly poussa un soupir bienheureux en regardant avec tendresse son mari jouer avec le bébé. En donnant ce prénom à Marco, son père semblait avoir avancé, s'être réconcilié avec son passé. Il ne se fermait plus lorsqu'on parlait de course automobile, même s'il passait vite à un autre sujet.

Elle aussi était passée à autre chose. Sa relation avec ses parents ne serait jamais parfaite, mais ils adoraient Marco et elle faisait des efforts pour aller régulièrement les voir avec leur petit-fils.

Riccardo vint lui taquiner les jambes, asseyant Marco à son côté.

— Figure-toi que Lisbeth a rencontré un courtier en Bourse,

commença-t-il. Elle avait des étoiles dans les yeux lorsqu'il l'a déposée, l'autre soir…

Sa sœur était en rémission depuis six mois maintenant, et avait quitté la Suisse pour venir vivre avec eux à New York. Elle s'était inscrite à l'université et commencerait à la rentrée de septembre. Elle ressemblait tellement à la Lisbeth d'avant que cela semblait relever du miracle. Lilly la protégeait jalousement. Sa petite sœur était si vulnérable, parfois…

— Un courtier ? s'exclama-t-elle d'un ton navré.

De tous les hommes de New York, les *golden boys* étaient les plus arrogants !

— Tu aurais pu faire quelque chose ! gronda-t-elle Riccardo.

Un sourire éclaira le visage de celui-ci.

— Qu'est-ce que j'étais censé faire ? Lui casser la figure ?

Lilly sourit. Elle aussi avait été vulnérable lors de son arrivée à New York, et se débrouiller par elle-même lui avait fait énormément de bien. C'était important dans un environnement comme celui de Manhattan, où personne ne vous faisait de cadeau.

— Après réflexion, murmura-t-elle comme pour elle-même, c'est peut-être une bonne chose. Si son cœur se brise, je lui apprendrai à gérer les mâles dominants.

Mais Riccardo avait entendu, et ses yeux sombres étincelèrent.

— C'est vrai que tu as réussi avec le tien !

Elle plissa les yeux en le fixant.

— Tu le penses vraiment ?

— C'est absolument sans équivoque. Nous en reparlerons plus tard.

Une douce crispation familière lui serra l'estomac, mais elle réussit à mettre la sensation entre parenthèses pendant qu'ils profitaient de la fin d'après-midi.

Après que le chiot et l'enfant eurent été nourris, Riccardo alla coucher Marco et lui lut une histoire. Lilly en profita pour se changer. Puisqu'elle avait prétendu savoir s'y prendre avec les mâles dominants, elle devait prouver qu'elle ne se vantait pas. Elle enfila une robe de soie crème au décolleté plongeant.

Le regard que son mari lui jeta lorsqu'elle le rejoignit sur la terrasse la rassura : non, elle n'avait rien perdu de son pouvoir sur lui. Tout en leur remplissant deux verres à cocktail, Riccardo demanda :

— Nouvelle robe ?

— Pour toi.

— J'apprécie, fit-il en laissant filtrer un regard éloquent entre ses cils. Viens là.

Le cœur de Lilly s'emballa et elle obéit.

— Qu'est-ce que c'est ? demanda-t-elle en désignant le liquide sombre dans le verre qu'il lui tendait.

Un sourire satisfait éclaira le visage de son mari.

— La surprise que je t'ai promise. Il se trouve que Lewis, notre « frère » barman, est devenu une célébrité internationale avec son rhum arrangé. Je sponsorise le lancement de sa marque.

— Tu plaisantes ? L'homme aux dreadlocks veut faire du commerce ?

Riccardo sourit de son étonnement.

— Pour en partager les bénéfices avec sa communauté, m'a-t-il assuré. A la tienne, *tesoro* !

Elle prit une gorgée de rhum.

— Ça ne me paraît pas meilleur que la première fois.

— Continue, ça vient à la deuxième gorgée, tu te rappelles ?

Lilly sourit. Elle n'avait pas oublié cette soirée débridée…

— Je t'aime, murmura-t-elle. *Io ti amo per sempre.*

Oui, elle l'aimerait toujours. Il la fixa avec un mélange de désir et de force brutale dans le regard.

— Finis ton verre. Le dîner peut attendre.

Elle avala la dernière gorgée et poussa une exclamation ravie lorsque Riccardo la souleva de terre pour l'emporter dans les escaliers.

Il grimpa jusqu'à la chambre qui dominait le parc, où leur rêve de famille avait débuté, lors des premiers temps de leur mariage. Lorsque Riccardo fit tomber sa robe, elle comprit que son rêve s'était réalisé. Le chiot qui dormait dans son panier, dans le salon, était la dernière pièce du puzzle.

Elle offrit à l'homme de sa vie un sourire éclatant et, nouant les bras autour de son cou, elle l'attira jusqu'à ses lèvres.

Tout était parti d'une fête de divorce et à présent, c'était « jusqu'à ce que la mort nous sépare ». Deux ans auparavant, qui l'eût cru ?

JENNIFER HAYWARD

Un si séduisant défi

INTÉGRALE
TROIS HÉRITIERS À AIMER

SAGAS

HARLEQUIN

Titre original :
AN EXQUISITE CHALLENGE

Ce roman a déjà été publié en 2015

1

Si la vie avait été le verre de cabernet qu'elle tenait à la main, un cépage à l'arôme particulièrement riche et puissant, Alex Anderson l'aurait bu d'un trait, jusqu'à la dernière goutte. Juste pour voir, par défi. Dans son métier, si un challenge lui semblait impossible à relever, elle en éprouvait un frisson intense qui l'excitait et la poussait à réussir. Par contre, elle ne faisait pas la différence entre un zinfandel de Californie et un merlot… Après tout, elle avait grandi dans un trou perdu de l'Iowa au milieu de paumés qui ne buvaient que de la bière. Du moment que le vin avait bon goût et l'aidait à supporter l'ennui de l'interminable cocktail donné par les viticulteurs de la Napa Valley pour collecter des fonds au bénéfice des sans-abri…

Elle s'avisa que l'homme qu'elle était venue rencontrer, Gabriele De Campo, venait de faire son apparition, l'air encore plus renfrogné que de coutume. Pour ce visionnaire, responsable de la branche viticole du groupe De Campo aux Etats-Unis, ses vignes étaient une obsession — voire une raison d'être.

Dès qu'Alex l'aperçut du haut de la mezzanine surplombant la salle, son sang se chargea d'adrénaline. Elle allait jouer son avenir face à cet homme, et celui de l'agence de communication qu'elle dirigeait. Depuis une heure et demie qu'elle observait tous ces professionnels du vin, tentant de repérer qui était qui et d'imaginer comment assurer le succès de la campagne de De Campo, elle avait à peine touché à son verre. Avec un frisson d'anxiété, elle avala une gorgée de cabernet. N'avait-elle pas tort de se lancer dans une entreprise aussi ambitieuse ?

Tout avait démarré le matin même, à New York. Katya Jones, la directrice du marketing de De Campo, l'avait réveillée à 6 heures, visiblement en panique. Alex avait émergé avec difficulté : la veille, lors d'une soirée entre filles, elle avait un peu abusé du martini… Elle avait recouvré instantanément ses esprits quand Katya lui avait appris que Gabe venait de virer l'agence de communication qui devait assurer le lancement du dernier produit De Campo, le Devil's Peak. Trois semaines et demie avant les deux événements phares prévus presque simultanément à Napa et à New York, sous prétexte qu'il trouvait leurs idées « atroces ».

Si Alex n'avait pas perdu, quelques jours plus tôt, un client à trois millions de dollars, jamais elle ne se serait tirée du lit de si bonne heure pour se donner une chance de travailler avec le beau-frère de sa sœur. Mais Anderson Communication, *son* agence, venait juste d'emménager dans la Cinquième Avenue et, si elle ne trouvait pas au plus vite un nouveau client de taille, elle allait devoir fermer les portes avant même de les avoir ouvertes. Elle avait donc annulé ses rendez-vous et sauté dans le premier avion pour San Francisco afin d'assister à ce cocktail. Avec en point de mire un contrat à deux millions de dollars !

Katya ne connaissait pas le lien familial qui l'unissait à Gabe, sinon elle ne lui aurait pas téléphoné. En effet, celui-ci s'était toujours refusé à travailler avec un membre de sa famille, bien qu'Alex ait souvent tenté de le convaincre de déroger à cette règle.

Cette fois-ci, elle devait réussir, se dit-elle en ramenant dans son chignon une mèche échappée de ses longs cheveux noirs. La tête haute, elle se dirigea vers l'escalier qui menait à la salle. Les doigts crispés sur la rampe, elle descendit avec une lenteur délibérée. Au milieu de la foule, Gabe conversait avec le président du bureau interprofessionnel, à qui il semblait accorder toute son attention. Pourtant, à un moment, comme averti par un sixième sens, il releva la tête et écarquilla les yeux, visiblement surpris de la voir.

Alex eut l'intuition que Katya ne l'avait pas averti de sa présence à San Francisco. Elle chercha à se convaincre que la surprise pourrait jouer en sa faveur. Néanmoins, en atteignant la dernière marche, ses genoux faiblirent. Peut-être l'effet de ce costume qui mettait merveilleusement en valeur la silhouette élancée et puissante à la fois de Gabe…

Selon certaines femmes, c'était sa chevelure sombre, un peu longue mais parfaitement disciplinée, qui lui donnait cet air sexy ; pour d'autres, c'était sa fossette au menton. Ce qu'Alex préférait, c'étaient ses yeux vert forêt, une forêt où l'on avait envie de se perdre.

Il l'attendait au bas de l'escalier et murmura « Alexandra » d'une voix de velours qui la fit frissonner et mit tous ses sens en émoi.

— Je ne savais pas que tu étais sur la côte Ouest, ajouta-t-il.

— Ton radar interne ne t'a pas averti que j'approchais ? plaisanta-t-elle, la gorge sèche cependant.

— Le signal a dû se brouiller.

Elle se raidit en percevant son odeur — fumée et terre — quand il se pencha pour lui effleurer la joue.

— Qu'est-ce que tu fais ici ? s'enquit-il d'une voix rauque. Jamais je n'aurais imaginé te rencontrer dans ce cocktail professionnel.

— Tu n'as pas eu l'occasion de parler à Katya aujourd'hui ?

— Katya Jones ?

— Oui. Elle devait t'appeler, répondit Alex en le fixant droit dans les yeux. Elle vient de m'engager. Pour m'occuper de votre campagne du Devil's Peak.

Le regard de Gabe s'assombrit.

— C'est impossible.

— Tu n'as même pas regardé tes e-mails ? Elle t'en a forcément envoyé un à ce sujet.

— Je n'ai pas eu une minute à moi, aujourd'hui.

Elle se força à afficher un sourire confiant.

— Gabe, dans trois semaines et demie, le lancement débute

par deux événements importants. Katya sait que je suis la seule à pouvoir vous tirer d'affaire. Elle m'a donc appelée à l'aide.

— Tu sais pourtant que je refuse de travailler avec un membre de ma famille !

— Tu n'as plus le choix.

— J'ai besoin d'un verre, déclara-t-il d'un air crispé.

— Dans les quarante-huit heures, je trouve le thème de ta campagne, dit-elle en le suivant en direction du bar. J'ai vu ce que te proposait ton ancienne agence et je suis d'accord avec toi, c'était atroce. J'ai des idées.

— Alex, lâcha-t-il en s'accoudant au bar, ce n'est pas toi qui mèneras cette campagne.

Elle grimpa sur un tabouret pour mieux le défier du regard.

— Katya m'a *engagée*. Dans mon domaine, je suis une pointure. Et tu le sais.

— Ce n'est pas le sujet, répondit-il en s'asseyant à côté d'elle après avoir passé commande au barman. Je sais que tu es la meilleure, Alex, et tu aurais déjà travaillé pour De Campo si tu n'étais pas de la famille.

Une vague de désespoir la submergea.

— Tu as misé sur la mauvaise agence, et te voilà dans le pétrin. Mettre en place en si peu de temps deux campagnes et deux événements, à Napa et à New York, à une semaine d'intervalle, c'est quasiment du suicide. En dehors de moi, je ne connais que deux professionnels dans tout le pays qui en soient capables. Le premier est en train de descendre le Nil avec sa femme. Quant au second, il organise un événement gigantesque à Houston.

Gabe fit glisser un verre de vin sur le bar en direction d'Alex.

— On se débrouillera, dit-il en haussant les épaules. Pas question de déroger à la règle que je me suis fixée.

Dans la vie, Alex n'avait qu'une certitude : dans son domaine, elle faisait partie des meilleurs.

— Tu as donc envie que ton lancement échoue lamentablement ? Alors que tu te bats depuis huit ans pour faire triompher De Campo à Napa et respecter tes crus californiens ? Comme tu veux, Gabe…

Il reposa son verre en jurant à mi-voix. Jamais Alex ne l'avait entendu prononcer un mot aussi grossier.

— Laisse-moi t'aider. J'en suis capable, reprit-elle en lui posant la main sur le bras.

En sentant un frémissement courir de sa paume à son estomac, elle retira vivement sa main et la posa sur sa cuisse. Entre eux, comme toujours, ce courant quasi électrique…

— Tu ne crois pas que c'était un peu précipité de sauter dans un avion sans connaître ma réponse ? demanda-t-il.

— Katya m'a engagée.

— Et moi, je peux très bien te virer.

— Tu ne le feras pas. Je me tiendrai à l'écart. Je deviendrai tellement invisible que tu ne te rendras même pas compte que je suis là.

— Tu n'en es pas plus capable qu'un coquelicot dans un champ de blé.

Il leva la main pour saluer des gens, derrière elle.

— Il faut que je parle à quelques personnes. Ensuite, j'ai une tonne de travail qui m'attend chez moi. Reste ici, je te ramènerai à ton hôtel. On parlera pendant le trajet.

Elle aurait aimé lui répondre qu'elle n'était pas un petit chien qui obéit au doigt et à l'œil, mais elle devait lui prouver qu'ils pouvaient travailler ensemble.

— Très bien. Je t'attends ici.

— Dix minutes, pas plus.

Elle l'observa tandis qu'il s'éloignait. Sa haute silhouette dominait la foule élégante. Le gratin de la côte Ouest, aussi différent des gens qu'elle avait l'habitude de fréquenter à New York que le jour de la nuit. Elle avala une gorgée de vin en se demandant comment appâter cet homme de fer qui exprimait si rarement la moindre émotion, capable de traverser un immeuble en flammes sans froisser son costume Armani. Et pourtant, ce soir, il paraissait à la fois anxieux et hostile. Difficile à cerner.

Il lui fallait ce contrat, à tout prix. Durant les huit dernières années, elle avait travaillé quatorze heures par jour dans une énorme agence de communication de Manhattan pour des marques qui l'ennuyaient à pleurer. Aujourd'hui, Anderson Communication était son bébé. Il était hors de question de ne pas réussir.

Elle laissa son regard errer sur la foule pour mieux analyser sa future cible. Soudain, son regard se fixa sur un quadragénaire grisonnant. Son cœur s'arrêta de battre. Pas possible… Et pourtant si, le seul homme au monde qu'elle appréhendait de revoir était là.

Grand, mince et élégant dans son costume sombre, Jordan Lane conversait avec une spectaculaire beauté blonde. A quelques cheveux blancs près, il n'avait pas changé. Alex se leva et fendit la foule sans savoir où elle allait, uniquement préoccupée de lui échapper.

Comment avait-elle pu ne pas anticiper cette rencontre, alors que tous les gens qui comptaient dans l'industrie du vin étaient là ? se demanda-t-elle. Et Jordan dirigeait la plus grosse entreprise de vins et spiritueux des Etats-Unis…

Une main se posa sur son épaule.

— Alex ?

Elle se retourna, le cœur cognant dans la poitrine.

— Jordan, balbutia-t-elle. Quelle surprise !

Son ancien client. L'homme qui lui avait fait commettre la pire erreur de sa vie. L'homme qu'elle avait tant aimé et tant haï. Il lui prit la main pour la porter à ses lèvres.

— Tu es superbe. Plus belle encore que naguère.

Quand elle l'avait connu, à vingt-deux ans, elle était bien trop naïve pour manœuvrer un homme dans son genre. Gagnée par la colère, elle retira vivement sa main. Jordan avait profité de son inexpérience pour la modeler à sa guise, au gré de ses envies. Son charme était toujours aussi opérant, mais désormais elle lisait clairement l'instinct du prédateur dans ses yeux bleus.

— J'accepte de le prendre comme un compliment, lâcha-t-elle entre ses dents serrées. Mais tu ferais mieux de retourner à ton flirt. A-t-elle seulement la moitié de ton âge ?

Le regard bleu de Jordan s'obscurcit soudain.

— Pourquoi n'en discuterions-nous pas autour d'un verre ?

— Non, merci.

— C'est un entretien professionnel que je te propose.

— Même si tu étais le dernier client de la planète, je refuserais.

— J'ai un travail pour toi. J'ai confiance en toi.

Alex se raidit. Elle redressa la tête pour le fixer droit dans les yeux.

— Tu m'as menti, Jordan, et tu as déshonoré ta femme. Tu as failli détruire ma carrière. Ne me parle pas de confiance !

— J'ai appris que tu venais de perdre un gros contrat. Je veux simplement te proposer quelque chose.

— Va au diable ! lui lança-t-elle avant de le planter là.

Comment pouvait-il évoquer de façon si cavalière le mal qu'il lui avait fait et imaginer qu'elle puisse accepter de travailler avec lui ?

Elle était presque arrivée à la porte d'entrée quand une main lui agrippa le bras. Elle tourna la tête, prête à en découdre de nouveau avec Jordan, et découvrit Gabe.

— Tout va bien ?

— J'avais seulement envie de prendre l'air.

— Tu connais Jordan Lane ?

Ainsi, il les avait repérés… Elle tenta de juguler la colère qui l'avait saisie en revoyant cet homme qui l'avait presque détruite.

— Oui. C'était un client de mon ancienne agence.

— Il a essayé de te draguer ?

— Mais non, dit-elle en se passant la main sur le visage pour tenter d'échapper au pénétrant regard vert de Gabe. En fait, il m'a proposé de travailler pour lui.

— Ah bon ? fit-il en fronçant les sourcils.

— Si tu ne veux pas que je travaille pour un autre, tu n'as qu'à m'engager.

Il resta silencieux. S'il y avait quelqu'un au monde dont elle était incapable de deviner les pensées, c'était Gabe De Campo.

— Je suis prêt à partir. Et toi ?

Elle acquiesça. Grisée par son odeur si virile, ses sens s'éveillaient. Mais un voiturier approcha rapidement la Porsche bleu acier de Gabe. Elle s'y installa avec un soupir d'aise.

Tandis qu'ils roulaient vers l'hôtel de charme où elle était descendue, Alex lui donna des nouvelles de leur neveu Marco, le turbulent rejeton de sa sœur Lilly et de Riccardo, le frère de Gabe.

— Si nous prenions un verre ? proposa Gabe en se garant.

Elle accepta, non sans appréhension. Elle était nerveuse à l'idée de recevoir un homme dans sa chambre, peut-être à cause de sa rencontre avec Jordan. A moins que la seule présence de Gabe ne suffise à lui faire trouver trop petite sa suite pourtant très confortable…

« Du calme », se dit-elle en le voyant, sitôt la porte refermée, ôter sa veste et desserrer sa cravate, avant de s'installer sur le canapé. « Après tout, ce n'est qu'un verre… »

— Un scotch ? proposa-t-elle en se dirigeant vers le bar.

— Plutôt un peu d'eau gazeuse, si tu en as. Je dois regagner ma propriété ce soir même.

Elle lui tendit un verre, puis s'assit à côté de lui.

— Je te croyais clouée à New York, reprit-il. Comment peux-tu envisager de travailler sur la côte Ouest ?

— Il se trouve que mon calendrier s'est modifié, répondit-elle, désireuse de rester dans le vague.

— Je doute que ce soit une bonne idée de collaborer, toi et moi. On risque de s'entretuer.

— Pour la bonne cause, nous apprendrons à nous supporter. Je suis prête à faire un effort pour être gentille.

— Cette simple idée suffit à me terrifier, dit-il en souriant.

— Je suis la seule à pouvoir mener à bien ce travail, Gabe.

— Si j'acceptais — je dis bien *si* —, l'exécuterais-tu en personne ou as-tu l'intention de le confier à des collaborateurs ?

— Jamais je n'ai fait ça de ma vie ! Si tu m'engages, c'est moi qui ferai le boulot.

— Pourquoi es-tu aussi crispée ? Assieds-toi confortablement, au lieu de rester perchée au bord de ce canapé.

Elle s'exécuta. Mais comment réussir à se concentrer à quelques centimètres d'un homme aussi superbe ?

— Qu'est-ce qui ne va pas, Alex ?

— La journée a été longue.

— Convaincs-moi de te confier ce travail.

Elle se leva pour aller prendre dans son porte-documents un dossier, qu'elle lui tendit.

— Voici cinq études d'événements organisés par mes soins, qui ont tous été des succès. Je te promets de faire du lancement de ton vin l'événement de l'année.

— Je suis impressionné.

— Tires-en les conséquences.

Il posa le dossier sur la table basse et se rassit dans un mouvement dont la souplesse mit en valeur ses cuisses musclées.

— Même si je considérais que tu es le bon choix, il nous reste à régler l'autre problème.

— Quel autre problème ?

— Alex, à peine sommes-nous entrés dans cette suite que je t'ai sentie nerveuse, et nous savons très bien pourquoi : tu continues à te demander ce qui se serait passé si nous avions échangé ce baiser, dans le jardin de Lilly et Riccardo. Eh bien, moi aussi.

Ce baiser interrompu, Alex n'avait pas réussi à l'oublier, malgré tous ses efforts. Après le départ des invités, légèrement pompette, elle était montée sur un tabouret pour éteindre des lanternes, et avait soudain aperçu Gabe qui la regardait. Cela l'avait tellement déstabilisée qu'elle avait vacillé ; il s'était précipité, l'avait prise dans ses bras, puis reposée sur le sol. A ce moment, pressentant qu'il était sur le point de l'embrasser, Alex s'était enfuie.

— Ce qui me rend nerveuse, c'est d'avoir dormi quatre heures seulement la nuit dernière, rétorqua-t-elle, désireuse de changer de sujet. Si tu me donnais ce contrat, je pourrais peut-être me reposer et… Qu'est-ce que tu fais ?

Il s'était rapproché d'elle et, du bout du doigt, lui effleurait la joue.

— J'essaie de mesurer l'étendue du problème.

— Il n'y a aucun problème, et si nous devons travailler ensemble…

— Je n'ai pas encore accepté, coupa-t-il. Donc pour le moment, nous n'avons aucune relation de travail.

Seigneur, comme le courant passait entre eux ! songea Alex, le cœur battant. Mais elle devait prouver à Gabe qu'elle était capable de contrôler cette attraction. Pourtant, quand le pouce de Gabe lui effleura les lèvres, ses résistances s'effondrèrent…

La bouche de Gabe se posa sans hâte sur la sienne pour en explorer, avec une volupté paresseuse, les courbes et les replis. Alex eut du mal à résister au désir de passer la main sous sa chemise pour le caresser. Ce baiser brûlant, tendre, parfaitement contrôlé, l'emmenait plus loin que le plus brûlant de ses fantasmes. Elle avait toujours su que ce serait bon, mais pas à ce point.

Durant une minute, pas plus, elle fut tentée de se laisser aller à ce plaisir auquel elle aspirait depuis si longtemps. Sentant sans doute qu'elle s'abandonnait, Gabe la prit par la nuque pour l'attirer à lui.

— Alex, murmura-t-il, allons plus loin.

Il glissa la langue entre ses lèvres. Arrêter ! Tout de suite ! Mais leurs langues dansaient à présent un ballet follement voluptueux et tout son corps frémissait. Plus qu'un baiser, c'était à présent un assaut qu'il menait. Un assaut en passe d'être victorieux.

Haletante, Alex s'arracha à son étreinte.

— C'est déloyal ! protesta-t-elle.

— Reconnais que tu as un problème à résoudre. Nous venons d'en avoir la preuve, toi et moi.

— Nous venons aussi d'avoir la preuve que nous pouvons contrôler la situation. C'est fait, notre curiosité est apaisée. Passons à autre chose.

Gabe prit le dossier et se leva.

— Présente-toi à mon bureau demain à 10 heures.

— Tu me laisses passer la nuit dans l'incertitude ?

— Il faut que je jette un coup d'œil à ton dossier.

— Ce baiser n'avait aucun sens, Gabe.

Pourquoi l'avait-elle laissé faire, alors qu'elle était censée le convaincre de son professionnalisme…

Elle le raccompagna jusqu'à la porte.

— Si tu me donnes le feu vert, tu ne le regretteras pas, affirma-t-elle.

— *Che resta da vedere.*

— Qu'est-ce que ça veut dire ?

— « Cela reste à voir. »

Après son départ, et malgré sa fatigue, Alex prit une douche chaude. Gabe s'était bien joué d'elle : il avait désormais une excellente raison de lui refuser ce travail. Bon sang, elle avait été complètement folle de se laisser prendre à son charme italien !

Elle enfonça son visage dans l'oreiller. S'il lui donnait une seconde chance en acceptant de lui confier cette mission, elle ne commettrait pas deux fois la même erreur…

2

L'embouteillage sur l'autoroute 101 n'était pas de nature à améliorer l'humeur de Gabe. Les voitures roulaient au pas et les automobilistes qui s'efforçaient d'atteindre San Francisco étaient hargneux. Tout en jurant à mi-voix, il déboîta sur la file de gauche, tout aussi bloquée que la sienne.

— *Maledizione*… J'aurais dû passer la nuit en ville.

— Comment ? Le célibataire le plus convoité de San Francisco a dormi tout seul la nuit dernière ?

Du haut-parleur avait jailli la voix malicieuse de son frère.

— J'étais à une soirée caritative, Riccardo. Et si je t'entends encore faire allusion à cette liste de célibataires, je raccroche.

— Ne t'emballe pas. Je suis simplement jaloux de ne pas y figurer.

Avant de connaître Lilly, Riccardo était sorti avec cinq fois plus de filles stylées jusqu'au bout des ongles que le mâle moyen de Manhattan.

— A propos, reprit ce dernier, tu as parlé à Matty récemment ?

Leur jeune frère Matteo était très proche de Gabe, et ils s'appelaient au moins une fois par semaine. Ce silence était inhabituel.

— Non. Que se passe-t-il ? Tu es au courant ?

— Encore une histoire de fille, mais cette fois il est muet. Tu devrais l'appeler.

Matteo, un vrai don Juan, pensait que l'amour menait le monde. Gabe se demandait comment il avait acquis cette certitude, compte tenu du contexte familial.

— Qu'est-il arrivé à sa championne olympique ?

— Je ne sais pas. Quand je lui ai demandé si sa souplesse était un plus au lit, il a raccroché.

Le ton de Riccardo se fit plus professionnel lorsqu'il poursuivit :

— Au fait, comment ça se passe de ton côté ? Tu as besoin de moi à Napa ou je superviserai simplement ce qui va se passer de New York ?

— En ce moment, nous traversons quelques turbulences, ici, dit Gabe en tapotant le volant avant de se rabattre inutilement vers la file centrale. Mais tu peux rester à New York. Je me charge de Napa.

— *Bene.* Le médecin m'a demandé de garder un œil sur Lilly durant les semaines à venir.

— Oui, inutile de venir, murmura Gabe distraitement en pensant aux cinq cents invités qui allaient débarquer dans son vignoble trois semaines plus tard. Comment Marco a-t-il accueilli la perspective d'avoir un petit frère ?

— Il a déjà fait la liste des trains qu'il allait lui prêter et des autres.

— Un vrai De Campo !

Son petit neveu était une véritable terreur, exactement comme son père et ses oncles, et Gabe était ravi de savoir qu'il allait avoir un frère. Dans son enfance, sa fratrie avait été un antidote à la froideur de ses parents. La devise de leur père avait toujours été « que le meilleur gagne ». Quant à sa mère, elle n'avait jamais cherché à cacher le peu d'intérêt que lui inspiraient ses enfants. Leur union n'avait été qu'un contrat passé entre deux familles importantes pour en dynamiser les intérêts.

— On m'a dit qu'Alex allait reprendre en main l'organisation des événements à Napa, fit Riccardo.

— J'ai dû virer l'agence initialement prévue. Elle était si nulle qu'elle nous aurait coulés.

— Trois semaines avant le lancement ?

— De toute façon, ça n'aurait pas marché.

— Donc c'est Alex qui reprend le flambeau ?

— J'y réfléchis.

Gabe avait été convaincu par le dossier qu'elle lui avait remis. Ses campagnes, sophistiquées et intelligentes, avaient fait le buzz, exactement comme il le recherchait, avec une originalité et une imagination qui faisaient défaut à la chargée de communication dont il s'était débarrassé.

— Sur ce projet, le conseil d'administration ne me laisse guère de marge de manœuvre, expliqua Riccardo. Il cherche avant tout à limiter les investissements à Napa. Il faut absolument que tu réussisses ton coup pour le forcer à suivre.

— Tu t'imagines que je ne suis pas au courant ?

— Dis-toi que ce n'est qu'un lancement comme les autres. Ne stresse pas trop.

Gabe sentit resurgir en lui une vieille animosité enfouie et destructrice. S'il avait hérité de son père et de son grand-père un savoir-faire et une étonnante intuition de l'alchimie des vins, Riccardo avait quant à lui une vision d'ensemble de l'entreprise familiale. Elle lui avait permis d'en devenir le directeur, adoubé par le *padre*, Antonio De Campo, leur père.

— Tu doutes de mon jugement ? demanda-t-il, agressif.

— Pas du tout, répondit son frère sur un ton apaisant. Mais nous frôlons le point de rupture.

Riccardo n'avait pas tort. Depuis qu'il avait lu le dernier bilan de Napa, Gabe redoutait le pire. Les prévisions de profits sur lesquelles ils comptaient huit ans plus tôt, au moment du lancement de l'affaire, étaient loin d'être atteintes.

— Le risque que nous prenons portera ses fruits, tu le sais parfaitement. Le Devil's Peak est un excellent produit.

— Je n'en doute pas.

La confiance tranquille qu'il décela dans la réponse de son frère le rasséréna.

— Tu devrais prendre du bon temps, reprit ce dernier, ça aide.

— Je suis trop occupé.

— Un homme n'est jamais trop occupé pour la bagatelle.

Gabe leva les yeux au ciel : l'air était connu dans la bouche de Riccardo.

— Ça te gênerait que j'engage Alex ? demanda-t-il.

— Je préfère ne pas intervenir dans ta décision : j'ai trop peur que ça entraîne des complications avec ma femme. Tout ce que je peux te dire, c'est que dans sa branche elle est considérée comme la meilleure.

Comme la circulation se débloquait, Gabe raccrocha et accéléra, tout en se concentrant sur le problème à résoudre.

Alex était la seule à pouvoir sauver la situation, et si la tension montait dès qu'il l'apercevait, c'était une autre histoire. La choisir ne serait pas dicté par un motif personnel, en dépit de la soirée de la veille, mais par une nécessité économique. Pourtant… Le souvenir de ses lèvres tendres et douces sous les siennes le hantait avec une force déroutante, tout comme le désir qu'il avait lu dans ses yeux bleus. Et c'était précisément cette capacité d'Alex à l'obséder qui le faisait hésiter. D'autant qu'une simple aventure était exclue : compte tenu de leurs liens familiaux, il la voyait régulièrement. Raison pour laquelle il s'était toujours contrôlé, jusqu'à la nuit dernière. Pourtant, il avait besoin d'elle. Dans deux heures il l'aurait engagée, et pas question de mélanger travail et plaisir.

Alex avait déjà bu deux cafés et la moutarde commençait à lui monter au nez quand Gabe daigna faire son apparition dans l'immeuble du centre de San Francisco où ils avaient rendez-vous. La modernité de l'édifice l'avait surprise car les De Campo étaient plutôt conservateurs. Mais d'après Danielle, l'assistante de Gabe, celui-ci avait une prédilection pour l'innovation, à la fois dans le design et dans l'élaboration du vin.

Elle se carra dans son fauteuil, les sens en alerte. Il portait un superbe costume gris foncé qui mettait en valeur le vert de ses yeux. Son pouls s'accéléra.

— *Scusa.* La circulation était impossible !

— Je t'en prie, répondit-elle sur un ton peu amène.

Il dit bonjour à Danielle et lui demanda de leur apporter un café et de retarder son prochain rendez-vous. Alex le suivit dans son vaste bureau, qui jouissait d'une vue magnifique sur la ville. Elle s'assit sur la chaise qu'il lui désignait et remarqua ses traits crispés. Il ferma la porte avant d'aller s'asseoir derrière son bureau.

— Tu as décidé de ne pas me confier ce travail, attaqua-t-elle, prise d'un mauvais pressentiment.

— J'ai encore quelques points à éclaircir avant de te donner ma réponse.

— Si c'est au sujet du baiser...

— Es-tu capable de me laisser finir ce que j'ai à te dire ? fit-il d'une voix dure.

Alex se dit qu'il devait s'être levé du pied gauche.

— Je resterai muette, jusqu'à ce que tu m'autorises à parler.

Il se pencha vers elle, comme pour l'intimider.

— Je suis d'accord pour te confier cette mission, mais à quatre conditions.

Elle faillit répliquer qu'il avait au moins autant besoin d'elle qu'elle de lui, mais se retint à temps.

— La première : je te donne les éléments aujourd'hui, tu déposes un projet sur mon bureau lundi.

Elle acquiesça. Elle adorait travailler dans l'urgence.

— La deuxième : si, pour une raison ou une autre, il nous est impossible de travailler ensemble, je te renvoie sur-le-champ.

— Tu vas trop loin !

— Tu étais censée te taire. La troisième : Jordan Lane est un concurrent avec lequel tu ne peux en aucun cas travailler. Et la dernière, ajouta-t-il en la fixant droit dans les yeux : ce qui s'est passé la nuit dernière ne se reproduira plus.

— C'est toi qui as commencé, s'écria-t-elle puérilement.

— C'est donc à moi d'y mettre fin. Ce lancement est très important pour De Campo, Alex. Une campagne de dix millions de dollars. Nous ne pouvons pas échouer.

Il lui rendit le dossier qu'elle lui avait remis la veille.

— J'ai regardé ça, dit-il. Tu as un talent incroyable.

— Merci.

— Je veux que tu t'occupes de ce lancement. Je sais que tu es le bon choix. Il va nous falloir apprendre à collaborer et mettre de côté l'attirance malencontreuse que nous ressentons l'un pour l'autre.

« Attirance malencontreuse » ? Elle n'aimait guère la formule.

— Suis-je autorisée à parler ?

Il acquiesça. Alex n'avait plus en banque qu'un mois de loyer d'avance pour l'agence, et c'était beaucoup plus essentiel que le baiser qu'ils avaient échangé.

— Je n'ai jamais eu l'intention de travailler avec Jordan Lane.

— *Bene.* Donc, tu me montres ton projet. Je l'approuve. Ensuite, je veux tout voir en temps réel, à chaque étape. Les invitations, la décoration, les fournisseurs : chaque décision que tu prendras devra être soumise à mon approbation.

Une alarme se mit à résonner aux oreilles d'Alex.

— Tu as peut-être eu une mauvaise expérience avec l'agence précédente et tu es sous pression, mais ce n'est pas ainsi que je travaille.

— Eh bien, tu t'adapteras.

— On a trois semaines et demie pour préparer ce lancement, Gabe. On va devoir travailler à la vitesse de la lumière et ce sera un petit miracle si on s'en sort.

— Si tu ne t'en sens pas capable, dis-le maintenant.

— J'en suis parfaitement capable, mais toi, tu fais fausse route. Tu es le vice-président du groupe De Campo. Tu as un produit à lancer dans quelques semaines. Tu veux vraiment que je te soumette chaque menu ?

— Je crée un produit d'un nouveau style, rétorqua-t-il d'une voix dure. Tout repose sur la première impression. S'il faut que j'approuve chaque menu, je le ferai.

— Et l'équipe de marketing de New York ? Ils pourraient sûrement travailler avec moi.

— Ils ne sont pas assez proches du terrain.

— Tu n'as qu'à leur demander de venir.

— C'est *mon* lancement. L'aboutissement d'années d'efforts. Je veux que mon nom y soit étroitement associé. Si tu ne veux pas suivre mes règles, inutile de chercher à jouer.

— Les pauvres, murmura-t-elle entre ses dents en pensant à l'agence qui l'avait précédée dans ce travail.

— Pardon ?

— J'ai dit : « Les pauvres », répéta-t-elle à haute voix en relevant le menton. Je plains de tout mon cœur les malheureux qui ont travaillé sur ce projet avant moi. Tu es bien certain que ce n'est pas eux qui t'ont laissé tomber ?

— Et toi, tu es bien certaine que c'est ainsi qu'on parle à son employeur ?

— Je n'ai pas encore signé le contrat. Si je sortais de ton bureau maintenant, tu serais bien dans le pétrin.

— Mais tu n'en as pas l'intention, déclara-t-il en lui tendant le dossier. J'ai mené ma petite enquête et appris que tu venais de perdre ton plus gros client, avalé par une multinationale. Tu as besoin de moi, Alex.

— Cela n'a rien à voir, protesta-t-elle, l'estomac noué.

— Si tu as le choix entre Jordan Lane et moi, je sais que c'est avec moi que tu préféreras travailler.

« Sans aucun doute », dut-elle reconnaître *in petto*.

— Tu sais ce qu'on raconte au sujet des grands managers, Gabe ? Ils s'entourent de bons collaborateurs et savent déléguer.

— Tu n'as qu'à obtenir ma confiance. Mais quelque chose me dit que tu n'es pas facile à manœuvrer.

Elle leva les bras au ciel dans un geste de reddition plein d'ironie.

— Très bien, chaque menu te sera soumis. On va devenir de vrais siamois, toi et moi.

— Elena t'a préparé une chambre dans ma villa, répondit-il d'un ton très sec, ignorant la plaisanterie. Comme ça, tu n'auras aucun mal à me joindre.

Alex se figea. C'était une très mauvaise idée ! Le baiser de la nuit précédente lui revint en tête. Evidemment, ce serait plus facile pour elle d'être hébergée sur l'exploitation, puisque c'est là que devait se dérouler l'événement. Mais Gabriele et elle sous le même toit ? C'était vraiment chercher les problèmes.

— Je pourrais louer une chambre d'hôte. Comme ça, tu ne m'aurais pas dans les pattes.

— Tu auras une chambre dans la maison, Alex. Bon, je te mets au courant ? dit-il en désignant la table de conférence.

Rapidement, il précisa ses exigences : cinq cents personnes, une manifestation en plein air si le temps le permettait, des aperçus du vignoble et une visite des chais avec repas gastronomique pour les journalistes spécialisés. Quant au fil rouge de la manifestation, il n'avait pas encore été trouvé.

Facile à réaliser en trois semaines, n'est-ce pas ?

Alex faillit se lever et s'enfuir à toutes jambes. Mais son désir de réussir était plus fort. Et aussi celui de montrer à Gabe qu'elle valait mieux qu'il ne croyait.

3

Et, pour tout arranger, un bug informatique…

En proférant une bordée de jurons, Alex se leva de son bureau, de peur de lancer son PC contre le mur. Elle se dirigea vers la fenêtre pour contempler d'un œil distrait les vignes verdoyantes. Elle s'était juré de ne pas se lever avant d'avoir trouvé le fil rouge de l'événement mais, hélas, aucune idée ne venait. « Devil's Peak, un festival des sens. » Un cliché éculé qui aurait aussi bien pu concerner une tasse de café.

Elle frotta ses yeux rougis par la fatigue. Il lui restait encore quarante-huit heures pour dénicher l'idée qui mettrait le nom de De Campo sur les lèvres de tous les amateurs de vin de la côte Ouest.

Elle prit sa bouteille d'eau et sortit. L'architecture des lieux, très ouverte, était en parfaite harmonie avec le paysage : porche majestueux, vastes baies qui laissaient entrer la lumière de la vallée de Napa, superbe piscine. Peut-être une petite promenade au soleil l'aiderait-elle à trouver l'inspiration ?

Sous le ciel d'un bleu pur, elle gravit la colline au milieu des vignobles de cabernet. A en croire Gabe, la vendange aurait lieu à la fin de l'été, mais les grappes semblaient déjà mûres, d'un pourpre vibrant et charnel. Elle se mit à chercher des associations d'idées, comme elle en avait l'habitude. Rien ne lui venait. Le vide total…

Un frisson d'angoisse lui glaça le sang. On était samedi et les invitations devaient être envoyées au plus tard en milieu de semaine suivante, compte tenu des agendas chargés des invités. Il fallait donc que Gabe approuve dès lundi le choix du thème et le visuel de l'événement. Elle pouvait compter sur son graphiste habituel pour élaborer le concept et les maquettes en vingt-quatre heures, mais encore fallait-il qu'elle lui dise sur quoi travailler…

« Un festival des sens. » Impossible !

Elle s'assit entre deux rangs de vigne, les genoux sous le menton. Le Devil's Peak, le produit phare de Gabe, était élaboré à partir de différents cabernets, le cépage le plus cultivé de la Napa Valley, elle-même région viticole la plus prestigieuse des Etats-Unis. C'est ce mélange complexe d'arômes variés qui en était la clé.

Complexe, oui, mais encore ?

Voilà exactement ce qui n'allait pas : ce produit, elle ne le comprenait pas, et ne savait pas où chercher des idées, où situer exactement l'originalité du Devil's Peak.

Une demi-heure plus tard, elle était toujours en train d'observer, morose, les belles grappes pourpres dans l'attente d'un éclair de génie quand Gabe apparut. Son torse sculptural moulé dans un T-shirt, son jean couvert de poussière… Il était l'incarnation de la virilité.

— Tu n'as pas l'air en grande forme, constata-t-il.

— Merci, répondit-elle en se passant machinalement la main dans les cheveux.

— Elena prétend que tu t'es levée avant elle.

A 5 heures, précisément. Et déjà dans tous ses états, mais elle ne pouvait pas le dire à Gabe.

— Il me faut découvrir ce thème.

— Tu es venue chercher l'inspiration ici ? demanda-t-il en lui tendant la main pour l'aider à se relever.

A peine debout, Alex s'empressa de s'écarter de lui.

— Je ne comprends pas ce qui fait la spécificité de ce vin, avoua-t-elle. Un cabernet est un cabernet, non ?

Il la fixa comme si elle venait de lui annoncer qu'elle était un homme.

— Je voulais t'en parler mais tu étais avec Pedro dans les chais, dit-elle, sur la défensive. Je n'ai pas voulu vous déranger.

— Sur une échelle de zéro à dix, que sais-tu du vin ?

— Disons trois.

Au maximum…

— Pour comprendre ce que le Devil's Peak a de spécial, il faut que tu connaisses le processus de vinification du début à la fin. Je vais te faire faire le tour de la propriété avant de prendre ma douche.

Sans doute à cause du ton plein de passion de Gabe, lorsqu'il parlait de ses vignes, ou peut-être parce qu'il était un des hommes les plus sexys de la planète, Alex trouvait soudain fascinant le processus d'élaboration du vin. Ce Gabe-là, détendu et visionnaire, irrésistible, semblait décupler sa faculté de concentration.

— Tout d'abord, le raisin est récolté manuellement.

— Vous cueillez encore le raisin à la main ? s'étonna-t-elle.

— Une machine ne peut déceler le degré de maturité de chaque grappe. Pour les vins d'exception, comme ceux qui sont élaborés à partir de cette parcelle, c'est impensable.

— Comment sait-on qu'il est temps de le cueillir ? Pour moi, il a l'air déjà mûr.

— Goûtes-en un grain, dit-il en souriant.

— Il est très acide, reconnut-elle après s'être exécutée.

— Il faudra encore deux mois pour que les tanins s'épanouissent. Ils constituent en quelque sorte le squelette d'un vin et on les trouve dans la peau des raisins, leurs pépins et dans la rafle.

Alex mordit dans un autre grain. Du jus lui coula sur le menton. Gabe l'essuya du pouce.

— Je commence à bien sentir pourquoi il n'est pas mûr. Ça ne doit pas être évident de savoir quand il faut vendanger ?

— Cela demande des années de pratique.

Les lèvres d'Alex frémissaient encore du contact du doigt de son compagnon. Elle leva les yeux vers lui et vit dans son regard une lueur qui fit battre son cœur plus vite. Seigneur ! Il fallait éviter tout contact pour ne plus penser à leur baiser.

La bouche de Gabe se durcit. Il recula d'un pas.

— Si nous allions visiter les chais ? proposa-t-il.

Elle reprit son souffle avant de le suivre.

Construites en respectant les anciens corps de bâtiment, les installations bénéficiaient d'une technologie de pointe. Les chais d'acier montaient jusqu'au plafond dans un alignement impressionnant.

— Pourquoi faut-il mettre le vin en barrique au lieu de le laisser en cuve ?

— Pour terminer son élaboration et lui donner du caractère, dit-il en la guidant vers une autre cave, où s'alignaient trois rangées de tonneaux de bois couleur de miel. Certaines de ces barriques sont utilisées depuis des générations, et chacune ajoute au vin un arôme particulier, selon leur âge et selon que le chêne vient de France ou d'Amérique.

Il prit un verre sur une étagère et enleva un bouchon en haut d'une barrique pour tirer un peu de vin.

— En général, un vin blanc jeune est plutôt râpeux et vert. Il faut le laisser vieillir, dit-il en tendant le verre à Alex. Cette barrique en chêne français lui donne un arôme particulier.

Elle but une gorgée ; le breuvage lui parut trop léger et trop fruité.

— Je préfère le rouge.

— On va y venir, dit-il en lui faisant descendre l'escalier menant à la cave où étaient conservés les grands crus.

Murs de brique sombre, hautes voûtes reposant sur des piliers de pierre et lambris de bois : la pièce était calme et fraîche malgré la chaleur de midi. Les nectars chargés qui s'y étaient élaborés en imprégnaient l'atmosphère.

— Incroyable, souffla-t-elle tandis qu'il la guidait entre les barriques vers une table rustique.

Un lustre de cristal pendait du plafond. Sans doute la salle à manger d'apparat dont lui avait parlé Lilly.

— Pourquoi parles-tu à voix basse ?

— On sent dans l'air l'empreinte du passé, répondit-elle,

impressionnée, comme si la pièce recelait d'autres présences que la leur.

— Si tu crois aux fantômes, tu ne te trompes pas, il y en a.

Alex frissonna. Elle avait toujours eu peur des fantômes…

— Gabe, ce n'est pas drôle.

Il lui tendit deux verres avant d'en prendre deux autres pour lui et lui fit signe de le suivre.

— A ce qu'on raconte, une nuit d'été, les premiers propriétaires, Janine et Ralf Courtland, avaient organisé une grande fête en l'honneur de Dionysos. La moitié de Napa y assistait.

— Qui est Dionysos ?

— Le dieu grec du vin et de la fête. On ne t'a pas appris ça à l'école ?

— La mythologie, au collège de Missing Hill ? Tu rêves !

— Et à la fac ?

— Je ne suis pas allée à la fac.

— Au lycée, alors ?

Une bouffée d'humiliation la submergea.

— J'ai failli rater mon bac et, s'ils me l'ont donné, c'était uniquement pour se débarrasser de moi.

— Je ne comprends pas. Avec ton intelligence, si tu ne réussissais pas, c'est que tu ne devais vraiment pas travailler !

Elle réagit au quart de tour.

— Evidemment, je ne suis pas aussi parfaite que toi, Gabe ! Mais, pour arriver où j'en suis, il a fallu que je travaille beaucoup, crois-moi !

— Inutile de monter sur tes grands chevaux. Je cherchais seulement à comprendre pourquoi une fille aussi intelligente que toi avait raté ses études.

— Disons que j'étais une sale gosse et restons-en là.

Il la guida vers une autre salle de l'autre côté du hall.

— Apparemment, la fête des Courtland a dérapé, dit-il en tirant d'une barrique un vin d'un rouge sombre. Dionysos est connu pour insuffler à ceux qui le célèbrent une folie frénétique qui peut très mal tourner.

Alex songea que, quand elle était ado, Dionysos aurait pu être son ami…

— Et tout cela s'est mal terminé ?

— Janine était folle du maître de chai. Durant la fête, ils ont perdu la tête. Ralf les a surpris en flagrant délit et poignardés tous les deux avec une dague d'apparat.

— Quelle horreur ! s'écria-t-elle en repensant à l'erreur qu'elle avait commise avec Jordan Lane.

— Certains ont trouvé que Janine n'avait eu que ce qu'elle méritait.

— Tout n'est pas toujours si noir ou blanc.

— Même quand il s'agit d'adultère ?

Si, évidemment… Elle n'avait qu'à se rappeler comment la liaison de son père avec une fermière des environs avait détruit toute sa famille. Sans parler de Jordan, qui lui avait menti en prétendant qu'il était divorcé. Mais, elle-même, n'avait-elle pas préféré s'aveugler ? Elle réalisa soudain que Gabe attendait toujours sa réponse.

— Tu as raison. Rien ne peut excuser l'infidélité.

Il la guida vers une autre pièce où il remplit deux nouveaux verres d'un vin couleur rubis.

— Cette cave est l'endroit idéal pour conserver nos grands crus, dit-il en posant la paume sur une barrique. Mais même en prenant toutes les précautions, il y a toujours au moins un litre et demi d'évaporation dans un fût de trois cents litres. Ce qu'on appelle la « part de l'ange ».

— Ce nom me plaît !

Leurs verres à la main, ils revinrent dans la salle à manger et s'assirent au bar.

— Où Janine a-t-elle été assassinée ? s'enquit Alex.

— Dans le chai d'où nous venons.

— Et quel fantôme est censé hanter les lieux ?

— Le sien. Il se promène en suppliant qu'on le ramène à la vie. Mais, moi, jamais je ne l'ai vu ni entendu.

— Si nous buvions ? proposa-t-elle, mal à l'aise.

— Tu n'aurais pas peur des fantômes, par hasard ? demanda Gabe en la fixant d'un air moqueur.

Elle ne répondit pas et prit une gorgée de vin.

— Trop fruité.

— Beaucoup sont de ton avis. Essaie celui-ci, Boucles d'or.

Un pinot noir, lui expliqua-t-il, qu'elle trouva meilleur, avec un petit goût fumé.

— Trop léger, décréta-t-elle.

Gabe poussa alors vers elle le verre qui contenait le vin couleur rubis. Cette fois, la bouche d'Alex s'emplit d'un arôme doux et puissant.

— Superbe !

— C'est un merlot qui a obtenu une médaille d'or.

Elle en avala une nouvelle gorgée. Ce vin se buvait comme du petit-lait. Une douce béatitude envahit tout son corps, sans doute provoquée par ce mélange de vins et le manque de sommeil.

— Le suivant ? demanda-t-elle en reposant son verre.

— Il en reste encore deux. Concernant le précédent, tu as remarqué quelque chose ?

— Il était plus lourd, mais doux.

— Exact. Les merlots sont plus doux que les cabernets, et plus fruités, avec une grande gamme d'arômes : cerise noire, cassis, cèdre, olive verte. Et même pour certains : menthe, tabac et thé.

— Olive verte ? Tu as vraiment déjà bu un vin qui avait un arôme d'olive verte ?

— Mais oui, dit-il en lui jetant un regard condescendant.

Ce type semblait si sûr de lui, si arrogant ! Comment parvenir à le déstabiliser ? L'embrasser, de nouveau ? C'était exclu par leur contrat, non ? Elle goûta l'avant-dernier vin pour éviter de gamberger. Riche et sombre. Si excellent qu'elle faillit vider son verre d'un trait.

— Ça, c'est un vin !

— Un cabernet, le roi des rouges. De 2006, notre meilleure année. Les cabernets sont les cépages les plus recherchés. Ils mettent de cinq à dix ans à déployer tous leurs arômes, mais ça vaut la peine d'attendre. Et voici le Devil's Peak. Attention ! Ne l'avale pas comme tu bois une bière.

— Tu en fais, des manières !

— Je t'explique simplement comment on déguste un vin. Il faut le faire rouler dans le verre pour que le bouquet s'épanouisse. Ensuite, tu le humes.

Elle obéit et une intense odeur de fruit emplit ses narines.

— Cerise ! s'écria-t-elle, triomphante.

— Bravo. Et à quel autre cépage est-il mélangé ?

— Du merlot ? risqua-t-elle après quelques secondes de concentration.

— *Esastamente.*

Alex tenta d'ignorer à quel point elle trouvait Gabe sexy chaque fois qu'il parlait en italien. Il était si près d'elle qu'elle pouvait sentir son eau de toilette, fraîche et légèrement épicée, qui lui rappelait leur baiser. Elle fit un gros effort pour se concentrer de nouveau sur le vin.

— Le mélange de merlot et de cabernet est assez fréquent, non ? Mais celui-ci a quelque chose de vraiment spécial.

— Question d'alchimie, de fermentation. Et de savoir-faire.

Comment laisser intervenir ces éléments dans le choix de son fil rouge ? se demanda Alex, l'esprit en éveil. Des idées surgirent, légères, fugitives comme des bulles. « Question d'alchimie… » Oui, elle approchait de la bonne idée ; mille projets commençaient à se former dans sa tête.

— Tu as eu l'illumination ? demanda Gabe en la fixant, les yeux plissés. Raconte !

— Un peu de patience. Lundi, je te présenterai un projet détaillé, comme convenu.

— Je te trouve bien prudente.

Elle n'était pas naïve. Son idée, il lui fallait la développer avant de la soumettre à Gabe, dont elle ignora la moue désapprobatrice. On ne montrait pas un brouillon à un client.

— Nous n'avons pas décidé de la personne qui communiquera avec les médias, dit-elle. Toi ? Ton frère ? Votre père ?

— Moi. Riccardo ne veut pas quitter Lilly et Antonio ne viendra pas.

— Pourquoi ? La presse l'adore. Avec sa forte personnalité et ses déclarations fracassantes, il est capable de faire le buzz.

— Je m'en chargerai. Antonio ne croit pas à ce projet. Pour lui, un grand cru ne peut se concevoir hors d'Italie. S'il vient, il nous fera plus de mal que de bien.

Soudain, la sonnerie du téléphone de Gabe retentit. Pendant qu'il prenait l'appel, Alex termina son verre en se demandant pourquoi Antonio De Campo refusait de soutenir son fils au moment où celui-ci en avait le plus besoin. D'après Lilly, aucun des fils n'était proche de leur père, mais à ce point…

Son estomac se noua. Les déchirements familiaux, elle connaissait. On avait beau dire qu'on s'en moquait, ils continuaient à vous ronger, au point parfois d'empêcher de créer des liens avec quiconque. Quand son père avait quitté le foyer, elle était toute jeune, et rien n'avait pu compenser cet abandon, pas même ses succès professionnels. Elle pouvait bien devenir présidente des Etats-Unis, elle conserverait tout de même une piètre confiance en elle.

Elle repoussa son verre. Gabe De Campo avait lui aussi ses démons. Mais, pour les connaître, elle devinait qu'il y avait encore beaucoup à creuser…

4

Par la porte entrouverte de son bureau, Alex vit que Gabe était au téléphone. Impatiente de lui présenter son projet pour pouvoir se mettre au travail, furieuse qu'elle le fasse poireauter autant, elle se racla nerveusement la gorge.

Danielle leva la tête.

— Il n'en a plus pour longtemps, j'en suis certaine. Je viens de voir la lumière de sa ligne s'éteindre.

— Voilà quarante minutes que j'attends ! se plaignit-elle à l'assistante de Gabe. Quand on croit que le monde vous appartient, on estime son temps plus précieux que celui des autres…

Elle s'interrompit en voyant le regard que jetait Danielle en direction de la porte. Gabe la fixait, négligemment appuyé au chambranle.

— *Per favore,* continue, Alex. J'aimerais savoir ce que tu penses réellement de moi.

Elle baissa les yeux, totalement déstabilisée.

— Excuse-moi, mais tu étais censé me recevoir…

— Je suis au téléphone depuis 7 heures ce matin, la coupa-t-il.

— Inutile d'en faire tout un plat, répliqua-t-elle aussitôt. Moi, c'est à 5 heures que je me suis levée.

— Tu te crois dans une cour de récréation…

Il s'interrompit en voyant son assistante les regarder avec stupéfaction et fit un geste en direction de son bureau.

— Si nous passions à côté ?

Alex le suivit et posa son ordinateur portable sur la table de conférence. Son graphiste avait fourni un travail remarquable pour mettre en images les concepts qu'elle lui avait proposés.

— Durant notre visite des chais, commença-t-elle, tu as déclaré que la personnalité et la complexité d'un vin tenaient d'une sorte d'alchimie.

Il acquiesça de la tête.

— J'ai cherché à jouer avec ce concept. Dès son arrivée à la fête, on révélera à chaque invité qu'il y a dans l'assistance une personne avec qui il a des affinités, selon une alchimie déterminée par ordinateur. Ces affinités peuvent être d'ordre social ou de nature plus romantique. Au cours de la soirée, chacun devra découvrir son partenaire.

— Et les blasés sans imagination qui n'ont aucune envie de faire un effort ?

— Nous saurons créer cette envie. Nous leur offrirons une fabuleuse récompense, un voyage en Italie, par exemple. Mais seulement s'ils se sont rencontrés au cours de l'événement.

— Continue, dit-il en lui jetant un regard sceptique.

— Tout au long de la soirée, l'alchimie tiendra la vedette et sera le trait d'union de tous les éléments : du décor au questionnaire qui permettra à chaque invité de déterminer son vin De Campo idéal, jusqu'au sac personnalisé offert à chacun. Et, pour finir, un feu d'artifice mettra en scène la spécificité du Devil's Peak au moment même de la dégustation.

— Intéressant. Toutefois, concernant l'alchimie des affinités, permets-moi d'avoir quelques doutes.

— L'expérience m'a appris que si l'on réussit à motiver les gens, on leur fait faire ce qu'on veut. On peut trouver autre chose qu'un voyage en Toscane…

— Ces prétendues affinités alchimiques ne risquent-elles pas de nous faire taxer de… charlatans ?

— Pas du tout. A San Francisco, il existe une entreprise qui s'est spécialisée dans ce genre de recherches, effectuées par des chercheurs de haut niveau. On leur fournit des données, qu'ils entrent dans leurs ordinateurs et ils en sortent des affinités réelles, scientifiquement fondées.

— Et si tes « affinités » sont source de problèmes ?

— Il ne s'agit pas de pousser à l'adultère, mais de donner à chaque invité la possibilité de rencontrer une personne qui est sur la même longueur d'ondes.

— Soumets ton idée à notre service juridique. Nous attendons cinq cents invités. Tu crois pouvoir obtenir sur chacun assez d'informations ?

— Bien sûr. Grâce à internet. Sur les réseaux sociaux, les gens dévoilent leur vie privée.

— On ne risque pas de se faire traiter d'espions ?

— Si les gens s'exposent, ils aiment qu'on les regarde.

Gabe fixa l'écran d'un air dubitatif. Il devait absolument adhérer à ce concept, se dit Alex. Elle était persuadée que ça allait marcher.

— *Bene*. Tu as le feu vert.

Son cœur fit un bond dans sa poitrine.

— Donc, tu acceptes de me confier ce contrat ?

— Katya avait raison : tu es brillante, répondit-il en la gratifiant de son irrésistible sourire.

— Tu ne le regretteras pas. Ce sera l'événement de l'année.

— Si tu ne te trompes pas, tu es vraiment Wonder Woman.

— Avant de me mettre au travail, je voudrais que tu jettes un œil à la liste des invités.

Cinq minutes plus tard, ils travaillaient déjà en pleine harmonie. Après avoir examiné en détail les propositions pour le carton d'invitation, Gabe décida d'une vingtaine de changements sur celui qu'il avait choisi. C'était bien plus que ne l'avait imaginé Alex, et il fallait absolument qu'elle parvienne à le convaincre de lui laisser plus d'autonomie. Impossible de réussir s'il regardait en permanence par-dessus son épaule.

En se dirigeant vers sa voiture, elle inspira une grande bouffée de l'air pur et salé de San Francisco, et son irritation se calma soudain à l'idée qu'elle avait réussi. Elle avait remporté ce contrat !

Au même moment, elle sentit son estomac se nouer à la

pensée des trois petites semaines qui lui restaient pour mener à bout cette tâche immense, l'événement le plus complexe qu'elle ait jamais conçu.

Un défi presque impossible à relever.

5

Alex passa les jours suivants à établir sa logistique. D'abord, voir le graphiste pour finaliser les invitations. Une fois ce travail terminé, elle fit venir ses deux employées de Manhattan et réussit à convaincre son amie Susan James, une des décoratrices les plus talentueuses de New York, de prendre en charge l'habillage de l'événement. Elle engagea le traiteur préféré de Susan et signa un contrat avec l'entreprise qui allait s'occuper de trouver les affinités entre les invités.

Enfin, elle s'autorisa à respirer.

La simple conception de l'événement avait suffi à l'épuiser, tout comme son équipe. Et, concernant l'exécution, trop d'éléments restaient flous pour qu'elle puisse jurer que tout serait parfait, d'autant que le temps était vraiment compté. Elle qui aimait travailler dans l'urgence, elle était servie. Sauf que, habituellement, ses clients n'exigeaient pas de tout contrôler, contrairement à Gabe. A cause de ses exigences insensées, elle devait en permanence le tenir au courant, entre deux réunions ou tard le soir, quand il quittait les chais, et pour chacun les nuits étaient courtes. Sans parler de la curieuse habitude qu'il avait de disparaître au moment où on s'y attendait le moins.

Pour tenter de le neutraliser, elle le submergeait de paperasse, lui soumettant les moindres détails : la couleur des serviettes, les chocolats offerts aux invités, le fond musical. En espérant qu'il finirait par crier grâce. Hélas, il venait à bout de tout avec une telle détermination qu'elle se demandait s'il n'était pas réellement

Superman. Elle changea alors de stratégie et décida de ne plus lui soumettre que les choix déterminants, et de se charger elle-même du reste. Mais il restait toujours aussi difficile à canaliser.

Ainsi, dès le lendemain de son embauche officielle, il exigea que figurent sur la liste des amuse-gueules des *acciughe sotto sale del Mar Ligure*.

— Qu'est-ce que c'est ? demanda Alex.

— Tu ne connais pas les anchois au sel de la mer Ligure ?

— Tu veux dire de Ligurie, comme la région d'Italie ? s'enquit-elle, pensant qu'il plaisantait.

— En existe-t-il une autre ? murmura-t-il entre ses dents.

Elle se mordit la lèvre pour ne pas hurler et appela le traiteur. Le jeudi, il n'avait toujours pas approuvé le devis pour les importer et le chef s'arrachait les cheveux parce que le menu final n'avait pas été agréé. Le concepteur du feu d'artifice menaçait de doubler la facture si le contrat n'était pas signé avant la fin de la semaine, et la fontaine à champagne qui devait s'élever au centre de la pièce où se tiendrait le cocktail était introuvable.

Un chaos total…

Le vendredi, à 2 heures du matin, elle put enfin s'effondrer, épuisée, dans le lit vaste et moelleux de sa chambre — elle avait sagement décidé de s'installer à l'autre bout de la maison par rapport à la chambre de Gabe. Mais son esprit restait en éveil, repassant tout ce qui restait à faire, si bien qu'elle finit par sortir du lit pour se rendre dans la cuisine. Là, elle se fit chauffer un peu de lait chocolaté, ce qui suffisait en général à lui faire trouver le sommeil.

Elle quittait la cuisine sa tasse à la main lorsqu'elle se heurta violemment à Gabe, qu'elle éclaboussa.

— Oh ! zut ! Je ne t'ai pas brûlé, au moins ?

Il releva son T-shirt. Sa peau était rougie, mais ça n'avait pas l'air trop grave.

— Excuse-moi, reprit-elle. Tu n'arrives pas à dormir ?

— Non. Je travaillais.

Evidemment. Cet homme était une vraie machine. Qui attarda tout de même le regard sur sa nuisette de soie très courte et profondément décolletée. Elle croisa les bras, mais trop tard. Gabe la fixa droit dans les yeux et le corps d'Alex fut envahi par une douce chaleur.

Elle se mordit la lèvre. Brusquement la clause qui leur interdisait tout contact lui parut une abstraction sans rapport avec la réalité de ce moment particulier. Elle décela dans ses yeux un éclair qui l'avertit que, malgré la douceur et la générosité qui émanaient de lui en cet instant, il avait du mal à se contrôler. D'une certaine façon, elle en fut ravie : elle n'était pas la seule à être troublée. L'air était si électrique qu'elle avait du mal à respirer, mais les traits de Gabe se durcirent et une lueur glaciale passa dans ses yeux.

— Il faut que je retourne travailler. Il reste du lait ?

— Oui, dans la casserole. Gabe, il faut que tu me signes ces agréments, en particulier celui du traiteur.

Il prit un mug dans un placard.

— Dès demain matin, je te dirai ce que j'en pense. Avant mon rendez-vous en ville. A propos, nous devrions discuter d'un code vestimentaire.

Elle s'empourpra.

— Je m'en souviendrai la prochaine fois que je travaillerai pour toi jusqu'à 2 heures du matin, dit-elle avant de se précipiter vers l'escalier.

Une fois dans son lit, impossible de gérer ses hormones en folie. « Réfléchis à ta liste de choses à faire », se dit-elle sans pouvoir s'ôter de l'esprit le visage si sensuel de Gabe.

— Gabe rejoue les courants d'air.

Alex, qui mesurait la piste de danse, releva la tête, et aperçut Emily, sa jeune et brillante collaboratrice — trois ans d'expérience mais un discernement rare pour son âge.

— Il a pris rendez-vous avec le traiteur ce matin, reprit celle-ci, mais Elena vient de m'informer qu'il est parti en ville.

Machinalement, Alex resserra sa queue-de-cheval, dévorée par des envies de meurtre. Gabe lui avait promis de lui donner son avis sur trois autres points essentiels qui bloquaient tout le reste.

— Je m'en charge, répondit-elle. Il a une réunion ici cet après-midi. Je ne le lâcherai pas avant qu'il ait signé toutes les autorisations qu'on lui demande.

— Parfait. S'il n'était pas aussi beau gosse, je le détesterais.

— Je n'en suis plus là, murmura Alex, qui se sentait si crevée qu'elle aurait bien aimé mourir pour pouvoir enfin se reposer. Appelle le traiteur et jure-lui qu'il aura aujourd'hui la décision définitive, y compris concernant ces fichus anchois.

Elle alla se faire un café dans la cuisine et s'effondra sur le premier siège venu. Il fallait qu'elle appelle Lilly, la seule personne suffisamment zen pour la rasséréner quand elle se sentait au bord de la crise.

Sa sœur décrocha à la troisième sonnerie.

— Je me demandais justement si tu étais encore en vie.

— Mon patron essaie d'avoir ma peau.

— Comment s'y prend-il ? demanda Lilly sur un ton amusé.

Tout en mâchouillant son stylo, Alex contempla les ouvriers qui travaillaient dans le vignoble.

— Je me fais du souci pour toi, Alex, continua sa sœur. Ce qui m'embête, c'est que tu perdes les dix prochaines années de ta vie à satisfaire l'ambition qui te dévore, et que tu le regrettes ensuite.

Combien de fois avait-elle entendu cette rengaine dans la bouche de Lilly ?

— Je n'ai que vingt-huit ans. L'âge où on est censé gravir les échelons.

— Et les bébés ?

— Je ne veux pas de bébés.

— Comment peux-tu savoir si tu en veux ou non ? s'exclama sa sœur. Il y a des tas de femmes qui renoncent à être enceintes pour faire carrière et puis, un beau matin, elles se réveillent pour s'apercevoir qu'il est trop tard.

— Je suis certaine de ne pas vouloir d'enfant. Ecoute, Lil, je sais que tu nages dans la félicité avec ton macho de mari et ton adorable petit garçon qui aura bientôt un adorable petit frère. Mais n'aborde plus ce sujet avec moi, s'il te plaît.

— Très bien.

L'équipe de techniciens du son qu'Alex avait convoquée fit son apparition sur le parking.

— Si tu n'entends plus parler de moi, c'est qu'une avalanche de messages m'a ensevelie ou que j'ai massacré ton beau-frère. Mais toi, comment te sens-tu ? Tu suis les instructions du médecin, j'espère ?

— Chaque fois que je fais mine de bouger, Riccardo pousse des hurlements. Je risque de l'assassiner avant le terme.

Lors de sa première grossesse, Lilly avait souffert d'une éclampsie et Alex ne pouvait reprocher à Riccardo de se montrer trop directif.

— Pour une fois, suis ses conseils, dit-elle en se levant, son bloc à la main. Il faut que j'y aille. A plus.

En vérifiant encore une fois la liste des invités, Gabe se dit qu'il n'avait plus toute sa tête, sinon jamais il n'aurait laissé passer ce nom. Il appuya sur le bouton de l'Interphone.

— Danielle. Vous ne m'avez pas remis la bonne liste, grommela-t-il.

Dix secondes plus tard, son assistante surgit dans son bureau.

— Mais si, déclara-t-elle après vérification. C'est la bonne.

— Impossible : le nom de Darya Theriault y figure.

— C'est pourtant la liste définitive, répondit Danielle en pâlissant. Alex l'a vérifiée elle-même.

— Vous voulez dire qu'elle l'a modifiée sans mon approbation ?

— Elle a prétendu que vous l'aviez déjà examinée deux fois.

— Vous pouvez l'appeler ?

— Frank Thomas vient d'arriver. Voulez-vous que je le fasse attendre ?

Rien n'aurait pu faire plus plaisir à Gabe que de sentir ses doigts se resserrer autour du joli cou d'Alex, mais il avait davantage envie de savoir ce que mijotait Jordan Lane — et l'ancien policier allait le lui apprendre.

— Envoyez-le-moi dans cinq minutes.

Danielle acquiesça et sortit.

Ainsi, Alex avait mis son ex sur la liste des invités… Darya était une juriste ambitieuse, qui l'avait quitté pour un homme plus âgé. Un matin qu'il rentrait d'un séjour à New York, il avait trouvé un petit mot appuyé contre son mug :

« Je ne l'aime pas autant que je t'aime, mais c'est un bon choix et j'ai décidé de l'épouser. »

Pire, d'après sa liste de confirmations, Darya avait accepté de venir. Avec son mari. Il avait gaspillé un temps précieux à contrôler la moindre décision d'Alex et de son équipe pour aboutir à cette grave erreur ? C'en était trop. *Troppo !*

Trop aguichante aussi la tenue qu'elle portait la nuit dernière. La nuisette soulignait les courbes de ses seins et de ses hanches, le genre de courbes sur lequel n'importe quel homme aurait rêvé de poser la main. Il ne pouvait s'empêcher de se rappeler la sensation de son corps sous ses doigts, le soir de leur baiser dans la chambre d'hôtel.

Dannazione ! Il agrippa le bord du bureau pour tenter de dissiper cette image. La nuit précédente, il avait dû parcourir dix pages de comptabilité avant de réussir à la chasser de son esprit. Et cela tombait juste au moment où il était décidé à lui faire part de son mécontentement…

Il se leva pour accueillir Frank Thomas. Le détective privé s'installa sur le canapé sans en avoir été prié. Gabe resta debout, trop énervé pour s'asseoir.

— La rumeur ne mentait pas, annonça Thomas. Jordan Lane est sur le point de commercialiser une copie du Devil's Peak.

— Comment l'avez-vous appris ?

— Par un restaurateur auprès de qui il s'en serait vanté. Il n'y a encore rien de concret mais, à ce qu'il prétend, cela ne saurait tarder.

Gabe s'approcha de la fenêtre, les mains dans les poches.

— Je ne comprends pas. Même si Lane n'est pas un ange, ce n'est pas le genre de stratégie dont il a l'habitude d'user.

— Il n'est pas question de stratégie. Il en a contre vous. Personnellement.

Il se sentit envahi par un funeste pressentiment. Le Devil's Peak n'était pas un cru ordinaire, mais l'aboutissement d'années de recherches. Un vin original, différent de ceux qui étaient produits jusque-là en Californie.

— Il a sûrement infiltré une taupe chez nous.

— C'est ce que je me suis dit. Vous avez une idée de qui ce pourrait être ?

Gabe secoua lentement la tête. Certainement pas Pedro, son maître de chai, qu'il avait fait venir de Toscane lorsque celui-ci s'était retrouvé veuf. Et le reste du personnel avait été trié sur le volet…

— Non. J'ai toute confiance en mes employés.

— Quelqu'un dans les bureaux, alors ? Un fournisseur, un distributeur, un client ?

— Non. Ils ne possèdent pas les éléments nécessaires. On ne peut pas copier un vin sans en connaître la structure, la composition exacte.

— Dans ce cas, il va vous falloir passer de nouveau votre personnel au crible. Vous avez dû manquer quelque chose.

Il acquiesça, le cœur serré. Il touchait au but qu'il s'était fixé huit ans plus tôt, à savoir placer De Campo en tête des producteurs de vins californiens. Or, par la faute d'un employé indélicat, tous ses efforts risquaient d'être réduits à néant. Heureusement, il avait un autre vin en projet, un produit que Pedro et lui étaient encore les seuls à connaître…

— Donnez-moi une heure pour établir une liste, dit-il à Thomas, et procédez à des investigations approfondies. De mon côté, je la passerai en revue avec l'aide de Pedro.

— S'il y a quoi que ce soit de suspect, je le découvrirai, acquiesça Thomas.

*
* *

A 14 heures, Alex vit Gabe se rendre directement des vignes à la maison, pour sa réunion. Faisant le guet, elle vit un homme sortir à 15 h 15. Elle prit le dossier qui contenait les autorisations à signer et entra dans la maison d'un pas déterminé. La porte du bureau de Gabe était fermée. Au moment où elle posait la main sur la poignée, après avoir frappé, la gouvernante l'arrêta.

— Mieux vaut éviter de…

— … l'importuner. Je sais, Elena, dit-elle en ouvrant la porte. Mais, cette fois, je ne me laisserai pas intimider.

Elle se tut en découvrant les deux hommes qui la fixaient d'un air stupéfait.

— Excuse-moi, Gabriele, balbutia-t-elle, désarçonnée. Je croyais que tu étais seul.

Gabe resta silencieux, mais la foudroya du regard.

— Nous avons presque terminé, articula-t-il sur un ton glacial. Peux-tu attendre dans le salon ?

Elle recula et referma la porte. Cette fois, elle était sans doute allée un peu loin, mais d'un autre côté ces papiers, il fallait absolument qu'il les signe. Elle se réfugia dans la cuisine.

— Je boirais bien une limonade, dit-elle à Elena.

— Il y a un problème ? demanda cette dernière en prenant une bouteille dans le réfrigérateur.

— J'en ai l'impression. Vous avez un conseil à me donner ?

— Normalement, faire appel à sa raison. Mais en ce moment… profil bas.

Dix minutes plus tard, Gabe entra dans la cuisine et dit quelques mots à sa gouvernante.

— Quant à toi, grommela-t-il en se tournant vers Alex, suis-moi. Dans mon bureau.

Il claqua la porte derrière eux.

— Comment as-tu osé interrompre ma réunion ?

— Excuse-moi. Je croyais qu'elle était terminée.

— Je t'avais dit que je viendrais te chercher !

— Je n'arrive pas à mettre la main sur toi, Gabe, dit-elle avec calme en posant son verre sur le bureau. Nous sommes en retard. Très en retard, même. Hier, Emily avait besoin que tu approuves l'ordre passé au traiteur, et moi, il me faut ton aval pour cette liste d'interviews à l'instant même, sinon, le jour J, les journalistes ne se déplaceront pas.

— Je me contrefiche des journalistes ! hurla-t-il. Ils n'ont qu'à attendre.

— Inutile de crier, ils n'attendront pas. C'est toi qui as besoin d'eux pour que ce lancement soit un succès, pas l'inverse.

— Pourquoi crois-tu que je travaille vingt-quatre heures sur vingt-quatre ? lança-t-il en se rapprochant d'elle, les traits crispés par la rage.

Le cœur d'Alex bondit dans sa poitrine et, soudain, elle se crut ramenée loin dans le passé, face à un autre homme lui aussi bouillonnant de colère. « Non, se dit-elle, le souffle court. Cette fois, ce n'est pas *lui*. C'est seulement Gabe. Respire. »

— J'exige que tu fasses exactement ce que je veux, reprit-il. Tu as bien failli franchir la ligne blanche.

— La ligne ? Quelle ligne ?

— Celle au-delà de laquelle tu vas te faire virer.

— Me faire virer ? Mais je ne demande que ça ! Travailler avec toi, c'est l'enfer. Tu nous pompes l'air en permanence. Laisse-nous prendre un minimum de décisions !

— Comme ajouter à la liste des invités que je n'ai pas approuvés ?

— Ton service communication avait oublié des personnalités clés du secteur.

— Tu as invité mon ex et son mari.

Désarçonnée, Alex se tut quelques secondes.

— De qui s'agit-il ?

— Darya Theriault.

— Peter et elle sont très influents, dans la région, expliqua-t-elle en masquant sa surprise. Ne crois-tu pas que, pour une soirée, tu pourrais oublier ton ressentiment et privilégier la réussite de cette opération ?

— Non. Je ne veux pas qu'ils assistent au lancement.

— Bon. J'aurais sans doute encore dû passer cette liste en revue avec toi, mais si nous avons eu si peu de temps, ce n'est pas ma faute. Tu es incapable de comprendre où sont les priorités, et ton perfectionnisme t'étouffe.

— Mon perfectionnisme m'étouffe ? répéta-t-il, les yeux étincelant de fureur.

— Et les anchois de Ligurie ? Ne me dis pas que tu les as oubliés !

— C'est un joyau gastronomique de l'Italie.

— C'est ridicule, Gabe. Mais je passerais volontiers sur ces petits travers si tu consentais à signer ces fichues autorisations avant que tout ne parte en quenouille.

— Tu me rends dingue, dit-il en avançant encore d'un pas, jusqu'à la coincer contre son bureau. Dès le départ, tu n'as pas cessé de me contrer délibérément. Comme tu ne peux pas supporter le moindre contrôle, tu as décidé de me noyer sous la paperasse. Quand je te demande quelque chose, tu fais exactement le contraire.

— C'est faux !

— La preuve : je t'ai demandé de m'attendre dans le salon et je t'ai retrouvée dans la cuisine.

— Tu es risible, avec ton désir de tout contrôler ! Si tu es comme ça au lit, je ne m'étonne pas qu'il y ait tant de femmes qui en redemandent !

Alex se mordit la langue, consciente d'être allée trop loin. Les mots lui avaient échappé.

— C'est peut-être pour le vérifier que tu te baladais en tenue légère la nuit dernière ? fit-il d'un ton doucereux.

— Ton attitude n'est absolument pas professionnelle, balbutia-t-elle, déstabilisée par la chaleur de ce corps qui coinçait le sien contre le bureau.

— Nos relations n'ont jamais rien eu de professionnel, en fait…

— Pourtant… Gabe…, balbutia-t-elle, frissonnante.

La main de Gabe lui effleura les cheveux.

— Tu vas te taire, oui ?

Soudain, il posa la bouche sur la sienne dans un long baiser plein de rancœur.

*
* *

Alex aurait dû l'arrêter, le repousser, mais hélas la frustration sexuelle qu'elle ressentait l'en empêchait. Au contraire, elle entrouvrit la bouche. Gabe en profita pour mêler leurs langues et elle fut submergée par une onde de volupté qui la laissa pantelante.

Le bord du bureau lui sciait le dos. Gabe la prit dans ses bras et l'allongea dessus, lui immobilisant les mains dans les siennes de part et d'autre du corps, puis reprit sa bouche avec ardeur.

— Gabe, gémit-elle pour tenter de calmer le jeu, tandis que ses lèvres descendaient lentement vers son cou et son épaule. Nous ferions mieux de…

Il défit le premier bouton de son chemisier, puis le second. Elle se tut, frémissante, incapable de faire un geste et le laissa écarter son chemisier.

— Dieu que tu es belle, murmura-t-il.

Alex ferma les yeux en sentant les doigts du bel Italien se poser sur les pointes de ses seins. Il les prit dans le creux de ses paumes. A ce contact, elle laissa échapper un halètement.

De nouveau, il écrasa sa bouche sur la sienne et défit l'agrafe de son soutien-gorge.

Un client, bon sang ! se dit-elle. Il était exclu qu'elle ait une relation sexuelle avec lui. Et, en plus, sur son bureau…

— Gabe, lança-t-elle en le repoussant des deux mains. On ne peut pas !

Il s'écarta et posa sur elle un regard étincelant de désir. Mais il fallait qu'elle soit forte.

— On… Je… Il faut qu'on arrête, bredouilla-t-elle, les joues et le corps en feu. Tout de suite.

Il s'immobilisa et ses mains retombèrent.

— Remets ton chemisier, dit-il d'un ton glacial. Tu as raison. Jamais cela n'aurait dû se produire.

— Nous sommes tellement stressés, tous les deux…

— C'est ça, approuva-t-il sur un ton plein d'ironie. Dans une heure, je te donne mon aval pour le traiteur. Autre chose ?

— Tout est là, dit-elle en désignant le dossier posé sur le

bureau. Pour le moment, c'est le plus urgent, avec la liste des interviews.

— *Bene.*

— Gabe…

— Ne t'en fais pas. On a eu un petit moment de folie, toi et moi, mais c'est terminé.

— Je mesure tous les enjeux de ce lancement. Laisse-moi travailler, et tu ne le regretteras pas.

— Je ne veux plus que tu prennes la moindre décision sans m'en référer, Alex. Sinon, je te renvoie. Deux jours ou même deux heures avant le lancement, je m'en fiche. Et je tiendrai parole, tu le sais.

Elle hocha la tête. Il fallait absolument qu'elle quitte cette pièce avant de commettre l'irréparable.

6

Durant les jours qui suivirent, Gabe passa en revue tous les employés qui avaient participé de près ou de loin à l'élaboration du Devil's Peak. Depuis ceux qui s'occupaient de la taille des ceps, jusqu'à ceux qui travaillaient à la vinification, dans les chais. Mais il eut beau se creuser la tête, il ne put trouver personne dont le comportement récent lui parût suspect. Frank Thomas examina le passé de chacun mais il ne découvrit rien de particulier, lui non plus. La présence du traître qui avait livré la recette du Devil's Peak n'en demeurait pas moins inquiétante, même si Gabe se refusait à se lancer dans une chasse aux sorcières sur la base d'une simple rumeur. Et il ne voulait pas avertir Riccardo ni leur père avant d'en savoir un peu plus.

Il se carra dans son siège en face de Pedro, un homme de soixante-deux ans, issu d'une famille où l'on était maître de chais depuis trois générations, l'homme qui lui avait appris tout ce qu'il savait sur le vin.

— Il faut que nous mettions la main sur la copie de notre vin que fabrique Lane. Tu as des amis capables de nous y aider ?

— Je peux essayer.

— *Grazie.*

Jordan Lane était l'indétrônable roi du vin en Californie. Si quelqu'un s'en prenait à lui, il n'hésiterait pas à briser sa carrière…

— Et si nous avancions le lancement de notre nouveau vin, celui qui est encore en projet ? proposa Pedro.

— Il n'est pas encore prêt.

— Toi, tu n'es pas prêt, protesta le vieil homme en lui lançant un regard aigu. Mais le vin, lui, est parfait.

— Tu sais ce que j'en pense, répondit Gabe, sur la défensive.

— Oui. Plutôt que sur le malbec, tu préfères te concentrer sur le Devil's Peak, un mélange de cépages plus conforme à la tradition et donc plus susceptible de plaire à ton père.

— Antonio n'y est pour rien ! Ce qui compte, c'est le marché. Il me semble plus logique de commercialiser d'abord un vin traditionnel, puis d'opérer un changement de gamme.

— Tu n'as peut-être plus le choix…

En effet, se dit Gabe, mais en ce moment il devait se concentrer sur ce qu'il pouvait contrôler : le lancement du Devil's Peak et l'organisation de cette maudite soirée qui lui pompait toute son énergie.

Pedro parti, il signa quelques autorisations pour Alex. Mais chaque fois qu'il posait le regard sur son bureau, des images torrides lui revenaient en tête et il ne pouvait plus penser qu'à cette frustration qu'elle faisait naître en lui.

Cristo ! Il posa son stylo et se passa les deux mains dans les cheveux. Cette fille était en train de lui faire perdre complètement la tête. Si elle n'avait pas d'elle-même mis fin à ce petit jeu, il aurait enfreint la première règle qu'il s'était fixée. Car une femme lui avait déjà complètement fait perdre tout contrôle et il ne voulait pas recommencer.

Le soir où il avait rencontré Darya à un cocktail, il en avait eu le souffle coupé. A ce moment-là, il était jeune et innocent. Il avait été subjugué par sa longue chevelure blonde, ses yeux bleus étincelants et le désir évident qu'elle manifestait. Au milieu de la foule des invités, cette juriste brillante, déjà associée dans un cabinet d'avocats, lui avait chuchoté à l'oreille quelques mots crus, et ils avaient fini la nuit au lit. Cette nuit-là et toutes celles des huit mois suivants. Elle était venue s'installer dans son appartement de San Francisco et lui, ravi de connaître enfin une relation plus authentique que celle de ses propres parents, s'était jeté à corps perdu dans cette aventure.

Erreur. Il aurait dû sentir le coup venir. Darya était trop

ambitieuse pour accepter de passer sa vie au milieu des vignes au lieu de faire carrière. Mais il était à l'époque aveuglé par sa beauté. Jusqu'à ce dimanche où, rentrant de New York, il avait trouvé le billet qui avait broyé ses illusions aussi sûrement que ses pressoirs broyaient les grappes.

Il se crispa. Il n'avait pas cherché à rappeler Darya car il avait très vite appris que l'associé le plus âgé de son cabinet venait de quitter sa femme pour l'épouser. Mais il avait cessé de croire en l'amour. Le mariage de ses parents avait beau être aussi glacial que l'Arctique, il avait duré. Il suivrait leur voie.

La fascination qu'il ressentait pour Alex l'intriguait : une fille brillante qui avait su se hisser au plus haut niveau de sa profession sans avoir fait d'études universitaires. Mais ce qui l'avait profondément troublé, c'étaient les mots qu'elle avait prononcés l'autre jour, dans la cave : « J'étais une sale gosse. » Comme si cela suffisait à régler la question. Sauf qu'il avait envie d'en savoir plus, beaucoup plus. Cela devenait une véritable obsession, dont il fallait absolument qu'il se débarrasse avant de faire une bêtise.

Peut-être devrait-il tenter de sortir avec une autre fille… Oui, c'était sûrement la solution. Il prit son Smartphone et chercha le numéro de cette chanteuse d'opéra qu'il avait croisée dans une soirée quelques semaines auparavant. Cinq minutes plus tard, elle acceptait son invitation à dîner. Si seulement il avait pu résoudre tous ses problèmes aussi facilement…

Après le dernier éclat entre Gabe et elle, Alex crut que leurs relations s'étaient normalisées. Qu'il ait enfin décidé de lui faire confiance, ou qu'il n'ait plus le temps matériel de se mêler de tout, il la laissait prendre des décisions. Si seulement elle pouvait oublier ces minutes brûlantes, dans son bureau… Mais inutile d'y compter. Au fond, les hommes étaient tous aussi volages. Gabe avait sans doute ressenti pour elle une attirance déplacée, purement sexuelle, cela n'allait pas au-delà. Inutile de sacrifier pour lui sa carrière et son avenir, elle le savait puisque cela avait déjà failli lui arriver avec un autre. Et elle n'était pas prête à recommencer.

— Ça y est, lui dit Susan, j'ai pris toutes les mesures qu'il me fallait. Si nous sortions ce soir, histoire de faire baisser un peu la pression ?

Alex esquissa un sourire las.

— Sais-tu où les gens vont passer leur soirée du jeudi, dans le coin ? demanda-t-elle à son amie décoratrice.

— Il y a à St. Helena un petit restaurant où tout le monde se retrouve. On y mange très bien.

A cette idée, Alex sentit son estomac crier famine. Hélas, son emploi du temps ne le lui permettait pas.

— Désolée, mais il me reste encore deux cents personnes à passer en revue pour cette histoire d'alchimie. Je me contenterai d'aller en cuisine mendier un sandwich à Elena.

— Tu ferais mieux de respirer un peu. Sans vouloir te faire de peine, tu as une mine de déterrée.

— L'important n'est pas d'avoir bonne mine mais de survivre.

— Si je te promets de t'aider à déterminer la personnalité de la moitié de ceux qui restent, tu viens prendre un verre ? insista Susan.

— J'en ai qui me donnent du fil à retordre. Alors, si tu peux m'aider...

— A condition que tu payes les boissons.

Soudain Alex vit l'avenir sous un jour plus rose. Elle s'empressa de ranger ses affaires et demanda à ses collaborateurs s'ils voulaient venir. Mais ils étaient morts de fatigue. Elle ôta son jean pour passer une jolie petite robe d'été.

— En plus, le barman est adorable, lui dit son amie. Il va te plaire.

Alex était prête à adorer n'importe qui du moment qu'il ne brandissait pas un planning ou un budget. Et elle raffolait de St. Helena, la ville la plus sympa de la vallée de Napa avec ses rues bordées d'arbres, ses charmantes boutiques et ses bars animés et branchés. Exactement ce dont elle avait envie ce soir.

A leur arrivée, le restaurant était bondé. Typiquement californien, vaste, clair et décontracté, avec ses murs blancs ornés de peintures originales et un long bar de merisier autour duquel se pressaient les clients. Un couple se leva, laissant deux tabourets libres qu'elles s'empressèrent d'investir. Alex dut reconnaître que Susan avait raison : le barman, un grand blond aux yeux bleus, d'allure scandinave et plein d'humour, était craquant.

Elles commandèrent leurs boissons tout en flirtant avec lui. Alex ôta son pull et se retourna pour le poser sur le dossier de son tabouret. C'est alors qu'elle aperçut Gabe, assis dans un box à l'autre bout de la salle, face à une petite brune sexy qu'il fixait avec gourmandise. L'air lui manqua soudain comme elle se souvenait de ce que se plaisaient à répéter les frères De Campo : « Invite une femme à dîner, ne ménage pas les compliments et c'est dans la poche. » Elle ne se rappelait pas avoir entendu Gabe le dire mais, rien qu'à voir son sourire entendu, il ne pouvait avoir rien d'autre en tête…

Elle se reprit. Après tout, elle n'avait aucun droit sur Gabriele De Campo et elle aurait dû être contente qu'il sorte avec une autre, en dépit de leur attirance mutuelle.

Le regard de Gabe s'écarta de sa compagne pour observer la salle et croisa le sien. Elle détourna nonchalamment les yeux. Avait-il eu le temps d'y lire ses pensées, à savoir : « Je te déteste » ? Il dit quelques mots à sa compagne et se leva soudain.

— Qu'est-ce que tu regardes ? demanda Susan. Oh ! mais c'est ton beau-frère, le plus beau gosse de la vallée de Napa. Le seul problème si on l'attrape, c'est de le garder.

— Quelle agréable surprise, déclara Gabe en s'arrêtant à côté d'elles, avant de poser sur la joue de Susan un baiser qui la fit rosir. Je ne m'attendais pas à vous trouver là ce soir.

— Le hasard fait bien les choses, n'est-ce pas ? dit Susan.

— Comment vas-tu, ma chère ? lui demanda Gabe.

Visiblement sous le charme, son amie se lança dans un grand discours, qu'Alex finit par interrompre.

— Tu aurais dû nous présenter ton amie. A moins que tu ne craignes que cela nuise à ton entreprise de séduction.

Une lueur menaçante passa dans le regard de Gabe.

— Si tu as envie de la connaître, viens jusqu'à notre table.

— Excuse-moi, mais ce soir j'ai décidé de me détendre.

— *Bene.* Nous en avons tous besoin.

Et lui, avait-il besoin de passer la nuit avec cette femme ? se demanda Alex, aigrie.

— Elle est ravissante, déclara-t-elle cependant. Dois-je vérifier si elle figure sur la liste des invités ?

— Samantha a reçu une invitation, mais elle sera absente.

— Regarde, vos desserts viennent d'arriver. Tu ferais mieux de retourner à votre table.

— Tu as raison. Et toi, tu ferais mieux de manger quelque chose avec ton martini.

— Tu es une véritable mère pour moi.

Gabe se tourna vers Susan.

— Vous devriez vraiment commander quelque chose à manger. *Buona sera*, mesdames. Amusez-vous bien.

Il repartit vers sa table et Alex haussa les épaules :

— Gabe et moi, on a tendance à se caresser à rebrousse-poil.

— Personnellement, si seulement il me caressait, je n'en demanderais pas davantage, murmura Susan d'un air rêveur.

— On voit que tu ne le fréquentes pas à haute dose.

— Ces Italiens, ils sont tellement sexys…

— Je me demande qui est cette fille, dit Alex en pointant le menton en direction de la petite brune qui introduisait présentement un morceau de gâteau dans la bouche de Gabe. J'ai trois Samantha sur ma liste.

— Elle ? C'est Samantha Parker, la fille de l'ancien maire de San Francisco. Chanteuse d'opéra de renom et adorable de surcroît. Et, ce qui ne gâche rien, susceptible d'ouvrir des tas de portes à Gabriele.

Alex avala d'un trait ce qui restait dans son verre. Si Gabe l'avait embrassée, c'était par pur désir sexuel mais elle n'était pas son genre. Et puis, elle ne pouvait lui ouvrir aucune porte. Plutôt les lui faire claquer au nez, avec les squelettes qu'elle traînait dans ses placards… Il suffisait de voir Samantha Parker pour deviner qu'elle n'avait jamais senti l'acier d'une paire de menottes se refermer sur ses poignets. Ni passé la nuit en cellule.

— Alex, tu veux manger quelque chose ?

Elles commandèrent une assiette d'amuse-gueules, qu'elles se partagèrent en flirtant avec le barman. Alex en rajouta, espérant que Gabe l'observait. Vers 10 heures, elle était si épuisée qu'elle faillit s'écrouler sur son verre. Alors qu'à l'autre bout de la salle la reine des divas jetait à Gabe des regards enamourés…

— Je ne me sens pas bien, dit Alex en repoussant son verre.

Susan lui jeta un regard amusé.

— Pourquoi ne le lui dis-tu pas qu'il te plaît ?

— Qu'il me plaît ! se récria-t-elle. Gabe ? Tu confonds attirance et hostilité.

— Très bien. Et que comptes-tu faire de celui-là ? demanda-t-elle en désignant le barman. Il croit vraiment qu'il va te raccompagner chez toi.

— Lui ?

— Tu n'as pas arrêté de le draguer !

— Toi aussi ! On était deux et ça s'arrête là.

— Hum… Je crois que tu ferais mieux de rentrer dormir chez toi. Je me charge de réparer les dégâts et de régler l'addition.

— Non, prends de l'argent dans mon sac, dit Alex.

Elle se leva et tenta de se frayer un chemin hésitant en direction des toilettes, sans jeter le moindre coup d'œil à la table de Gabe.

— Alex !

La voix de Gabe retentit alors qu'elle se trouvait dans le couloir, la main sur la poignée des toilettes. Elle voulut la manœuvrer mais les doigts de Gabe se posèrent sur les siens.

— *Dio,* murmura-t-il en la forçant à se tourner vers lui. Qu'est-ce qui ne va pas ?

— Rien. Nous sommes sur le point de partir.

— En emmenant le barman ?

— Pas du tout. D'ailleurs, dit-elle en le fixant droit dans les yeux à travers les brumes de l'alcool, c'est fou comme les hommes sont versatiles. Toi, par exemple, il y a quelques jours à peine tu t'es jeté sur moi dans ton bureau et voilà que je te retrouve attablé avec Mlle Soprano, tout feu tout flammes. Impressionnant !

— Tu es jalouse ?

— Pas du tout. Simplement, j'ai plus de mal que toi à sauter du coq à l'âne…

— Je ne saute pas du coq à l'âne, j'essaie seulement d'être raisonnable pour deux.

— Raisonnable ?

— Tu as parfaitement compris.

Un frisson d'excitation glissa le long de son échine et Alex ferma les yeux pour mieux résister.

— Va retrouver ta chanteuse lyrique et ramène-la dans ton lit.

— Comment le pourrais-je ? La seule femme que j'ai envie d'avoir dans mon lit, c'est toi, Alex.

— Et tu la laisses te faire les yeux doux ?

— Exactement comme toi avec le barman.

— Avec lui, c'était un jeu.

— *Cristo !* Alex, tu me rends vraiment fou. Je sors avec une autre et je n'arrête pas de penser à toi.

Cet aveu, qui venait s'ajouter à toute la jalousie qu'elle avait ressentie, la troublait dangereusement. Alex avait de plus en plus besoin de cette poussée d'adrénaline que seul Gabe pouvait provoquer. Malgré tout ce qu'elle risquait, elle se mit sur la pointe des pieds et l'embrassa. Il hésita, et un instant elle crut même qu'il ne lui rendrait pas son baiser. Mais, tout en jurant à mi-voix, il pressa les lèvres sur les siennes pour prendre le contrôle de la situation. Leur baiser se fit avide et impérieux, exactement ce qu'elle attendait depuis celui qu'ils avaient échangé dans le bureau. Elle noua les bras autour de son cou et ressentit de nouveau les effets de cette fameuse *alchimie*…

Elle aurait voulu que ce baiser brûlant, incontrôlable, ne cesse jamais.

Un cri étouffé retentit derrière eux. Ils s'écartèrent l'un de l'autre et se retournèrent. Samantha Parker les contemplait, la main sur la bouche, pâle comme une morte. Soudain, elle tourna les talons…

— Rattrape-la, s'écria Alex dès qu'elle eut recouvré ses esprits et sa voix.

Puis elle s'engouffra dans la vaste pièce qui abritait les toilettes pour dames. Ses jambes tremblaient. Depuis Jordan, et exception faite du petit jeu avec le barman ce soir, elle n'avait plus flirté avec aucun homme ; elle n'en avait même jamais regardé aucun tant qu'elle n'avait pas la preuve irréfutable qu'il était libre. Et voilà qu'elle venait d'embrasser Gabe dans un restaurant bondé, sous les yeux de sa petite amie…

Elle s'assit sur le banc de cuir placé près des lavabos et avala de grandes goulées d'air. La nuit où Cassandra Lane les avait découverts au lit dans l'appartement de Jordan lui revenait en tête. Un véritable cauchemar : Jordan qui lui proposait un autre verre de vin, une voix de femme dans le couloir, l'éclair des cheveux roux de Cassandra au moment où elle pénétrait dans la chambre, ses traits brusquement figés à la vision de… Alex avait été si paniquée qu'elle n'avait pu bouger ; Cassandra avait semblé devenir folle, au point que Jordan avait dû la faire sortir de force de la pièce pendant qu'Alex se rhabillait.

Sa liaison de six mois avec cet homme qu'elle aimait s'était terminée le lendemain par un envoi de fleurs accompagné d'un billet laconique. Ou, du moins, c'était ce qu'elle aurait souhaité. En réalité, cela s'était terminé par un divorce à trente millions de dollars et, pour l'entreprise où elle travaillait, par la perte d'un client qui rapportait cinq millions par an. Un désastre. Grâce aux relations de son patron d'alors, qui avait réussi à éviter que les médias ne s'emparent de cette histoire, la carrière et la réputation d'Alex étaient demeurées sans tache. Mais cela ne l'avait pas empêchée de recommencer, ce soir. Une fois de plus, elle se retrouvait en posture d'une enfant à problèmes, exactement comme pendant son adolescence…

Une femme entra dans la pièce et la dévisagea avec curiosité. De toute façon, avec un pareil passé, Alex était bien la dernière à pouvoir devenir une De Campo, quelle que soit l'attirance qu'elle ressentait pour Gabe.

Elle réussit à reprendre ses esprits et revint dans la salle du restaurant. Blanche comme un linge, Susan l'attendait et la ramena sans un mot à la voiture. Durant le trajet, Alex se dit qu'une fois de plus elle avait semé la pagaille dans la vie des autres. Et dans la sienne. Quelle que soit la réaction de Gabe, il fallait en finir avec cette histoire. C'était trop dangereux, et elle risquait de gâcher l'opportunité qui lui avait été donnée de faire faire un bond à sa carrière. Et de remettre de l'ordre dans sa vie.

Tout d'abord, Samantha refusa de laisser Gabe la raccompagner chez elle. Son sac serré sur la poitrine, elle l'injuria un bon moment devant la porte du restaurant, dans un mélange d'anglais et d'italien. Rien de si étonnant, songea-t-il, puisque bon nombre d'opéras étaient chantés en italien…

A la fin, elle consentit pourtant à le laisser la ramener, lorsqu'il lui expliqua qu'à cette heure trouver un taxi risquait de se révéler compliqué. Le trajet se fit dans un silence glacial, sans qu'il puisse trouver aucune excuse. Il n'était pas prêt à avouer la vérité, c'est-à-dire qu'il désirait Alex depuis une éternité et qu'elle l'obsédait littéralement. Il regrettait son comportement, mais quand Samantha, les mains sur les hanches, lui avait demandé qui était cette femme et quels étaient ses liens avec elle, il n'avait su que répondre.

Il gravit les marches qui menaient au luxueux appartement de la jeune cantatrice qui, à peine entrée, lui claqua la porte au nez. *Bene.* Il avait ce qu'il méritait.

Il remonta dans sa voiture et démarra. En fait, tout irait sans doute mieux si Alex et lui réussissaient à se confronter à l'attirance qu'ils ressentaient l'un pour l'autre. Pour mettre fin au malaise qui avait toujours existé entre eux, même s'ils n'avaient jamais voulu le reconnaître — et même si cela tombait très mal. Il n'était plus temps d'atermoyer.

Sa vie bien ordonnée s'était transformée en chaos. Depuis qu'Alex Anderson avait débarqué dans la baie de San Francisco,

Gabe n'était plus un parangon de logique et de raison. L'homme à qui Antonio et Riccardo faisaient appel pour arrondir les angles en cas de difficultés avec les clients s'était mué en un être imprévisible, et ce au moment même où il aurait dû se concentrer sur l'événement le plus important de sa vie professionnelle.

Il fallait en finir avec cette folie, songea-t-il en appuyant sur l'accélérateur. Alex était comme un iceberg : les aspects cachés de sa personnalité excédaient de loin la partie émergée. Un homme raisonnable se serait tenu à l'écart et aurait résisté à la tentation.

Hélas, il n'en était plus là…

Avant même de l'avoir vu, Alex devina que Gabe était là. Assise au bord de la piscine, les pieds dans l'eau et les épaules au clair de lune, elle sentit soudain l'air se charger d'une intensité quasi électrique. Elle pivota et l'aperçut debout derrière elle, les jambes écartées, les mains dans les poches, sourcils froncés. Cherchant visiblement la confrontation.

— Je vois que ta soirée ne s'est pas terminée comme tu l'avais prévu, lança-t-elle avec un petit rire sarcastique.

Il enleva ses chaussures et vint s'asseoir à côté d'elle. Suffisamment près pour la déstabiliser totalement.

— Elle est furieuse, dit-il en enfonçant un pied dans l'eau. Et je ne peux pas le lui reprocher.

— Moi non plus, répondit-elle en contemplant le reflet de la lune qui dansait à la surface de la piscine. Désolée, je ne sais pas ce qui m'a pris.

— Probablement la même chose que moi dans mon bureau. Dès le départ, nous savions très bien que nous avions un problème.

— Et si nous essayions d'oublier tout ça ?

— Désormais, ce n'est plus possible.

Son cœur fit un bond dans sa poitrine et elle inspira une grande goulée d'air.

— Tous les deux, nous sommes à une semaine de l'événement le plus important de notre vie professionnelle.

Elle se tourna vers lui et le regretta immédiatement, parce

qu'il était trop beau dans son jean et sa chemise aux manches relevées, avec son profil qui se découpait sur le clair de lune.

— Nous avons passé un contrat, dit-elle. Je ne veux pas perdre ce travail.

— J'ai été stupide de t'imposer cette règle et de m'imaginer que nous pourrions ignorer l'attirance que nous ressentons l'un pour l'autre.

— Personnellement, je pense qu'il vaut mieux tenter de contrôler ce qui se passe.

— Comme si, ce soir, nous y avions réussi !

— Nous essaierons de faire mieux.

Il poussa un long soupir.

— Tu m'as toujours plu, Alex. Depuis les fiançailles de Riccardo et Lilly. C'est cette attirance qui nous met les nerfs à vif.

— Gabe…, commença-t-elle, le cœur battant.

— Si nous faisons comme si de rien n'était, ce sera plus destructeur que si nous tentons de faire face.

— Qu'est-ce que tu suggères exactement ?

— En une nuit, nous pourrions nous en libérer…

— Tu insinues qu'il suffirait de passer une nuit ensemble ?

— A toi d'en décider.

Elle voulut répondre, mais les mots lui manquèrent.

— Penses-y, tu sais où me trouver.

Il contourna la piscine en direction de la maison. L'eau, claire et tranquille quelques minutes plutôt, évoquait maintenant à Alex un gouffre noir et glacé. Impossible de se rappeler une époque où elle n'avait pas, consciemment ou non, désiré Gabe. Mais ce soir, en l'embrassant, elle avait fait un nouveau pas vers l'autodestruction. Et vers la perte de ce qu'elle avait eu tant de mal à conquérir.

« En une nuit, nous pourrions nous en libérer… »

Ces mots, qui avaient pénétré son cœur comme une lame, faisaient affleurer à sa mémoire son pire souvenir : la façon dont Jordan l'avait mise au rebut comme un vieux meuble usé dès que sa femme avait posé le regard sur elle. Elle n'avait été pour lui qu'un incident regrettable mais au fond sans importance.

Un moment, elle avait failli se convaincre que Gabe ne pouvait lui faire de mal, que quelqu'un enfin avait réussi à percevoir la véritable Alex derrière la façade qu'elle offrait au monde ; et qu'il la désirait, en dépit de tous ses défauts. Oui, elle avait cru que son rêve d'échapper au passé pouvait devenir réalité.

Elle enfonça le pied dans l'eau. Sa liaison avec Jordan aurait dû lui apprendre que personne ne pouvait imaginer un avenir avec elle. Qu'elle n'était qu'une fille facile de l'Iowa, comme chacun à Mission Hill en était convaincu quand elle était partie.

Elle releva le pied pour produire une gerbe d'éclaboussures. Gabe avait raison. A eux deux, ils ne pouvaient manquer de provoquer un désastre. Pourtant, elle avait espéré qu'il avait d'elle une meilleure opinion que les autres, et que cette force qu'ils n'avaient ni l'un ni l'autre le courage d'affronter était plus qu'un simple appel du désir. Mais, une fois de plus, elle se révélait la proie de ses illusions.

Elle tenta de retrouver un minimum de lucidité. Si elle devait envisager la proposition de Gabe, il fallait qu'elle soit au clair avec elle-même. Et bien consciente que dans l'esprit de Gabe, elle serait une fille d'une nuit.

Elle sortit les pieds de l'eau pour les faire sécher sur la margelle. Une nuit avec Gabe, était-ce seulement envisageable ? Cela lui permettrait-il d'échapper à cette obsession et de se consacrer entièrement à son travail ? Ou cela ne servirait-il qu'à l'enfoncer davantage ?

7

Durant la semaine précédant le lancement, Alex fut soutenue par la certitude que son épreuve touchait à sa fin, du moins en ce qui concernait Napa. Les quelques jours de répit qui séparaient le lancement californien de celui de New York lui donneraient le temps de respirer et de retrouver le semblant d'équilibre qui lui faisait cruellement défaut. Gabe avait eu beau lui proposer de vérifier lui-même le programme de la visite réservée aux VIP et aux médias, elle avait refusé : compte tenu du nombre de participants attendus, elle préférait veiller elle-même à tout avec son équipe.

Bien sûr, elle ne pourrait l'éviter éternellement. Une fois qu'elle en aurait fini avec cet événement, peut-être envisagerait-elle de coucher avec lui. Après tout, cela faisait quatre ans qu'elle l'évitait, et cela ne l'avait menée à rien. Donc, s'il n'était plus son client, pourquoi ne pas y réfléchir sérieusement ? Ne serait-ce que pour apaiser sa curiosité maladive : en réalité, était-il aussi bon amant qu'elle se l'imaginait ?

La veille de la soirée, à 21 heures, quand elle eut tout passé en revue avec son équipe, elle l'envoya se coucher. Puis, elle s'étira longuement en bâillant et en pensant au Jacuzzi, d'où on jouissait d'une vue splendide sur le vignoble. Oui, elle allait y passer un moment avant de se mettre au lit.

Elle se versa un verre de vin blanc bien frais et enfila une chemise sur son Bikini, avant de se tartiner un peu de fromage sur un cracker. En passant près du bureau de Gabe, elle remarqua de la lumière, mais décida de ne pas se manifester. Ces derniers jours, tandis qu'il mettait la dernière main à son mystérieux nouveau vin, on aurait dit le Schtroumpf Grognon, ce qui n'augurait rien de bon sur les qualités du produit.

Elle contourna la piscine et grimpa jusqu'à la terrasse où était installé le Jacuzzi, avant de s'immobiliser, déconfite de le voir encombré par le corps athlétique de Grognon en personne. Son cœur s'arrêta un instant de battre avant de repartir à un rythme d'enfer. Les yeux mi-clos, il reposait dans l'eau, l'air enfin détendu, superbe dans son maillot bleu qui dissimulait à peine une anatomie qui aurait mis des idées en tête à la plus chaste des femmes.

« Il pourrait être à toi. »

Elle tourna les talons. Pas question de…

— Alex…

— J'ai cru que tu dormais.

— Et tu étais prête à me laisser m'endormir dans mon bain ?

Décidément, il était terriblement plus séduisant quand il faisait preuve d'un peu d'humour. Elle revint vers lui. Lorsqu'elle s'aperçut qu'il la dévorait littéralement de ses grands yeux verts, elle fut traversée par une onde brûlante — qui ne devait rien à la vapeur montant du Jacuzzi.

— Tu es prête pour le grand jour ? demanda-t-il.

— Etonnamment, oui. Alors que d'habitude, la veille du jour J, je suis encore sur le pont à 2 heures du matin.

— Tu me rejoins ?

Aïe ! Gabe le séducteur était le retour…

— Je ne voudrais pas t'embêter.

— Quelle idée ! Allez, viens, tu as l'air crevée.

Elle hésita, regrettant d'avoir choisi un Bikini si révélateur.

— Ce n'est pas la première fois que je te verrai en maillot, insista Gabe.

Certes, mais après la proposition qu'il lui avait faite la semaine précédente… Et dans ce Jacuzzi… Les muscles noués, elle fixa longuement l'eau bouillonnante.

Gabe tenta de l'éclabousser.

— *Non essere un gatto scaredy.*

— Je devine ce que ça veut dire…

Une petite voix intérieure murmurait à Alex : « Va-t'en », mais elle ne put s'empêcher de relever le défi. Otant ses sandales et sa chemise, elle se laissa glisser aussi vite qu'elle le put dans l'eau brûlante, à la limite du supportable.

— Tu as réglé la température au maximum !

— J'aime qu'elle soit *molto, molto caldo.*

— Quand tu es fatigué, tu te mets à parler italien, dit-elle, en se demandant si au lit aussi… Alors, et ce vin si mystérieux ?

— Ce n'est pas encore tout à fait ça.

— Cela viendra. Tu es si doué. Tout le monde le reconnaît.

— Il faudrait que cela vienne très vite…

— Je croyais que tu te concentrais sur le Devil's Peak ? s'étonna Alex en fronçant les sourcils.

— Il va me falloir mettre l'autre au point plus rapidement que je ne le désirais.

Cela avait l'air de le contrarier. Peut-être était-ce la vraie raison de sa mauvaise humeur ? Pourquoi tant de mystère ?

— Tu cherches l'inspiration ?

Il la fixa d'un regard dur.

— Tu as des suggestions à me proposer ? la défia-t-il.

— Je pensais à cette alchimie qui te tient tant à cœur. Tu crois que c'est ce qui lui manque ?

— Si je le savais, je ferais ce qu'il faut.

— Oh ! oh ! le Schtroumpf Grognon est de retour !

— Pardon ?

— Je t'ai entendu dire à Pedro qu'avec ce vin tu prenais des risques, éluda-t-elle. Pourquoi ?

— C'est un produit novateur en Californie. Le marché n'est pas encore mûr.

— Il va falloir te battre contre ton père une fois de plus ?

— Contre Antonio, Riccardo et toute l'équipe au complet.

— Mais Riccardo devrait t'appuyer, non ?

— Je l'espère. L'invention des vins a toujours été ce qui me plaisait le plus dans ce métier.

— Ça ne t'aurait pas empêché de diriger l'entreprise, avança Alex.

— Mon frère est un excellent P.-D.G. Il a accompli un travail de prospection très efficace en direction des restaurants.

Elle comprit que mieux valait changer de sujet.

— Moi qui suis une experte en stratégie, je sais que tu as besoin d'un nom pour ton vin. Donne-moi plus de détails.

— Je ne peux pas.

— Tu ne me fais pas confiance.

— Concernant ce vin, je ne fais confiance à personne.

— Charmant... Dans ce cas, explique-moi au moins la façon dont tu choisis habituellement le nom de tes vins.

— Pour ceux de la vallée de Napa, nous utilisons un nom de terroir. Comme Devil's Peak ou Yellowstone. Mais, pour ce vin-là, il me faut un nom spécial, qui sorte de l'ordinaire.

— Le mot-clé ?

— Délicat.

— Bizarre, venant d'un homme.

Elle s'enfonça dans l'eau pour mieux se concentrer. Délicat. Ethéré. Céleste. Paradisiaque.

— Et si tu l'appelais Angel's Share, La Part de l'Ange ? Cette expression a quelque chose de magique, de raffiné.

Il réfléchit un moment. Elle se dit que décidément, chez cet homme, rien n'était spontané.

— Mais ce nom a peut-être déjà servi ? demanda-t-elle.

— Pas que je sache. Il me plaît. Il correspond exactement à ce que je cherchais à exprimer : le raffinement et la délicatesse.

— Aïe ! s'écria soudain Alex, traversée par une douleur sourde.

— Que se passe-t-il ? s'alarma Gabe.

— Une crampe. Au pied.

— Laisse-moi faire.

Elle lui tendit son pied, terrassée par la douleur.

— Là, juste sous la plante.

D'une main ferme, il se mit à la masser à l'endroit exact où elle souffrait. En poussant un soupir de soulagement, elle s'adossa au bord du bassin. La douleur s'atténua peu à peu.

— Je crois que c'est terminé, murmura-t-elle. On dirait que tu as fait ça toute ta vie.

— Chez la femme, le pied est une zone érogène particulièrement sensible.

Elle leva les yeux au ciel. Evidemment, Gabe connaissait par cœur toutes les zones érogènes féminines !

— D'ailleurs, poursuivit-il, j'ai suivi un cours de massage. Une copine avait exigé qu'on en prenne un ensemble.

Elle ferma les yeux de peur de l'imaginer en train de la masser. Partout…

— A ce sujet, tu as réfléchi à ma proposition ? demanda-t-il d'une voix rauque.

— J'ai été trop occupée, répondit-elle en rouvrant les yeux.

— Menteuse.

— Tu souffres d'un ego surdimensionné.

Il lui pressa la plante des pieds. Elle ne put retenir un petit gémissement.

— Détends-toi, murmura-t-il. Et dis-moi, par pure curiosité : si tu étais d'accord, comment aimerais-tu que ce soit entre nous deux ? Plutôt langueur ou plutôt passion ?

— Je préfère ne pas aborder le sujet.

— Il s'agit d'une simple hypothèse, dit-il en la défiant du regard. Nous bavardons, voilà tout.

Un défi auquel elle était incapable de résister. Et puis, elle brûlait de curiosité d'en apprendre un peu plus à son sujet.

— Je crois que je commencerais par langueur, même si les deux me plaisent.

— Bon choix. Cela fait si longtemps que nous attendons.

— Excuse-moi ? dit-elle en tentant de retirer son pied, qu'il retint d'une main ferme.

— Depuis combien de temps n'es-tu pas sortie avec un homme ?

Elle n'avait aucune envie de le lui révéler, mais il déduisit la réponse de son silence.

— C'est ce que je pensais. Donc, en admettant que tu sois prête à renoncer à l'abstinence, je poserais les mains sur ton mollet, comme ça, et je te masserais d'abord une jambe, puis l'autre, pour être certain que tu es parfaitement détendue.

En sentant les mains de Gabe se poser sur son mollet droit, elle déglutit avec peine. *Dieu que c'était bon !*

— Puis, reprit-il, je remonterais lentement, et tu me jetterais un regard provocateur en te mordant la lèvre, comme quand tu as envie qu'on t'embrasse, parce que c'est ce dont tu aurais envie. Donc, je t'effleurerais les lèvres d'un léger baiser qui te mettrait quand même en émoi, et quand nous en serions arrivés là, je crois que j'aurais envie de te mordiller la lèvre à mon tour.

Alex ferma les yeux tandis que son compagnon accentuait la pression de ses doigts sur son mollet.

— Oui, articula-t-elle d'une voix de basse très différente de son timbre habituel.

— *Bene.* Alors, je poserais mes lèvres à cet endroit si sensible, à la base du cou. Encore une zone érogène, et à ce moment précis, dans ce scénario complètement hypothétique, tu sentirais un filet de sueur couler entre tes seins, comme maintenant. Ce qui m'autoriserait, car je m'intéresse à cette partie du corps féminin, à t'ôter immédiatement le haut de ton maillot.

— Gabe, tu ne crois pas que ça suffit ?

— Tu ne souhaites pas connaître la fin de l'histoire ? susurra-t-il.

— Non.

— Donc, j'aurais envie de prendre dans mes paumes tes seins superbes, comme dans mon bureau, mais cette fois j'y poserais ma bouche. Tu te cabrerais contre moi en gémissant… Arrivée là, c'est toi qui exigerais que je continue mes caresses et nous nous demanderions s'il ne vaudrait pas mieux passer tout de suite à la phase « passion ».

— Arrête, j'ai parfaitement compris.

— Tu en es certaine ? Juste quand j'en arrivais au meilleur, fit-il d'un ton canaille.

— Qui es-tu ? Où est passé Gabe le traditionnaliste ?

— Jamais dans une chambre !

— Par pure curiosité, j'aimerais savoir jusqu'où exactement tu avais l'intention d'aller.

— Jusqu'au bout, dit-il en la fixant droit dans les yeux.

Une onde brûlante la traversa, et Alex songea que, si elle le laissait continuer, il aurait pu par ses mots lui faire goûter des sensations que jamais auparavant… Elle crispa les doigts sur la margelle du Jacuzzi, prête à s'enfuir. Il posa la main sur la sienne. Elle ne savait comment ralentir les battements affolés de son cœur.

— Ça suffit, balbutia-t-elle. Arrête.

En souriant, il se releva et sortit de l'eau.

— Je vais vérifier que « part de l'ange » n'a jamais été utilisé comme dénomination.

Elle le regarda s'éloigner, l'estomac noué. Une autre crampe lui contracta alors le pied et elle s'efforça de se masser. Au fond, Gabe avait raison : il fallait en finir, car elle sentait se réveiller en elle la sauvagerie de son adolescence.

Un coup sourd réveilla Gabe. Il s'assit sur son lit et regarda le réveil. 2 heures. Que se passait-il donc ?

Alex ?

Il sortit de sa chambre en courant, craignant qu'elle ne soit tombée dans l'escalier. Effectivement, elle était assise sur la dernière marche et se tenait le bras droit.

— *Stai bene ?*

Il descendit et s'agenouilla devant elle. Elle était pâle et tremblait de tous ses membres, le fixant d'un regard vide.

— Alex, murmura-t-il en saisissant sa main tremblante, tu t'es fait mal ?

Elle recula tel un animal blessé, les yeux emplis de panique.

— N'approchez pas.

— Alex, ça va ? demanda-t-il en la prenant par les épaules.

Elle lui échappa et bondit sur ses pieds.

— Lâchez-moi !

Il s'immobilisa, le cœur battant.

— Alex ! Qu'est-ce que tu as ? Tu es tombée ?

— N'approchez pas ! répéta-t-elle en se blottissant dans un coin. Vous n'avez pas le droit de me toucher.

— Tu devrais...

— Appelez mon père immédiatement, s'écria-t-elle en levant la main. Vous ne pouvez pas me forcer à rester ici.

Une impression bizarre envahit Gabe.

— C'est impossible, Alex. On est en pleine nuit.

Elle lui enfonça ses ongles dans le bras.

— Salaud ! Je ne savais pas. Je veux rentrer chez moi.

Il lui prit les bras et les lui ramena derrière le dos, comprenant enfin que ce n'était pas à lui qu'elle s'adressait. Un cauchemar. Elle était en pleine crise de somnambulisme.

— Lâchez-moi ! Tout de suite !

Qu'était-on censé faire face à un somnambule ? Le réveiller ? Mais si c'était dangereux ? La terreur lui écarquillait les yeux. Il lui lâcha les poignets et la souleva pour la transporter dans le salon et l'allongea sur un canapé. Comme elle tentait de le griffer, il lui maintint les bras immobiles. De nouveau la panique se peignit sur son visage. Contre qui se battait-elle, et comment l'arrêter ?

— Alex...

— Je vous déteste ! Vous attendiez votre heure pour poser vos sales pattes sur moi, hurla-t-elle en tentant d'échapper à son emprise. Je vous en prie, appelez papa. Laissez-moi rentrer chez moi.

Elle se mit à pousser des sanglots déchirants. Des torrents de larmes coulaient sur ses joues, trempant la chemise de Gabe. Il la prit dans ses bras et se mit à la bercer en lui murmurant qu'elle était chez elle, en sécurité. Petit à petit, elle commença à se détendre et à respirer plus calmement.

— *Stai bene,* murmura-t-il contre ses cheveux. Tout va bien.

Lorsqu'elle se fut enfin calmée, il la souleva, la remonta dans sa chambre et la déposa sur le lit. Elle s'empara de l'oreiller qu'elle agrippa comme une bouée de sauvetage. Le cœur de Gabe se serra. Qu'avait-il bien pu lui arriver ? Par qui avait-elle été agressée ? Sans doute par quelqu'un qui avait autorité sur elle. Avait-il fini par la laisser partir ?

Il s'assit à côté du lit et se passa la main dans les cheveux, les yeux fixés sur le visage blême et crispé d'Alex. Il ne pouvait pas la quitter. De toute façon, le seul souvenir de son regard empli de terreur aurait suffi à l'empêcher de dormir.

Il finit pourtant par s'endormir, et se réveilla, toujours assis sur la chaise, à 4 heures du matin. Alex dormait comme un bébé. Il alla se recoucher, pour tenter de grappiller deux heures de sommeil avant le grand jour.

En entendant la sonnerie de son réveil, Alex sursauta avec la curieuse impression d'avoir voyagé toute la nuit. Elle s'assit pour tenter de s'éclaircir les idées. Elle avait mal à l'épaule. Bizarre… La veille, elle n'avait pourtant rien soulevé de lourd. Elle voulut lever le bras, mais la douleur lui arracha un cri.

Pas le temps de s'y attarder, se dit-elle en passant sous la douche. Le grand jour était arrivé et cette fête resterait dans toutes les mémoires. Elle regarda par la fenêtre. Grand soleil. Parfait. Une poussée d'adrénaline monta dans ses veines. Elle enfila un jean et un T-shirt puis attacha ses cheveux en queue-de-cheval — en levant le bras, elle poussa un gémissement. Elle descendit se préparer un café. Déjà assis à table, Gabe lisait le journal devant un *espresso.* En se souvenant de leur rencontre dans le Jacuzzi, elle lui jeta un regard circonspect.

— *Buon giorno.*

— Bonjour. Tu as repensé au nom du vin ? demanda-t-elle en s'emparant de la cafetière.

Une ombre passa dans les yeux de Gabe et sa bouche se crispa légèrement.

— Un peu. Celui que tu as suggéré est *perfetto. Grazie.*

— Tant mieux, répondit-elle, déroutée par son regard.

Elle se leva pour prendre une Thermos dans le placard.

— Alex, tu te souviens de ce qui s'est passé cette nuit ?

En entendant sa question précautionneuse, un frisson lui descendit le long de la colonne vertébrale. Elle se retourna vivement.

— Nous… Je suis allée me coucher.

— Je te parle de ce qui est arrivé après.

Elle ouvrit de grands yeux. Après ?

— Tu as tout oublié ? reprit-il. Ta crise de somnambulisme ?

C'était donc ça, cette impression étrange et cette douleur à l'épaule…

— Je suis tombée ?

— Je crois. Je t'ai retrouvée en bas de l'escalier, en train de te tenir le bras.

— J'étais réveillée ? s'enquit-elle, l'estomac noué.

— Non. Et tu n'avais pas l'air bien.

Elle se versa du café, mais sa main tremblait si fort qu'elle en répandit un peu sur le plan de travail.

— Désolée de t'avoir imposé ce spectacle.

Sans se retourner, elle devina que Gabe s'était levé et s'approchait d'elle. Il lui prit la cafetière des mains et la replaça sous la machine.

— Dis-moi ce qui s'est passé, fit-il d'une voix douce.

Elle fit non de la tête. Il la prit par les épaules pour la forcer à se tourner vers lui.

— Tu étais complètement paniquée.

— Je ne veux pas en parler…

— Alex…

— Non. Pas maintenant. Il faut que je me concentre sur l'organisation de la fête.

— Cet homme, qui c'était ?

Elle détourna la tête.

— Il ne t'a pas fait de mal ? insista-t-il.

En percevant l'émotion dans la voix de Gabe, elle le fixa droit dans les yeux. Il lui fallait absolument minimiser ce qui s'était passé :

— Non. J'ai réussi à lui faire peur.

Il était visiblement tenté de lui poser d'autres questions.

— Les traiteurs vont arriver d'une minute à l'autre, reprit-elle.

Il acquiesça en se passant la main sur le front.

— *Bene*. Mais si tu…

Brusquement, elle aperçut des traces rouges sur le bras de son compagnon.

— Mon Dieu ! s'exclama-t-elle. Ce n'est pas moi qui t'ai fait ça, au moins ?

— Si. A moins qu'une inconnue n'ait investi mon lit cette nuit sans que je m'en sois rendu compte...

— Tu t'es désinfecté ? balbutia-t-elle, obnubilée par les profondes griffures.

— Ne t'en fais pas.

— Excuse-moi. Heureusement que tu porteras une chemise, ce soir.

— Oui. Sinon, les gens croiraient que j'ai couché avec une tigresse.

Alex prit son mug et sortit de la cuisine. Une tigresse. Voilà comment Gabe la voyait, maintenant.

8

En temps normal, quand Alex était en mode « événement », elle était très concentrée, calme et focalisée sur ce qu'elle faisait. Mais, aujourd'hui, elle se sentait fiévreuse et indécise. Sans doute les effets de sa crise de somnambulisme. Et l'idée que Gabe y avait assisté la rendait encore plus honteuse et vulnérable.

Au fond, qu'importait qu'elle ait rembarré le chef qui prenait des postures de *prima donna* dans la cuisine d'Elena, ou les artificiers qui voulaient ranger leurs fusées à côté des bouteilles de propane ? Le moment crucial était venu, celui où il fallait que chaque invité — VIP, journaliste ou mondain quelconque — ait *la* révélation. A 22 heures, ils dégusteraient le Devil's Peak…

On ne devait plus parler que de ça. Autour de la machine à café dans l'entreprise, sur les réseaux sociaux, en tête à tête. Les invités étaient des prescripteurs, des leaders d'opinion, et elle avait besoin qu'ils donnent le *la*. Après un dernier check-up, elle se précipita en ville chez le coiffeur : une robe superbe comme celle que lui avait dessinée Stella, son amie styliste, exigeait une coiffure à la hauteur.

A 18 heures, une demi-heure avant l'arrivée des invités, tout était en place. Il ne manquait ni un verre, ni une torche, ni un serveur. Après un dernier coup d'œil satisfait au décor splendide, Alex monta s'habiller. Moulante, décolletée presque jusqu'à la taille et brodée de strass minuscules étincelant comme des centaines de diamants, la robe de soie champagne créée par Stella froufrouta sur ses chevilles. Une quintessence de glamour hollywoodien, qu'elle n'aurait jamais pu s'offrir mais que son amie lui avait donnée en échange d'un peu de publicité au cours de la soirée.

Elle sourit pour la première fois de la journée. Elle était prête. A elle de jouer.

18 h 15. Le moment de demander à Gabe de s'assurer que tout était parfait. Elle enfila des stilettos assortis et le seul vrai bijou qu'elle possédait : des boucles d'oreilles en diamant qui étincelaient à la lumière comme deux flammes blanches. Elle ne se sentait pas coupable de les avoir gardées, même si c'était Jordan qui les lui avait offertes. Si elle les portait, c'était pour se souvenir de ne pas commettre deux fois la même erreur.

En descendant la première marche, ses jambes tremblèrent un peu, sans doute à la perspective de rejoindre Gabe. Allait-il la trouver séduisante, ou au contraire la considérer comme une pauvre petite fille perdue après ce qui s'était passé la nuit précédente ?

Elle s'immobilisa sur le seuil de son bureau. Avec une moue sévère, il consultait une liasse de papiers, superbe à se damner dans un smoking qui mettait en valeur son physique de beau ténébreux. Elle le dévora des yeux en silence. Chez cet homme, tout lui plaisait : sa personnalité complexe, forgée dans une famille de titans où il avait dû trouver sa place, et son corps si sexy.

Sa décision était prise : il le lui fallait.

Gabe leva la tête, comme s'il devinait sa présence, et ses épaules se tendirent sous sa veste bien ajustée. Il la fixa avec une intensité qui la troubla. Puis il se leva et fit le tour de son bureau.

— Tu as l'intention de briser quelques cœurs, ce soir ?

— Je ne laisserai aucun homme s'approcher d'assez près.

Il la rejoignit sur le seuil. Malgré ses hauts talons, il la dépassait de dix bons centimètres.

— Ma proposition expire cette nuit.

— J'ignorais qu'elle était limitée dans le temps, lança-t-elle en relevant le menton. Pourquoi ?

— Jamais je ne réussirai à tenir plus longtemps, répondit-il d'une voix dure.

*
* *

Le cœur battant, Alex suivit Gabe dans le vignoble, que les éclairages transformaient en un décor de conte de fées. Des torches illuminaient l'allée par où arrivaient les invités ; le cocktail serait servi dans le patio où brillaient des lanternes, et des projecteurs avaient été installés au flanc de la colline. Une véritable féerie.

Dans le patio, un quartette jouait des airs de jazz tandis que des *baristas* attendaient, prêts à créer des cocktails individualisés. Toute l'équipe avait été mobilisée pour faire visiter les caves, et la fontaine à champagne, qui s'était d'abord montrée récalcitrante, fonctionnait parfaitement, diffusant dans l'air une brume dorée.

— Ambiance dionysiaque, n'est-ce pas ? murmura Alex.

— C'est merveilleux. Crois-tu que Janine va se manifester ?

Elle lui jeta un regard amusé.

— Tout va bien ? Tu es content ?

— Je te le dirai à minuit, si mon vin a fait un triomphe.

— Ce sera le cas, Gabe. C'est un vin magnifique. Détends-toi et profite de ce moment.

Pour accueillir les invités, elle avait engagé une équipe de jeunes gens superbes, qui se tenaient près de la grille et remettaient à chacun la carte où figurait le nom de son partenaire, scientifiquement choisi et calligraphié en bleu.

Le ballet des limousines et des coupés avait commencé. Un milliardaire de la Silicon Valley se présenta à moto et en jean, malgré l'injonction « cravate noire » portée sur les invitations. Mais qui aurait refusé l'entrée à Jared Stone ? Ce rebelle pesait des milliards de dollars et chacune de ses apparitions faisait le buzz.

— Vous apprécierez votre partenaire, monsieur Stone, dit Alex en lui tendant sa carte avec un sourire. A condition que vous sachiez la trouver…

Elle savait parfaitement quel nom figurait sur le carton, le seul où elle avait faussé le jeu. Voir Jared Stone se faire draguer par une chanteuse pop lors de cette fête, ça n'avait pas de prix !

Une fois la majorité des invités arrivée, elle demanda à Gabe de prononcer son discours d'introduction — auquel il n'avait même pas voulu lui laisser jeter un coup d'œil. Dès qu'il eut commencé, elle comprit qu'il avait eu raison.

— Il y a huit ans, je suis arrivé en Californie et j'ai rêvé de créer sur la terre de Napa un vin De Campo aussi superbe que ceux que ma famille produit depuis un siècle en Toscane. Un vin doté de toutes ces qualités, mais aussi de la beauté suave et unique qui fait le charme de cette vallée. Je pensais ne rencontrer aucun problème, dit-il avec un sourire qui fit fondre toutes les femmes de l'assistance. Eh bien, je me suis trompé, et j'ai mis six saisons à créer un vin digne du nom de De Campo. Mais nous avons enfin réussi, et ce soir vous allez déguster le Devil's Peak, fruit de nos efforts.

Il leva son verre.

— Nous le trouvons magnifique et nous espérons qu'il vous plaira. *Salute.* Passez une excellente soirée.

Alex sentit un picotement derrière les yeux. Jamais elle n'aurait écrit un texte aussi efficace. Jamais elle n'aurait su exprimer tant de passion, et c'est ce qui comptait.

La soirée se déroula dans une ambiance très détendue. Pratiquement tous les invités étaient venus, un mélange éclectique de résidents de la Silicon Valley, de blogueurs spécialisés dans le vin, de politiciens, d'artistes et d'hommes d'affaires. Comme elle l'avait si ardemment espéré, chacun ou presque paraissait curieux de découvrir son partenaire, et des couples s'étaient formés, deux d'entre eux avaient même l'air de flirter, à l'exemple de Jared Stone et Briana Bergen, la chanteuse qu'Alex lui avait attribuée. Ces deux-là se tenaient au bar, tout près l'un de l'autre, et Jared posait la main sur le bras nu de la jeune Allemande. Alex fit la moue. Comme les hommes étaient prévisibles ! Une blonde à forte poitrine, et le tour était joué.

Elle fit signe discrètement à un photographe, qui s'empressa d'immortaliser la scène, avant d'appeler au bar deux serveurs de plus car on commençait à faire la queue. Soudain, elle aperçut Gabe en train de bavarder avec Darya Theriault et son mari, qui avait bien dix ans de plus qu'elle. Impassible, il leur souriait d'un air poli. Le mari de Darya la tenait par la taille d'un air très possessif, et la blonde, très séduisante, dévorait Gabe du regard.

Une bouffée de jalousie monta en elle et elle détourna les yeux. Gabe avait-il brisé le cœur de la belle avocate, comme à tant d'autres ? C'était une leçon à méditer et, quand on fréquentait le clan De Campo, mieux valait se tenir sur ses gardes. Elle s'activa de plus belle.

En fin de soirée, elle était sur les rotules. Une interview de plus, la grande révélation sur les partenaires, le feu d'artifice et tout serait terminé. Elle avait du mal à le croire, songea-t-elle en cherchant des yeux un célèbre chroniqueur français, qui tenait la rubrique des vins dans un quotidien de San Francisco. Après trois semaines de folie, dans une heure, la certitude du succès, enfin… Elle localisa Georges Abel et le conduisit vers la cave où devait avoir lieu son entretien avec Gabe. Tandis que les couloirs résonnaient du bruit de leurs pas, elle crut percevoir le claquement répété de talons de femme.

Sauf que, derrière eux, il n'y avait personne.

— Vous avez entendu ? souffla-t-elle à Georges.

Il acquiesça d'un air inquiet. Alex continua à marcher.

Clic, clic, clic…

Ils se retournèrent de nouveau, d'un même mouvement. Personne. Le cœur d'Alex battait à se rompre. En plaisantant, Georges l'accusa de vouloir le déstabiliser avant l'interview. Elle se força à rire. Et si Janine Courtland les suivait dans l'ombre ? Les jambes chancelantes, elle guida Georges vers la salle de dégustation où l'attendait Gabe. Les deux hommes se serrèrent la main.

— Janine Courtland est dans les parages, souffla Alex à Gabe.

Il fronça les sourcils, comme pour lui signifier que ce n'était pas le moment de plaisanter.

— On l'a entendue, tous les deux. Des talons de femme, indubitablement.

— Je t'avais bien dit qu'elle ne voudrait pas rater une pareille soirée, murmura-t-il en s'asseyant face à Georges.

Alex s'installa à côté d'eux. S'il s'agissait vraiment de Janine, que leur voulait-elle ?

L'interview se déroula sans encombre, jusqu'au moment où Georges se mit à poser des questions concernant Antonio De Campo, avec une insistance déplacée. Au début, Gabe se prêta au jeu, mais il finit par s'agacer.

— Jusqu'où votre père s'est-il impliqué à Napa ? questionna le journaliste français. Ici, il a la cote, tout autant qu'à Montecalcino.

— Il a pris sa retraite, mais demeure la force qui nous guide.

— A-t-il ou non participé à la création de ce vin ?

— Dégustez-le, et vous le saurez.

A 22 heures pile, revenue de la cave sans avoir rencontré le fantôme de Janine, Alex donna le top aux serveurs qui devaient offrir aux invités des plateaux chargés de Devil's Peak.

— Il faut qu'avant les toasts chacun ait son verre en main.

Puis elle fit signe à Gabe, qui leva son verre tandis que le silence se faisait dans la salle.

— *Signore e signori,* je vous présente notre Devil's Peak.

Il but, et chacun en fit autant tandis que le feu d'artifice illuminait le ciel. Le moment crucial, se dit Alex en portant son verre à ses lèvres d'une main tremblante. Il y eut un murmure dans la salle. Il fallait que ce vin leur plaise…

Les fusées se succédaient dans une explosion de couleurs, et Alex était presque prête à exploser elle aussi tellement elle était tendue. Puis des voix commencèrent à parvenir jusqu'à elle. « Superbe ! » s'exclama un homme à côté d'elle. « Le vin de l'année », acquiesça sa compagne. « Cette saison, on boira Devil's Peak », déclara quelqu'un d'autre.

Elle aperçut Georges fendre la foule en direction de Gabe. En lui serrant la main, il lui dit quelques mots et le visage de Gabe s'illumina d'un vaste sourire. Chacun dans l'assistance comprit qu'il le félicitait.

Le lancement était réussi !

La gorge d'Alex se noua au point qu'elle eut du mal à déglutir.

Voir se réaliser le rêve de Gabe l'emplissait d'une émotion qu'elle avait autant de mal à maîtriser que les autres sentiments qu'elle éprouvait à son égard.

Elle réussit à avaler une gorgée de vin. Oui, en trois semaines et demie, elle était parvenue à organiser cet événement, elle la minable, la paumée qui avait quitté Mission Hill, Iowa, dans l'espoir d'une vie meilleure. Elle avait eu raison. Désormais, elle menait sa propre barque. D'un revers de main, elle essuya les larmes qui l'aveuglaient. « Profite, se dit-elle, savoure ce succès. » Elle resta immobile un long moment, les doigts crispés sur son verre, à contempler le feu d'artifice.

— Alors, on est fière de sa réussite ?

La haute silhouette de Gabe se dressait à côté d'elle.

— De *ta* réussite. Félicitations.

— *Grazie*. Alex, tu as gagné ma confiance.

Ces mots firent déferler en elle une nouvelle et dangereuse vague d'émotion. Elle se mordit la lèvre, incapable de trouver la bonne formule.

— Gabe…

Du pouce, il lui effleura la joue et tout son corps vibra à ce contact.

— Ce qui s'est passé la nuit dernière, fit-il doucement, cela t'a fragilisée ?

— Ce cauchemar a surgi d'un passé lointain. Quand je suis stressée, je fais des crises de somnambulisme. C'est un signal d'alarme.

— Et, en ce moment, tu es stressée ?

— Cela dépend…

— C'est un homme qui t'a offert ces boucles d'oreilles ? coupa-t-il soudain d'une voix tranchante.

— Tu poses beaucoup de questions.

— Réponds, Alex.

— Oui, c'est un homme. Mais, aujourd'hui, il ne compte plus pour moi.

— Enlève-les.

A peine eut-il chuchoté ces deux mots que Gabe fut happé par un groupe d'invités, qui le submergèrent de félicitations.

Alex le regarda s'éloigner, indécise.

9

Alex s'absorba dans sa tâche. A 1 heure du matin, les derniers invités quittèrent les lieux. Elle resta un moment à contempler les feux arrière des voitures qui serpentaient dans l'allée sinueuse.

Après une courte conversation avec le traiteur, qui devait revenir le lendemain pour emporter son matériel et terminer le nettoyage, elle retourna vers la maison. Maintenant que l'orchestre s'était tu, sans le brouhaha des conversations ni le fracas du feu d'artifice, le vignoble était absolument calme.

Soudain les battements de son cœur dans sa poitrine lui parurent assourdissants. Et quand elle aperçut Gabe assis sur la terrasse, son estomac se noua. En gravissant l'escalier, elle remarqua qu'il avait quitté sa veste et ôté sa cravate, et qu'un verre de scotch était posé sur le bras de son fauteuil. Il la fixait avec une expression détendue mais très intense.

— Je t'avais demandé d'enlever ces boucles d'oreilles.

— Impossible de les poser sur un coin de table, rétorqua-t-elle en portant inconsciemment les mains à ses oreilles.

Du regard, il semblait lui intimer l'ordre de les ôter sur-le-champ. Une onde d'excitation la parcourut. A peine les avait-elle défaites qu'il les lui prit des mains.

— Elles ont dû coûter une petite fortune.

— Je les aime bien : elles me rappellent qu'on ne peut pas faire confiance aux hommes.

— Tu parles en général ou pour un homme en particulier ?

— Disons pour la majorité. Lilly dirait « sauf celui à qui tu es en train de parler ». Elle te prend pour un type bien.

— Et toi ? lui retourna-t-il avec une petite moue.

— Quelle importance ? Entre nous, c'est de sexe qu'il s'agit.

Il prit son verre et avala une longue gorgée de scotch.

— Jamais de ma vie je n'ai vu une femme aussi belle que toi ce soir.

La gorge d'Alex se serra. Après tout, cet homme était superbe, elle venait d'organiser la fête de l'année et elle se sentait la reine du monde, d'humeur téméraire.

— A toi l'honneur, Alex, reprit-il.

Incapable de résister à ce défi, elle se pencha sur lui et posa la bouche sur la sienne, comme elle rêvait de le faire depuis des jours. Il se laissa faire, puis plongea la main dans ses cheveux pour l'attirer sur ses genoux et l'embrassa à son tour de ses lèvres chaudes et sensuelles. Un baiser doux et rude à la fois qui la fit vibrer au plus profond. Elle se doutait depuis longtemps que faire l'amour avec Gabe serait une expérience dont elle ne sortirait pas indemne.

Comme elle frissonnait, il s'écarta d'elle en lui jetant un regard interrogateur. Elle s'efforça de sourire.

— J'ai peur de ne pas être à la hauteur, avoua-t-elle.

— Peut-être ne suis-je pas si bon amant que tu te l'imagines.

— Peut-être es-tu meilleur encore…

— Tu veux tenter l'expérience ? demanda-t-il en posant les lèvres au creux de son cou.

Soudain, ses doutes s'évanouirent, balayés par les sensations qui montaient en elle tandis que les lèvres de Gabe erraient sur la peau si sensible entre l'épaule et le creux de la gorge. D'un geste lent et délicat, il écarta les bretelles de sa robe. Jamais Alex n'avait ressenti son corps de cette façon : c'était comme si Gabe savait déjà tout de ses désirs. Quand il posa les mains sur ses seins, elle eut le sentiment d'être à la fois vulnérable et libertine. Avec cette robe, impossible de porter un soutien-gorge : rien ne dérobait plus sa poitrine au feu ardent du regard de Gabe.

— Tu es si belle, murmura-t-il.

Comme promis dans le Jacuzzi, il lui prit les seins dans ses paumes pour en faire doucement dresser le bout de ses pouces, puis de la pointe de la langue. En voyant sa chair répondre à ce contact sous le clair de lune complice, elle fut emplie d'un désir si fort qu'il en était presque douloureux. Gabe se pencha sur elle et elle se cabra contre ses cuisses puissantes.

— Ne bouge pas, murmura-t-il en lui mordillant la pointe d'un sein. Langueur, tu te rappelles ?

— Lorsque j'ai fait ce choix, j'ai commis une petite erreur d'appréciation, chuchota-t-elle d'une voix hachée.

— Tu ne peux t'en prendre qu'à toi, dit-il en s'attaquant à l'autre sein, auquel il fit subir le même traitement.

Avec certains hommes, il était arrivé à Alex de ressentir comme de la honte, mais pas avec Gabe. Au contact de sa bouche et de ses doigts, elle se sentait devenir plus exquise, plus précieuse, comme un grand cru. Elle ferma les yeux pour mieux goûter ce sentiment. Durant toute la soirée, elle avait à peine bu un demi-verre du Devil's Peak au moment des toasts, et pourtant elle ressentait une griserie qui l'arrachait à elle-même.

— Gabe, chuchota-t-elle en pressant les doigts contre le tissu de sa chemise.

Elle avait une envie folle de le sentir en elle.

— *Rilassarsi,* dit-il en passant la main sous sa robe, dans un geste lent et délibéré qui embrasa son corps tout entier. La nuit dernière, tu as apprécié les préliminaires ?

— Beaucoup… beaucoup…, balbutia-t-elle tandis qu'il suivait du bout du doigt le contour de son string.

— Et pourtant, ce n'était rien, à côté de *ça*, chuchota-t-il d'une voix rauque en déplaçant son doigt vers le point le plus sensible du corps d'Alex.

Elle enfouit la tête au creux de son épaule et il fit tourner son doigt, d'un geste ferme et insistant qui lui mit le feu au sang. Elle se tordit contre lui, en quête d'une sensation plus forte encore.

— S'il te plaît…

— Dis-moi ce qui te fait envie, Alex.

— Tes mains… sur moi…

— Mais elles y sont.

Il fit glisser son string.

— Ah ! Tu veux dire de cette façon, *cara,* dit-il en posant la main entre ses jambes.

Gabe dut percevoir son excitation car il ne put dissimuler un gémissement approbateur. Son pouce lui effleurait le clitoris avec la légèreté d'une plume, mais à un rythme de plus en plus rapide.

— Continue, supplia-t-elle.

Il glissa le doigt en elle.

— S'il te plaît…

— Tu me le demandes si gentiment, dit-il en enfonçant plus profondément l'index, sans cesser de la caresser du pouce. A propos, Elena dort la fenêtre ouverte.

— Quoi ?

— Ne t'inquiète pas, chuchota-t-il à son oreille. Si tu cries, je ferai en sorte qu'elle ne puisse pas t'entendre.

Elle ferma les yeux tandis que le doigt de Gabe allait et venait en elle. Elle écarta largement les jambes, sans plus se soucier d'Elena ni de quiconque. Il glissa en elle un deuxième doigt, qui l'emplit d'un plaisir presque insupportable.

— Tu aimes, mon ange ?

Son corps était si tendu qu'Alex se demandait comment il n'explosait pas.

— Oui. S'il te plaît, Gabe… J'ai envie de…

— … jouir ? demanda-t-il en lui prenant le menton pour la forcer à le regarder en face. Tu sais à quoi je pensais, hier, dans le Jacuzzi ? A la façon dont tu me regarderais au moment où je te ferais jouir.

Elle ferma les yeux tandis qu'il continuait à la caresser, avec une habileté qui la menait au bord de l'extase.

— Oh oui…, balbutia-t-elle.

Gabe lui couvrit la bouche de la sienne et enfonça sa langue au même rythme que ses caresses. Elle se laissa aller à l'orgasme en gémissant, abandonnée. Le plaisir irradia son corps dans une succession de spasmes qui semblait ne jamais devoir finir.

***

— Je savais que tu réagirais de cette façon, murmura son amant quand Alex finit par s'apaiser.

— De quelle façon ?

— Grandiose ! Il y a tant de parties de ton corps que j'ai envie d'embrasser. Si nous montions ?

Elle hocha la tête. Il la souleva dans ses bras et la transporta jusqu'à sa chambre, dont il referma la porte d'un coup de talon. La suite était éclairée par la lune. Gabe déposa Alex à côté de l'immense lit. Elle vacilla, subjuguée par la force virile qui émanait de lui — larges épaules, avant-bras hâlés et musclés sous sa chemise dont il avait remonté les manches, taille mince et cuisses puissantes que mettait en valeur le pantalon noir impeccablement coupé. De son visage irradiait une force indomptable, comme si sa présence suffisait à protéger tout ce qu'il côtoyait.

Elle secoua la tête pour chasser les idées folles qui l'envahissaient. « Une nuit, Alex. Une unique nuit. Rien n'est éternel. » Elle n'avait pas oublié la leçon du passé.

— Tu as l'air d'avoir trop chaud, murmura-t-elle en posant le doigt sur le premier bouton de sa chemise.

— Qu'est-ce que tu as donc en tête ?

Elle commença à déboutonner sa chemise en se demandant pourquoi ce geste lui semblait si intime. Gabe la laissa faire sans broncher. Quand la chemise glissa sur le sol, Alex eut le souffle coupé : son torse était une œuvre d'art, hâlé par les longues heures passées en plein air et doté d'une musculature harmonieuse. Elle y posa la bouche et lui agaça les tétons du bout de la langue. En voyant s'accélérer sa respiration, elle sourit avec malice.

— Une de tes zones érogènes, je présume ?

— J'en possède beaucoup d'autres, affirma-t-il.

Elle fit glisser hors des passants la ceinture de cuir puis abaissa la fermeture Eclair de son pantalon, non sans effleurer son sexe dressé sous le boxer. « Concentre-toi », se dit-elle en faisant glisser le pantalon le long des jambes de Gabe. Elle fut éblouie par la beauté de ses cuisses parfaitement musclées.

Une impressionnante érection déformait le boxer blanc, et Alex comprit qu'elle ne risquait pas d'être déçue…

Il lui prit la taille pour l'attirer à lui et l'embrasser d'une façon qui la fit littéralement fondre. Cet homme savait ce que c'était qu'un baiser !

— C'est ton arme secrète, n'est-ce pas ? murmura-t-elle après avoir repris son souffle.

— Que veux-tu dire au juste ?

Un bruissement de glissière se fit entendre et la robe d'Alex tomba à ses pieds.

— Le baiser.

— Tu aimes ? demanda-t-il en l'embrassant au creux de l'épaule.

— Beaucoup.

Sa bouche continua son chemin le long du dos, une partie de son corps qu'Alex n'avait jamais considérée comme particulièrement sensible mais qui lui parut soudain extrêmement réceptive. Puis il passa aux pieds, une zone qu'il semblait affectionner. Il lui ôta une chaussure pour presser ses lèvres contre la plante. Seigneur, comme c'était délicieux… Elle lui tendit d'elle-même l'autre pied pour qu'il le déchausse, puis de la main elle le poussa vers le lit, au bord duquel il s'assit. Lorsqu'il la prit sur ses genoux, il eut une expression qui la fit sourire.

— Alexandra Anderson, tu es le fantasme que nourrit tout homme.

Son cœur s'emplit d'une émotion violente qu'elle se refusa à identifier.

— Les fantasmes n'ont rien à voir avec la réalité.

Il lui prit les jambes pour les enrouler autour de sa taille.

— Ce fantasme-là est bien réel, protesta-t-il en l'embrassant au coin de la bouche.

Elle ne put s'empêcher de penser que c'était son âme qu'il lui ravissait. Cette certitude aurait dû la terroriser, mais au contraire elle noua ses jambes plus serré autour des hanches de son amant et lui rendit baiser pour baiser, jusqu'à en perdre le souffle. Contre son corps, elle sentait pulser son sexe dressé.

— Dois-je utiliser un préservatif ?

— Je prends la pilule. Mais vas-y doucement, je… je manque de pratique.

Il l'étendit sur le dos avant d'enlever son boxer. A la vue de sa virilité imposante, elle sentit sa bouche s'assécher.

— D'ailleurs, lui avoua-t-elle, ce genre d'exercice ne m'excite pas beaucoup.

Il se souleva sur un coude et la fixa d'un air surpris.

— Tu veux dire que tu n'as jamais atteint l'orgasme de cette façon ?

— Non, comme beaucoup d'autres femmes, répondit-elle, sur la défensive.

Il posa les lèvres sur la courbe de son ventre.

— A voir…

Elle aurait bien voulu le convaincre que ça ne pouvait pas se produire, mais la discussion risquait de devenir embarrassante. Elle le laissa donc lui écarter les cuisses et poser la bouche sur sa chair brûlante. Il glissa la langue en elle et se mit à la lécher longuement, comme une vague sur la plage. Alex vibrait de tout son corps. Sa chair frémissait de nouveau. Rejetant les bras derrière sa tête, elle gémit en commençant à penser que, peut-être, il pourrait se passer quelque chose de plus…

Gabe changea de position, et quand son érection effleura sa chair la plus intime, elle se contracta de désir — le désir d'accueillir en elle son sexe, de savoir exactement ce que c'était, faire l'amour avec Gabe.

— Ouvre les yeux, mon ange.

Elle obéit. Le regard de Gabe scintillait de gourmandise. Il la prit par les hanches et se glissa sous elle.

— *Lentamente,* souffla-t-il en la faisant descendre lentement, à califourchon au-dessus de lui.

En le sentant faire son chemin en elle, Alex ne put retenir un cri étouffé. Elle commença à rouler du bassin, dans un sens, puis dans l'autre, puis elle s'écarta de lui pour le reprendre en elle ensuite. Il gémit quelques mots indistincts en italien et ferma les yeux. Sa respiration s'accéléra tandis qu'elle continuait son manège.

Il la prit alors par la taille et l'allongea sur le dos pour la caresser du bout de la langue, rapide et insistant d'abord, puis plus légèrement. Elle le prit par les cheveux en le suppliant d'aller plus loin. Il cessa alors sa caresse et s'étendit sur le dos pour la reprendre sur lui. Il la saisit par les hanches pour la guider tout en massant son clitoris jusqu'à ce que chaque nerf de son corps soit empli d'un plaisir prêt à exploser.

— Penche-toi en avant pour te frotter contre moi. Trouve le bon angle.

Elle obéit, laissant la sensation l'envahir à l'endroit précis où elle l'attendait. L'orgasme la souleva comme un tsunami, plus fort, plus profond et plus dévastateur qu'aucun plaisir jamais ressenti. Gabe poussa un gémissement guttural et s'abandonna en elle.

Dans son corps moite et épuisé, Alex ne trouvait plus une seule parcelle d'énergie. Elle s'effondra sur le torse de son amant et perçut les battements tumultueux de son cœur.

C'était l'expérience la plus sensuelle qu'elle ait jamais vécue.

— J'espère que tu n'es pas déçue du voyage, murmura Gabe.

— Un peu quand même, le taquina-t-elle. Seulement deux petits orgasmes…

— Accorde-moi cinq minutes…

Mais Alex avait déjà commencé à sombrer dans le sommeil.

Lorsqu'elle s'éveilla au petit matin en se demandant où elle était, Gabe l'attira à lui et lui fit l'amour de nouveau, lentement et avec une vigueur passionnée qui témoignait d'une exceptionnelle endurance.

Quand elle rouvrit les yeux, la lumière entrait à flots par les fenêtres et un grand corps mâle brûlant était collé au sien. Apparemment, Gabe aimait le contact, ce dont elle n'avait guère l'expérience puisqu'elle n'avait jamais autorisé aucun homme à passer la nuit avec elle. Les câlins n'étaient pas sa tasse de thé.

Hélas, inutile de compter le nombre d'interdits qu'elle venait de transgresser : dormir dans le lit d'un homme, coucher avec un client et, pire que tout, avec Gabriele De Campo, un homme qui la mettait en danger, elle le savait.

Des images de la nuit précédente l'assaillirent, innombrables et plus brûlantes les unes que les autres. Sa plus belle expérience sexuelle. Jamais elle ne pourrait plus regarder Gabe comme avant, c'était clair. Et quand il faudrait lui passer le sel, à table, en famille ? Tant pis, cela en avait valu la peine, décida-t-elle en humant son odeur virile. Une femme devait avoir vécu un tel bonheur une fois dans sa vie. Et, pourtant, il faudrait bien qu'elle se glisse hors du lit et considère cette nuit comme définitivement terminée. Le passé.

Elle sursauta quand une main possessive lui agrippa la taille.

— Reste.

En entendant la voix rauque de Gabe, son cœur fit un bond. Quelle femme n'aurait pas aimé entendre ce mot au moment de se lever ?

— J'ai soif.

Il desserra son étreinte.

— Reviens vite.

Elle songea à fuir. Gabe était un homme riche, puissant et sexy, exactement le genre qu'elle s'était juré d'éviter. Et il risquait de lui faire plus de mal encore que Jordan ne lui en avait fait. Elle se glissa dans la salle de bains et se servit un verre d'eau en tentant de rassembler ses forces. Puis elle s'enveloppa dans une serviette et revint dans la chambre.

— Il faut que j'y aille.

— Où ? articula-t-il en la fixant de ses grands yeux verts.

— Les traiteurs ne vont pas tarder à arriver.

— On est dimanche, Alex, et il est 8 heures du matin. Ils ne viendront pas de si bonne heure.

— Je dois prendre une douche.

— Viens par là.

Pour une raison incompréhensible, elle fut incapable de résister et s'assit au bord du lit. Il tendit le bras, la prit par la taille et la fit rouler sous lui. En appui sur les coudes, il s'arrangea pour la maintenir prisonnière.

— Gabe, murmura-t-elle en tentant d'ignorer l'effet que produisait sur elle ce déchaînement de virilité. Je ne suis pas une fan du revenez-y matinal.

— Personne n'est parfait, répliqua-t-il avec un petit sourire sexy.

— La nuit a été sublime et nous a permis à tous deux de satisfaire notre curiosité. Mieux vaut en rester là.

— Cela sonne comme un adieu, remarqua-t-il en s'appuyant un peu plus lourdement sur elle. Pourquoi tant de hâte ?

— C'est sans doute la première fois qu'une femme cherche à quitter ton lit, mais on avait dit une nuit. Laisse-moi partir.

Il s'assit de façon à la coincer entre ses cuisses.

— A condition que tu répondes à ma question.

— Quelle question ? répliqua-t-elle, soupçonneuse.

— J'aimerais connaître l'origine de tes cauchemars.

— Non.

— Alors, je te garde.

— Il n'y a rien à dire. C'est de l'histoire ancienne.

— Dans ce cas, pourquoi continues-tu à faire des cauchemars ? Et des crises de somnambulisme ?

— Tu avais parlé de sexe, et d'une seule nuit.

Il serra les dents et elle lut dans ses yeux une émotion qu'elle n'y avait encore jamais vue.

— Je veux savoir ce qui t'est arrivé, Alex.

Elle sentit sa tendance à l'autodestruction reprendre soudain le dessus. Oui, elle ferait mieux de tout dire, d'avouer à quel point cette histoire l'avait perturbée, il la laisserait partir, et tout serait terminé.

— Lâche-moi, murmura Alex.

Gabe s'exécuta et s'assit à côté d'elle. Pour mettre plus de distance entre eux, elle noua les bras autour de ses genoux.

— Je suis certaine que Lilly t'a déjà dit que j'étais le mouton noir de la famille.

— Elle m'en a touché un mot, reconnut-il.

— La ferme de mes parents n'a jamais très bien marché et

nous étions pauvres. Au point de devoir fréquenter les dépôts de vêtements des organisations caritatives. Le mariage de mes parents avait mal tourné, autant à cause de cette précarité que de leurs personnalités respectives. Mon père avait une liaison avec la femme du fermier voisin et ma mère nous a quittés trois fois. La vie était un enfer. Lilly s'en est sortie en s'affamant et en devenant Miss Parfaite mais moi, j'ai choisi la rébellion. Je me suis mise à boire, à fumer et à avoir de mauvaises fréquentations, pour attirer l'attention.

— D'après Lilly, vos parents étaient très distants.

— Sans doute, mais de mon côté je suis allée trop loin. Pour le bal de la promo, j'ai volé une robe et je me suis fait prendre. Je me suis mise à passer mes nuits dehors et j'ai rencontré Damon, le chef d'une bande de motards. On a commencé à sortir ensemble. Il satisfaisait pleinement mon côté rebelle.

— Ton père a dû sauter au plafond quand il l'a appris.

— Oui. Il m'a interdit de le voir et de sortir, mais ça m'a plutôt encouragée parce que, enfin, j'avais réussi à attirer son attention.

— A sa place, je t'aurais ligotée à ton lit !

— Il l'aurait sans doute fait s'il avait pensé que c'était la solution. Au lieu de cela, il m'a flanquée dehors et je suis partie vivre avec Damon.

Gabe la fixa comme si elle venait de lui annoncer qu'elle débarquait de Mars.

— Evidemment, c'était une erreur. Damon était mêlé à des trafics illégaux ; je le savais, même s'il me tenait à l'écart de ses activités. Et puis j'avais seize ans, j'ignorais tout de la vie.

— Seize ans…, murmura-t-il entre ses dents.

Elle acquiesça et baissa les yeux sur ses ongles vernis. Avec Damon, elle avait eu l'impression d'être enfin une adulte.

— Un soir, Damon et moi avions prévu d'aller au ciné. Il devait faire une livraison mais, contrairement à moi, la police était au courant. A peine avions-nous quitté la maison que nous avons été arrêtés et fouillés. Dans les sacoches de sa moto, ils ont trouvé un kilo d'héroïne.

— Tu as déjà consommé de la drogue ?

— Non, et c'est la seule bonne décision que j'aie jamais prise, dit-elle en respirant un grand coup. Ils nous ont jetés en prison. C'est après Damon qu'ils en avaient, mais ils ont essayé de se servir de moi contre lui. Ils m'ont menacée de me faire condamner si je ne faisais pas ce qu'ils voulaient. Le type qui m'a interrogée était justement celui qui m'avait inculpée du vol de la robe. Il essayait de me faire peur mais, d'un autre côté, je sentais que je lui plaisais.

Elle se mordit violemment la lèvre. Le visage de Gabe s'assombrit et il posa la main sur son genou.

— C'est ce type qui t'a fait subir des attouchements ?

— Oui. J'étais terrorisée et je pleurais. Je l'ai supplié de me laisser téléphoner à mon père, mais il a continué à m'interroger, encore et encore, sans me laisser appeler chez moi. Visiblement, ils avaient l'intention d'en finir avec Damon cette nuit-là.

— Tu avais pourtant légalement le droit d'appeler !

— On parle de Mission Hill, dans l'Iowa. Là-bas, la loi…

Elle se rappelait comme si c'était hier la pièce miteuse, aux murs d'un beige sale où ils l'avaient interrogée.

— Ils se sont acharnés sur moi, poursuivit-elle. Damon a eu beau leur répéter que je n'étais pas au courant de ses affaires de drogue, il n'y a rien eu à faire. Au milieu de la nuit, le shérif adjoint a fini par jeter l'éponge. Je lui ai de nouveau demandé d'appeler mon père. Il m'a répondu qu'il le ferait, à condition que je sois *gentille* avec lui.

Les doigts de Gabe se crispèrent sur son genou et son visage devint plus menaçant encore.

— J'ai refusé, et quand il a essayé de me toucher, je me suis débattue et je me suis mise à hurler si fort qu'il a eu peur que quelqu'un n'entende. Alors, il m'a laissée partir.

Des larmes jaillirent de ses yeux, qu'Alex s'empressa d'essuyer d'un revers de main. Pas question de pleurer ! Elle ne pleurait jamais.

— J'ai appelé mon père. Cela faisait des semaines que je n'avais plus de contact avec ma famille. Il était fou de rage contre moi et il s'est mis à brailler. Je lui ai demandé de venir me chercher et il m'a répondu qu'il avait trop sommeil et que je pouvais bien attendre jusqu'au lendemain.

Il y eut un long silence.

— Il a répondu ça à sa fille de seize ans ?

— Je suppose que c'était bien mérité…

— *Cristo,* certainement pas ! s'écria-t-il en la prenant par l'épaule pour l'attirer à lui. Peut-être aurais-tu eu besoin qu'on te fasse la leçon, mais sûrement pas qu'on t'abandonne à un policier aux mains baladeuses.

— J'étais allée trop loin.

— Peu importe ! Tu étais sa fille et il te devait protection. Tu ne méritais pas de passer la nuit entière en cellule, dit-il en la serrant contre lui. Dieu merci, tu es une battante.

— Je n'ai pas besoin de ta pitié, Gabe. J'ai récolté ce que j'avais semé.

— Tu étais une gamine.

— Tu n'as pas l'air de comprendre : j'ai tout fait pour les empêcher de m'aimer. Ils en avaient tellement assez qu'ils auraient voulu que je disparaisse. Je ne peux pas les blâmer.

Le regard de Gabe se radoucit.

— Tu avais besoin d'amour, et tes parents se sont révélés incapables de t'en donner.

— Moi non plus, je ne peux pas en donner. Dans toutes mes relations, je me suis toujours montrée destructrice.

— Pas avec tes sœurs, protesta-t-il. Elles t'adorent littéralement.

— C'est différent. Il leur a bien fallu s'accommoder de moi.

— Elles t'aiment, et c'est ce qui fait la différence, Alex. Quand on aime, on est payé de retour et on se sent protégé.

Au fond de sa gorge, se forma une boule énorme, faite d'émotions indistinctes qui l'empêchaient de s'enfuir.

— Tu es très gentil d'essayer de me prouver que je ne suis pas aussi dérangée que je le crois, Gabe, mais je sais ce que je ressens. Même si pour le moment j'ai l'air de fonctionner normalement.

Le regard du bel Italien se fit plus perçant.

— Tu te sers de cette histoire comme d'une excuse. Exactement comme quand tu prétends ne pas pouvoir faire confiance aux hommes. Ou quand tu joues les mégères. Tu préfères te convaincre que tu es incapable d'avoir une relation normale plutôt que de voir la réalité en face.

Brusquement, Alex fut prise de colère.

— Ne me dis surtout pas ce dont je suis capable ou pas ! Tu ne peux pas t'imaginer même ce que j'ai vécu.

Le regard vert de Gabe se fit plus sombre.

— Je ne fais que répéter ce que tout le monde constate depuis des années sans oser te le dire, lança-t-il. Tu as mis toute ton énergie à empêcher les autres de trop s'approcher, parce que tu ne sais pas comment vivre une relation normale. Même si tu es une battante dans tous les autres domaines, ta vie privée est un désastre.

Elle respira un grand coup avant de le fixer droit dans les yeux.

— J'ai fait une thérapie, je sais quels sont mes problèmes. Et toi, Gabe ? Toi, le célibataire endurci que toutes les femmes s'arrachent mais qui est toujours en quête de perfection ? La femme parfaite n'existe pas, tu le sais aussi bien que moi !

— Je ne recherche pas la perfection.

Elle s'écarta de lui et posa le pied sur le sol.

— C'est toi qui as proposé qu'on passe une seule nuit ensemble, je te le rappelle. Alors, ne viens pas me bassiner avec mes problèmes relationnels !

Elle avait parlé en toute sincérité, sans plus se préoccuper de trahir l'émotion qui l'envahissait ni de perdre le contrôle de la situation. Et, à présent, il fallait qu'elle parte, voilà tout.

— C'est si difficile de te comprendre, Alex. Autoriseras-tu jamais quelqu'un à approcher de toi ? murmura Gabe.

Mais elle avait déjà claqué la porte.

10

En fin d'après-midi, Gabe travaillait en compagnie de Pedro dans la cave, loin de l'ouragan Alex, quand Elena entra, apportant du café et un paquet.

— Cela vient d'arriver, dit-elle en le posant sur le plan de travail. J'ai pensé que vous l'attendiez.

Gabe ouvrit la boîte de bois, qui contenait une bouteille portant un logo jaune et bleu. Un vin de Jordan Lane. Son regard acéré détailla l'étiquette au graphisme élégant : « Black Cellar. Une sélection de nos meilleurs merlots et cabernets. »

Il s'immobilisa, les yeux fixés sur la jolie bouteille que Pedro n'avait pas réussi à se procurer, copie presque conforme du Devil's Peak. Lane lui en avait fait parvenir une, comme par hasard le lendemain du lancement… Sans doute voulait-il lui signifier que, alors que Gabe croyait avoir le vent en poupe, la partie n'était pas gagnée. Une déclaration de guerre… Pedro se pencha pour regarder par-dessus son épaule.

— Pas possible ! s'écria-t-il. Ce salaud nous en a envoyé une bouteille !

La boîte contenait une enveloppe. Gabe l'ouvrit.

« Félicitations pour votre superbe réussite, De Campo. Heureux de voir que notre Black Cellar se trouvera en bonne compagnie. »

Sous la signature de Lane apparaissaient les noms d'une douzaine de restaurants appréciés de la région qui avaient accepté de faire du Black Cellar leur vin du mois.

— Donne-moi un tire-bouchon, s'écria Gabe, fou de rage.

Il posa deux verres sur le plan de travail et ouvrit la bouteille. A peine avait-il trempé les lèvres qu'il sentit son estomac se nouer. Ce vin ressemblait à s'y méprendre au Devil's Peak…

La fête lui avait coûté deux millions de dollars et la campagne publicitaire dix millions. Tout ça pour lancer un vin qui n'avait plus rien d'unique. En repensant aux huit ans qu'il avait passés à y travailler, il crut voir l'univers s'écrouler autour de lui. Cette année, il devait absolument dégager des bénéfices et il avait espéré que le Devil's Peak le lui permettrait. Mais que faire maintenant qu'il venait de lui découvrir un rival doté d'une énorme capacité de nuisance ?

Pedro reposa son verre et jeta à Gabe un coup d'œil navré.

— C'est le même vin. Comment est-ce possible ?

Gabe tenta de se calmer et de reprendre ses esprits.

— Ce ne peut être qu'un des maîtres de chai. La ressemblance est parfaite.

— Mais personne…

— Il y a forcément un traître.

Pedro reprit une gorgée de vin.

— Maintenant, tu n'as plus le choix, dit ce dernier en hochant la tête.

Gabe poussa un soupir.

— A ton avis, nous devrions commercialiser le Angel's Share ?

Pedro acquiesça de la tête.

— C'est un vin *magnifico*, Gabriele. Mets-le en bouteille dès demain, et il fera un malheur.

— Le tout est de savoir si le marché est prêt, déclara Gabe en enfonçant les mains dans ses poches.

— Tu as fait ton choix il y a deux ans, *mio figlio.* Ce n'est plus le moment de se poser des questions.

Pedro avait raison, une fois de plus. Gabe avait tout appris de lui : le vin, mais aussi sa conception de la vie. L'art de saisir l'occasion à la gorge. Cet homme n'avait pas hésité à quitter l'Italie pour l'accompagner à Napa et l'aider à réaliser son rêve. Cette réussite appartiendrait au vieux maître de chai tout autant qu'à lui. Si Pedro pensait que le vin était prêt, il l'était. A moins que…

— Antonio va tout faire pour nous mettre des bâtons dans les roues, déclara Gabe.

Le regard de Pedro resta inflexible.

— Dans ce cas, il faut réussir à le convaincre.

Gabe contempla la bouteille. Cela paraissait tout simple : prendre l'avion pour New York cette semaine pour assister à l'assemblée trimestrielle de De Campo, expliquer à son père et à son frère que son produit phare lui avait été volé par son concurrent le plus dangereux et obtenir leur approbation pour miser sur un vin qui contenait moins de cinq pour cent des cépages couramment utilisés en Californie.

Il fit la grimace. Pure folie ou coup de génie ? Il se sentait incapable de répondre à cette question.

— Tout peut être prêt dans un mois ?

Le vieil homme lui sourit.

— *Si.* Tu peux considérer que c'est fait, dit Pedro avant de lui tapoter le dos et de retourner à ses activités.

Gabe reprit une gorgée du vin de Lane et sa colère se raviva. Il fallait absolument neutraliser ce voleur…

Abandonnant le café auquel il n'avait pas touché, il revint vers la maison pour régler un autre problème. Alex avait passé l'après-midi avec les fournisseurs qui remballaient leur matériel, les yeux étincelant de rage, et il tenait à lui dire qu'elle avait parfaitement raison : c'était bien lui qui lui avait proposé de passer une seule nuit ensemble. Il ne comprenait pas lui-même pourquoi il s'était montré si inquisiteur envers elle. Simplement, il avait eu besoin de savoir. Maintenant qu'il connaissait le douloureux passé qu'elle traînait, il n'avait plus qu'un désir : qu'ils se quittent bons amis.

Après tout, elle avait été la maîtresse du chef d'une bande de motards ! Le type qui prendrait la suite, à supposer qu'il y en ait un, devait s'attendre à vivre sur un baril de poudre. Pas exactement ce qui convenait au vice-président d'une grosse multinationale…

En s'approchant de la maison, il remarqua qu'il n'y avait plus aucun camion sur le parking. Il allait pouvoir en finir immédiatement avec cette histoire, cela valait mieux, pour elle comme pour lui. Cette fille, il l'avait dans la peau, comme une maladie qui détruisait sa capacité de raisonner sainement ; à un moment où il avait particulièrement besoin d'avoir les idées claires.

Il entra dans la cuisine, où il trouva Elena.

— Alex est par là ?

— Elle est partie à l'aéroport il y a une heure. Elle m'a chargée de vous dire qu'il y avait un problème logistique au *Zambia* et qu'elle allait s'en occuper.

Gabe fronça les sourcils, stupéfait : s'il y avait un problème au *Zambia*, le bar à vin que possédait le groupe De Campo à SoHo et où devait avoir lieu le lancement new-yorkais, c'était au personnel présent là-bas de le régler.

— Elle a dit qu'elle ne voulait pas vous interrompre dans votre travail, continua Elena, et qu'elle appellerait plus tard pour vous tenir au courant.

Elle était donc partie et c'est lui qu'elle fuyait. Gabe fut envahi par la colère, alors qu'il aurait dû être ravi de ne plus avoir Alex dans les pattes.

— Elle a dit que vous pouviez toujours l'appeler sur son portable, reprit Elena.

Il serra les poings. Pas question de l'appeler. Bientôt, il s'envolerait pour New York, et elle ne perdait rien pour attendre !

Soudain, il réalisa que tout n'était pas fini entre Alexandra Anderson et lui.

11

Alex se jucha sur un tabouret du bar de la trattoria branchée de Manhattan où elle avait rendez-vous avec Lilly pour dîner et fit signe au barman. En quittant Napa trois jours plus tôt sous prétexte de régler un problème logistique au *Zambia*, elle avait signifié à Gabe qu'il ne devait plus s'intéresser à elle, malgré la confession qu'elle lui avait faite. Et elle n'avait même pas eu à faire semblant de ne rien regretter.

Dans son esprit, elle avait encore quarante-huit heures pour se prémunir contre lui avant qu'il ne débarque pour préparer le lancement de ce week-end. Quarante-huit heures pour se convaincre que ce qui s'était passé entre eux n'était qu'un incident regrettable et sans lendemain qu'il valait mieux enfouir au plus profond de sa mémoire.

Elle commanda un verre de vin rouge argentin au barman. Cette histoire lui revenait sans cesse en tête. Une vraie folie. Pas tellement d'ailleurs d'avoir couché avec Gabe, mais de lui avoir tout raconté. Le sexe était une chose, mais se dévoiler de cette façon…

Le barman fit glisser vers elle son verre de vin, qu'elle huma longuement avant de le reposer. Décidément, ce type l'obsédait pour de bon. Elle prit son téléphone pour consulter ses e-mails et constata que l'article de Georges Abel était paru. Elle y jeta un coup d'œil et fit la grimace en découvrant une allusion à un désaccord entre Antonio De Campo et son fils. Néanmoins, il était dithyrambique sur le Devil's Peak.

Elle avala une gorgée de vin, qu'elle jugea plat, et fit tourner le verre dans un effort désespéré pour se changer les idées. Ne plus penser aux conclusions déstabilisantes de Gabe qui la taraudaient. « Tu préfères te convaincre que tu es incapable d'avoir une relation normale plutôt que de voir la réalité en face. Même si tu es une battante dans tous les autres domaines, ta vie privée est un désastre. »

Quel culot ! Evidemment, dans le domaine relationnel, elle n'était pas une championne. Surtout depuis son histoire avec Jordan. Et d'abord, songea-t-elle en contemplant le liquide d'un rubis profond dans son verre, une relation normale avec un homme, qu'est-ce que ça voulait dire au juste ? L'homme qui était censé l'élever, la soutenir — son père — lui avait tourné le dos au moment précis où elle avait besoin de lui. Et le policier, à qui elle aurait dû pouvoir faire confiance, s'était révélé un véritable monstre. Puis elle s'était lancée en toute bonne foi dans sa relation avec Jordan en croyant que son passé était derrière elle, mais il l'avait rejetée comme si elle ne méritait pas mieux qu'une petite liaison sans importance. D'ailleurs, c'était bien ainsi que la voyaient tous les hommes : un corps tout juste bon à étancher leur désir.

Ses doigts se crispèrent sur le pied du verre. Elle détestait être seule. Parfois, elle aurait tant voulu pouvoir s'appuyer sur quelqu'un, ne pas être toujours en première ligne. Mais elle avait choisi de ne pas s'engager, non parce qu'elle n'aspirait pas à une relation « normale », mais parce qu'elle ne s'en sentait pas capable. Gabe se trompait.

— Alex !

Au son de la voix de Lilly, elle se retourna. En voyant qui l'accompagnait, sa gorge se noua : les trois frères De Campo dans toute leur splendeur, costumes impeccablement coupés et sourire aux lèvres. Seul Gabe ne souriait pas…

— Regarde qui je t'ai amené. Matty voulait te voir.

Le regard d'Alex vola de Gabe à Riccardo, puis à Matteo, avant de s'arrêter de nouveau sur Gabe. Avec cet air de ne pas y toucher, il était certainement dans une rage folle. Elle descendit de son tabouret pour embrasser Matteo.

— Où est ta gymnaste ? J'ai entendu dire que tu sortais avec une médaillée olympique.

— *Finito,* déclara-t-il en ouvrant les deux mains. Tu as envie de m'aider à panser mes plaies ?

Sous son sourire charmeur, Alex détecta une gravité inhabituelle, qui l'aurait étonnée si elle n'avait pas été si préoccupée par le regard de Gabe.

— Il y a des millions d'autres femmes qui ne demanderaient pas mieux, déclina-t-elle avec un sourire.

— L'espoir fait vivre.

Après avoir embrassé le mari de Lilly — un vrai roc dont le regard s'attendrissait uniquement quand il se posait sur sa femme —, elle tendit rapidement la joue à Gabe. A ce contact, elle frissonna.

— Je ne pensais pas te revoir avant vendredi prochain, dit-elle. Les trois frères ensemble ! Il va falloir indiquer sur la table lesquels sont célibataires, pour que les femmes puissent préparer l'assaut.

Riccardo et Matteo sourirent, mais Gabe demeura impassible.

— Je vais prévenir le maître d'hôtel que nous serons cinq. Tu viens avec moi ? proposa-t-elle à sa sœur.

Tandis qu'elles se dirigeaient vers la réception, Lilly lui jeta un regard de biais.

— Il y a quelque chose qui ne va pas entre Gabe et toi ?

— Si tu n'avais pas amené tout le clan, je t'en aurais parlé. Je croyais qu'on devait faire le point, toutes les deux.

— Excuse-moi, j'avais oublié. On pourra toujours parler après.

— Si tu veux.

Dès qu'elle eut prononcé le nom de De Campo, on les fit immédiatement asseoir et Alex se plongea dans le menu, sans rien y trouver qui la mette en appétit.

— Parle-nous de cette soirée, demanda Lilly. J'ai appris que Jared Stone était là avec une chanteuse pop.

— Oui, Briana Bergen. Je reconnais que, sur ce coup-là, j'ai joué avec le feu. Mais ça nous a valu des dizaines de photos.

— Pas question de recommencer à New York, ce serait considéré comme trop amoral, lâcha Gabe sur un ton glacial.

— En tout cas, la soirée a été un franc succès, intervint Lilly. Ton vin a été encensé par la critique. Félicitations, Gabe.

— *Grazie.*

— Et la coloc, ça a fonctionné ? reprit sa sœur sur le ton de la plaisanterie. Vous avez réussi à vous supporter, tous les deux ?

Alex crut que sa bouchée de pain allait rester coincée dans sa gorge. Elle avala en hâte une gorgée d'eau.

— Ta sœur est un vrai courant d'air, déclara Gabe. On a du mal à mettre la main sur elle.

Elle préféra ignorer la pique et vit avec soulagement arriver le serveur. La commande passée, elle s'excusa et se rendit aux toilettes, où elle prit le temps de se calmer et de se remettre du rouge. Lorsqu'elle se décida à en sortir, elle découvrit Gabe debout devant la porte.

— Tu ne vas pas recommencer, murmura-t-elle.

Il la prit par le bras et la fixa d'un regard courroucé.

— Pourquoi pas ? J'ai trouvé notre précédente rencontre plutôt… amusante.

— Pourquoi te mettre en colère ? demanda-t-elle en se dégageant. Qu'est-ce que j'ai encore fait ?

— Pourquoi es-tu partie ?

— Tu le sais parfaitement. Je t'ai envoyé une mise au point.

— C'est quelqu'un d'autre qui a dû la lire. Pourquoi, Alex ?

— Je ne fais confiance à personne d'autre qu'à moi pour régler mes problèmes, dit-elle en le toisant, les mains sur les hanches. Une nuit, Gabe. On a pris du bon temps, voilà tout.

— Je me suis fait du souci, dit-il avec une lueur dangereuse dans le regard. Compte tenu de la manière dont les choses s'étaient terminées, j'aurais aimé savoir si tout se passait bien pour toi.

— Je vais bien. Inutile de m'imaginer en petit oiseau blessé.

— Evidemment. Une femme capable d'affronter l'univers, mais pas ses propres sentiments.

— Et toi ? Comme si tu me considérais autrement qu'une passade d'une nuit !

Il ne protesta pas, et ce silence pénétra dans le cœur d'Alex comme une lame.

— Mais peu importe, reprit-elle. Que veux-tu que je fasse, Gabe ? Que je sois gentille et que je te dise comme tu fais bien l'amour ? Que je succombe au fameux charme De Campo, alors que ça ne me mènera nulle part ?

— Alex…

— Je te demande d'arrêter, une bonne fois pour toutes. Nous savons aussi bien l'un que l'autre que coucher ensemble n'était pas si simple que nous l'aurions souhaité, et le fait que tu m'attendes devant la porte des toilettes le prouve. Bien sûr que les sentiments y ont joué un rôle. Pour moi, en tout cas. Et si tu ne veux pas me faire du mal, je préférerais que tu te tiennes à l'écart.

Comme il la fixait d'un regard indécis, elle en profita pour tourner les talons et revenir vers leur table.

Cela faisait presque un quart d'heure que sa sœur et son beau-frère avaient disparu quand Lilly se résolut à dire :

— Il doit se passer quelque chose entre eux.

— Ils couchent ensemble ? s'informa Riccardo d'un air surpris.

— Non, sinon Alex me l'aurait dit.

— Bien sûr que si, intervint Matty. Peut-être même sont-ils en train de faire l'amour dans les toilettes.

— Arrête de dire des horreurs ! s'exclama-t-elle.

Deux minutes plus tard, Alex se rassit à table, l'air tranquille. Gabe les rejoignit rapidement. Leurs vêtements étaient impeccables, mais Lilly n'eut qu'à les regarder pour comprendre que Matty avait raison.

Le repas à peine terminé, Alex déclara qu'elle était épuisée et lui proposa de prendre un café avec elle le lendemain. Après avoir déposé sa sœur devant son appartement, Lilly se tourna vers Riccardo.

— Alors, pour le meilleur ou pour le pire ?

— Je n'en sais rien, mais le match sera passionnant à suivre.

A peine rentrée du restaurant, Alex s'assit sur son canapé bleu. Elle se sentait trop déstabilisée pour jouir de la quiétude de son charmant petit appartement de l'Upper East Side. Elle imagina que le coussin était une puissante poupée vaudou aux traits de Gabe et le poignarda des yeux. Comment avait-elle pu le laisser détruire sa vie d'un seul regard arrogant ? Celui qu'il avait eu lorsqu'elle lui avait demandé quelles étaient ses intentions. Cela lui rappelait cette soirée horrible, dans l'appartement de Jordan. Cette expression de soulagement résigné sur son visage, qui signifiait que, comme maîtresse, elle était acceptable, mais qu'il ne lui fallait songer à rien d'autre.

Elle prit le coussin et le balança contre la porte du placard, où il s'écrasa avec un bruit sourd. Qu'était devenue la femme pleine de discernement qui ne se serait jamais laissée aller à coucher avec un homme comme Gabriele De Campo parce qu'elle en aurait mesuré parfaitement les conséquences ? Il lui fallait redevenir cette femme consciente de qui elle était et d'où elle allait, tout en sachant pertinemment qu'aucun homme ne participait au voyage.

Un coup de sonnette vint interrompre le cours de ses pensées. Gabe. Inutile de se leurrer.

La sonnerie reprit, longue et insistante. Qu'il aille au diable, pas question de lui parler !

— Alex ! dit-il de l'autre côté de la porte. Je sais que tu es là. Ouvre-moi.

Il allait réveiller les voisins. Elle se leva. Debout dans l'embrasure de la porte, il avait l'air prêt à se battre.

— Je t'avais pourtant demandé de me laisser tranquille.

— Tu ne sais pas ce que tu veux, ni ce dont tu as besoin, répondit-il en entrant avant de refermer la porte.

Il enleva ses chaussures.

— Qu'est-ce que tu fais ?

— Tu te le demandes vraiment ? dit-il en l'attirant à lui pour plaquer son corps contre le sien. Tu crois que tu ne comptes pas pour moi, Alex ? Jordan Lane m'a plagié en sortant un vin qui ressemble à s'y méprendre au Devil's Peak. Et moi, qu'est-ce que je fais ? Au lieu de préparer ma réunion de demain, je te suis à la trace à travers la ville.

Elle écarquilla les yeux, sous le choc.

— Je ne comprends pas... Comment Jordan aurait-il pu copier ton vin ?

— Un de nos employés nous a trahis, c'est clair.

— Et l'Angel's Share ?

— De ce côté-là, tout va bien. Il a été élaboré par une équipe restreinte.

Alex tenta de s'écarter de lui, mais il la maintint captive comme dans un étau.

— Gabe, lâche-moi. Ne sois pas idiot.

Il glissa la main dans ses cheveux et la prit par la nuque. Dans ses yeux, elle lut une confusion qui semblait le reflet de la sienne.

— Ce n'est pas que du sexe, reconnut-il. Même si je ne sais pas comment appeler ce qui se passe.

Le cœur d'Alex s'arrêta un instant de battre.

— Au restaurant, ton silence en a trop dit, dit-elle. Mieux vaudrait ne rien étaler au grand jour, ne serait-ce que pour nous ménager tous les deux.

— *Dannazione* ! Tu es impossible ! Je n'ai pas l'habitude d'ouvrir mon cœur en public. En tout cas, je ne te ferai pas de promesse que je ne puisse tenir, et Dieu sait que je n'ai pas la moindre expérience de ce qui se passe entre toi et moi. Mais tu te rappelles ce que tu m'as dit au restaurant ? Moi aussi j'éprouve des sentiments, et il va nous falloir affronter cette situation.

— Et si je refusais ? Si je préférais le *statu quo* ?

— Tu préfères te sentir lâche jusqu'à la fin de ta vie ?

— Peut-être.

— Ce n'est pas vrai, mon ange. C'est juste que tu as peur.

Evidemment qu'elle avait peur ! Car, lorsque tout serait terminé, que lui resterait-il ? Elle se mordit la lèvre.

— Tu as raison, reconnut-elle. J'ai si peur que j'ai envie de crier.

— Dans ce cas, laisse-moi te donner une meilleure raison de le faire, dit-il en la poussant contre le mur du salon.

Il lui releva la jupe et lui écarta les jambes du genou. Puis il passa deux doigts sous sa culotte et la lui enleva d'un geste si délibéré qu'elle en eut le souffle coupé.

— Cette fois, ce ne sera pas la séquence « paresse », n'est-ce pas ? haleta-t-elle.

Il glissa les doigts en elle et poussa un gémissement.

— *Dio* ! Tu as l'air tellement excitée…

— C'est ce qui m'arrive chaque fois qu'un homme force ma porte et me coince contre le mur de mon salon.

Elle se cambra et il entreprit de la caresser lentement, en profondeur.

— Et moi, tu me trouves excité ? murmura-t-il en l'embrassant au coin de la bouche.

— Terriblement, reconnut-elle d'une voix rauque, tandis que le plaisir montait en elle.

Il lui prit les fesses, l'appuya au mur et lui releva les jambes pour les nouer autour de ses hanches. Elle s'arc-bouta contre lui, impatiente qu'il se glisse en elle.

— J'adore cette partie de ton corps, chuchota-t-elle en défaisant son pantalon.

— Fais-en bon usage.

Elle libéra son sexe et le prit entre ses doigts pour l'introduire en elle, heureuse de percevoir ses pulsations dans sa main. En cet instant, elle se sentait sexy et puissante ; les mots que Gabe balbutiait en italien lui parurent terriblement érotiques.

— A toi de jouer, maintenant, murmura-t-elle.

Il plia les genoux pour s'enfoncer davantage en elle, avec une force qui la fit vibrer tout entière. C'était un échange dur et primitif, contrairement à la première fois. Mais tout aussi excitant. La respiration de Gabe se fit haletante, sa voix trembla tandis qu'il lui disait combien il aimait être en elle. Oui, même Gabriele De Campo pouvait perdre le contrôle. Comme maintenant…

Elle lui prit le visage entre les mains pour l'embrasser, et il changea légèrement de position, pour que son clitoris frotte contre son pubis. Il avait deviné ce dont elle avait envie…

— Jouis avec moi, dit-il tout contre sa bouche en accélérant ses va-et-vient.

Le corps d'Alex explosa en un feu d'artifice de volupté. Elle poussa un cri rauque tandis que son merveilleux amant se répandait en elle. Agrippée à lui, la bouche posée sur sa peau salée, elle finit par s'apercevoir que sa position n'était plus tenable et lui indiqua du menton sa chambre à coucher — où peu d'hommes avaient été admis et où nul n'était jamais resté.

— Par là.

Gabe s'arrêta pour lui permettre d'activer l'interrupteur.

— Tu veux passer la nuit ici ? lui proposa-t-elle.

— Effectivement, je n'ai aucune envie de retraverser la ville à cette heure-ci.

Alex soupira : pour elle, autoriser un homme à rester était aussi difficile que de sauter à l'élastique au-dessus des chutes du Niagara.

— J'ai une réunion à 8 heures, l'avertit-elle. Je dois donc me lever à 6 h 30. J'ai l'habitude de tirer la couverture à moi et je refuse de m'en excuser. Comme petit déjeuner, je n'ai que du café. De l'excellent café.

— J'ai déjà subi le supplice de la couverture à Napa, je te rappelle. Autre chose ?

— J'ai une brosse à dents à t'offrir.

— *Grazie,* répondit-il en lui posant un baiser sur le bout du nez.

Il se dirigea vers la salle de bains, si petite qu'on n'aurait pas pu s'y doucher à deux.

Quand elle en sortit à son tour, un quart d'heure plus tard, une serviette drapée autour des hanches, il regardait les infos à la télé, blotti sous son couvre-lit rose. Alex se dit qu'elle venait de perdre le contrôle et qu'elle aurait bien aimé le retrouver.

— Arrête de paniquer, murmura-t-il. On va dormir, voilà tout.

— C’est seulement que…

— Que jamais un type n’a dormi dans ce lit ? Si tu lâchais la télécommande, cela ne te rendrait pas la vie plus facile ?

— Peut-être, concéda-t-elle.

— Viens par là, dit-il en lui tendant la main.

— Tout cela restera entre nous, n’est-ce pas ? Pas question d’en parler aux autres De Campo.

— Ce n’était pas mon intention, approuva-t-il. Ça ne regarde que nous. Tu vas garder ce truc autour des reins, ou tu as autre chose de plus sexy ?

Elle laissa tomber la serviette pour enfiler nerveusement sa nuisette. Elle avait tellement envie de dormir avec Gabe que ça la terrifiait. Elle tenta de se détendre entre ses bras. Lorsqu’elle s’endormit enfin, son sommeil fut peuplé de rêves. Des rêves aussi fous et inconséquents que celui d’être la femme dont Gabe souhaiterait partager la vie…

12

A 7 heures du matin, il faisait déjà si chaud que le thermomètre risquait de dépasser les trente degrés dans la journée. Debout dans son costume froissé sur le seuil de la cuisine, Gabe observait Alex en se disant que ses cheveux en bataille lui donnaient un charme fou. Une de ces rares femmes qui sont plus belles sans maquillage qu'avec, ce qui, selon ses frères, la classait d'emblée au plus haut niveau.

N'importe quel autre jour, il n'aurait pas manqué d'en profiter et de s'accorder une demi-heure de répit supplémentaire, mais pas ce matin-là. Pas le jour où il allait devoir annoncer aux autres De Campo qu'ils ne pouvaient plus compter sur le Devil's Peak et que tous leurs espoirs reposaient désormais sur l'Angel's Share.

Le jour le plus important de sa vie.

Il prit la Thermos de café qu'Alex lui tendait.

— Tu vas réussir, tu le sais, dit-elle en levant la main pour lui écarter une mèche qui tombait sur son visage.

Il acquiesça. Il y avait en elle une force qui le touchait au plus profond. Il le savait depuis longtemps mais plus il découvrait cette femme, avec sa vulnérabilité et ses faiblesses — le côté caché de sa personnalité apparemment si contrôlée —, plus il la désirait. Et plus il avait envie de la protéger.

— Je te dirai comment ça s'est passé, affirma-t-il en lui effleurant la bouche d'un baiser.

Elle y répondit. Il fut traversé par une onde brûlante de désir et dut faire un gros effort pour s'arracher à elle.

— Je croyais qu'on se disait au revoir, pas bonjour, protesta-t-il.

Une fois chez lui, il se changea et se rendit à son bureau avant que les autres n'arrivent. La famille, qui restait la force dominante du groupe De Campo, se réunissait avant chaque conseil d'administration pour se mettre d'accord sur les points essentiels. Il s'installa dans la salle de réunion, alluma son ordinateur, le brancha au projecteur et, bien qu'il les connaisse par cœur, fit défiler sur le mur blanc les diapositives de sa présentation.

Ces dernières années, il s'était violemment opposé à son père à plusieurs reprises, mais jamais il n'avait été si convaincu qu'aujourd'hui de la pertinence de ses propres choix.

Riccardo pénétra dans la salle de conférences, suivi de Matteo et de leur *padre.*

— J'ai essayé de t'appeler hier soir, lui dit son frère aîné, mais tu avais l'air occupé.

— Je dormais. J'ai du mal à supporter le décalage.

Antonio s'assit et attaqua d'emblée.

— Le Black Cellar de Jordan Lane est la copie conforme du Devil's Peak.

Brusquement, Gabe eut l'impression que sa cravate l'étranglait. Il la desserra, et ce geste n'échappa pas au regard d'aigle de son père.

— Il y a un traître chez nous qui lui fournit des informations, avoua-t-il.

— Tu sais de qui il s'agit ? s'enquit sèchement Riccardo.

— Je m'emploie à le découvrir.

Un éclair passa dans le regard de son père.

— Huit ans de travail pour rien, et c'est tout ce que tu trouves à dire.

— Je ne vois pas ce que je pourrais dire d'autre, Antonio ! s'exclama Gabe, l'estomac noué. Cet homme est un criminel et j'ai mis un détective privé sur l'affaire. Nous le trouverons, mais pour le moment j'ai un plan B.

— On t'écoute, dit Riccardo en se penchant vers lui, les coudes sur la table.

— Le Devil's Peak est un bon cru qui aura du succès en

dépit du Black Cellar. Mais je propose que, dès cet automne, nous lancions l'Angel's Share.

— Le malbec sur lequel tu as travaillé ? demanda Matty en lui jetant un regard inquiet.

— Oui, répondit Gabe, avant de tirer d'un placard une bouteille qu'il posa sur la table. Voilà le vin qui va faire la renommée de la famille De Campo dans la vallée de Napa.

— Un *malbec* ! intervint son père, dont le teint avait viré au rouge. Tu t'imagines qu'un vulgaire malbec peut devenir notre produit phare ?

Gabe se redressa, s'efforçant de rester calme et concentré.

— Notre stratégie a toujours été de nous faire connaître grâce au Devil's Peak avant de faire triompher l'Angel's Share, dit-il tout en commençant sa présentation. Ces dernières années, les viticulteurs de Napa ont tous plus ou moins travaillé sur les malbecs qui prospèrent merveilleusement en terre californienne. L'avenir est là.

Il fit apparaître les statistiques du marché naissant concernant ce cépage et rappela comment il s'était développé dans d'autres terroirs.

— Regardez à quel point il est devenu populaire en Argentine ou en Australie.

— Ce n'est pas du vrai raisin, s'indigna Antonio. Et tu voudrais que je mise tout l'avenir de notre vignoble de Napa là-dessus !

Gabe s'exhorta intérieurement à la patience.

— Si nous voulons devenir leaders, nous devons prendre ce risque. Le Devil's Peak est hélas déjà dépassé. L'Angel's Share est un produit innovant, aux dires mêmes de Pedro.

— J'aime bien les malbecs, intervint Matty. Et la syrah ? A en croire certains, c'est le cépage de l'avenir en Californie.

— C'est vrai qu'on commence à en produire, mais personnellement je miserais plutôt sur le malbec.

— Pedro pense qu'il est prêt ? demanda Riccardo en lui jetant un regard inquisiteur.

Gabe acquiesça.

— Tu crois que Lane a pu avoir vent de l'Angel's Share ? reprit son aîné.

— Les seuls à être au courant sont Pedro, Donovan et moi.

— Nous ne pouvons pas faire d'un cépage de seconde classe notre produit phare, s'indigna Antonio. Tu perds la tête, Gabriele.

— J'aimerais le goûter, dit Riccardo en montrant la bouteille.

— Et moi aussi, ajouta Matty.

Gabe sentit l'espoir renaître en lui. Il prit trois verres dans un placard, les remplit et retint son souffle tandis qu'ils buvaient. L'expression de Riccardo restait réservée, mais le visage de Matty était plus ouvert. Quant à Antonio, on aurait dit qu'il venait de subir le dernier des outrages. Riccardo posa son verre le premier en regardant son père qui repoussa le sien d'un air de dédain.

— Il ne me dit rien, articula son père en haussant les épaules.

— Il ne te dit rien, répéta Gabe. Le vin le plus brillant que nous ayons jamais conçu ! Pourquoi ?

— Ce vin ne présente aucun intérêt. Nous garderons le Devil's Peak.

— On n'est plus dans l'Italie du vingtième siècle, déclara Gabe, prêt à exploser. Il faut créer des produits nouveaux en résonance avec le marché américain. Ce vin va faire un triomphe.

— Tu oses me manquer de respect, gronda Antonio en se dressant.

— Moi ? C'est plutôt toi qui n'as pas cessé de me manquer de respect depuis que j'ai rejoint votre groupe. Tu as choisi Riccardo pour le diriger sans me donner la moindre chance, et jamais tu ne m'as remercié de tout ce que j'ai fait à Napa.

— *E ingrato*..., commença Antonio, blanc comme un linge.

— *Basta !* s'exclama Riccardo en s'interposant entre eux. Je trouve ce malbec magnifique. C'est Gabe qui est chargé de concevoir les produits de notre groupe et, s'il pense que nous devons aller dans cette direction, nous le suivrons.

Leur père jeta à son fils aîné un regard plein de colère.

— C'est moi le chef de famille !

— Et c'est moi qui dirige De Campo, rétorqua Riccardo. Profite un peu de la retraite, Antonio, tu l'as bien mérité.

Tremblant de rage, celui-ci tourna les talons et quitta la pièce. Gabe regarda son frère aîné. Enfin le monde tournait rond : en cet instant, Riccardo venait de détruire la distance qu'avait créée entre eux le choix de leur père.

— *Grazie,* dit-il calmement.

— C'était la meilleure solution.

Gabe se tourna vers Matteo. Comme lui, il avait un sens inné du vin, et une connaissance parfaite du marché puisqu'il dirigeait le département de marketing et de vente à l'international.

— Sois honnête, lui dit-il. Je te fais totalement confiance.

Son jeune frère reposa son verre et lui adressa un sourire détendu.

— Rarement dans ma vie je n'ai dégusté meilleur vin.

Tout en écoutant sa sœur, assise en face d'elle dans leur bar favori de Broadway, lui rapporter le dernier mot d'enfant de Marco, Alex gardait en tête la réunion de Gabe et jetait de fréquents coups d'œil à sa montre. Lilly lui adressa un regard suspicieux.

— Cela fait cinq fois que tu regardes l'heure. Il se passe quelque chose ?

— La réunion De Campo aura forcément un impact sur l'événement que j'organise.

— Tu couches avec Gabe, déclara Lilly en reposant sa tasse de café.

— Oui, répondit Alex en pâlissant.

— Dans ce cas, qu'est-ce qui s'est passé hier soir ? On aurait dit que vous vouliez vous tuer mutuellement.

— Au contraire, nous avons trouvé une solution.

— Il sait que tu es amoureuse de lui ?

— Je ne suis pas amoureuse de Gabe ! s'exclama-t-elle.

— Allons donc ! s'exclama sa sœur en la regardant droit dans les yeux. Tu sais mieux dissimuler tes sentiments que moi, mais n'importe quel idiot s'en rendrait compte ; d'ailleurs, malgré ton air renfrogné, tu es rayonnante.

— Je ne tombe plus amoureuse, protesta Alex. Mon histoire avec Jordan m'a définitivement calmée.

— C'était il y a cinq ans ! Honnêtement, jamais je ne me serais crue autorisée à te dire ça, mais toi, tu me le dirais si la situation était inverse : arrête de te cacher derrière Jordan Lane. Ce qu'il t'a fait subir était horrible et je comprends que tu hésites à faire confiance à qui que ce soit. Cependant, Gabe n'a rien à voir avec Jordan.

— C'est vrai, mais des dizaines de femmes lui tournent autour dans l'espoir de le piéger enfin. A sa place, qui choisirais-tu ? La fille à problèmes ou l'épouse modèle ?

— Ah ! Ah ! C'est donc le mariage que tu as en tête ?

— Il n'a rien à voir avec une fille comme moi : après avoir vécu avec le chef d'une bande de motards, j'ai eu une liaison avec un homme marié. Ce n'est pas exactement le style De Campo, si ?

— Tu ignorais que Jordan était marié. Dans cette histoire, la victime, c'est toi, Alex. Gabe est au courant, pour Damon et Jordan ?

— Pour Damon seulement.

— C'est un homme raisonnable. Tu devrais lui dire la vérité, concernant Jordan.

— Je ne suis pas son type de femme, tu le sais bien.

— Il est fou de toi. Hier, il ne pouvait pas te quitter des yeux. Demande-lui ce qu'il cherche au juste.

Certes, la veille, Gabe lui avait avoué qu'il tenait à elle, que ce n'était pas simplement une histoire de sexe. Mais jusqu'à quel point ? Oserait-elle lui poser la question ?

— Alors ? questionna Lilly.

— Je vais y réfléchir.

— Tu lui dois la vérité au sujet de Jordan. Tu sais que Darya Theriault l'a quitté pour épouser un type âgé de son cabinet juridique avec qui elle avait une liaison.

— C'est pour cette raison qu'ils ont rompu ?

Lilly hocha la tête.

— Apparemment, il y a deux ans, Darya a eu des regrets et a rappelé Gabe, mais il n'a pas donné suite.

Un frisson glacé courut le long de l'échine d'Alex. Si Darya avait trompé Gabe, pas question de lui avouer sa liaison passée avec Jordan ! Sa sœur la prit par le bras.

— Arrête de te poser des questions et de jouer à la fille qui fait tout toute seule. Si tu as réussi à mettre la main sur Gabe De Campo, tiens-le bien serré avant qu'une autre ne l'alpague.

Alex soupira. Pourquoi pas, après tout ?

Assise sur un canapé de cuir du luxueux penthouse de Gabe après une journée de travail de quatorze heures, Alex se demandait une fois de plus si elle devait vraiment poser à son amant la question que Lilly lui avait mise en tête. A peine était-elle arrivée qu'il lui avait montré son Jacuzzi, le regard brillant d'excitation, mais elle avait fait semblant de ne pas comprendre. « Plus tard, avait-elle déclaré. On a du travail. »

Ils avaient passé les trois heures suivantes à revoir le déroulement de l'événement de façon à y inclure le lancement de l'Angel's Share, tout en dévorant une pizza aux poivrons.

— Que vas-tu dire quand la presse te demandera ce que pense ton père de ton malbec ?

— Qu'il a participé à toutes les phases de son élaboration, dans un équilibre parfait entre innovation et tradition, récita Gabe sur un ton plein d'ironie. On a terminé, non ? On est enfin arrivés à « plus tard » ?

— C'était pour ton bien, tu le sais.

Il lui posa un petit baiser sur la tempe. Elle tendit le bras vers son verre de vin, d'un geste un peu brusque.

— Tu ne m'as jamais parlé de ta mère, lança-t-elle. Où était-elle pendant qu'Antonio jouait les patriarches dominateurs ?

— Absente, déclara-t-il tout en commençant à déboutonner le chemisier d'Alex, dont le corps revint soudain à la vie. Le mariage de mes parents avait été une affaire arrangée entre leurs deux puissantes familles. Ma mère a rempli sa part du contrat et donné trois garçons à Antonio, exactement comme il le souhaitait, puis elle s'est consacrée à ses bonnes œuvres, dans la tradition de sa Lombardie natale.

— Dans ce cas, ni toi ni moi n'avons connu chez nos parents l'exemple d'un mariage réussi.

— A sa façon, celui des miens l'a été, protesta-t-il en défaisant le dernier bouton. Heureux, chacun de son côté.

— Et toi, qu'en penses-tu ?

— Que je ne vois pas où peut nous mener cette conversation, dit-il en se passant la main sur le visage.

Alex eut la sensation d'être soudain prise dans un étau. Les paroles de Gabe constituaient-elles un avertissement ?

— Je suis curieuse, voilà tout.

— Un couple, c'est très compliqué…

— Tu es toujours amoureux de Darya ? osa-t-elle, le cœur battant.

— Non. Plus depuis qu'elle m'a quitté. Mais j'aime bien que tu sois jalouse.

— Elle, elle t'aime encore. J'ai vu la façon dont elle te regardait lors de la fête.

— C'est son problème, dit-il en lui agaçant la pointe d'un sein du pouce, d'une façon qui fit frémir sa chair la plus intime. Où veux-tu en venir, Alex ?

— Je ne suis ni Darya Theriault, Gabe, ni Samantha Parker. Je suis une pouilleuse de l'Iowa qui a fait son chemin.

— Et je te respecte d'autant plus pour cela.

— Tu ne m'as jamais jugée assez respectable pour le long terme. D'où cette volonté de m'éviter, jusqu'ici.

— Parce que je ne te connaissais pas, répondit-il, avec dans les yeux une émotion indéfinissable.

— Maintenant, tu me connais. Et moi, je respecte ta volonté de ne pas promettre plus que tu ne peux tenir. J'ai des tas de squelettes dans mes placards.

— Ton passé n'est pas si horrible, même si tu as été une adolescente rebelle. C'est toi qui cherches à me repousser avant que j'en apprenne davantage à ton sujet.

Il dégrafa son soutien-gorge, qui glissa sur le sol.

Alex serra les dents. Elle se devait de lui dire la vérité. Son désir de lui faire confiance se heurtait à celui de ne jamais révéler sa pire honte. Jordan Lane… Comment prononcer son nom, sachant que Gabe avait le pouvoir de la détruire, de lui nuire plus encore que Jordan ne l'avait jamais fait ? Elle aurait tout donné pour avoir le courage de parler, mais elle redoutait de perdre cet homme auquel elle tenait tant…

Elle l'embrassa pour oublier, en espérant qu'il ne la briserait pas, contrairement à tous ceux qui avaient déjà compté dans sa vie. D'une main tremblante, elle défit les boutons de sa chemise avant de s'attaquer à sa ceinture.

— Alex, murmura-t-il d'une voix rauque tandis qu'elle faisait glisser son jean à terre.

Puis il n'y eut plus rien, seulement leurs souffles haletants, le contact de son sexe dressé mais si doux sous ses doigts, son gémissement guttural lorsqu'il jouit, cette impression de puissance et de douceur mêlées.

Quand le calme fut revenu, Gabe la souleva et la transporta jusqu'à la salle de bains, sans paraître remarquer qu'elle tremblait entre ses bras. Il l'assit sur le banc de la vaste cabine de douche et s'installa à côté d'elle après avoir déclenché le jet brûlant. Tandis qu'il la lavait, Alex fut gagnée par un sentiment terrible de vulnérabilité. Quand il eut terminé, il la serra longtemps contre lui, jusqu'à ce qu'elle s'apaise, puis lui noua les jambes autour de sa taille et la prit lentement avec une tendresse qui fit refleurir une part d'elle-même qu'elle croyait à jamais morte. Elle enfouit le visage au creux de son épaule et comprit alors qu'elle était profondément, irrévocablement amoureuse.

13

Le mur de lumières du *Zambia* clignotait au gré des flashes éblouissants tandis que les célébrités y pénétraient une à une. Alex avait fait installer à l'extérieur des refroidisseurs d'air, mais même la moiteur de cette torride nuit d'été ne parvenait pas à calmer l'enthousiasme des invités. Le buzz de Napa avait gagné la côte Est, et on n'était pas près d'oublier le lancement du Devil's Peak.

Lilly avait convié certains des athlètes de renom dont elle s'occupait, Riccardo avait aussi fait jouer son carnet d'adresses et la chance semblait favoriser Gabe car un couple de stars de Hollywood était justement en train de tourner un film dans le quartier. En voyant les caméras se mettre en place juste en face des logos de De Campo, Alex esquissa un sourire. A en croire les rumeurs, l'idylle entre Davina Cole et son partenaire David Murray était à peine moins tumultueuse que sur l'écran.

Tandis que David continuait à tourner, Matteo aida Davina à descendre de la plate-forme où elle était juchée et Alex eut l'intuition qu'ils se connaissaient déjà. Comment cela avait-il pu lui échapper ? A moins qu'elle ne se trompe et que Matteo ne soit simplement en train de risquer une approche… S'il y avait un homme au monde susceptible de séduire une diva hollywoodienne en plein tournage — libre ou pas —, c'était bien lui.

Dans moins d'une heure, la plupart des invités seraient arrivés, se dit-elle en entrant dans le bar. La pièce principale, bois sombre et brique apparente, avait été aménagée par un architecte de renom. Des centaines de bouteilles s'alignaient sur les murs éclairés par un énorme lustre de verre qui dispensait une lumière tamisée. Un cadre parfait pour les vins superbes qui seraient proposés ce soir-là.

Elle s'immobilisa sur le seuil de la salle déjà bondée. A la perspective de la soirée à venir, une énergie vibrante pulsait dans ses veines. Mais au fond, elle le savait bien, ce qui l'excitait le plus, c'était le grand brun en smoking qui accueillait les invités. Comme si sa présence ajoutait à ses sens une autre dimension. Avec lui, tout lui paraissait plus riche, plus subtil, même son *espresso* du petit déjeuner quand elle le dégustait en sa compagnie — ce qui s'était produit ces trois derniers matins. Mais elle était prise d'angoisse à la perspective de cette nouvelle vie dont elle n'avait pas l'expérience et des émotions complexes que Gabe provoquait en elle. Pour être honnête, elle avait envie que cela dure… toujours.

Il avait dû percevoir son regard car il leva les yeux tout en continuant à parler. Alors, une onde de désir la parcourut. Oui, désormais elle était à sa merci, sans autre choix que de continuer le voyage. Elle fendit la foule dans sa direction et, en la voyant approcher, il interrompit sa discussion.

— Je dois rentrer dès demain à San Francisco, déclara-t-il tout de go.

Le sang d'Alex se glaça. Elle savait que ce moment viendrait. Elle à New York, lui à Napa pour assurer la promotion des deux nouveaux crus. Mais elle accusait le coup.

— Tu as changé ton vol ?

— L'agence de pub veut me soumettre quelques nouveaux concepts dès demain, dit-il en la fixant d'un air tendu. Viens avec moi, tu as besoin de te reposer.

La faille qu'il avait ouverte en elle se creusa.

— J'ai passé des semaines sur la côte Ouest et après cet événement j'ai mille problèmes à régler ici, plus trois nouveaux dossiers en attente sur mon bureau.

— Emily peut s'en charger, non ? Par ailleurs, pourquoi ne pas emporter tes dossiers ? dit-il sur un ton trop autoritaire.

— On vit chacun à un bout de ce pays. Il va nous falloir négocier.

— J'adore négocier, mon ange. Pourquoi pas chez moi tout à l'heure…

— Ce n'est pas le sujet, Gabe, chuchota-t-elle en jetant un regard à la ronde. Mais impossible d'en parler maintenant. Peux-tu aller chercher Riccardo et Antonio ? C'est le moment des toasts.

Elle fit mine de tourner les talons.

— A propos, ajouta-t-elle, tu devrais dire à Matteo de ne pas trop tourner autour de Davina Cole. Il y a déjà suffisamment d'électricité dans l'air.

Lilly rejoignit Alex au bar au moment où les De Campo commençaient leurs discours.

— Que se passe-t-il avec Matteo ? demanda Alex. Il a l'air bizarre.

— Personne n'en sait rien et il ne pipe pas mot.

— Une histoire de femme, conclut-elle, en espérant qu'il s'agissait plutôt de sa gymnaste que de Davina Cole.

Elle se concentra sur Antonio, qui commençait son discours, et eut la surprise de l'entendre faire l'éloge de Gabe et de ses initiatives à Napa. Avait-il vraiment changé d'avis ou jouait-il la comédie devant les invités ? Son regard croisa celui de Gabe, qui paraissait aussi tendu qu'elle. En fait, les gens adoraient le cabotinage d'Antonio De Campo. Il avait beau être un vieux ronchon, il n'avait pas son pareil pour captiver un auditoire.

Après le discours de Gabe, la fête atteignit son paroxysme tandis que les célébrités partaient avec enthousiasme, au nom de l'« alchimie », à la recherche de leurs partenaires respectifs. Alex, un peu détendue à présent, s'apprêta à affronter, en compagnie des trois frères, une armée de journalistes et de blogueurs. Rien qu'à voir ceux-ci opiner du chef en dégustant l'Angel's Share dans la cave particulière qui leur avait été réservée, elle savait déjà que ce vin serait un succès aussi sur la côte Est.

Au fond, se dit-elle, pourquoi ne pas tenter, la semaine

suivante, de travailler depuis Napa ? Evidemment, elle avait trois nouveaux dossiers à étudier, mais l'un venait de Jordan et elle n'avait nulle intention de l'accepter, malgré les millions qu'il lui proposait ; les deux autres paraissaient assez simples. Peut-être pouvait-elle réussir à travailler régulièrement entre les deux côtes du pays ?

Elle retourna ces questions dans sa tête tout en écoutant les interviews que donnaient les frères De Campo.

— Encore un, mais ce sera le dernier, dit-elle enfin à Emily.

— D'accord, acquiesça son assistante. C'est Marc Levine, un importateur. Il anime un blog sur le vin qui fait la pluie et le beau temps.

Emily lui désigna un homme blond au nez en trompette accoudé au bar avec sa compagne, une rousse bien plus jeune que lui et très séduisante. Brusquement, Alex se figea. C'était Cassandra, l'ex-épouse de Jordan. Celle qui, tout juste revenue de France, l'avait surprise chez elle, au lit avec son mari.

Bon sang, comment avait-elle pu oublier que Cassandra s'était remariée à un négociant en vins ? A l'éclair qui passa dans les yeux de la jolie rousse, elle comprit que celle-ci l'avait reconnue.

— Occupe-toi de lui, dit-elle à Emily.

Son assistante lui jeta un regard surpris mais se dirigea vers le couple. Alex s'engouffra dans la cuisine et s'adossa au mur, les genoux tremblants, sous les yeux étonnés du personnel. Cinq ans s'étaient écoulés depuis cette fameuse nuit, mais elle avait l'impression que c'était hier.

Elle aurait voulu crier à Cassandra : « Je ne savais pas… Je n'ai jamais su. » Mais, aujourd'hui, quelle importance ?

Dix minutes plus tard, Alex ressortit de la cuisine après avoir repris ses esprits, bien décidée à éviter à tout prix la jolie rousse. Elle était dans la cave, à la recherche d'une caisse de vin, quand cette dernière surgit soudain.

— Alex ?

Cassandra semblait très calme, mais sous sa peau d'albâtre on sentait vibrer une intense émotion. Son regard se posa sur elle comme si elle examinait un objet d'art.

— *Il* m'a dit que vous ne comptiez pas pour lui, mais ce n'était pas vrai. Il était amoureux de vous, je le sais.

Alex sentit le sol se dérober sous ses pieds et s'ouvrir sur un gouffre sombre qui allait l'engloutir.

— Vous avez prétendu ne rien savoir, poursuivit Cassandra. Comment pouviez-vous ignorer qu'il menait une double vie ?

— Vous étiez en France ; Jordan et moi travaillions sept jours sur sept, vingt-quatre heures sur vingt-quatre.

— Mais c'était notre appartement ! Vous n'avez rien remarqué de particulier ? Et vous n'avez pas trouvé suspect qu'il ne vous présente ni à ses amis ni à ses enfants ?

Effectivement, s'il y avait une chose qu'elle ne comprenait toujours pas, c'était son propre aveuglement. Et cela avait duré six mois ! Sans doute n'avait-elle pas voulu savoir. Elle avait été si heureuse d'être enfin aimée — du moins le croyait-elle, alors…

— Il faut que j'y aille, murmura Alex. Cela ne peut rien nous apporter de bon.

— J'espère que vous valiez les trente millions que lui a coûtés ce divorce. Sincèrement.

Alex lui tourna le dos, la gorge serrée. Jamais elle ne réussirait à échapper au passé qui la poursuivait. Soudain, juste devant elle, elle aperçut Marc Levine en compagnie de Gabe. Une vague de panique la submergea. Cassandra pouvait très bien convaincre son compagnon de couler l'Angel's Share. Un véritable cauchemar…

— *Grazie,* murmura Gabe à Marc, le regard rivé sur le visage d'Alex. Si vous avez besoin d'autres précisions, n'hésitez pas à me les demander.

Ils se serrèrent la main et Marc Levine se perdit dans la foule.

— Il y a quelque chose qui ne va pas ? questionna Gabe.

— Il faut que je te parle, fit Alex, le souffle court. En privé.

— Dans le cellier ?

Elle acquiesça, mais à peine était-elle entrée dans la pièce lambrissée d'acajou, où régnait une fraîcheur constante, qu'elle se mit à trembler comme une feuille. Gabe la dévisageait, bras croisés, l'air perplexe.

— Si cela concerne notre conversation de tout à l'heure...

— Non, coupa-t-elle sans savoir par où commencer. Tu sais que Cassandra, la compagne du blogueur avec qui tu discutais, est l'ex-femme de Jordan Lane, et qu'il a été mon client ?

— Je l'ignorais.

— J'avais vingt-deux ans quand j'ai commencé à travailler pour lui. Pour notre petite entreprise, ce client valait de l'or ; alors, quand il m'a demandé de collaborer directement avec lui, j'ai accepté, avec l'aval de mon boss de l'époque.

— Tu lui plaisais ?

— C'est vrai, reconnut Alex. Vu de l'extérieur, c'était clair comme de l'eau de roche. Il avait treize ans de plus que moi. Un type brillant. On a commencé à passer beaucoup de temps ensemble et, un soir, il a fini par me demander de le rejoindre à son hôtel. Nous...

— Ne me dis pas que tu as couché avec lui ! s'écria Gabe.

— Si.

— Un homme *marié* ?

— Je l'ignorais. Il prétendait qu'il venait de divorcer et que son ex vivait en France.

— *Maledizione*, murmura-t-il entre ses dents. Comme Darya...

— Oui, et c'est pour cette raison que je tenais à t'avertir.

— Et sa femme, là-haut, n'a jamais cru le moins du monde à ton innocence ?

— Je voulais te mettre au courant avant, Gabe ; mais quand Lilly m'a raconté comment Darya s'était comportée avec toi, je me suis dit que tu ne pourrais pas comprendre...

— Et tu as eu parfaitement raison, dit-il d'un ton empreint d'une rage froide. Toute la semaine, je me suis battu pour contrer Lane et toi, tu ne m'as rien dit ?

— J'ai eu peur, répondit-elle en pressant ses tempes de ses paumes.

— Il m'a volé mon vin, Alex ! hurla-t-il. Il essaie de me détruire. Et tu voudrais me faire avaler que tu n'en savais rien ? C'est toi qui m'as supplié de te donner ce travail.

Le cœur d'Alex s'arrêta de battre.

— Tu… tu ne peux pas croire une chose pareille, bredouilla-t-elle, effondrée.

— Tout ce que tu traînais derrière toi, j'aurais pu m'en accommoder. Je ne te demandais qu'une chose : être honnête.

— Tu ne comprends donc pas : j'ai failli perdre mon travail à cause de cette histoire ! Je me suis trouvée impliquée dans un divorce à trente millions de dollars. L'agence où je travaillais m'a ordonné de ne jamais en souffler mot.

— Mais, aujourd'hui, tu ne travailles plus pour eux.

— Dans mon secteur, tout est fondé sur la réputation, répondit-elle d'une voix tremblante de frustration et de désespoir. Si mon nom se trouvait associé à ce scandale, encore aujourd'hui, personne ne me donnerait plus de travail. J'ai commis une grosse erreur en couchant avec un client, marié ou pas, mais j'étais une gamine.

— Comment pourrais-je te faire confiance ? Tu n'as jamais cessé de me mentir.

— Je ne t'ai pas menti, Gabe.

— Si, par omission, dit-il en arpentant la pièce à grands pas. Il y a encore autre chose que tu m'as cachée ? Une liaison avec un responsable politique, par exemple ? Nous étions censés travailler en équipe, Alex ! Au moment le plus important de ma carrière, j'ai accepté de te faire confiance. Tout reposait entre tes mains.

— Et moi, durant un mois, je n'ai pas dormi pour que tes deux soirées soient un succès.

— Je suis surpris que Jordan ne t'ait pas préférée à son ex, dit-il d'une voix dénuée d'émotion. Tu es beaucoup plus belle.

Ce fut comme s'il lui déchirait le cœur…

— C'est moi qui n'ai pas voulu de lui, Gabe. Essaie de comprendre : j'étais tout autant victime que sa femme. J'étais amoureuse de lui, je pensais avoir un avenir avec lui. Quand j'ai découvert qu'il m'avait menti, je l'ai haï.

Le regard de Gabe se durcit.

— Ce n'est pas mon problème. Mon problème, c'est que tu ne m'aies rien dit.

— J'aurais dû le faire, mais essaie de ne pas me juger à chaud. Réfléchis.

Il revint vers elle et la toisa d'un air farouche.

— Alex, j'aurais tant voulu t'aider. J'aurais voulu que tu croies que nous avions un avenir commun. Mais tu n'as pas voulu…

— Si, balbutia-t-elle, bien sûr que si.

— Trop tard. Je n'ai plus envie de prendre en charge tes problèmes.

— Gabe…

— Il faut que j'y retourne.

Elle aurait pu le rappeler, tenter de lui expliquer, mais l'expression de son visage l'en dissuada. Trop définitive. Trop déterminée. Elle aurait beau dire, rien n'y ferait.

Lorsque Alex remonta dans la salle principale du *Zambia*, elle fut agressée par les lumières et le vacarme des voix et des rires. Néanmoins, elle réussit à se composer un visage avenant (elle en avait tellement l'habitude), un masque qui lui permettait de survivre…

Lilly avait l'air épuisé, et elle la convainquit de rentrer chez eux avec Riccardo. Le moment était venu de la grande révélation. Après avoir averti son équipe et les responsables du feu d'artifice, elle se mit en quête de Gabe et, sans se laisser démonter par son air glacial, donna le signal des toasts, dans le patio.

Les fusées crépitèrent dans la nuit déjà saturée de lumières de Manhattan. Elle abandonna Gabe à la foule de ceux qui tenaient à le féliciter et rentra dans le bar. Immédiatement, elle remarqua une certaine agitation, près du long comptoir. Emily surgit alors à côté d'elle.

— Ils se font une scène !

— Qui donc ? demanda Alex.

— Davina Cole et David Murray.

Elle leva les yeux au ciel. Cela avait pris plus longtemps qu'elle ne l'aurait cru mais l'orage avait enfin éclaté. David avait l'air furieux et complètement soûl ; Davina paraissait triompher. Comme elle s'y attendait, Matteo n'était pas étranger à leur conflit.

— Qu'est-ce que tu as encore fait ? lui chuchota-t-elle en le tirant par la manche.

Il la fixa d'un air innocent qui n'annonçait rien de bon.

— File par là, dit-elle en désignant le patio. Ce n'est pas cette nuit que tu coucheras avec Davina.

Le cadet des De Campo s'arracha au bar en jetant sur la star un regard plein de regrets. Alex se pencha vers David et lui sourit.

— Mieux vaut que les paparazzi ne vous flashent pas dans cet état, mon cher. Si vous regagniez votre voiture ?

David émit une protestation avinée, mais l'expression d'Alex le stoppa net. Elle l'entraîna vers sa voiture, où il monta sans Davina qui semblait avoir disparu.

Une heure plus tard, Gabe quitta le bar avec son petit frère.

14

— Alex ? Ça fait une demi-heure que tu fais les cent pas, dit Emily en souriant, debout dans l'embrasure de la porte. Je peux faire quelque chose ?

Elle s'arrêta devant son bureau et tendit la main vers la tasse de café qui y était posée.

— Ce café, c'est du vrai jus de chaussette !

— Tu veux que j'aille t'en chercher un autre ?

L'estomac d'Alex émit un affreux borborygme au moment même où une bouffée de culpabilité l'assaillait. Dieu finirait bien par la punir d'être aussi acerbe avec sa pauvre assistante !

— Non. Donne-moi du sucre. Du vrai, pas de l'édulcorant.

— Très bien, obtempéra Emily en se retirant sur la pointe des pieds.

Alex s'assit sur son bureau pour souffler. Elle pratiqua quelques exercices de respiration que lui avait indiqués le prof de yoga de Lilly, mais rien n'y fit. Visiblement, elle parcourait les cinq phases successives de culpabilité que lui avait décrites sa thérapeute. Première phase — déjà dépassée : le déni. Elle avait rejeté deux nouvelles propositions de travail et commencé un entraînement physique quasi militaire, six jours de la semaine sur sept, avec un moniteur qui avait tout du sergent sadique de série B. Au point qu'elle ne pouvait même plus bouger un membre. Sans oublier la petite conversation qu'elle avait eue le matin même avec son père, qui avait fini par reconnaître que oui, il avait eu « tort de lui laisser passer la nuit en prison ». Elle espérait en finir bientôt avec la phase deux — la colère —, particulièrement épuisante.

Elle contempla l'enveloppe au logo de De Campo qui trônait sur son bureau, arrivée le matin même. Nul doute qu'elle contenait un gros chèque, alors qu'elle n'avait même pas encore envoyé sa facture… Comme si Gabe se dépêchait de rompre les ponts. Elle la glissa dans un tiroir pour ne plus la voir, la gorge serrée.

Il lui manquait. Ses *espressos* lui manquaient, et aussi ses bras autour de son corps, comme un abri indestructible. Enfin quelqu'un qui donnait du sens à cet univers en folie.

Elle se leva pour regarder par la fenêtre les centaines de fourmis qui couraient gaiement au travail par ce beau jour d'été.

Aucun autre signe de Gabe. Quand, des années auparavant, Jordan lui avait envoyé des fleurs accompagnées d'une carte « merci pour tout », elle n'avait rien avalé pendant huit jours ; cette fois-ci, elle se demandait si elle remangerait jamais… L'amour de sa vie. Pour Gabe, elle avait transgressé toutes les règles qu'elle s'était fixées. Mais ça n'avait pas suffi. Alors, il lui fallait aller de l'avant. Passer directement à la phase cinq.

Trois coups de fil et une demi-heure plus tard, elle sortait de son immeuble. Au moment d'arrêter un taxi, elle hésita et se dirigea droit sur le vendeur ambulant à qui elle achetait son café chaque matin.

— Votre café, c'est du jus de chaussette.

— Il est comme il est. Achetez-en ou pas, ça vous regarde.

— Je vais m'offrir une machine. Mais j'ai pensé que je vous devais la vérité.

Elle se retourna pour héler un taxi et, dès qu'elle y fut montée, elle appela Lilly.

— J'ai appris que tu avais téléphoné à papa, lui dit sèchement sa sœur. Tu avais dû abuser de la caféine.

— J'ai pris un taxi pour l'aéroport. Je te le dis au cas où l'avion s'écraserait. A demain.

— Je croyais que tu devais rester ici un moment ?

— Jordan Lane fait la présentation publique de son vin cette semaine.

— Alex ! Si Gabe apprend que tu acceptes sa proposition…

— Quelle importance ? Avec Gabe, c'est terminé.

— Tu n'en sais rien. Il est tellement à fleur de peau. Donne-lui le temps de réfléchir…

— Tu te rappelles ce film avec ces deux femmes qui ont plein d'ennuis et finissent par sauter d'une falaise ?

— Alex !

— Je rigole. Tout ça, c'est terminé. Je veux seulement faire place nette.

— Sors de ce taxi, prends un Valium, fais tout ce que tu veux, mais ne monte surtout pas dans cet avion ! s'écria sa sœur.

— Impossible. Dis donc, ma batterie est à plat. Je te rappellerai une fois arrivée.

Ce moment aurait dû être le meilleur de sa vie, songea Gabe, le cœur serré, en regardant la première bouteille d'Angel's Share sortir de la chaîne d'embouteillage. Les dés étaient jetés. Jamais il n'avait misé aussi gros. Et si, samedi dernier, les journalistes et les blogueurs spécialisés qui avaient dégusté son vin dans la cave du *Zambia* ne s'étaient pas trompés, il avait fait le bon choix. Le sommelier de la plus grande chaîne d'hôtels du pays avait accepté de le mettre sur sa carte, mais Gabe ne saurait vraiment à quoi s'en tenir qu'en octobre, quand la première bouteille serait commercialisée. Jusque-là, il allait lui falloir produire, et garder la foi.

Si seulement il avait pu réussir aussi bien dans sa vie personnelle… Il était toujours aussi remonté contre Alex, même s'il avait fini par admettre que Jordan Lane avait pu lui dissimuler son mariage. De toute façon, elle avait réellement cherché à lui cacher toute cette histoire. Inexcusable. Pour lui, une franchise absolue était la règle primordiale. Surtout depuis la trahison de Darya.

Imaginer Alex avec Lane, ce type qui avait tenté de le détruire, le rendait malade. Et à l'idée qu'il y avait un traître dans son entreprise…

L'une après l'autre, les bouteilles venaient s'aligner à la lumière, porteuses du logo bleu de l'entreprise De Campo. Angel's Share, le vin d'Alex… C'est elle qui lui avait donné son nom et qui avait créé le buzz autour de lui. A eux deux, ils avaient formé une belle équipe.

Et puis, elle l'avait laissé tomber. Comme Darya.

Il serra les poings. Non, pas comme Darya. Alex avait mis tout son cœur dans la préparation de ce lancement.

Pedro posa la main sur son bras pour le faire revenir à la réalité et lui tendit une bouteille, les yeux brillant de fierté.

— *Numero uno.* Elle te revient de droit.

Gabe examina l'étiquette pour vérifier la présence des deux mots qu'il y avait fait ajouter — trop tard, hélas…

— *Grazie,* murmura-t-il. A présent, il faut que je retourne travailler.

Le rendez-vous avec Lane et son équipe était prévu à 18 heures précises, dans un restaurant branché du port de San Francisco. Alex s'y présenta impeccablement vêtue sans rien qui rappelle la fille naïve de vingt-deux ans qu'elle était naguère. Elle fut surprise de voir le maître d'hôtel la guider vers une partie de la salle qui semblait très en retrait, intimiste. Quand elle y découvrit Jordan seul à une table pour deux, son signal d'alarme intérieur se mit en branle.

— Je ne comprends pas, murmura-t-elle tandis qu'il se levait pour l'embrasser sur la joue. Où sont les autres ?

— Il fallait d'abord qu'on se parle, toi et moi.

— A quel sujet ? lança-t-elle avec circonspection.

— Assieds-toi, je t'en prie.

— Quand ton équipe va-t-elle arriver ?

— Jamais.

Alex bondit sur ses pieds. Comment avait-elle pu être assez stupide pour croire qu'ils allaient parler travail ?

— Rassieds-toi et laisse-moi t'expliquer, Alex. On nous regarde.

Elle préféra obtempérer.

— Tu n'as pas honte ? lança-t-elle entre ses dents serrées. Tu recommences, exactement comme il y a cinq ans ?

— Si je t'ai invitée ici, c'est pour te demander de m'excuser.

— De quoi ? D'avoir détruit ma vie, ou presque ? Comment ai-je pu croire que tu me proposais ce rendez-vous en raison de mes compétences professionnelles ?

— C'est la vérité. J'ai parlé de toi à mon comité de direction.

— Dans ce cas, que faisons-nous là tous les deux ? Ce n'est pas une façon de travailler, Jordan.

Il lui versa un verre de vin, qu'elle refusa d'un geste sec.

— Je veux être certain que tu ne couches pas avec De Campo.

Elle se retint à temps de lui jeter au visage que cet homme qu'il voulait détruire en valait mille comme lui.

— Je ne suis pas sûre de vouloir travailler avec toi.

— Tu n'as pas le choix. Peu importent tes sentiments personnels. Accepte mes excuses et va de l'avant.

Aller de l'avant ? C'était effectivement ce qu'elle tentait de faire. Si Gabe ne l'aimait pas, il ne lui restait plus que le travail.

— Je n'ai aucune relation particulière avec Gabriele De Campo, dit-elle sèchement.

Il la scruta d'un regard glacial.

— Très bien. Au travail, alors. Parlons un peu de ce contrat.

Poussée par une sorte d'instinct de survie, Alex tira une liasse de papiers de sa mallette et ils commencèrent à discuter. Mais chaque fois que Jordan prononçait le nom de son Black Cellar, elle en avait l'estomac noué. Le vin de Gabe ! Il en parlait comme si c'était lui qui l'avait créé.

Seigneur… Ce rendez-vous lui faisait prendre conscience qu'elle aimait passionnément Gabe, et n'était pas prête à le trahir en acceptant ce travail. Jordan prit un appel téléphonique, puis il reposa son téléphone sur la table avant de se diriger vers les toilettes. D'une main tremblante, Alex déchira le contrat qu'elle avait cru pouvoir signer. Gabe ne la reprendrait sans doute pas, mais au moins elle essaierait…

Son regard tomba sur le téléphone de Jordan, qu'il n'avait pas bloqué. Sans réfléchir, le cœur battant, elle ouvrit son carnet d'adresses et fit défiler la liste de ses contacts. Un nom lui sauta aux yeux. Sam Withers. Un des employés de Gabe. Il avait appelé Jordan plusieurs fois cette semaine.

Lorsque Jordan revint, il jeta un regard étonné au contrat déchiré.

— Je ne travaillerai pas pour toi, dit-elle en se levant pour quitter le restaurant, tête haute.

Soulagée de s'être enfin débarrassée de son dernier fantôme.

15

Le soleil se couchait sur la vallée de Napa quand Alex se gara en bordure du vignoble De Campo, le cœur battant. Cette visite était tout aussi improvisée que le coup de fil qu'elle avait passé le matin même à son père, et elle n'avait pas la moindre idée de ce qu'elle allait dire. Mais elle se devait d'essayer.

Elle sortit de la voiture et aspira une bouffée d'air doux et parfumé en contemplant les collines orangées, surprise par l'intense stridulation des criquets.

Elle gravit les marches du porche. Gabe serait-il chez lui ?

La porte était ouverte. Elle entra et trouva Elena dans la cuisine. Celle-ci la regarda d'un air étonné avant de la serrer contre son cœur.

— Il est là ? demanda Alex.

La gouvernante fit un mouvement du menton en direction de la terrasse.

— Il devrait être heureux : ils ont commencé aujourd'hui à mettre l'Angel's Share en bouteilles. Mais il est d'une humeur de chien.

A la pensée que Gabe était peut-être aussi malheureux qu'elle, Alex eut le cœur serré.

— Je crois que je vais aller me coucher, lui dit Elena en posant l'éponge avec laquelle elle nettoyait l'évier.

Alex se dirigea vers la terrasse, incapable d'imaginer ce qui l'attendait. Debout, appuyé à la rambarde, Gabe contemplait ses vignes.

— Tu as donc commencé à mettre l'Angel's Share en bouteille ?

Il se retourna d'un bond.

— Qu'est-ce que tu fais là ?

— J'ai rendez-vous avec mon passé.

— Que veux-tu dire ? lança-t-il d'un air suspicieux.

Elle s'approcha et leva le regard vers lui, vers ses yeux verts, ses joues ombrées d'une barbe naissante, vers sa bouche sensuelle qu'elle avait tant envie de sentir se poser sur la sienne. Elle s'éclaircit la gorge.

— J'ai commencé cette journée en téléphonant à mon père. Je lui ai rappelé que je n'avais jamais pu compter sur lui et je me suis excusée de lui avoir causé tant d'angoisses. Puis j'ai appelé Jordan Lane et je lui ai dit que j'acceptais de le rencontrer au sujet du travail qu'il me proposait.

Une lueur menaçante passa dans les yeux de Gabe.

— J'ai reçu ton chèque. Et ton message, poursuivit-elle.

— Donc, tu es allée voir Lane ?

— Il m'a invitée à dîner pour me parler de ce contrat.

— Ça ne te gêne pas de travailler pour un voleur ?

— Samedi dernier, tu m'as brisé le cœur, Gabe.

Dans ses yeux, elle lut une émotion indéfinissable.

— Alors, comme ça, tu es venue m'annoncer que tu travaillais pour Jordan Lane ?

— Non. J'ai enfin compris que jamais je ne pourrais travailler pour quelqu'un qui cherche à détruire l'homme que j'aime.

— Alex…

— Avant que j'aie pu lui dire non, coupa-t-elle, il est allé aux toilettes en laissant son téléphone sur la table du restaurant. J'ai ouvert la liste de ses contacts et j'y ai trouvé Sam Withers, qui a l'air de l'appeler assez souvent.

— Withers ? s'exclama Gabe. Laisse-moi le temps de comprendre. Tu as dîné ce soir avec Lane parce qu'il avait proposé de t'embaucher. Tu as décidé de ne pas donner suite, et tu as ouvert son téléphone pour trouver le type qui me trahit ?

— Oui.

— *Maledizione*. Tu as perdu la tête ? Pourquoi Withers

m'aurait-il fait ça ? Je l'ai aidé à progresser, je lui ai donné tout ce qu'il demandait !

— Je suppose que Lane l'a payé. Très cher.

— Mais toi, qu'est-ce que tu viens de me dire ? fit-il en secouant la tête, comme s'il venait de comprendre quelque chose d'important.

— Concernant Lane ?

— Non. Tu as bien dit que tu m'aimes, Alex ?

— C'est la vérité. Un jour, tu m'as reproché d'avoir peur de m'engager dans une vraie relation. De toujours chercher à fuir. Eh bien, je suis là, devant toi, prête à me battre pour obtenir ce que je veux.

Elle déglutit pour résorber la boule qui lui serrait la gorge.

— Cesse de te montrer aussi rigide, Gabe, reprit-elle. Donne-moi une seconde chance. Tu me la dois.

— Pourquoi ?

— Parce que tu m'as contrainte à m'ouvrir à toi. Tu m'as forcée à faire les premiers pas. Et puis tu m'as dit que tu en avais assez et tu es parti.

— Comment pourrais-je te faire confiance, à toi qui as été la maîtresse de mon pire ennemi ?

La colère enfla soudain en elle comme une tornade.

— Ah, c'est donc ça ! Tu me détestes à cause de Jordan, et surtout parce que Darya t'a plaqué. Mais rien de tout cela n'est ma faute. C'est le passé. La victime, c'était moi. Jordan Lane s'est servi de moi… Tous mes secrets, je te les ai dévoilés, parce que j'avais confiance. Parce que je t'aimais. Mais je vois bien que de ton côté…

— Tu crois que je ne t'aime pas, Alex ? la coupa-t-il. Cette semaine, j'ai vécu l'enfer.

Elle se mit à courir vers la maison, mais il la rattrapa et la prit par les épaules pour la faire pivoter face à lui.

— Tu as raison. Je déteste l'idée que tu aies pu coucher avec Lane, mais je sais que tu ignorais qu'il était marié, je te connais assez. Et quand Darya m'a quitté, elle m'a brisé le cœur.

— Je ne peux pas changer le passé, même si tant de gens ont souffert.

Une lueur plus douce éclaira le regard de Gabe et l'espoir envahit le cœur d'Alex. Du bout des doigts, l'homme de sa vie essuya les larmes qui inondaient ses joues.

— J'ai besoin de toi, Alex. J'ai passé la semaine à tenter de me convaincre que je ne pouvais pas te faire confiance, parce que ce que j'éprouve pour toi me fait peur. Mais chaque fois que j'essayais de te rayer de la carte, une petite voix me soufflait que c'était toi, l'unique…

— Il faut que tu me fasses confiance, chuchota-t-elle, le cœur battant. Je commettrai encore des erreurs. Je suis comme ça. Mais je ne te mentirai jamais.

— Je sais, dit-il en lui prenant le visage entre ses mains. J'ai passé toute la journée à tenter de m'intéresser à ce vin que j'ai mis deux ans à élaborer, et je n'ai pas pu, à cause de toi. C'est ton vin, Alex.

— Non, le tien. Tu es brillant.

— Alors, ce sera le nôtre. C'est toi qui lui as donné son nom, *tesoro.* Grâce à toi, toute la presse en parle.

— Nous formons une bonne équipe.

Jamais plus elle ne le laisserait partir. Mais il fallait qu'il prononce, lui aussi, enfin, les mots qu'elle attendait.

— Je t'aime, Alex, dit-il alors, comme s'il avait lu dans son âme. Et si tu veux bien me donner ton cœur, je te protégerai.

Elle se sentit fondre, jusqu'au tréfonds de son être.

— Sans parler de ton corps qui me rend fou, et du mien qui a eu si froid, ces derniers jours.

— Si nous allions rattraper ça…

— Si tu as pris un maillot de bain, va l'enfiler.

— Cela veut dire que tu me gardes ? demanda-t-elle, rayonnante. De mon côté, je me suis dit que mon agence pourrait peut-être avoir deux bureaux, un sur chaque côte.

— Allons poursuivre cette discussion dans le Jacuzzi !

— Je crois avoir déjà entendu ça, dit-elle avant de monter l'escalier, le sourire aux lèvres.

Après avoir enfilé son Bikini, elle rejoignit Gabe, qui l'attendait en maillot de bain sur la terrasse.

— Viens, lui dit-il.

Au lieu de la guider vers le Jacuzzi, il l'entraîna sur le sentier qui menait au cellier. Mais, quand il voulut la faire descendre dans la cave, elle se rebiffa.

— Pas question. « Elle » est en bas.

Comme il insistait, elle s'accrocha à sa main jusqu'à la salle de dégustation, où il prit une bouteille et deux verres. Puis ils remontèrent sans avoir entendu le moindre bruit de pas.

— Tu as dû te laisser emporter par ton imagination, l'autre soir… A moins que notre petite fête n'ait définitivement apporté le repos et la paix à Janine.

Alex l'espéra de tout son cœur. Quand elle s'installa enfin dans le Jacuzzi et que les jets brûlants ruisselèrent sur son corps, elle ne put retenir un gémissement de plaisir.

— Tu fais ça pour m'exciter ou tu as vraiment mal ? demanda Gabe.

— La semaine dernière, pour évacuer ma rage, je me suis levée tous les matins à 6 heures pour faire de la gym en salle.

— J'ai une surprise pour toi, dit-il en se glissant dans l'eau tiède, avant de lui tendre la bouteille qu'il tenait à la main.

L'Angel's Share.

— C'est la première, reprit-il.

— Quelle bonne surprise !

— Regarde bien l'étiquette. Tout en bas.

Elle obéit et lut deux mots : « Pour Alex. » Son cœur se mit à battre follement.

— Heureusement que tu m'aimes, déclara-t-il, sinon, qu'aurais-je fait de ces cinq millions de bouteilles ?

Ils avalèrent une gorgée de vin. Alex était au paradis. Alors, Gabe la prit dans ses bras et elle enroula les jambes autour de ses hanches. Enfin, il était définitivement à elle, elle le savait.

Dans la vie, on obtenait parfois ce qu'on voulait, même si ce n'était pas tout à fait de la façon qu'on aurait imaginée…

JENNIFER HAYWARD

Le défi d'une héritière

INTÉGRALE

TROIS HÉRITIERS À AIMER

SAGAS

HARLEQUIN

Titre original :
THE TRUTH ABOUT DE CAMPO

Ce roman a déjà été publié en 2015

1

« Sauf erreur de ma part, se dit Matteo, cette conversation avec mon frère présente tous les signes d'une classique mise en demeure. »

Le regard de Riccardo pesait sur lui comme celui du torero sur le taureau à l'heure de la mise à mort, son ton menaçant devenait presque agressif, et la colère du P.-D.G. de De Campo lui grillait la peau comme une flamme.

A vrai dire, ce n'était pas une première : son frère et lui avaient toujours été comme chien et chat. Sombre et intense, Riccardo avançait dans la vie comme un bulldozer, tandis que lui privilégiait une approche plus subtile, à la fois dans les affaires et en amour : on n'attrape pas les mouches avec du vinaigre. Une argumentation sophistiquée était souvent plus efficace qu'un tacle brutal et il n'existait pas meilleure façon d'entraîner une femme dans un lit que de l'écouter avec une attention passionnée tout en dégustant un bon chianti.

Son regard revint vers son frère qui le fixait d'un œil courroucé, comme un peu trop souvent ces derniers temps. Chassant d'un doigt impatient un grain de poussière imaginaire de sa veste, il se tourna vers la fenêtre.

— En un mot, dit-il, tu prétends que ton comportement a été exemplaire, contrairement au mien ?

— Non, répondit Riccardo d'une voix glaciale. Mais toi, tu te comportes avec les femmes comme si la Terre entière était ton terrain de chasse gardée.

— Exactement comme toi.

— Pas du tout. Je me suis amendé. Désormais, je suis marié et heureux de l'être.

— Parce que tu as rencontré une déesse, et qui plus est capable de te supporter, rétorqua Matteo en haussant les épaules. Mais tu m'as vraiment fait venir ici pour discuter de ma vie privée, Riccardo ? Occupé comme tu l'es !

— Tu es vice-président de la branche ventes et marketing de De Campo. Quand ta vie privée nuit à l'entreprise, je me dois d'y mettre le holà. Tes exploits font la une des tabloïds et distraient le personnel. Alex en a assez de devoir réparer les dégâts et, franchement, je la comprends.

Matteo baissa furtivement les yeux. Il adorait la femme de son frère Gabe. Elle travaillait déjà tellement qu'il était gêné de contribuer à alourdir sa tâche. Mais les reproches de son frère Riccardo l'exaspéraient trop pour qu'il reste sans réagir. Il s'écarta de la fenêtre et revint vers lui, bouillant de colère.

— J'ai de bien meilleurs résultats que mon prédécesseur à ce poste.

— C'est la preuve que tu dois te reprendre en main : tu peux encore mieux faire ! Pense à ce que tu accomplirais si tu te concentrais sur ta tâche.

Il aurait pu reconnaître que c'était son intention et qu'il avait décidé d'en finir avec sa vie dissolue. Mais il avait trop envie de contrer Riccardo.

— Et si je refuse ? dit-il en lui jetant un regard provocant. Tu me puniras ? Tu m'enverras vendre du vin chez les bonnes sœurs ?

— Même si ce n'est pas l'envie qui m'en manque, j'ai trop besoin de toi en ce moment. Il y a un défi à relever, exactement comme tu les aimes.

Touché. Mais Matteo avait eu beau doubler les ventes depuis qu'il avait pris la tête du département européen de De Campo, son frère était toujours sur son dos.

— Tu es incapable de me faire confiance, déclara-t-il en desserrant son nœud de cravate.

— Si je n'avais pas confiance en toi, je ne t'aurais pas confié ce poste il y a six mois. Tu réagis comme un cow-boy toujours prêt à sortir son flingue.

— J'ai faim de conquêtes. Donne-moi quelque chose à me mettre sous la dent et tu obtiendras mon attention pleine et entière.

— C'est bien ce que je me suis dit, répondit Riccardo en désignant un magazine posé sur son bureau. Regarde. Warren Davis vient de racheter la chaîne d'hôtels Luxe.

Matteo acquiesça. Davis, un génie des affaires, troisième fortune mondiale, y travaillait depuis des mois.

— J'y ai pensé. Hélas, c'est Patreus leur fournisseur, par contrat et pour trois ans encore.

— Eh bien, figure-toi que Davis a décidé de réexaminer l'ensemble de ses fournisseurs.

— Comment le sais-tu ?

— Lundi soir, j'ai joué au poker avec un bon ami à lui. De Campo est de nouveau sur les rangs pour lui fournir des grands crus.

— Un contrat qui irait chercher dans les six ou sept millions de dollars, au moins !

— Dix millions, corrigea Riccardo, avec dans les yeux une lueur que Matteo connaissait bien.

Antonio, leur père, avait fait de De Campo une multinationale, et son fils aîné, dans sa soif de reconnaissance, l'avait menée plus loin encore en créant une filiale restauration. Mais pour le commerce du vin, qui restait la priorité, cette affaire était énorme. S'ils emportaient ce marché, De Campo figurerait en bonne place sur la carte de chaque restaurant des palaces Luxe, dans le monde entier.

— Et alors ?

— Davis a placé sa fille Quinn à la tête de la branche restauration. C'est elle qui doit prendre la décision. Les Davis ont décidé de faire passer la semaine prochaine à Chicago une sorte de « test alchimique » aux quatre derniers concurrents qu'ils ont présélectionnés. Pour déterminer les deux qui figureront sur la liste finale.

— Un « test alchimique ». Qu'est-ce que ça veut dire ?

— Warren Davis est convaincu de l'importance du relationnel en affaires. Pour lui, des idéaux et une philosophie communs sont les clés d'une relation réussie, et ce n'est pas toujours facile à déterminer sur dossier. Les quatre maisons retenues sont de renommée mondiale. C'est donc en fonction de leur « alchimie » avec sa fille et lui que seront déterminés les deux derniers candidats.

Rien d'étonnant dans ces conditions à ce que Riccardo l'ait choisi pour mener l'affaire…

— Ce test, en quoi consiste-t-il au juste ?

— Un cocktail aura lieu dans la demeure des Davis…

— … où chaque requin viendra observer les autres.

— Si tu veux, acquiesça son frère.

Il lui donna les noms de leurs adversaires : H-Brands et Michael Collins Group, deux des plus grands groupes de vins et spiritueux au monde, plus un producteur australien.

— Silver Kangaroo ?

— Oui. Ils ont le vent en poupe et, apparemment, ils plaisent bien à Quinn. Dans cette affaire, l'outsider, c'est nous.

Les muscles de Matteo se tendirent et le sang courut plus vite dans ses veines. Depuis combien de temps n'avait-il plus senti une telle poussée d'adrénaline ?

— Tu t'es renseigné au sujet de la fille Davis ?

— Coriace. Retorse. Etudes à Harvard, répondit Riccardo en lui tendant un dossier. Tu trouveras tout là-dedans.

— Harvard ? Donc une femme à ton goût.

Riccardo avait choisi d'étudier à Harvard, Matteo à Oxford. Des années après, ils en étaient encore à se chamailler autour de la supériorité de leurs écoles respectives.

— Quinn dirige une des filiales ? s'enquit Matteo après avoir rapidement feuilleté les documents.

— *Si.* Dairy Delight, mais depuis peu. Warren espère que cette expérience dans la restauration aidera sa fille à relancer les restaurants labellisés Luxe, qui déclinent depuis quelques années.

— Dairy Delight ? Mais ils vendent des glaces et des

hamburgers ! Je ne vois pas en quoi ça peut l'aider à relancer des établissements qui briguent trois étoiles au Michelin !

— Ne la sous-estime pas, Matteo, elle a de qui tenir.

Peut-être, mais c'était une femme ; et jamais il n'en avait rencontré une qui lui ait résisté. S'il s'en donnait la peine, elle lui mangerait dans la main avant même d'avoir terminé son premier cocktail. Une femme était comme un ours endormi, douce et câline tant qu'on ne réveillait pas la bête qui sommeillait en elle.

— Gabe et toi, vous m'accompagnerez ?

— Il faut que je sois à San Francisco pour l'ouverture de notre restaurant. Quant à Gabe, avec la proximité des vendanges, il ne sait où donner de la tête.

Matteo fut parcouru d'un long frémissement. Enfin il reprenait la main ! Il ne lui restait plus qu'à gagner.

— Jamais De Campo n'a eu à négocier un contrat aussi important, déclara Riccardo. Si nous l'emportons, nous changerons de dimension. Il faut que tu réussisses.

— C'est comme si c'était fait !

Son assurance agressive fit ciller son frère. Matteo savait que celui-ci ne lui faisait plus réellement confiance.

— Angélique Fontaine, lâcha simplement Riccardo. Pas question de recommencer.

Matteo serra les poings et avala une grande goulée d'air.

— Combien de temps encore vas-tu me bassiner avec cette histoire ?

— Gagne le marché Luxe et nous serons quittes.

— Pourquoi moi ? Tu aurais pu trouver le temps.

Son frère le toisa d'un regard impitoyable.

— Toi seul en es capable, Matteo. Quinn Davis n'aurait pas plus tôt posé les yeux sur moi qu'elle me détesterait. J'aurais pu demander à Gabriele, mais c'est toi le meilleur. Non seulement tu as du charme, mais quand tu en as envie tu es capable d'illuminer une pièce.

— C'est comme si Luxe était déjà à nous.

Riccardo lui tendit un dossier.

— Voici les renseignements qu'a rassemblés Paige, mais n'hésite pas à me poser des questions.

Matteo se dirigea vers la porte, l'esprit en ébullition. En sentant le regard de son frère peser sur lui, il se retourna.

— Matty ? N'oublie pas ce que je t'ai dit : sous aucun prétexte tu ne dois coucher avec Quinn Davis.

— J'ai entendu. N'en parlons plus.

— Depuis quelque temps, tu te comportes comme un électron libre. Je ne comprends pas ce que tu cherches.

— Tu sais pourtant l'épreuve que j'ai subie avec Angélique…

Le regard de Riccardo se durcit encore.

— Oui. Un contrat de sept millions parti en fumée…

Matteo baissa la tête.

— Cette fois, je gagnerai, répondit-il en serrant les dents. C'est tout ce que tu as besoin de savoir.

Son frère hocha la tête. Matteo sortit du bureau. Il ferait du charme à Quinn Davis, mais pas question de coucher avec elle. Il n'avait aucune envie de passer deux années de plus au purgatoire…

Matteo referma la porte de son nouveau loft de Meatpacking District, le quartier en vogue de New York. Une bouteille de bière bien fraîche à la main, il fila droit dans le patio et s'affala dans un fauteuil pour examiner le dossier que l'assistante de Riccardo avait concocté, avec sa minutie habituelle, sur la famille Davis.

En examinant une photo de Quinn, il comprit mieux la mise en garde de son frère : elle n'était pas simplement belle, elle était à couper le souffle !

Le cliché, pris lors d'un bal de charité, aurait mis dans tous ses états n'importe quel mâle normalement constitué. Petite mais pourvue de courbes superbes, elle avait des yeux verts magnifiques et une longue chevelure brune. Elle avait beau se méfier des hommes, il saurait s'en accommoder.

Il avala une gorgée de bière. Les notes de Paige étaient une mine de renseignements. Après avoir terminé ses études à

Harvard, Quinn Davis était entrée au département investissements de la firme de son père, où elle occupait désormais un poste à très haute responsabilité. Et même si certains avaient crié au népotisme, elle ne devait sa progression qu'à ses qualités propres, c'était évident. Un journaliste économique la décrivait comme ayant hérité de « l'incroyable acuité d'esprit de son père ». Un autre louait « sa rapidité d'analyse ». Un troisième la comparait à « un gladiateur dans l'arène des conseils d'administration ».

Décidément, cette femme l'intéressait de plus en plus…

Si Quinn Davis avait une vie privée, elle était la personne la plus discrète qu'il ait jamais rencontrée. Vingt-sept ans, résidant à Chicago, divorcée de Julian Edwards, un juriste issu de l'aristocratie bostonienne, après un an de mariage seulement. Un an ? Qu'avait-il bien pu se passer ? se demanda Matteo en levant un sourcil. Comme elle était spécialiste de krav maga, peut-être avait-elle émasculé son mari dès le premier mois. Rien d'étonnant alors à ce que son mariage ait viré à la catastrophe !

Il sourit pour lui-même et leva les yeux sur l'unique étoile qui brillait dans le ciel de Manhattan — un ciel qui ne devenait jamais vraiment noir. Soudain, il se revit entrant avec ses deux frères dans la salle du conseil de la deuxième compagnie aérienne européenne. Ce jour-là, à Paris, une chance leur avait été offerte de donner une autre dimension à la firme fondée quarante ans plus tôt par leur despote de père. Un premier contrat d'importance pour Riccardo, le nouveau P.-D.G. Sept millions de dollars pour fournir à la compagnie leur « Cuvée du patron ».

Après une présentation particulièrement soignée, les trois frères De Campo étaient allés célébrer l'événement dans un bar. Mais une fois résorbée la poussée d'adrénaline, Matteo avait une fois de plus été submergé par le chagrin que lui causait la mort de son ami Giancarlo. Un chagrin que la culpabilité rendait plus insoutenable encore. Pour sauver la face devant ses frères, il avait cherché consolation auprès d'une femme ravissante, fille de Georges Fontaine, le P.-D.G. de la compagnie aérienne. Membre de l'équipe de direction, elle n'avait cessé de lui faire de l'œil durant toute la réunion.

Il avait pris Angélique pour une grande fille capable d'assumer ses décisions. Mais le lendemain matin, quand il lui avait annoncé qu'il n'envisageait pas de relation à long terme, elle avait couru chez son père et les chances de De Campo de voir leurs vins servis à bord d'un demi-million de vols par an s'étaient définitivement évanouies…

La pire erreur de jugement qu'il ait commise au cours de ses trente-deux années de vie. Au souvenir du visage de son frère quand Georges Fontaine l'avait appelé, il ressentait encore un vrai malaise physique. Et la cicatrice à vif qu'il en gardait dans son cœur n'était pas près de s'effacer.

D'un geste brusque il posa sa bière sur le sol de béton ciré. Il avait vécu des moments terribles, mais Riccardo avait raison : jamais il n'aurait dû se laisser submerger par le chagrin. Il fixa l'unique étoile du ciel en se disant que c'était le signe de sa rédemption. L'occasion lui était donnée d'apaiser ses démons et d'aller de l'avant. Même s'il lui fallait se battre jusqu'à son dernier souffle, il allait emporter ce contrat et triompher de toutes les épreuves.

Jamais l'enjeu n'avait été aussi élevé.

2

A Chicago, la journée d'été avait été particulièrement moite, la température avait grimpé jusqu'à trente-cinq et la brume de chaleur qui couvrait la ville commençait à peine à s'estomper. Dans la lumière de la fin d'après-midi, l'air frais de la nuit descendait enfin sur les hauts pins qui encadraient telles des sentinelles l'élégante demeure géorgienne en briques rouges qui se dressait fièrement à la limite de Hyde Park.

De la fenêtre de sa chambre, Quinn contempla les directeurs des plus grandes entreprises mondiales de vins et spiritueux qui remontaient l'allée pour assister au cocktail. L'ambition qui se lisait sur leurs visages promettait une compétition serrée. Pour des hommes de ce calibre, rien d'autre ne comptait que la victoire. Elle avait passé toute sa vie auprès de l'un d'entre eux, son propre père, et elle lui ressemblait. Mais, en tant que femme, il lui fallait être plus forte, plus dure et plus concentrée pour survivre. Une guerrière dans un monde dominé par les mâles.

Elle était impatiente de voir comment chacun jouerait sa partie…

En arrivant, qu'ils portent un costume de créateur ou un chapeau de cow-boy, tous avaient un regard pour le drapeau américain fixé au-dessus du porche, et nul n'ignorait sa signification. Warren Davis était un symbole de ce qui faisait la grandeur de l'Amérique : un milliardaire philanthrope qui donnait davantage d'argent qu'il n'en gardait pour lui. Un patriote aussi, et un génie de la finance qui avait conseillé des présidents. Tout le monde voulait le connaître, et certains étaient prêts à offrir jusqu'à trois millions de dollars pour participer à un déjeuner de charité en faveur des sans-abri au cours duquel ils pourraient tâcher d'obtenir de lui un rendez-vous.

Derrière elle, Thea achevait de se pomponner devant la glace. Sa sœur adoptive était en même temps sa meilleure amie. Quinn trouvait leur histoire toujours aussi incroyable : à peine était-elle arrivée dans le foyer de Warren et Sile Davis — ses parents étaient trop jeunes et démunis pour l'élever — que sa mère d'adoption était miraculeusement tombée enceinte, après des années de traitements sans effet.

— Choisis-en un tout de suite et qu'on en finisse, soupira Thea, la tirant de ses pensées.

— Mais je n'ai aucune envie d'en choisir un ! Encore une bonne idée de papa. On voit qu'il a deux filles sur les bras.

Quand son mariage avec Julian avait tourné au désastre, Quinn s'était bien juré de ne pas commettre deux fois la même erreur.

— De toute façon, ce soir, il s'agit de déterminer un partenaire commercial, déclara-t-elle à sa vétérinaire de sœur, qui ignorait tout des affaires. Ce n'est pas du *speed dating*.

— Evidemment, riposta Thea sur un ton ironique.

Quinn sourit. Parfois, elle aurait bien aimé être dotée du même enthousiasme que sa sœur pour la vie et pour l'amour.

— Je reconnais que Daniel Williams est un homme superbe, concéda-t-elle.

De la main, Thea fit bouffer sa longue chevelure blonde.

— Oh ! oui ! J'ai toujours rêvé de vivre à la campagne. Je m'occuperais des animaux du ranch pendant qu'il parcourrait ses vignes. Mais, au fond, le fameux Matteo De Campo est l'animal dont j'aurais le plus de plaisir à prendre soin.

— Ce De Campo est un play-boy notoire qui ne prend pas les femmes au sérieux.

— A ce qu'on raconte, aucune femme ne peut rester seule avec lui quelques minutes dans une pièce sans se jeter sur lui.

— Tu exagères. Je ne te croyais pas si friande de ce genre de stéréotypes mâles pour publicités de parfums.

— Quinn, sors une fois pour toutes de ta phase « j'étais mariée et ça a foiré » et remets-toi à vivre, enfin !

Son cœur se serra, comme trop souvent depuis le départ de Julian. Officiellement, le divorce avait été prononcé pour incompatibilité d'humeur, jamais la vérité n'avait été révélée. Elle se força à sourire.

— Et toi, Thea, évite de te jeter à la tête de Matteo De Campo. Non seulement il te brisera le cœur, mais il risque d'être fou de rage de rater ce contrat.

— On croirait que votre décision est déjà prise ?

— Non, mais De Campo est en bas de la liste.

Personnellement, elle préférait Silver Kangaroo, la maison de Daniel Williams. Cette petite entreprise australienne proposait des produits très diversifiés qui correspondaient parfaitement au style de Luxe.

— Papa aime bien De Campo, remarqua sa sœur tandis qu'elle se dirigeait vers la porte. D'après lui, leurs vins californiens sont magnifiques.

— Ce n'est pas lui qui prendra la décision.

— Quand vas-tu enfin cesser de vivre dans le seul but d'être aussi irréprochable qu'il le souhaite ? Même si tu y passais le reste de ta vie, tu n'y parviendrais pas.

Possible, mais elle risquait de mourir avant d'y avoir renoncé, se dit Quinn en entraînant Thea vers les jardins où avait lieu le cocktail.

Sur la terrasse, elle aperçut les P.-D.G. de H-Brands et de Michael Collins Group, accompagnés de leurs épouses. En revanche, Daniel Williams et Matteo De Campo étaient venus seuls. Surprenant : l'ex de Matteo, une actrice de Hollywood, ne cessait de se plaindre dans les tabloïds de ses infidélités, mais ce soir il n'avait personne à son bras.

Toutes les têtes se tournèrent vers elles. Thea brûlait de rencontrer le prince charmant, mais les yeux des quatre mâles se fixèrent instantanément sur Quinn ; non pas parce qu'elle était plus belle, mais parce que tous leurs espoirs de conclure cet important marché reposaient sur elle. Elle se sentit jaugée du regard. Etre la fille de Warren Davis avait toujours pesé très lourd sur ses épaules, car non seulement elle devait être meilleure que les autres, mais *dix fois* meilleure.

— Je vais oublier mon projet de vie dans un ranch australien, lui souffla Thea. Il est absolument prodigieux.

Quinn n'eut pas besoin de lui demander de qui elle parlait : le regard au laser de Matteo De Campo s'était à présent fixé sur elle. Un regard approbateur, qui ne cillait pas et la détaillait tranquillement de la tête aux pieds. Il dégageait un magnétisme unique, fascinant. Et pourtant, des hommes superbes, elle en avait connu. Son mari, par exemple. Mais lui, c'était… tout autre chose.

— J'ai entendu dire qu'il a un tatouage, chuchota Thea.

Il portait un costume d'une élégance raffinée, qui soulignait à merveille sa silhouette mince et musclée. Sur les photos qu'elle avait vues, on sentait cet appétit de vivre qui rayonnait devant elle, ce goût de la liberté que symbolisaient la chevelure épaisse et indomptable, le sourire provocant, l'ombre de barbe qui soulignait la perfection des traits. Mais ce soir, Matteo De Campo n'avait pas l'expression indolente qu'on lui voyait souvent. Il avait l'air concentré, réfléchi, tendu même.

Il lui adressa un demi-sourire amusé qui la fit frémir. Il s'attendait sans doute à ce qu'elle lui tombe dans les bras, comme tant d'autres, mais elle releva le menton : il commettait une grossière erreur. Elle avait beaucoup appris de Julian : la dernière chose à laquelle une femme devait se fier, c'était bien un charmant visage au-dessus d'un élégant costume.

De cet air froid et lointain qu'elle savait si bien prendre, elle alla se placer à côté de son père, qui fit les présentations : d'abord les deux P.-D.G. des groupes de spiritueux. Même si Daniel Williams, le blond baron du vin et du bétail sorti tout droit d'une pub pour whisky, était charismatique, ce n'était rien comparé à De Campo. En lui serrant la main, elle nota ses yeux gris foncé, de la couleur du ciel de Chicago avant une tempête ravageuse.

Un frisson glissa le long de son échine.

— Quinn, murmura-t-il en la fixant droit dans les yeux. Un prénom étonnant pour une femme qui ne l'est pas moins.

Lorsqu'elle retira la main, elle eut l'impression que les doigts de De Campo y avaient laissé une empreinte brûlante.

— Très heureuse de vous rencontrer, monsieur De Campo. Même si, grâce à l'intérêt que vous portent les tabloïds, j'ai déjà l'impression de vous connaître.

Il cilla, sans laisser paraître d'aucune autre façon si le coup avait porté.

— Matteo, s'il vous plaît, corrigea-t-il de cette voix douce et profonde qui, elle en était certaine, n'était pas pour rien dans son succès auprès des femmes. Et vous savez aussi bien que moi quel crédit on peut accorder à cette presse-là.

— Il n'y a pas de fumée sans feu.

— *A volte*, protesta-t-il avec un léger sourire.

— Désolée, je ne parle pas italien.

Warren jeta à sa fille un regard surpris, avec la même moue que dans son enfance, quand, au cours d'un repas, elle se mêlait à la conversation des adultes. Elle se souvint des manières exquises traditionnellement en usage dans la famille Davis.

— J'apprécie votre présence ce soir parmi nous, ajouta-t-elle.

Un éclair passa dans les yeux de leur invité quand il lui tendit la bouteille qu'il avait apportée.

— Mon frère Gabriele m'a chargé de vous remettre cette bouteille du nouveau malbec de l'année.

Tous les connaisseurs d'Amérique du Nord ne parlaient plus que de ce cépage, et surtout de la manière dont les De Campo l'avaient remis à l'honneur.

— C'est un vin superbe. Merci.

— Et aussi ceci, ajouta-t-il en tirant de sa poche deux minuscules paquets enveloppés de papier d'argent. Pour votre sœur et vous-même, un petit goût de Toscane.

Un point pour Matteo De Campo. Thea le remercia plus que chaleureusement, et Quinn faillit se dire qu'il en faisait un peu trop. Mais il lui suffit de regarder l'expression des trois autres invités pour comprendre que c'était un coup de génie. Ce point comptait peut-être double après tout…

Quinn passa la soirée à évaluer ses éventuels partenaires dans le but d'aboutir à deux noms. De toute évidence, Silver Kangaroo paraissait le meilleur choix ; elle trouvait De Campo trop guindé, trop « vieille école » pour coller à la nouvelle image de Luxe. Pourtant, elle se devait de lui accorder plus de son temps, car il était le seul avec qui elle n'avait pas vraiment discuté. Et, au fond d'elle, Quinn savait pourquoi : elle avait l'intuition que cet homme constituait un danger pour elle. En ce moment même, son père conversait avec lui. Il était visiblement tombé sous le charme légendaire du cadet des De Campo. Curieux, car en général Warren savait lire au-delà des apparences…

Elle se leva pour aller se rafraîchir. Elle avait tellement souri aux compétiteurs, qui l'avaient accablée d'informations tout en cherchant à percer ses défenses, qu'elle en avait le visage douloureusement crispé. Et puis elle avait mal aux pieds dans ces stilettos qui lui tenaient lieu de protection, comme s'ils pouvaient lui éviter de se sentir blessée chaque fois que quelqu'un insinuait que, si elle en était arrivée là, c'était uniquement grâce à son père. Alors qu'elle avait mal à la tête d'avoir travaillé depuis l'aube. Etre Quinn Davis n'était pas tous les jours une sinécure…

Elle jeta un coup d'œil à Thea, qui flirtait avec Daniel Williams. Elle décida de s'attaquer à Matteo De Campo avant de monter se coucher.

En voyant Quinn Davis se diriger vers lui, Matteo tâcha de contrôler son pouls, qui s'était mis à battre furieusement. Le message de la jeune femme avait été clair : non seulement elle avait accepté très froidement ses présents, mais elle l'avait évité toute la soirée. Soit il lui déplaisait, soit De Campo était définitivement hors jeu pour le marché Luxe — ce qu'il ne pouvait accepter.

Tout en continuant à bavarder avec son hôte, il observa le superbe balancement des hanches de Quinn. Sa robe d'été avait beau être très stricte, avec une telle silhouette, elle serait sexy en diable même en haillons. Il serra les doigts sur son verre. Un « test alchimique », qu'est-ce que c'était que cette farce ? Soudain, Warren lui demanda de l'excuser et se dirigea vers sa fille, avec laquelle il échangea quelques mots. Matteo vit le visage de la jeune femme se crisper, mais elle inclina la tête avant de rentrer dans la maison.

Qu'avait-il donc fait pour susciter un tel mépris de sa part ? Dès le premier regard qu'ils avaient échangé, il avait compris qu'il l'attirait. Peut-être était-ce le problème, d'ailleurs : une femme comme elle devait avoir horreur de laisser entrevoir le défaut de sa cuirasse. Elle allait être encore plus difficile à séduire qu'il ne l'avait cru. Heureusement, il avait de la ressource.

Daniel Williams se dirigea vers lui et lui adressa un regard plein de sympathie.

— Vous attendez encore ? Elle a l'air plutôt dure à la détente, pas vrai ?

En d'autres circonstances, il l'aurait reconnu, mais il préféra désigner Warren Davis d'un signe de tête :

— Pour un entretien d'une heure avec lui, comme celui que je viens d'avoir, certains sont prêts à payer trois millions de dollars. Alors, je ne me plains pas.

La bouche de l'Australien se crispa.

— Touché. Mais ce n'est pas Warren qui décide. C'est Quinn.

En proie à une bouffée d'agressivité, Matteo croisa les bras.

— Je l'ai entendue dire qu'elle était allée vous voir en Australie. Cela fait longtemps que vous négociez ?

— Environ six mois. Mais c'est toujours la Reine des Glaces. Rien d'étonnant à ce qu'elle en vende en cornets, plaisanta Williams avec un sourire complice.

Le souffle de Matteo se bloqua. Six mois de négociations ? De Campo n'avait pas la moindre chance ! Sans parler de ce fichu « test alchimique »…

— Six mois que je la surveille comme le lait sur le feu,

reprit l'Australien. Je regrette d'avoir à vous le dire parce que vous m'êtes sympathique et qu'entre vignerons il faut se serrer les coudes, mais l'affaire est quasiment faite. Cette pouliche, je la tiens dans le creux de ma main. Vous perdez votre temps.

— Mon intuition me dit que vous faites erreur.

— Dans ce cas, bonne chance. Vous n'êtes pas sorti de l'auberge, je préfère vous le dire.

— Ça ne me dérange pas, répondit Matteo.

Il aperçut du coin de l'œil Quinn qui surgissait de la maison et prit congé de l'Australien :

— Excusez-moi, je crois que, cette fois, j'ai tiré le bon numéro.

Matteo marcha vers Quinn Davis, bouillant de colère. S'il y avait une chose qu'il ne pouvait tolérer, c'était qu'on lui fasse perdre son temps. Comme la situation requérait du calme et du sang-froid, il réussit à plaquer un sourire sur son visage avant de s'arrêter devant la jeune femme.

— Accepterez-vous de m'accorder un peu de votre précieux temps ?

Elle abaissa ses longs cils pour dissimuler son regard.

— Justement, j'étais à votre recherche. Mon père m'a dit que vous aviez envie de voir notre bassin à carpes koï.

Ce dont il aurait eu envie, c'était de lui plonger la tête dans ce fichu bassin !

— Je m'intéresse beaucoup aux carpes koï, réussit-il à dire sans trop d'ironie dans le ton.

D'un air crispé, elle l'invita à la suivre. Tandis qu'ils s'enfonçaient dans le jardin, elle lui posa quelques questions, avec un désintérêt si évident que Matteo en fut plus mortifié encore. Il lui répondit par les platitudes habituelles concernant De Campo, les vignobles magnifiques de Toscane et de Napa, et les bonnes raisons qu'elle aurait de choisir cette entreprise centenaire. Visiblement, elle n'en avait rien à faire et, avant même qu'ils ne soient arrivés au bassin, elle commença son petit exposé sur ces carpes asiatiques, symboles en Asie d'amour et de virilité. Quand la jeune femme se mit à lui expliquer comment ils les sortaient du bassin en été pour les garder à l'intérieur, il n'y tint plus.

— Madame Davis, j'ai l'impression que vous ne m'aimez pas beaucoup.

Elle cligna des yeux avant de le fixer froidement.

— Ce n'est pas vous que je n'aime pas, monsieur De Campo, c'est l'image qu'on donne de vous.

Matteo enfonça les mains dans ses poches sans détourner le regard.

— Je ne suis pas sûr de comprendre…

— Le play-boy global. L'homme qui s'imagine que son charme peut lui permettre de manipuler n'importe qui.

— Vous faites erreur.

— « Un prénom étonnant pour une femme qui ne l'est pas moins. » Cette phrase est bien de vous, non ?

— Cette phrase ne fait qu'exprimer la vérité. Mais parlons plutôt de ma place sur votre liste. Sans nul doute, Silver Kangaroo est votre premier choix, devant H-Brands et Michael Collins Group.

Le visage de Quinn s'empourpra, preuve qu'il avait raison.

— Pourquoi m'avoir fait venir si vous n'êtes même pas prête à m'accorder la moindre chance ?

— Mais vous avez une chance, déclara-t-elle en le fusillant de son regard d'émeraude. Expliquez-moi pour quelles raisons je devrais vous choisir. Je suis tout ouïe. Surprenez-moi.

La *surprendre* ? Il eut soudain en tête mille moyens d'y parvenir, dont la plupart ne pouvaient se pratiquer au cours d'un conseil d'administration — à commencer par la faire taire, en posant sa bouche sur la sienne… Il se mordit la langue.

— C'est Silver Kangaroo que vous avez en tête. Je reconnais qu'ils ont une excellente image et qu'ils ont remporté des médailles, mais nous aussi. Et De Campo, comme vous le savez, produit des vins qui sortent de l'ordinaire. Or, à en croire Warren, votre créneau pour Luxe c'est le « *made in U.S.A.* ».

— Peut-être pour mon père ; mais, au final, le choix dépend de moi.

— Vous obtiendrez davantage d'attention à vos desiderata de

notre part que de la part de marques plus importantes. Quelle proximité, quelle réactivité vous prodigueront Michael Collins Group ou H-Brands ?

— Beaucoup, à en croire leurs promesses.

— Et vous leur faites confiance ? Mais il existe une autre raison de nous préférer, madame Quinn : étant nous-mêmes dans la restauration, nous pouvons devenir vos partenaires. Nos restaurants ont une excellente rentabilité. Nous sommes capables de vous aider dans ce domaine. De vous guider.

— Il ne vous a sans doute pas échappé que je dirige moi-même une chaîne de restaurants !

— De la restauration rapide. C'est totalement différent.

— Pas tant que ça, monsieur De Campo, s'emporta-t-elle avec un regard menaçant. Vous êtes un concurrent. Croyez-vous que nous allons vous livrer nos secrets pour que vous nous tuiez ensuite ?

— De Campo n'est pas intéressé par la restauration de luxe et vise une clientèle jeune et branchée. Nous ne travaillerons pas en concurrence, mais en synergie.

— Qu'est-ce qui nous dit que vous ne chercherez pas à vous développer ? Cette année, vous avez ouvert cinq restaurants.

— Ce n'est pas dans nos projets. Nous connaissons parfaitement notre niche. Si nous concluons un partenariat avec vous, nous partagerons notre savoir-faire.

— Monsieur De Campo, rétorqua-t-elle en le fusillant du regard, ce qui nous intéresse, ce sont vos vins, pas vos compétences.

— Cette semaine, Riccardo et moi sommes allés dîner dans le restaurant de l'hôtel Luxe de Park Avenue. Nous y avons relevé dix erreurs qui risquent de couler votre réputation. Vous devriez écouter ce que nous avons à vous dire.

Une ombre passa dans le regard de la jeune femme. Bingo ! Elle croisa les bras sur sa poitrine.

— Continuez.

— Je le ferai à condition de figurer sur votre liste.

— C'est maintenant que vous avez la possibilité de marquer un point.

— Je prends le risque.

— Ah ! Ah ! Flambeur de surcroît.

— Toujours. Mais vous, vous avez horreur qu'on vous sous-estime, non ?

— Peut-être.

— Dans ce cas, vous serez sans doute ravie de savoir que Daniel Williams prétend vous tenir dans le creux de sa main.

— Pardon ?

— Je me rappelle ses propos, mot pour mot : « Cette pouliche, je la tiens dans le creux de ma main. »

— *Pouliche ?* répéta-t-elle en le fixant droit dans les yeux. Il a vraiment dit ça ?

— A l'instant. Demandez-le-lui. Vous savez, les apparences sont trompeuses. Vous me prenez pour un play-boy qui use de son charme pour mieux vous manipuler ? Vous n'y êtes pas du tout. Vous avez raison : j'aime les femmes et, dès le premier regard, vous m'avez plu et j'ai senti que je vous plaisais aussi. Mais, au fond, vous n'êtes pas vraiment mon genre. Je ne suis pas porté sur les froides beautés. Alors rentrez vos griffes et jouez franc jeu. Jugez De Campo sur pièces, pas sur ce qu'on raconte de moi. Sinon, votre « test alchimique » ne sera que du bla-bla.

Il tourna les talons sans en dire davantage, de peur de détruire ses dernières chances — si ce n'était déjà fait… Il saisit un verre sur le plateau d'un serveur en se demandant ce qui avait bien pu lui prendre. En général, il ne se montrait pas aussi impulsif, même si on pouvait parfois lui reprocher sa témérité. Cette femme était vraiment impossible ! Et il jouait sa carrière face à elle.

Il l'observa tandis qu'elle rejoignait les invités et la vit jeter à Daniel Williams un regard sans aménité. Les paroles arrogantes qu'il venait de lui rapporter devaient l'avoir mise en rage. Peut-être même lui feraient-elles faire exactement le contraire de ce qu'elle avait prévu…

L'idée qu'il avait une fois encore fait perdre à De Campo un marché historique tint Matteo éveillé une bonne partie de la nuit.

A 5 heures du matin, rejetant les draps, il finit par se lever. Il lui faudrait attendre au moins deux jours avant de connaître le résultat de cette rencontre, puisque Quinn Davis avait dit qu'ils en seraient informés au début de la semaine suivante.

Une seule chose était certaine : en dépit de son supposé « charme légendaire », il avait complètement raté le fameux « test alchimique ». Après cette soirée, Quinn Davis devait éprouver à son égard un sentiment proche de la haine…

3

Matteo venait de pénétrer dans son loft lorsque son portable sonna dans sa poche. Riccardo qui venait aux nouvelles, sans aucun doute. Il laissa tomber son sac et sortit son téléphone pour vérifier le nom du correspondant.

Quinn Davis !

Son cœur fit un bond dans sa poitrine.

— Félicitations, monsieur De Campo. Votre nom figure sur la dernière liste de deux noms.

Il laissa échapper un long soupir : du soulagement, mais aussi l'ivresse de la victoire. Ce cocktail fit courir son sang plus vite dans ses veines.

— Je suis ravi que notre maison ait été retenue, malgré l'attention dont m'honore la presse. *Grazie*.

— Notre nouvelle sommelière a fait pencher le vote en votre faveur. Elle connaissait vos produits, bien sûr, mais dès qu'elle a goûté le nouveau malbec de Gabriele, elle a été conquise.

— Je n'oublierai pas de l'en remercier personnellement.

— J'aimerais autant que vous vous absteniez.

— Et pourquoi donc, s'il vous plaît ?

— Concernant les hommes, elle est moins blasée que moi, et je préfère ne pas traîner un cœur meurtri dans mon équipe.

— Vous me surestimez, madame Davis.

— Sûrement pas. A propos, je vous remercie pour le parfum. Vous n'auriez pas dû.

— Une bouffée de Toscane. Vous aimez le jasmin ?

— Oui. C'est donc là votre technique : appâter les femmes grâce à des parfums de luxe ?

— C'est plutôt banal, non ? En revanche, en cuisine, je ne me débrouille pas trop mal. Un homme qui sait cuisiner impressionne toujours une femme.

— Je n'en doute pas plus que de tous vos autres talents, monsieur De Campo. Serait-il possible de visiter dès la semaine prochaine vos installations de Toscane ? J'aimerais le faire avant de vous montrer deux des sites que nous comptons rouvrir aux Caraïbes, à Sainte-Lucie. De cette façon, vous pourrez mieux concevoir les ambitions de Luxe avant que nous ne prenions la décision finale, début août.

— Bien sûr. Notre cow-boy participera-t-il lui aussi à cette petite virée aux Caraïbes ?

— Si vous voulez parler de Daniel Williams, la réponse est oui.

— *Perfetto*, répondit-il sur un ton plein d'ironie, convaincu qu'il réussirait à clouer définitivement le bec à l'Australien. Quant à la Toscane, ce sera quand vous le désirez.

— Pourquoi pas vendredi prochain ? Cela m'éviterait de m'absenter en semaine.

Il eut un rictus écœuré. A aucun prix cette dingue de travail n'aurait cessé une seule journée de remplir les caisses de Davis Investments.

— Très bien. Je vous enverrai le jet privé des De Campo ?

— Non, merci. Selon les règles de notre entreprise, je privilégie les lignes commerciales. Question de bonne gestion.

— A une condition, non négociable.

— Laquelle ?

— Vous m'appellerez Matteo.

Elle l'entendit presque sourire.

— Je serais curieuse de connaître la liste de vos envies, Matteo.

Ses yeux se posèrent sur le Chagall qu'il venait d'acquérir dans une vente, et qui éclairait de ses couleurs éclatantes le mur de l'entrée.

— Je vous la dévoilerai en Toscane, Quinn, devant une

bouteille de brunello. N'oubliez pas de prendre un pull. Il fait frais la nuit dans le *castello.*

— Cela ne peut que convenir à une « froide beauté », ironisa-t-elle en reprenant ses propres mots.

Constatant qu'elle avait raccroché, Matteo glissa son téléphone dans sa poche. D'après son expérience, certaines femmes étaient réellement insensibles et distantes, alors que chez d'autres ce n'était qu'apparence. Cette dernière catégorie l'avait toujours fasciné et, s'il la considérait comme un vivant défi, la récompense qu'elles offraient n'en était que plus douce. Il aurait parié son Chagall que Quinn faisait partie du lot. Dommage qu'il lui soit interdit de relever ce défi…

Dans son euphorie, il appela Riccardo. Ils avaient réussi leur coup et c'est tout ce qui comptait. Ce soir-là, la bière qu'il dégusta dans le patio lui parut délicieuse.

« J'aurais mieux fait d'accepter de prendre le jet des De Campo », songea Quinn en débarquant à Florence sans avoir fermé l'œil, courbatue, prête à étrangler son voisin qui n'avait cessé de lui ronfler dans l'oreille. Si elle avait accepté la proposition de Matteo, elle aurait au moins pu travailler — l'avion l'angoissait trop pour qu'elle dorme. Au lieu de quoi, prise en sandwich entre la carlingue et son voisin obèse durant les huit heures du vol, elle s'était contentée de regarder des films.

Sa valise de cabine à la main, elle se dirigea vers le tapis à bagages en pensant à tout le travail qui lui restait encore. Luxe ne se portait pas aussi bien que Warren et elle l'avaient supposé. En creusant un peu, ils avaient découvert que le vendeur leur avait caché un certain nombre de problèmes, en particulier que la branche restauration perdait de plus en plus d'argent. L'heure de gloire de Luxe était depuis longtemps dépassée.

En soupirant, elle s'assit pour attendre sa valise. Oui, elle pouvait réussir à redresser Luxe. Une chose après l'autre, comme le lui disait toujours sa mère dans son enfance. Elle ferma les yeux pour lutter contre la migraine qui la gagnait. Durant sa courte carrière, elle avait à maintes reprises prouvé que, pour elle, le mot impossible n'existait pas. Dès qu'elle en aurait fini avec ce voyage de deux jours en Italie, elle trouverait moyen de redynamiser ces restaurants qui périclitaient.

Le tapis à bagages finit par revenir à la vie et sa valise apparut. A peine sortie, une chaleur accablante lui tomba sur les épaules. Elle s'arrêta pour ôter son cardigan, qu'elle noua autour de sa taille, repoussa ses lunettes de soleil sur le sommet de son crâne et chercha un panneau à son nom. Elle aperçut alors Matteo, adossé à une voiture d'un luxe voyant. Il portait un T-shirt de l'université d'Oxford et un jean dont la coupe faisait de ses longues jambes des œuvres d'art. Frais, élégant, très italien ; et en même temps chaud à s'y brûler les ailes.

Instinctivement, les mains de Quinn montèrent vers son chignon, qu'elle n'avait pas refait depuis Londres. Elle devait avoir l'air d'un épouvantail. De plus, son pantalon était froissé et son voisin avait renversé un peu de café sur son chemisier. Comment pouvait-elle se sentir aussi gauche et dépourvue d'élégance sous le regard de ce sublime Italien ? Evidemment, elle ne s'attendait pas à ce qu'il vienne lui-même la chercher…

D'un pas souple et tranquille, il se dirigea vers elle, et tous les regards féminins se tournèrent vers lui. C'est alors qu'elle remarqua le tatouage sur son biceps gauche. Pas très sérieux… Elle repensa à son mari : un beau gosse, fils d'un avocat très puissant qu'appréciait son père, avide d'admiration. Matteo De Campo, lui, n'avait jamais dû douter de lui-même un seul instant.

A l'étincelle dans ses yeux, elle sut qu'elle produisait sur lui un certain effet. Elle inspira à pleins poumons l'air odorant de Toscane. Il lui fallait absolument réduire à néant l'attirance physique qui les poussait l'un vers l'autre. Vite.

— Pourquoi êtes-vous venu vous-même ? murmura-t-elle.

Il se pencha pour l'embrasser sur les deux joues. Elle rougit et il lui jeta un regard moqueur.

— Vous êtes en Italie, Quinn. Ici, on ne se serre pas la main, on s'embrasse.

Elle recula d'un pas.

— Excusez-moi. Je suis en piteux état. Le voyage…

— Allons, allons. Il y a des femmes qui tueraient pour avoir cette allure même sans avoir traversé l'Atlantique.

— Vous ne pouvez vraiment pas vous en empêcher ?

— Les play-boys sont ainsi faits, la taquina-t-il en la fixant de ses yeux gris pleins de gaieté. Mais si vous l'exigez, je veux bien mettre une sourdine.

Il lui prit ses valises pour les déposer sur le minuscule siège arrière.

— C'est très aimable à vous.

Comme il lui ouvrait la portière côté passager, elle se glissa sur le siège tapissé de cuir souple.

— Cette voiture colle bien à mon image de mauvais garçon, n'est-ce pas ? demanda-t-il, en faisant vrombir le moteur.

Tandis qu'ils quittaient l'aéroport, Quinn dut reconnaître en son for intérieur qu'il n'avait pas tort : il était sexy et son tatouage aussi. En l'examinant de plus près, elle découvrit quelques mots en latin dont le graphisme parfait mettait en valeur sa musculature. Elle faillit lui demander ce que cela signifiait mais s'abstint : elle n'était pas actrice ou mannequin pour tomber dans ce genre de piège. Et elle avait d'autres cordes à son arc.

Il lui jeta un regard de côté.

— Le *castello* est à une heure de route. Détendez-vous et faites une petite sieste. Vous avez l'air fatiguée.

— Je ne peux pas dormir en avion.

— Vous préféreriez tenir le manche, n'est-ce pas ?

— Comment l'avez-vous deviné ?

— Comme ça. Si vous ne dormez pas durant le trajet, j'aurai des tas de questions à vous poser.

C'est ce qu'il fit, tout en conduisant avec une désinvolture qui épouvanta Quinn. Il l'interrogea longuement sur la gestion et le fonctionnement de Luxe, non sans commenter le paysage avec de grands gestes. Plus d'une fois elle se cramponna à la poignée de la portière.

— Puis-je vous demander de ralentir un peu ? murmura-t-elle

à la sortie d'un long virage. A moins que ce côté casse-cou ne fasse partie de votre panoplie de play-boy.

— En Italie, conduire est un véritable sport. Vous voulez me transformer en fillette ?

Aucun risque, d'autant qu'elle avait un mal fou à détacher le regard de ses cuisses puissamment musclées et de ses mains superbes. Le type même du mâle dangereux…

Elle s'efforça de fixer le paysage, où les coquelicots tachaient d'un rouge vibrant le vert des champs, et de se concentrer sur les informations que lui fournissait Matteo à propos de Montalcino, la ville où se trouvait le *castello* familial. Tout au long de sa sanglante histoire, elle avait été plusieurs fois assiégée par les cités voisines. Sa forteresse avait tenu un rôle stratégique dans les combats opposant les Siennois et leurs puissants envahisseurs.

— La partie la plus spectaculaire est la cave de l'ancien donjon, où l'on enfermait les prisonniers de guerre. L'atmosphère y est très particulière. Quand mon grand-père a acheté le *castello*, on y a trouvé deux squelettes, qui y sont encore exposés.

— Quelle horreur !

A la sortie d'un virage, Quinn aperçut un superbe château perché au sommet d'une colline, qui se détachait sur le vert des forêts environnantes.

— C'est là ? demanda-t-elle.

— Oui, voici le *castello* De Campo. Il date du Moyen Age.

Une construction majestueuse, d'un brun doré, encadrée de tourelles carrées et surmontée d'un donjon, comme au cinéma. Matteo désigna les vignobles en terrasse qui s'étendaient à flanc de coteaux.

— Nos vignes s'étagent à des niveaux variés et diversement exposés, ce qui permet à chaque cépage de se développer dans les meilleures conditions. Certains blancs, les chardonnay par exemple, sont plantés en altitude, car les nuits y sont plus fraîches et la maturation plus lente, alors que le cépage brunello se développe mieux plus bas.

— Marguerite apprécie beaucoup votre brunello di Montalcino.

— Qui ?

— Ma sommelière en chef.

— Justement, nous devons en déguster un ce soir.

Quinn était si fatiguée que, si elle buvait la moindre goutte, elle risquait de tomber les bras en croix. Mais si elle ratait cette occasion de goûter le fameux rouge puissant de la maison De Campo, Marguerite la tuerait.

— Vous avez une gamme très étendue. Combien de crus différents produisez-vous ?

— Quinze, répondit-il en tournant les yeux vers elle. Demain, nous pourrions faire le tour de la propriété. Vous montez à cheval ?

— Pas très bien.

Elle avait peur des chevaux. Des animaux trop grands, trop lourds, trop imprévisibles. Comme certains hommes qu'elle ne tenait pas à faire entrer dans sa vie…

Matteo se gara en face du superbe *castello*, puis porta ses bagages à l'intérieur. Quinn ne put s'empêcher de songer que De Campo était un nom plus chargé d'histoire que Silver Kangaroo. Ici, le passé était partout : dans les vignes centenaires qui environnaient le château comme dans cette troisième génération de viticulteurs qui y produisaient de grands crus. La jeune maison australienne, malgré tous les prix qu'elle avait remportés, ne pouvait rivaliser avec cette lignée.

Quand Matteo l'introduisit dans le superbe hall carrelé de l'aile gauche, Quinn eut l'impression de pénétrer dans un palais. Cette partie du *castello*, lui expliqua-t-il, était la résidence de la famille. Elle nota le remarquable plafond cathédrale et les fresques magnifiques. Dans sa suite, les murs de pierres apparentes se prolongeaient en un double arc qui séparait un salon avec cheminée de la chambre aux murs tendus de brocart, où trônait un énorme lit à baldaquin. Une chambre de princesse.

Une impression étrange envahit Quinn. Depuis sa plus tendre enfance, elle éprouvait un sentiment d'imposture. Son père biologique, simple ouvrier du Mississippi, devait encore exercer deux emplois pour faire vivre sa famille. Elle le savait car elle avait engagé un détective privé pour découvrir la vérité sur son adoption — qui n'était pas aussi simple que le lui avaient raconté Warren et Sile, avec les meilleures intentions toutefois. Après l'avoir abandonnée, sa mère avait eu une liaison avec un homme marié ; cependant, elle était revenue avec le père de Quinn, qu'elle avait fini par épouser. Elle avait eu avec lui une autre fille. Pour remplacer celle dont ils s'étaient débarrassés ?

— Quinn ? s'enquit Matteo. Tout va bien ?

— Oui, merci. Je me demandais seulement ce que ça fait de grandir dans un château.

— Je pourrais vous en raconter, des histoires. Par exemple sur les cachettes que peuvent y trouver trois garçons astucieux.

— J'imagine. Ferai-je la connaissance de vos parents ce soir ?

— Hélas non. Antonio est à Londres pour un conseil d'administration. Ma mère, elle, préfère résider à Florence.

Intéressant… Tant que Sile était vivante, Warren aurait voyagé toute une journée pour juste passer la nuit avec elle. Jamais il ne l'avait quittée, sauf pour travailler. Le cœur de Quinn se serra. La mort tragique et prématurée de sa femme avait détruit Warren, lui ôtant le peu de douceur qu'il possédait pour ne lui laisser qu'une colère dévastatrice.

— 19 heures vous convient pour dîner ? demanda son hôte. Cela vous laisse le temps de dormir un peu.

— C'est parfait, merci.

— *Fino a stasera.* A tout à l'heure.

Pourquoi ces simples mots lui paraissaient-ils si sexy ? L'accent italien, sans doute, songea-t-elle en refermant la porte.

Elle décida de se doucher et de consulter ses e-mails. Mais ses yeux brûlaient de fatigue, et elle avait l'impression d'avoir été rouée de coups. Quelques minutes de sommeil dans cette chambre de conte de fées suffiraient sans doute à la remettre d'aplomb pour le dîner. « Deux petites heures, pas plus », se dit-elle en lorgnant le lit. Ensuite, il serait bien temps de se demander comment échapper à l'attirance qu'elle ressentait pour Matteo. Cette réaction incontrôlable était sans doute due à l'absence d'homme dans sa vie depuis Julian. Elle avait muré son cœur pour supporter l'humiliation que lui avait fait subir son mari — et qu'aucun homme ne lui causerait jamais plus — et survivre dans ce monde comme une vraie Davis.

Ainsi, c'était plus facile. N'avoir besoin de personne… Non, elle n'était pas prête à changer de stratégie…

Il était 19 heures passées quand Matteo toqua à la porte de Quinn, sachant parfaitement comment il allait s'y prendre : l'impressionner par un incomparable brunello et par l'atmosphère historique qui émanait du cellier des De Campo, et lui faire avouer pourquoi elle les avait d'emblée placés en quatrième position sur la liste.

N'entendant pas de réponse, il frappa plus fort.

Rien.

Etrange. Quinn avait pourtant l'air d'une femme ponctuelle. Brusquement la lourde porte de bois s'ouvrit et elle apparut, les paupières encore lourdes et les cheveux répandus sur les épaules en une masse brune et bouclée.

— Désolée, dit-elle, je me suis endormie.

Avec ses grands yeux verts ensommeillés, elle ressemblait vraiment à un ange. Un ange très vulnérable dont il ne parvenait pas à détacher le regard. Cette Quinn-là, il avait l'impression que c'était la vraie : une fille douce sous l'armure qu'elle tenait à exhiber au monde. Des joues roses, des lèvres pleines, du genre de celles qu'un homme aime imaginer en train de…

« Stop ! » s'intima-t-il mentalement. Quinn Davis lui était interdite. Elle s'éclaircit la gorge et, dans ses yeux, la vulnérabilité fit place à une lueur sensuelle. Comment avait-il pu imaginer que cette femme était froide ? A moins qu'elle ne soit constituée d'une étrange alliance de feu et de glace…

— Accordez-moi cinq minutes de plus pour me préparer.

Il acquiesça et la porte se referma. Pour séduire cette femme, c'était de son cerveau qu'il devrait se servir et non pas de son corps, hélas, contrairement à ses habitudes.

Quinn réapparut un peu plus tard, vêtue d'une robe bleu

marine plutôt classique qui n'en soulignait pas moins ses courbes voluptueuses. Elle avait retrouvé son maintien froid et compassé.

— J'espère que je suis convenablement vêtue. Vous n'aviez rien précisé.

— *Perfetto.* Désolé, j'ai oublié de mentionner que nous dînerions en tête à tête dans le cellier. Mais je vous promets de bien me conduire, ajouta-t-il en la voyant esquisser une moue, et de vous réciter les statistiques les plus récentes concernant De Campo. Je peux même vous révéler de quel produit nous nous servons pour faire briller le carrelage.

Il constata qu'elle essayait tant bien que mal de refréner son sourire. Il en déduisit qu'elle avait autant de mal que lui à gérer cette fameuse alchimie qui semblait échapper à leur volonté.

— Je ne me faisais aucun souci concernant votre comportement, dit-elle.

Il lui fit faire le tour de l'aile ouest, lui montrant la bibliothèque séculaire, les lustres de cristal de la salle de bal, et le salon de musique avec son piano à queue. Puis il la conduisit dans l'aile est, où le restaurant commençait à se remplir de touristes et d'habitués. Avec le chef, Guerino Pisani, elle se montra d'une politesse exquise, lui promettant de revenir après le dîner pour commenter le repas. Ainsi, se dit Matteo, la froideur de Quinn Davis lui était réservée à lui seul, sans doute à cause de sa réputation de play-boy.

L'ego un peu chancelant, il la guida vers le cellier par un escalier de pierre.

— Vous ne m'avez pas menti, reconnut-elle en désignant d'un geste les deux squelettes dans une alcôve. Vous savez de qui il s'agit ?

— Des Espagnols peut-être, ou des Français, ou des soldats du Saint-Empire. Beaucoup ont été emprisonnés ici, de même que certains membres de puissantes familles de Florence, qui ont combattu Sienne au Moyen Age.

Sur les murs était fixée une collection d'armes médiévales : épées, piques, casques et cuirasses.

— Tout cela me semble bien brutal, déclara Quinn après les avoir observées longuement.

— Oui. Le corps-à-corps sous sa forme la plus violente. La seule bataille de Montaperti, le 4 septembre 1260, fit plus de dix mille morts.

Entre les hauts murs du majestueux cellier aménagé par son grand-père Alfonso De Campo, on avait également l'impression glaçante que des hommes avaient souffert, en dépit des aménagements élégants, des étagères de noisetier sombre de plus de quatre mètres de haut où étaient rangés les crus les plus précieux et ce bar de bois élégamment tourné.

— C'est à couper le souffle, murmura Quinn. On y exécutait les prisonniers ?

— Beaucoup mouraient de leurs blessures.

Cette réponse n'eut pas l'air de la rassurer. Matteo lui avança une chaise pour qu'elle s'installe à la table dressée pour deux et éclairée aux bougies. Il s'assit en face et tendit la main vers la bouteille.

— Voulez-vous du vin ?

Elle regarda l'étiquette.

— Refuser un brunello di Montalcino De Campo de 1970 ? Sûrement pas.

Il remplit leurs verres d'un vin rouge sombre, presque brun.

— A notre fructueuse collaboration, lança-t-il.

— Vous allez un peu vite.

— Je n'ai pas l'intention de perdre, Quinn.

— Dans ce cas, que le meilleur gagne, répondit-elle en levant son verre.

Les yeux clos, elle huma le vin et Matteo fut fasciné par la ferveur qu'elle mettait à cette expérience sensuelle. Quinn Davis était définitivement loin d'être la femme de glace qu'elle donnait à voir au monde. Abandonnait-elle parfois son attitude rigide pour se laisser aller un peu ? Lui arrivait-il de crier de plaisir entre les bras d'un homme ?

Elle ouvrit les yeux et plongea son regard dans le sien. Elle dut y lire ses pensées friponnes car elle rosit et détourna vivement la tête.

— Si vous me disiez ce que vous reprochez à notre restaurant de Park Avenue ? murmura Quinn lorsqu'on leur eut apporté leurs plats.

Il se carra dans sa chaise, balançant son verre de brunello entre deux doigts.

— La carte des vins est beaucoup trop longue. Les gens n'arrivent pas à choisir.

— Personnellement, j'ai horreur d'aller dans un endroit où on me force quasiment la main. Les gens adorent avoir le choix.

— *Si.* Toutefois, le soir où nous y sommes allés, Riccardo et moi, le couple assis à la table voisine était tout prêt à commander une bouteille très chère. Mais la carte était tellement longue qu'ils ont fini par se rabattre sur un vin plus ordinaire, mais qu'ils connaissaient. Et ce soir-là, le sommelier n'est même pas venu les conseiller.

— Nous avons quelques problèmes de personnel, coupa-t-elle, sur la défensive.

— Un mardi à 19 heures ? Il y avait des tables vides.

— Continuez, dit-elle après un assez long silence.

— Il faut aussi davantage de jolies serveuses au bar.

— Pour que les clients puissent les reluquer tout en dépensant leur argent. Vous vous trompez d'établissement, Matteo.

— Ce soir-là, au bar, les clients étaient des hommes à soixante-quinze pour cent — des financiers qui prenaient un verre après le travail. Si vous mettez une belle fille en face d'eux, ils resteront plus longtemps, consommeront davantage et reviendront, je vous le garantis.

— Je suppose que la minijupe serait de rigueur ?

— L'érotisme fait vendre, Quinn, je n'y suis pour rien.

— Vous, les hommes, vous êtes des créatures tellement prévisibles !

— Si vous voulez dire que nous exprimons franchement

ce que nous ressentons, sans chercher à couper les cheveux en quatre, vous n'avez pas tort.

— Peut-être, mais vous passez à côté de bien des subtilités.

— Par exemple ?

— Je préfère que vous terminiez la liste des points négatifs.

Avant même la fin du dîner, Quinn comprit qu'elle avait sous-estimé Matteo De Campo et qu'il était très capable de l'aider à tirer Luxe du marasme. Un homme d'affaires brillant et un génie du marketing, qui gagnait beaucoup d'argent grâce à ses bars à vin branchés.

— Vous venez de marquer des points, reconnut-elle en repoussant son assiette vide. Mais sur la branche restauration, nous sommes en concurrence, je ne l'oublie pas.

— Nous n'avons pas la même clientèle. Entrez dans un de nos bistrots, vous constaterez que les clients ont au moins dix ans de moins que chez vous. Ils n'ont pas les moyens de dîner chez Luxe.

— Comment savoir si à l'avenir vous n'essaierez pas de nous doubler ? Faudrait-il le mentionner dans le contrat ?

Elle vit Matteo tressaillir légèrement.

— Eh bien, parlons-en.

— Je pense que nous pourrions travailler en synergie, mais il me sera très difficile de le faire admettre au conseil d'administration, s'il y a le moindre risque que vous empiétiez sur nos plates-bandes.

— Qui vous garantit que Silver Kangaroo ne va pas ouvrir une chaîne de restaurants ?

— Je ne prédis pas l'avenir, je prends mes décisions en me fondant sur des faits.

Il reprit la bouteille et versa dans leurs verres les dernières gouttes de vin. Quinn songea qu'elle aurait sans doute dû refuser, mais ce nectar légendaire était si délicieux…

— Pourquoi nous avoir classés quatrièmes, Quinn ? demanda-t-il soudain.

Sans doute le vin lui déliait-il la langue, mais elle lui devait aussi la vérité.

— Dans mon esprit, De Campo est une maison trop arrogante et sûre d'elle. Des vins exceptionnels, une tradition sans reproche, mais pour Luxe vous correspondez au passé. Au contraire, Silver Kangaroo est une marque jeune, vibrante, fraîche. Un peu trop éclectique, peut-être, mais cela s'accorde au tournant que je veux faire prendre à Luxe.

— De Campo n'a rien d'arrogant, protesta son hôte. Je tiens à votre disposition une étude de marque qui vous prouvera que vous vous trompez et que nous plaisons à une clientèle jeune et branchée, même si nous avons un siècle d'activité derrière nous.

— Les études de marque sont conçues pour plaire à ceux qui les commandent. C'est en me fondant sur mon intuition personnelle que je prendrai ma décision.

Une lueur de frustration passa dans le regard de Matteo.

— Il faut que vous rendiez visite à Gabriele, dans la Napa Valley. Notre domaine californien est à des années-lumière de Silver Kangaroo.

— Si mon emploi du temps me le permet.

Un serveur vint enlever leurs assiettes. Quinn était certaine que, si elle se glissait maintenant entre les draps, elle pourrait dormir vingt-quatre heures d'affilée.

— Ce dîner était succulent, dit-elle. Je vais essayer de vous voler Guerino.

— Désolé, mais jamais notre chef ne quittera l'Italie, répliqua Matteo avec un sourire paresseux.

— C'est bien dommage.

Pourquoi la barbe naissante qui ombrait ses mâchoires lui paraissait-elle si sexy quand il parlait italien avec le serveur ? Pourquoi son physique avantageux lui semblait-il maintenant plus que tentant, alors qu'elle savait cet homme dangereux ? La chaleur du vin faisait fondre ses sens et commençait à lui monter à la tête. Tout à l'heure, elle avait remarqué qu'il la déshabillait du regard et elle n'avait pas protesté, même pas d'un regard assassin ou d'une mimique. Quelle idiote ! Alors qu'ils étaient censés être dans un dîner d'affaires…

Un article lu dans un magazine *people* lui revint à la mémoire :

une des ex de Matteo, galeriste à Manhattan, avait confié de façon très crue qu'elle n'avait jamais connu meilleur amant ; elle suggérait même qu'elle aurait aimé y revenir, alors qu'elle sortait depuis peu avec un joueur de base-ball des New York Yankees.

Il ne pouvait quand même pas être bon à ce point. A moins que… Ces longues mains n'étaient-elles pas l'instrument idéal pour séduire une femme, en prenant le temps de bien la savourer…

— Quinn ?

— Désolée, dit-elle en lui jetant un regard coupable. Je… Je pensais à autre chose.

— Je vois, oui, fit-il avec un sourire lourd de sous-entendus. Comme dessert, crème caramel ou tarte au chocolat ? Pour moi, la crème caramel de Guerino est la meilleure d'Italie.

— Alors crème caramel.

En voyant Matteo sortir une nouvelle bouteille de brunello, elle tendit la main.

— Plus de vin pour moi, merci.

— C'est moi qui le boirai. Et laissez-vous donc un peu vivre, Quinn.

Elle se raidit. Julian lui répétait souvent cette phrase sur un ton condescendant et cultivé : « Laisse-toi vivre. Prouve-moi que tu es capable de t'amuser ou j'irai voir ailleurs. »

— Un demi-verre, pas plus.

— Je vous taquinais. Parce que vous passez pour une accro au travail, comme votre père.

— Que vos espions vous ont-ils appris d'autre ?

— Cette année, vous figurez dans le top trente des chefs d'entreprise américains. Une des deux seules femmes. Warren a dû être fier.

Quinn retint une grimace. Elle aurait aimé que son père la félicite, mais il n'avait presque rien dit. Elle fit rouler dans sa bouche une gorgée de vin avant de l'avaler.

— Quoi qu'on en dise, le plafond de verre est toujours là. Mais, dès le départ, j'ai été avantagée.

— Vous avez aussi un handicap : vous êtes très belle. Ce qui empêche certains hommes de vous prendre au sérieux.

— Vous en faites partie ?

— Belle ou pas, jamais de ma vie je n'ai sous-estimé une femme. Si les hommes n'étaient pas physiquement plus forts, vous mèneriez le monde.

Il paraissait sincère. Quinn eut l'intuition horrible qu'au bout de deux jours elle pourrait se mettre à apprécier Matteo De Campo.

— Et alors, murmura-t-elle après avoir avalé une autre gorgée de vin, qu'y a-t-il d'autre dans votre rapport ?

— Rien d'original : Harvard, et ensuite vous avez rapidement grimpé les échelons. Une seule chose m'a surpris, votre niveau de krav maga. Un choix intéressant.

Comment l'avait-il découvert ? Jamais elle n'en faisait état et elle avait pris soin de choisir un club discret précisément pour éviter toute publicité.

— Un simple exutoire.

— Vraiment ? dit-il en la fixant d'un regard pénétrant. Le krav maga est un art martial de combat de rue. Il fait partie de l'entraînement des soldats israéliens. On peut difficilement parler de « simple exutoire ».

Elle se tortilla sur son siège et préféra mentir :

— Une de mes amies le pratiquait. Ça colle bien à mon goût de la compétition.

« Et avant de porter la main sur moi, un homme y regardera à deux fois », ajouta-t-elle *in petto.*

— A propos de personnalité, reprit-elle, votre tatouage m'intrigue. Qu'est-ce que ça veut dire ?

— « N'oublie jamais », répondit-il en se tâtant machinalement le bras.

— N'oublie jamais quoi ?

Le regard de Matteo vira au gris acier.

— Mon meilleur ami, Giancarlo, est mort récemment dans un accident.

Dans les yeux de son vis-à-vis, elle lut un chagrin qu'elle ne connaissait que trop bien. Jamais elle n'aurait dû lui poser cette question. Le vin, sans aucun doute…

— Je suis vraiment désolée, souffla-t-elle d'une voix rauque, pour rompre le silence. J'ai perdu ma mère quand j'avais dix ans. Cela remet tout en cause, n'est-ce pas ?

Il acquiesça de la tête et ses traits trahirent une tristesse qui contrastait avec son attitude habituelle, gaie et charmeuse. Dès qu'ils eurent terminé le dessert, il suggéra qu'elle devait être fatiguée. Effectivement, sa migraine la reprenait et son corps épuisé aspirait au repos.

Ils s'arrêtèrent dans la cuisine, où elle complimenta Guerino, avant de revenir vers l'aile ouest. Au pied de l'escalier qui menait à sa chambre, la migraine la reprit si violemment qu'elle eut du mal à gravir les marches sur ses talons de dix centimètres. Elle trébucha et serait tombée si Matteo, derrière elle, ne l'avait pas retenue. Passant le bras sous ses genoux, il la souleva comme une plume.

— Qu'est-ce… Qu'est-ce qui vous prend ?

— J'aime mieux que vous ne vous tordiez pas le cou, dit-il en la transportant jusqu'à la porte de sa chambre. Vous autres, les femmes, on se demande pourquoi vous portez des talons aussi hauts.

Quinn était trop bien dans les bras de Matteo pour se formaliser de ce reproche, d'autant qu'il sentait délicieusement bon — une odeur légèrement épicée, exotique.

— J'ai abusé du vin, reconnut-elle tandis qu'il la reposait devant sa porte.

Il garda le bras sur sa taille, comme s'il craignait qu'elle ne trébuche encore. Ses doigts lui brûlaient la peau comme des braises. Elle leva les yeux vers son visage, si séduisant, si sensuel, mourant d'envie de caresser l'ombre de sa barbe naissante. Mais les affaires étaient les affaires.

Dès qu'ils s'étaient vus pour la première fois, un arc incandescent et mystérieux les avait reliés l'un à l'autre, et la manière dont il la fixait, avec une réticence mêlée de désir, n'était pas faite pour calmer le jeu.

— Vous, froide comme la glace ? Je ne le crois pas.

La chaleur qui couvait au creux de son ventre reflua vers

son visage. Pour la première fois depuis que Julian était sorti de sa vie, deux ans plus tôt, un homme l'intéressait, lui donnait envie. Pourquoi fallait-il que ce soit précisément Matteo De Campo ?

4

Si la femme qu'il tenait entre ses bras ne s'était pas appelée Quinn Davis, Matteo serait entré dans sa chambre et aurait accepté volontiers ce qu'elle semblait prête à lui offrir. Ses yeux verts étincelaient de désir et d'une curiosité qui le touchait au plus profond ; toute son attitude semblait autoriser une exploration qu'il brûlait d'entreprendre. Sans parler de son parfum — celui qu'il lui avait offert, d'ailleurs.

Hélas, il avait des responsabilités et fait une promesse à son frère… Il écarta ses mains de la taille de la jeune femme et fit un pas en arrière.

— Vous voyez que je ne suis pas celui que vous pensez.

Pour se stabiliser, elle s'appuya au mur en lui jetant un regard de défi.

— Trop de vin, et un petit moment d'égarement. Inutile d'en tirer gloire.

— Vous me trouverez sans doute très arrogant, mais je sais deviner quand une femme a envie que je l'embrasse.

Elle ouvrit la bouche mais resta muette, comme incapable de sortir un mot. Matteo jubila intérieurement.

— Petit déjeuner à 8 heures. Et habillez-vous pour monter à cheval.

— Je vous ai déjà dit que je n'étais pas très douée.

— Inutile de paniquer. La jument que je vous destine est d'une douceur exemplaire. Vous allez l'adorer.

Elle lui jeta un regard peu convaincu.

— Bonne nuit, murmura-t-il. Si vous avez besoin de quoi que ce soit, ma chambre donne sur le hall, en bas.

Dans ses prunelles, il lut qu'elle mourrait plutôt que de s'y aventurer. Avec un large sourire, il tourna les talons, pensant à tout ce qu'il aurait eu envie de lui faire. Sachant qu'il ne pourrait dormir à cause du décalage, il descendit dans son bureau, appela Riccardo et lui demanda de trouver une solution aux inquiétudes de Quinn concernant une éventuelle concurrence dans la restauration.

— Jamais le conseil d'administration n'approuvera une telle clause dans le contrat, protesta son frère. Il va falloir trouver un autre biais.

— C'est précisément pour ça qu'on te paye.

En entendant résonner le rire de son frère, Matteo raccrocha et alla jeter un coup d'œil par la fenêtre. Les lumières du *castello* éclairaient les collines environnantes, dont les sommets se perdaient dans l'ombre. D'habitude, cette vue suffisait à l'apaiser mais, ce soir, la tâche lui semblait trop rude : il allait devoir convaincre Quinn que De Campo était le seul vignoble au monde à produire des vins dignes de Luxe. C'était le but de leur promenade du lendemain.

Cela l'inquiétait qu'elle considère De Campo comme une marque trop traditionnelle, vivant sur sa réputation. Que faire si elle refusait de s'intéresser à leurs recherches ? L'envoyer chez Gabriele, à Napa, était la seule solution, car il la devinait aussi têtue que lui. Et fermée comme une huître, refusant de dévoiler sa véritable personnalité.

En soupirant, il s'écarta de la fenêtre et revint dans sa chambre. Il avait besoin de dormir. Mais une fois couché, son esprit resta en éveil. Dans quelques jours, ce serait l'anniversaire de la mort de Giancarlo, et le rôle qu'il avait joué dans cette tragédie le hanterait toute sa vie. Alors, mieux valait se concentrer sur son fantasme du moment : la superbe Quinn sortant de sa chambre pour venir le retrouver dans la sienne.

Il était convaincu à présent que Julian Edwards n'avait pas

su satisfaire sa femme. Si lui avait eu Quinn dans son lit, jamais il ne l'aurait laissée partir…

Quinn se réveilla avec une migraine d'enfer et l'espoir d'éviter à tout prix un animal qui ne manquerait pas de ruer pour mieux la piétiner ensuite. Et un être humain nommé Matteo De Campo.

C'était malheureusement impossible, aussi se contenta-t-elle d'avaler deux aspirines et deux tasses de café serré préparé par Maria, la gouvernante du *castello.*

Matteo apparut dans la fraîcheur du matin, vêtu d'un jean et d'un T-shirt bleu marine, beau comme un jeune dieu et tenant par la bride une élégante jument alezane aux longues jambes. Son cœur se mit à battre plus vite et elle le rejoignit dehors.

— Je préférerais de loin marcher.

— Elle est adorable. Vous serez ravie, dit-il en dégageant les étriers.

Quinn fit un pas en direction de la jument et tressaillit en la voyant s'ébrouer.

— Vous avez déjà eu un problème avec un cheval ?

— J'ai fait une chute quand j'étais enfant et je ne suis jamais remontée depuis. J'avais eu trop peur.

— On aurait dû vous remettre immédiatement en selle.

— On a essayé, mais je n'ai plus voulu. Vraiment, si on pouvait marcher…

— Quinn, coupa-t-il sur un ton sans réplique. Vous ne pouvez renoncer définitivement à monter parce que vous avez eu peur. Marica n'a jamais désarçonné personne.

— Vous me prenez pour une idiote ? N'importe quoi peut effrayer un cheval et le faire ruer. Même le plus doux du monde.

— Quelle poltronne ! Très bien, ajouta-t-il en reprenant les rênes, je la ramène à l'écurie. Nous prendrons la voiture.

Comme il joignait le geste à la parole, une bouffée d'humiliation envahit Quinn.

— Arrêtez ! Je vais y aller. Mais si jamais elle me désarçonne, vous me le paierez cher.

— Bien sûr. Comment ? demanda-t-il avec un regard coquin.

La jument dressa les oreilles et effleura du nez le bras de Quinn, dont le cœur s'emballa.

— Je resterai à côté de vous pendant toute la promenade.

Les lèvres serrées, elle glissa le pied dans l'étrier et tenta de se hisser en selle. D'une main ferme Matteo la poussa pour l'aider.

— Merci, articula-t-elle en rougissant avant de saisir les rênes.

D'un mouvement agile, il se hissa sur son impressionnant étalon.

— Comment s'appelle-t-il ? Lucifer ?

— Anteros, le nom du dieu italien de l'amour et de la passion. Si l'on en croit les ragots, cela me convient parfaitement, non ? Allez, *andiamo* !

Il s'engagea le premier sur un petit chemin qui gravissait la colline. Marica le suivit sagement et les angoisses de Quinn s'apaisèrent tandis qu'ils circulaient entre les talus semés de fleurs sauvages qui bordaient les rangs de vigne rectilignes et parfaitement entretenus. Au fur et à mesure qu'ils montaient, Matteo lui indiquait les cépages différents selon l'altitude et lui détaillait les conditions de culture idéales pour chaque variété.

Le soleil était déjà haut dans le ciel lorsqu'ils redescendirent déjeuner. Matteo et le maître de chais la guidèrent à travers les installations qui produisaient des vins parmi les plus exquis du monde. Puis ils se remirent en selle pour explorer l'autre côté de la colline, où étaient cultivées les vignes dont les raisins donneraient les meilleurs chiantis et brunello di Montalcino. Ils étaient arrivés au sommet quand le disque rouge du soleil disparut derrière les montagnes. Quinn arrêta sa jument derrière Anteros, fière d'avoir surmonté sa peur, heureuse d'avoir relevé le défi et passé la journée à cheval. En Jeep, elle n'aurait pu apprécier à sa juste valeur la beauté de ce vignoble chargé d'histoire. L'air frais avait chassé sa migraine et les effets du décalage horaire. Elle se pencha pour tapoter l'encolure de Marica.

— Tu es vraiment adorable, murmura-t-elle.

L'animal dressa les oreilles, comme s'il avait compris. Matteo descendit de sa monture et s'approcha d'elle.

— Alors, on se sent plus brave ?

— Vous aviez raison, elle est merveilleuse, dit-elle avant de déchausser les étriers.

Ses jambes étaient en coton et son derrière en compote.

— Je crains d'avoir du mal à marcher, reprit-elle.

— Je suis là pour vous aider. Venez.

Elle passa la jambe par-dessus la selle pour qu'il l'aide à descendre. Une fois qu'elle fut à terre, il continua à lui tenir la taille, comme la veille, sauf que cette fois elle n'avait pas bu de vin. Son odeur mâle un peu terreuse était plus troublante encore que celle de son eau de toilette, la veille, tout comme le contact de ses bras puissants. Il produisait certainement cet effet sur toutes les femmes, songea-t-elle en reprenant son souffle. Matteo De Campo était l'homme le plus viril qu'elle ait jamais rencontré.

Elle recula d'un pas pour étendre sur l'herbe la couverture qu'il lui tendait, en se répétant qu'elle était parfaitement capable de se contrôler. D'une des sacoches de sa selle, il tira une bouteille de champagne De Campo, deux flûtes et un couteau suisse. Quinn se laissa tomber sur la couverture.

— Pour moi, très peu.

— Vous ne pouvez pas contempler cette vue sans au moins y tremper les lèvres, protesta-t-il. La tradition l'exige.

Il remplit leurs flûtes d'un vin jaune très pâle avant de s'installer à côté d'elle sur la couverture, qui parut brusquement à Quinn très petite. Discrètement, elle se recroquevilla sur le bord opposé.

— Je ne voudrais pas m'étaler, se justifia-t-elle en voyant la moue de son compagnon.

— Vous êtes tellement énorme…

Elle ne put s'empêcher de sourire.

— Merci pour cette balade, dit-elle en levant son verre. Je suis ravie que vous m'ayez convaincue de monter.

— *Prego. Salute.*

Les bulles minuscules explosèrent sur sa langue en un arôme puissant. Elle n'avait jamais adoré le champagne, mais celui-ci était très sec et parfaitement équilibré.

Matteo s'étendit, en appui sur les coudes.

— Parlez-moi de notre voyage à Sainte-Lucie.

— Sur cette île, nous possédons deux hôtels, qui vous permettront de découvrir deux aspects de Luxe : l'un fait partie de nos joyaux alors que l'autre nécessite une rénovation complète. Le Paradis entre les Montagnes, situé tout près des célèbres pitons jumeaux, compte parmi les cinq plus prestigieux hôtels du monde. Notre chef est de tout premier ordre, et il nous faut des vins à la hauteur de la carte. La Belle Bleue, situé à la pointe nord de l'île, doit rouvrir bientôt après transformation et les menus n'ont pas encore été déterminés. Raison de plus pour que vous rencontriez le chef et discutiez avec lui du choix des vins sur de nouvelles bases.

Matteo lui posa d'autres questions puis, lorsque sa flûte fut vide, lui proposa de nouveau du champagne.

— Non, merci. Même si je me rends à votre avis : vous pouvez être fier de perpétuer une telle histoire, dit-elle en tendant la main vers le vignoble et le *castello*.

— Etre un De Campo est un privilège, je le sais.

Quinn perçut une hésitation dans sa voix.

— Mais… ?

— Mais c'est aussi un défi à relever sans cesse.

— Votre père n'est pas facile, n'est-ce pas ?

Un euphémisme, à en croire la réputation d'Antonio De Campo.

— C'est un titan. Vous vous entendriez bien avec lui.

— Et si nous mettions Antonio et Warren sur le même ring, que se passerait-il ? Lequel finirait par gagner ?

— Ce serait un spectacle fascinant, sourit Matteo.

— C'est vous qui avez choisi de travailler dans l'affaire familiale ou il vous l'a imposé ?

— Aucun de nous n'a eu le choix. Nous sommes des De Campo.

Quinn avait déjà entendu ça.

— Riccardo n'a-t-il pas fait de la course automobile pendant un temps ?

— Si, dit-il avant d'avaler une gorgée de vin. Et quand il est revenu, notre père le lui a bien fait payer.

— Pourquoi est-il revenu ?

— Antonio est tombé malade et a exigé que Riccardo reprenne les rênes.

— Si vous n'aviez pas été un De Campo, qu'auriez-vous fait ?

— Vous essayez de percer à jour la personnalité de votre futur partenaire ?

— Répondez à ma question.

— Eh bien, j'aurais aimé devenir pianiste de concert.

— Vraiment ?

— Je ne me débrouille pas trop mal. A Oxford, j'avais choisi l'option musicologie.

Le regard de Quinn s'attarda sur les longues mains élégantes de son compagnon. Heureusement, il la tira de sa contemplation :

— Et vous, si vous n'aviez pas été dirigeante d'entreprise ?

— Je ne sais pas. Dès l'instant où Warren m'a vue faire des bénéfices sur un stand de limonade, ma voie a été tracée.

— Et Thea, comment a-t-elle réussi à devenir vétérinaire ?

— Elle était nulle en math. Papa a baissé les bras.

— Et vous, vous avez occupé l'espace. Vous devez être très différentes, toutes les deux.

— Cela n'a rien d'étonnant puisque je ne suis pas sa sœur biologique.

— Ce détail aurait échappé à mon service de renseignements ? s'étonna le bel Italien.

— J'avais moins d'un an quand Warren et Sile m'ont adoptée. Ils se sont toujours montrés discrets sur ce point.

— Vous connaissez vos parents biologiques ?

— Ils vivent dans le Mississippi. Ils ne pouvaient pas me garder.

Quelque chose dans sa voix avertit Matteo qu'il avait abordé un sujet douloureux, et il n'alla pas plus avant.

— Thea et vous semblez néanmoins très proches.

— Nous le sommes. Mais elle croit aux contes de fées alors que je suis cynique et matérialiste. On s'équilibre.

Il la dévisagea un long moment.

— Mes frères et moi aussi sommes très différents. Mais très proches également. Riccardo aime commander, Gabriele ne pense qu'à ses vins.

— Et vous ?

— Je n'aime pas trop les étiquettes. Vous tenez à m'en coller une ?

Sexy, indéniablement, songea Quinn. Magnétique, même.

— Vous jouez parfois du piano pour les autres ?

— Rarement.

— Et si on vous le demande ?

— Cela vous plairait ?

— Peut-être, concéda-t-elle.

En réalité, elle rêvait de voir ces mains superbes courir sur un clavier. Plutôt que de les imaginer posées sur un corps de femme, tentation à laquelle elle se refusait absolument…

— Je parie que je jouerai un jour pour vous. Si De Campo l'emporte. Mais, à trop parier, on risque de se tromper, dit-il en se redressant. Par exemple, je pourrais parier qu'en cet instant vous allez refuser que je vous embrasse, alors que vous en mourez d'envie.

— Pas du tout !

Malgré sa dénégation, il se pencha vers elle.

— Menteuse. Et vous en aviez tout aussi envie hier soir, dit-il en la prenant par le menton.

— Vous avez très bien fait de partir, bredouilla-t-elle, déstabilisée.

— Hier soir, vous aviez bu.

— Matteo, je…

— Un simple baiser, coupa-t-il.

Il approcha la bouche de la sienne, lentement, langoureusement. Rien à voir avec les baisers hâtifs et brutaux de Julian. Le leur dura longtemps, très longtemps, jusqu'à ce qu'elle ait besoin d'un contact plus rapproché. Elle agrippa son T-shirt, sans trop savoir elle-même si elle cherchait à le repousser ou à l'attirer à elle.

Il laissa échapper un gémissement et son baiser se fit plus

profond, plus insistant. Jamais elle n'avait connu une sensation si délicieuse, si excitante, sans contrainte. Elle aurait voulu que ce moment s'éternise.

— Matteo… murmura-t-elle d'une voix rauque dont elle eut du mal à croire qu'elle sortait de sa gorge.

Il lui prit la main, qu'il posa doucement sur sa nuque, comme pour l'inviter à se rapprocher. Le contact avec ses cheveux, la pression de sa langue étaient délicieusement grisants. Si elle le laissait aller plus loin… Mais comment résister ?

— On ferait peut-être mieux de s'en tenir là, déclara-t-il en posant les lèvres sur sa joue.

Quinn recula vivement et s'assit, la main sur la bouche. Comment avait-elle pu se comporter d'une façon pareille ?

— Ce n'était qu'un baiser, chuchota-t-il.

Un homme avec qui elle risquait d'être liée par un contrat de dix millions de dollars ! Comme si elle ignorait le sens de l'expression « conflit d'intérêts »… D'ailleurs, il commençait visiblement à comprendre, lui aussi, car il pâlit sous son hâle.

— Cela ne se reproduira plus, reprit-il.

— Je l'espère bien. Même si vous êtes prêt à embrasser toutes les femmes, histoire de satisfaire votre curiosité.

— Vous vous trompez. Cette curiosité particulière, vous êtes seule à la susciter, Quinn. Mais je reconnais que j'ai tort, dit-il en se relevant. Votre vol est très tôt demain matin, nous devons y aller.

Elle le fixa avec circonspection avant d'accepter la main qu'il lui tendait. Dès qu'elle fut debout, il s'écarta. Ils redescendirent en silence tandis que le ciel s'obscurcissait peu à peu, Marica suivant Anteros d'un pas tranquille. Quinn regretta de ne pas éprouver un tel calme. Depuis Julian, elle n'avait autorisé aucun homme à s'approcher d'elle, et le contact des mains de Matteo De Campo l'avait profondément troublée. Elle s'affolait d'avoir pu commettre une pareille erreur de jugement.

Elle serra les dents. Cet homme se jouait d'elle. Pour emporter le marché. Et elle s'était laissé manipuler comme un pion. Quelle folie, alors que les multiples problèmes de Luxe restaient à résoudre en urgence !

Demain, elle reprendrait l'avion, l'esprit serein, fuyant la tentation.

5

Dès que Quinn était descendue de sa monture, les yeux brillant de fierté d'avoir surmonté sa peur, Matteo avait su qu'il allait l'embrasser. Et lorsque sa voix avait tremblé, tandis qu'elle évoquait ses parents biologiques, il n'avait pu résister. Cette reine de l'ambiguïté lui avait fait subir un « test alchimique » qu'il n'était pas près d'oublier, et dont le souvenir le hantait encore aujourd'hui, trois jours après leur baiser.

Même les dossiers urgents dans lesquels il s'était plongé durant les dix heures qu'avait duré le voyage jusqu'à Sainte-Lucie n'avaient pas réussi à lui faire oublier le corps passionné de Quinn entre ses bras. Cette femme l'intriguait au plus haut point !

Sa réflexion fut interrompue par le rugissement du ressac juste en dessous de l'immense baie vitrée qui occupait tout un mur de sa suite. Face au miroir, il redressa son nœud de cravate. Pourquoi ne s'était-il pas contenté d'utiliser les renseignements qu'il avait glanés pour la manœuvrer en toute sérénité ? Pourquoi avait-il fallu qu'il l'embrasse ? Décidément, en matière d'erreurs de jugement, il était le champion ! Inutile de se rappeler une fois de plus la nuit parisienne durant laquelle Angélique Fontaine l'avait poursuivi jusque dans sa chambre d'hôtel pour se jeter à son cou. L'erreur, c'était lui qui l'avait commise puisqu'il s'était laissé faire, tentant d'oublier son mal-être auprès d'une femme qui était partie prenante dans un contrat engageant l'avenir de De Campo.

Il poussa un long soupir. Même si les relations y étaient parfois tendues, sa famille passait avant tout ; il lui fallait absolument se délivrer du diablotin qui, juché en permanence sur son épaule, lui soufflait les pires bêtises. Ce contrat avec Luxe lui donnait une chance de redorer son blason aux yeux de ses frères, de leur faire oublier ses erreurs passées. Impossible de les décevoir.

Plus que cinq minutes avant le début de la réception. Il sortit sur la terrasse et contempla la vue sur Gros et Petit Piton en tentant de retrouver sa concentration habituelle. Niché entre les deux spectaculaires dômes de lave, Le Paradis entre les Montagnes était un havre de paix dominant la mer des Caraïbes. Ses matériaux de construction — bois tropicaux, pierre et tommettes — s'intégraient superbement à l'environnement. Le regard de Matteo s'attarda sur la mer étincelante et les fleurs tropicales aux couleurs éclatantes, avant de remonter vers les pics jumeaux qui dominaient le paysage comme pour rappeler la puissance infinie de la nature.

Il étira ses membres engourdis par le long vol depuis l'Italie. Toute la journée, il avait eu la migraine. Demain, ce serait le troisième anniversaire de la mort de Giancarlo, rien ni personne ne pourrait le lui faire oublier. Trois ans que son meilleur ami était mort à la suite d'un pari stupide. Un pari fait ensemble… Dès qu'il se sentait un peu plus en paix, ce souvenir remontait à la surface, force malfaisante à l'origine de toutes les erreurs qu'il avait commises depuis, et en particulier de la vie de fêtard qu'il avait un temps menée. Et telle une coulée de lave brûlante, elle détruisait tout sur son passage.

Au lieu d'assister à ce cocktail d'affaires avec Daniel Williams et Quinn, il aurait voulu fuir sur une île déserte. Heureusement, tenter de rallier à sa cause le chef et la sommelière l'occuperait, maintenant qu'il avait cessé de chercher dans l'alcool l'inconscience et l'oubli. Une fois de plus, il jouerait la comédie de l'insouciance — Matteo De Campo, le petit prince qui, dès son entrée, illuminait une pièce et créait l'événement…

Le ciel se parait de rose et d'orangé quand il prit le sentier qui menait à la vaste terrasse dominant la mer. Un petit groupe d'hommes et de femmes exquisément vêtus sirotait du champagne en compagnie du directeur de l'hôtel, Thomas Golding, aux accents d'un orchestre de calypso. Daniel Williams, en grande conversation, arborait un sourire éclatant. Marguerite, la sommelière, fraîche et élégante dans sa robe bleu roi, s'entretenait avec François Marin, chef du restaurant de l'hôtel, Quinn et un quinquagénaire distingué qui la dévorait des yeux. Matteo ne pouvait l'en blâmer, car si Marguerite avait un chic typiquement français, Quinn était… spectaculaire.

Elle avait abandonné les tenues strictes qu'il lui connaissait pour une robe moulante fuchsia, fendue sur le côté et pourvue de bretelles de strass, qui mettait en valeur ses courbes voluptueuses et sa chevelure dénouée sur son dos nu. Une arme nouvelle, sortie de son arsenal, mais pourquoi en cette occasion ? Il ne fallut pas beaucoup d'imagination à Matteo pour se représenter cette chevelure répandue sur les draps ivoire de son vaste lit tandis qu'il explorerait chaque centimètre de cette chair crémeuse. Pour couper court à ces fantasmes, il prit un verre de champagne.

« Maîtrise-toi, De Campo. Ne laisse pas libre cours au démon perché sur ton épaule. Fais le tour de l'assistance et tâche de te mettre François et Marguerite dans la poche. »

En voyant l'expression de Matteo, Quinn se dit que cette robe n'était pas le bon choix. Avant de quitter Chicago, elle n'avait pas eu le temps de trouver de tenue adaptée aux températures tropicales de Sainte-Lucie. Manon, qui tenait la boutique de l'hôtel, l'avait assurée que cette robe superbe de soie très légère serait parfaite pour le cocktail, même si elle paraissait un peu moulante. Quinn tenta discrètement de lisser le tissu sur ses hanches.

— Ce n'est pas trop ton style habituel, s'étonna Marguerite, qui avait surpris son geste. François dit que tu es en progrès.

— Vraiment ?

— Il est français, Quinn, donc il a raison. Au lieu de cacher tes formes, tu ferais mieux de les mettre en valeur.

— Je vais te présenter Matteo, répondit-elle, gênée.

— Inutile, protesta la blonde et talentueuse sommelière avec une étincelle dans le regard. Nous nous sommes rencontrés tout à l'heure, sur la plage. Tu es cruelle de m'imposer de faire affaire avec lui !

Quinn se dit que la vision de Matteo en maillot de bain serait aussi difficile à chasser de sa mémoire que leur baiser.

— Il m'a offert une bouteille de son brunello di Montalcino, reprit Marguerite. Dommage que je ne puisse pas l'inviter à venir le partager avec moi dans ma chambre…

Elle lui jeta un regard réprobateur.

— Allez, je plaisantais ! s'exclama la sommelière. Détends-toi un peu.

C'était exactement ce que lui reprochait Julian : d'être devenue ennuyeuse et triste à mourir.

— Tu ferais mieux de te concentrer sur ton travail, rétorqua Quinn sur un ton sec. Puisque tu as tenu à participer à la prise de décision, tâche de choisir le meilleur pour Luxe.

Elle traversa l'espace en direction de Matteo, suivie par une Marguerite ébahie. Parfois, elle se comportait vraiment comme une mégère, se dit-elle. Voilà ce qui arrivait quand on se laissait maltraiter par son mari une année entière.

Quand Matteo se pencha pour l'embrasser sur la joue, elle ne perçut entre eux aucun courant spécial. Il avait l'air entièrement concentré sur Marguerite, qu'il soumit à une batterie de questions. Quinn aurait dû se réjouir qu'il prenne son engagement au sérieux ; or, curieusement, cela ne lui plut guère. En Toscane, tandis qu'ils cheminaient sur la colline, s'était réveillée une sensualité qu'elle avait trop longtemps étouffée. Ce baiser l'avait pour ainsi dire rendue à elle-même. Jamais elle n'avait embrassé Julian de cette façon. Et si la « froide beauté » se mettait à fondre de plaisir ? Enfin…

Elle secoua imperceptiblement la tête. Quelle idiote ! Comment pouvait-elle accorder de l'attention à ce play-boy alors que, après le cocktail, il lui faudrait deux heures pour rédiger le rapport qu'elle devait remettre à son père ?

Après l'apéritif, Quinn invita Marguerite, Matteo, François,

Daniel et Thomas à rejoindre la table dressée pour eux sur la terrasse. Tous étaient de fortes personnalités, et la conversation resta animée jusqu'à ce que l'ombre de la nuit s'étende sur l'île. Daniel les régala de ses récits de l'Outback australien et François d'anecdotes sur les palaces parisiens. Le charme de Matteo, sa connaissance approfondie des vins et de l'industrie hôtelière conquirent aisément le chef et la sommelière. Mais, sur ses traits, Quinn décelait une tension qui lui rappelait sans cesse ce qui s'était passé dans le cellier, en Toscane.

— Je crois que nous devons visiter les cuisines et consulter vos nouveaux menus, dit Matteo à François.

— Oui, demain matin. L'après-midi, je dois me préparer pour le concours des chefs.

— Chaque année, expliqua Marguerite, nous organisons une compétition entre tous les chefs de l'île afin de récolter des fonds pour les écoles. Mais vous, Matteo, n'avez-vous pas étudié avec Henri Thiboult, à New York ?

— Pas vraiment étudié, mais il a parfois la gentillesse de m'admettre en cuisine pour travailler avec lui.

— Comment trouvez-vous le temps ? demanda Quinn, stupéfaite.

— Quand on adore cuisiner, on trouve toujours le temps, répondit-il avec un sourire charmeur.

— Quiconque est autorisé à pénétrer dans la cuisine d'Henri est bienvenu dans la mienne, déclara François.

— A moi aussi, cela me plairait bien, intervint Daniel.

— Vous avez de l'expérience ? demanda le chef d'un air suspicieux.

— Non, mais…

— Dans ce cas, désolé, mais je n'accueille dans ma cuisine que des cuisiniers expérimentés. Si vous vous coupez le doigt, je risque de perdre ma licence.

L'Australien s'empourpra.

— On dit que, l'an prochain, De Campo veut se développer à Chicago, lança-t-il à Matteo. Vous avez la folie des grandeurs.

— Au contraire, nous avons une position de niche.

— Permettez-moi de douter que vous en restiez là.

— C'est pourtant le cas, dit Matteo en fixant Daniel droit dans les yeux. A trop se disperser, on finit toujours par sombrer. Vous devriez le savoir, Daniel, après le fiasco de votre première société.

— Une blessure de guerre, rétorqua le P.-D.G. de Silver Kangaroo. Quand on veut aller loin, il faut savoir encaisser les coups.

— A ce qu'on m'a dit, c'était plutôt la conséquence d'une gestion déplorable.

Quinn posa sa tasse de café sur la table pour couper court à cette querelle.

— Il est temps d'aller nous coucher. Demain, nous démarrons de bonne heure.

— J'aimerais prendre un petit digestif, déclara Daniel en relevant agressivement le menton. Vous m'accompagnez, De Campo ?

Matteo allait décliner quand Marguerite intervint :

— Nous avons d'excellents portos au bar. Prenons-en un avant de nous coucher.

Quinn lui jeta un regard inquiet, mais la sommelière s'était déjà levée en souriant à Matteo. Elle s'installa à côté de l'Australien tandis que, derrière le bar, Marguerite remplissait leurs verres.

— Je préférerais quelque chose de plus fort, déclara Daniel. Vous avez du cognac ?

— Bien sûr. Et vous, Matteo ?

— Le porto me convient très bien, répondit-il d'une voix étrange.

Intriguée, Quinn le dévisagea. Il était d'une pâleur de cendre.

— Allons, De Campo, accompagnez-moi. Vous êtes un homme !

— J'ai dit non, répondit Matteo en se levant. D'ailleurs, je vais me coucher. Bonne nuit.

Avant que Quinn ait compris ce qui se passait, il avait disparu. Elle se leva à son tour :

— Terminez vos verres, je vais voir ce qu'il a.

*
* *

Arrivé dans sa suite, Matteo s'empressa d'ôter sa veste et la cravate qui l'étranglait, et de défaire les premiers boutons de sa chemise. Il faillit se précipiter vers les bouteilles sur le bar, mais il se retint. Son regard tomba sur le piano — sans doute une idée de Quinn, à qui il avait avoué son hobby. Normalement, il aurait dû être attiré, mais il allait trop mal. Otant ses chaussures et ses chaussettes, il sortit sur la plage privée de sable blanc et marcha vers la mer. La nuit de l'accident, Giancarlo avait bu du cognac. Avec son sourire habituel, il lui avait tapé dans le dos en faisant signe au serveur. « Allez, Matty. Un petit dernier, pour terminer cette soirée parfaite. »

A ce stade-là, Matteo aurait encore pu le sauver, mais il l'avait abandonné à son instinct de mort. Une nausée lui souleva l'estomac. « Pourquoi ne l'as-tu pas forcé à s'arrêter, toi qui étais censé être le plus raisonnable ? Peut-être es-tu toi-même aussi la proie de cette pulsion autodestructrice ? »

— Matteo !

La voix de Quinn. Il ne se retourna pas. Il n'avait pas envie qu'elle le voie dans cet état. Ni elle, ni personne.

— Tout va bien. Allez rejoindre les autres.

— Non, vous n'allez pas bien. Que se passe-t-il ? On dirait que vous venez de croiser un fantôme.

— C'est exactement ça, répondit-il avec un rire sans joie.

— Giancarlo ?

— Allez-vous-en.

— Matteo, que s'est-il passé ?

Il serra les poings pour endiguer la frustration qui le submergeait.

— Demain, c'est l'anniversaire de sa mort, voilà tout.

— Oh… Cela fait combien de temps ? demanda-t-elle en lui jetant un regard de compassion.

— Trois ans. Trois ans d'horreur.

Elle s'approcha et lui posa la main sur le bras.

— Vous avez envie d'en parler ?

— Ce n'est pas parce qu'on s'est embrassés que je vais me confier à vous, lança-t-il en s'écartant. Les deux seuls remèdes sont l'alcool ou la présence d'une femme. J'ai renoncé au premier, et vous savez bien que vous êtes tabou. Il vaut donc mieux que vous partiez.

Elle le contempla de ses grands yeux noisette.

— Je ne peux pas vous laisser dans cet état…

— Partez, Quinn, dit-il en lui effleurant la joue du bout des doigts. Je fais un gros effort pour conserver une attitude strictement professionnelle, mais ce soir, avec la robe que vous portez… Je ne pense qu'à une chose : vous l'enlever. Et ça me rend fou parce que, entre nous, je sens que ça marcherait… Mais il ne faut pas. Alors, laissez-moi !

Quand il lui effleura la lèvre du pouce, elle demeura immobile. Un instant, il crut qu'elle allait rester. Mais elle fit un pas en arrière, sans le quitter des yeux.

— Si vous cherchez quelqu'un à qui *parler*, je suis dans la dernière suite au bout de l'allée. N'importe quand.

Elle tourna les talons et s'éloigna. Quand elle eut disparu, il poussa un cri qu'étouffa le bruit du ressac.

Non, il n'en avait pas fini. Jamais il n'en aurait fini.

6

Matteo se réveilla après une nuit sans sommeil, l'esprit à vif, plus conscient que jamais de la fragilité de la vie. Heureusement pour lui, travailler avec François Marin constituerait une thérapie qui ne laisserait nulle place au doute. Sa cuisine était une machine parfaitement huilée qui tournait avec une précision toute militaire. Exactement ce dont il avait besoin pour occuper cette journée sombre entre toutes.

Durant la matinée, il fit le tour des cuisines en compagnie de François, Marguerite, Daniel et Quinn, avant d'étudier à fond les nouveaux menus. Sa parfaite connaissance des produits et ses suggestions concernant leurs affinités avec différents vins lui avaient gagné la considération du chef, de la sommelière et, crut-il deviner, de Quinn. Daniel Williams, en revanche, n'y connaissait visiblement rien.

Exactement comme il l'avait prévu, songea-t-il en escalopant délicatement une coquille Saint-Jacques. Après l'examen des menus, et au grand désespoir de son concurrent australien, Matteo avait rejoint la brigade en cuisine pour préparer le concours qui devait avoir lieu le soir même. Sept invités seulement, mais une élaboration complexe. De son côté, il devrait réaliser trois sauces et plusieurs salades.

Mieux valait classifier les problèmes, se dit-il en découpant des piments rouges. Et oublier que, la veille, il avait laissé Quinn pénétrer dans les replis les plus profonds et les plus sombres de son âme, là où il n'avait jamais autorisé personne à entrer…

*
* *

Quinn reposa son stylo sur son bureau en se frottant les yeux, soulagée d'avoir terminé le rapport promis à son père, même si elle avait dû travailler dès l'aube sur leurs hôtels méditerranéens. Pour avoir les idées claires et le jugement sûr, il lui fallait quand même ses six heures de sommeil. Depuis la veille, elle était littéralement hantée par l'expression de Matteo ; il lui avait semblé prêt à se jeter dans le vide. Elle avait elle-même connu des moments très difficiles, quand un détective privé lui avait remis un dossier sur ses parents biologiques qui confirmait que sa naissance n'avait pas été désirée, mais rien à voir avec la torture qu'elle avait lue sur le visage du bel Italien…

Elle crispa les doigts sur le bord du bureau. Ce devait être horrible de perdre son meilleur ami — elle-même ne se voyait pas vivre sans Thea. Pourtant, depuis trois ans que Giancarlo était mort, cette plaie aurait dû se refermer. Pourquoi Matteo souffrait-il encore à ce point ?

Quand il lui avait avoué qu'il usait des femmes comme d'une thérapie et que, ce soir-là, n'importe laquelle aurait fait l'affaire, elle avait été tentée de rester. Non pas par humanité, mais pour une autre raison. Qui l'effrayait…

Quinn décida de passer dans la cuisine prendre de ses nouvelles avant de s'habiller pour le concours des chefs. Elle poussa un soupir. Ce soir, la fête ; demain, elle s'occuperait de La Belle Bleue, l'établissement situé à l'autre bout de l'île et que son directeur se révélait incapable de gérer.

Elle entra dans la cuisine. Debout au centre de la brigade, Matteo donnait l'impression d'avoir travaillé là toute sa vie. Fascinée, elle l'observa ôter une casserole du feu pour y ajouter des herbes hachées. Cet homme réussissait tout. Comment avait-elle pu le considérer comme un play-boy sans envergure ? De plus, dans cette tenue blanche, il était superbe.

Elle s'approcha pour examiner la sauce.

— Quinn ! s'exclama-t-il en levant les yeux.

— Qu'est-ce que vous cuisinez ?

— Une sauce indienne à la menthe.

— Très exotique.

— J'ai peur de la rater. Vous me troublez, ajouta-t-il tout bas en ajoutant quelques gouttes de piment dans la casserole.

— Je voulais simplement m'assurer que tout allait bien, protesta-t-elle en rougissant.

— François, pouvez-vous demander à Mme Davis de partir ?

— Vous connaissez la règle, Quinn, dit le chef. Sortez.

— C'est vilain de rapporter au maître, dit-elle en jetant à Matteo un regard outré.

Il remit sa préparation sur le feu.

— Je veux que nous gagnions ce soir.

Elle sortit à contrecœur. Elle avait compris que si Matteo De Campo tenait tant à gagner, c'était pour faire paraître Daniel Williams plus insipide encore que le matin même, quand ils avaient commenté les menus.

Après s'être changée, elle alla retrouver Thomas pour accueillir les invités et les juges, d'origine très éclectique : une chanteuse pop originaire de l'île, le Premier ministre, un artiste très coté. La soirée se déroula sans incident. Au cours du dîner, absolument parfait, le plat de François — de l'agneau servi avec la sauce à la menthe de Matteo — remporta un franc succès. Il suffit à Quinn de regarder l'expression des juges pour connaître le vainqueur. Dès la proclamation des résultats, les chefs allèrent se changer pour se mêler aux invités qui se pressaient auprès de Matteo comme des papillons autour d'une lampe. Y compris Catrina James, la chanteuse membre du jury, moulée dans une robe rouge qui mettait ses formes parfaites en valeur.

Avec cette chemise blanche, la peau de Matteo, déjà hâlée par le soleil des Caraïbes, paraissait plus sombre encore, ce qui faisait ressortir ses yeux clairs et le rendait plus dangereusement séduisant. Un vrai caméléon, songea-t-elle, changeant au gré de ses humeurs et de ses besoins.

Il surprit son regard, mais elle détourna fermement la tête et s'assit au bar pour commander une eau gazeuse. Elle venait de passer la soirée à courir, elle avait mal aux pieds et aspirait à s'asseoir une minute pour consulter le programme du lendemain.

Au moment où le serveur déposait sa commande sur le comptoir, Matteo vint s'installer à côté d'elle.

— Vous voulez boire quelque chose ? s'enquit-elle.

— *Si.*

Elle se rappela que, avant le dîner, il avait bu une bière locale qu'il avait appréciée et en commanda une.

— Vous paraissiez très à l'aise en cuisine. Vous êtes décidément doué pour tout.

— Mais non : je ne comprends rien aux moteurs des voitures et à l'écrit, ma syntaxe laisse parfois à désirer.

— Quelle honte ! plaisanta-t-elle.

— J'espère que vous comprendrez que tout à l'heure, en cuisine, j'aie préféré préserver ma tranquillité d'esprit.

— Comment vous sentez-vous, aujourd'hui ?

— Moins bien que demain, répondit-il en prenant le verre que le barman venait de déposer devant lui.

— Matteo…

— Je peux vous poser une question ? demanda-t-il, avant d'avaler une longue gorgée.

— Bien sûr.

— Pourquoi votre mariage n'a-t-il duré qu'un an ? La plupart des gens insistent davantage.

Quinn se raidit.

— Nous nous sommes révélés… incompatibles.

— Les bobards que vous avez servis à la presse ne m'intéressent pas. Je veux la vérité.

— Mais c'est la vérité.

Un peu simplifiée, certes, mais la vérité tout de même. Matteo la fixa un long moment de ses yeux gris acier qui semblaient la percer à jour.

— Vous deviez avoir une personnalité trop forte pour lui. Il n'était pas assez viril pour une femme comme vous.

— C'est une hypothèse bien hardie venant de quelqu'un qui ne nous a pas connus.

— Vous, je vous connais. Vous n'êtes pas si difficile à cerner.

— Julian ne serait pas de cet avis. Pour lui, je suis une droguée de travail, très ennuyeuse et incapable de s'amuser.

— Dans ce cas, il est encore moins malin que je ne le pensais. Et il se trompe : il n'y a rien d'ennuyeux en vous. Vous êtes une femme totalement fascinante.

— Gardez vos compliments, Matteo.

— Je m'en tiens donc à la vérité : si nous n'étions pas en train de négocier un contrat de dix millions de dollars, nous serions au lit, et j'essaierais de reconstituer le puzzle de votre personnalité, pièce par pièce. Et sans m'ennuyer une seconde, je vous le jure.

Quinn en eut le souffle coupé.

— Vous n'êtes pas une femme dont on se débarrasse, reprit-il d'une voix dure. Quel imbécile, votre Julian !

Elle ne sut que répondre. Les propos de Matteo lui avaient ouvert une perspective qu'elle n'avait jamais envisagée. Julian s'était-il senti intimidé ? Avait-il cherché à lui faire du mal, à l'humilier parce qu'il la sentait trop forte pour lui ?

Soudain le monde lui semblait basculer sur son axe. Elle avait passé une année entière à chercher à sauver son mariage et à empêcher son mari de s'éloigner, au mépris de sa propre confiance en elle. Alors qu'en réalité cette union était sans doute condamnée dès le départ. A cause de l'homme qu'était Julian. A cause de ce qu'ils étaient l'un et l'autre.

Un serveur vint chercher Matteo pour la proclamation des résultats. Quinn le regarda s'éloigner, décontenancée. Elle avait toujours cru qu'il y avait en elle un défaut originel que l'échec de son mariage avait mis en évidence. Et si elle s'était trompée ? Si son incapacité à satisfaire sexuellement son mari relevait davantage de la responsabilité de celui-ci que de la sienne ?

Tout en réfléchissant, elle suivit Thomas pour proclamer le résultat du concours des chefs. François fut déclaré vainqueur. Catrina James lui remit le trophée et embrassa son équipe — y compris Matteo, avec enthousiasme — avant de poser avec eux pour la photo. On ouvrit des magnums de champagne et la nuit se transforma en une immense fête, si exubérante qu'il était impossible d'y résister.

*
* *

Plus les réjouissances se poursuivaient, plus le visage de Matteo semblait se décomposer sous l'effet du chagrin.

Peu après minuit, en faisant un tour, Quinn aperçut Catrina accrochée au bras d'un homme. Elle en fut soulagée, malgré elle. Matteo avait disparu. Recrue de fatigue, elle resta debout à côté de Thomas, consciente de l'importance de faire des relations publiques en compagnie du directeur de son hôtel. Dans le même temps, elle se disait qu'elle ferait mieux de regagner sa chambre, où l'attendait un monceau de travail. Cependant, dans la vie, il n'y avait pas que le travail. Grâce à Matteo, elle s'en rendait enfin compte.

Elle contempla le riesling doré dans son verre. Quel était le poids d'un contrat au regard de la souffrance d'un homme ? La notion de « conflit d'intérêts » était-elle encore pertinente ?

— Excusez-moi, dit-elle à Thomas. J'ai un travail à terminer.

Elle traversa la terrasse en direction des suites de luxe et aperçut de la lumière dans le salon de Matteo. Au moment où elle allait frapper, elle fut arrêtée par les accords du piano. Elle s'immobilisa, fascinée par la beauté de la musique.

Son cœur se mit à battre la chamade. Elle savait qu'elle aurait dû respecter sa vie privée et partir, mais la mélodie mélancolique qu'il jouait la touchait profondément. Appuyée au mur, elle écouta dans l'ombre. Matteo avait-il écrit ce morceau en hommage à son ami disparu ? Cette œuvre poignante exprimait un terrible chagrin et vous brisait le cœur. Quand Matteo s'arrêta de jouer, elle fit quelques pas sur sa terrasse, dans la lumière qui provenait du salon. Il releva la tête et n'eut pas l'air surpris de la voir.

— Je vous ai pourtant dit que vous ne pouviez pas m'aider, articula-t-il d'une voix brisée. Quarante-huit heures d'enfer, voilà tout. Vous feriez mieux de partir.

— Quoi qu'il soit arrivé à Giancarlo, il faut que vous le surmontiez. Vous ne pouvez pas continuer à vous torturer.

Elle pénétra dans la pièce.

— Quinn…

Elle s'assit sur le tabouret à côté du sien et lui prit le visage entre ses mains.

— Il faut arrêter ça. Ne plus garder enfermés en vous ces démons qui vous torturent. Vous allez vous détruire.

Il lui jeta un regard désespéré.

— Je ne peux pas… Je ne peux pas…

— Dans ce cas, laissez-moi vous aider à les chasser.

Il se figea, le regard rivé au sien.

— Que dites-vous ?

Quinn dut lutter contre la part d'elle-même qui cherchait à fuir.

— Je veux que vous me confirmiez ce que vous m'avez dit, que Julian m'a fait du mal.

— Vous êtes assez grande pour le savoir.

— Non, je ne sais rien. Mais vous avez aussi prétendu que je pouvais vous aider à sortir de là. Je ne demande pas mieux, ne serait-ce que pour savoir si mon mari se trompait à mon sujet.

— Ce serait transgresser…

— Je suis prête à le faire.

— Mais le contrat…

— Ce soir, le contrat n'existe plus, dit-elle d'une voix vibrante. Je suis là et je ne vous quitterai pas.

— *Cristo.* Quinn…

Elle était terrifiée à la pensée qu'il puisse la rejeter. Elle voulait se sentir vivante, comme pendant leur promenade à cheval. Sous ses doigts, le corps de Matteo se tendit.

— Vous êtes certaine ? reprit-il.

— Une nuit. Une nuit pour chasser vos démons… et les miens.

Soudain, les traits de Matteo se détendirent et il glissa la main derrière sa nuque, avant de poser la bouche sur la sienne. Un baiser plus brûlant, plus violent que celui qu'ils avaient échangé en Toscane. Un baiser qui lui donnait envie de se jeter avec lui dans les flammes. Inconsciemment, elle fit un geste pour écarter d'elle ce mâle qui cherchait à la dominer, mais s'obligea à se maîtriser. Non, Julian n'allait pas décider, une fois de plus. Le baiser profond et ardent de Matteo l'arrachait enfin au passé. Il la goûtait, la léchait de telle façon que plus rien ne comptait que sa merveilleuse ardeur. Quand Quinn se blottit contre lui, il la prit par la taille, la souleva et lui enroula les jambes autour de lui. Le contact de sa chair tendue sous le tissu de son pantalon fit frémir sa peau nue. Oui, elle l'excitait, c'était indéniable. Elle l'excitait terriblement, mais elle n'était pas certaine de savoir comment s'y prendre.

Matteo l'écarta de lui pour la contempler et fit courir les doigts sur son bras nu dans une caresse qui la bouleversa.

— Tu es la plus belle femme que j'aie jamais vue, murmura-t-il en lui mordillant l'épaule. L'autre nuit, au *castello*, j'ai bien failli enfreindre toutes les règles.

— Pourtant, tu es parti.

— J'étais à deux doigts, Quinn. A deux doigts…

Délicatement, il écarta les bretelles de sa robe, dévoilant sa poitrine nue qu'il prit dans ses paumes.

— Tes seins sont superbes, dit-il en agaçant les pointes du bout du doigt.

Elle gémit de plaisir.

— Dis-moi de quoi tu as envie, Quinn.

— Que tu continues…

Il l'appuya au piano avant de prendre un de ses tétons dans sa bouche. Elle lui enfonça les ongles dans le biceps en poussant un cri rauque, folle du plaisir qui explosait au plus profond de son corps.

— Tu aimes ?

— Oui.

Un liquide en fusion bouillait dans ses veines. Jamais elle n'avait ressenti un désir si désespéré. Jamais elle ne s'était perdue à ce point. Trop intimidée pour parler, elle resserra les jambes autour de la taille de Matteo.

— Nous serions mieux dans la chambre, murmura-t-il.

— Non. Pas dans la chambre.

— Pourquoi ?

— Je préfère ici, dit-elle en lui déboutonnant la chemise.

Son torse était plus impressionnant encore que celui de son moniteur de krav maga…

— Je n'en ai pas fini.

Il lui prit les mains dans la sienne, avant de lui ouvrir largement les cuisses et de relever le bas de sa robe. Il la caressa de la paume à travers sa petite culotte. Jamais Julian ne s'était préoccupé de son plaisir à elle, il ne s'intéressait qu'au sien. Matteo, au contraire, était concentré sur l'effet que produisaient ses attouchements.

— Encore ? demanda-t-il.

Il lui effleura le cou avant de passer les bras autour de sa taille pour l'appuyer au clavier. Lorsqu'il lui eut ôté sa culotte, elle prit conscience qu'elle était devant lui exactement dans la position d'un instrument dont il s'apprêtait à jouer. L'air lui sembla soudain plus moite et le parfum des fleurs tropicales plus lourd. Dans la nuit tranquille, on n'entendait que le bruit des vagues déferlant sur le rivage.

Matteo posa la bouche sur ses genoux avant de remonter jusqu'au centre brûlant de son désir. Au moment où elle devenait folle d'excitation, il la souleva pour l'attirer à lui. Elle s'appuya au clavier, provoquant des sons discordants. De la langue, son amant agaçait son clitoris gonflé, recommençant encore et encore. Jamais de sa vie, elle ne s'était sentie si parfaitement en accord avec quiconque. Elle était née pour être caressée de cette façon paresseuse et exquise. En la savourant, Matteo éveillait chacun de ses nerfs. Son corps se cabra, ses yeux s'élargirent. Avec Julian, jamais elle n'avait connu d'orgasme, et elle avait l'impression de s'envoler vers un espace inexploré.

— S'il te plaît…

— Tu peux jouir davantage, dit-il, avant de glisser un doigt en elle.

Il toucha un point particulier, faisant déferler en elle une coulée brûlante de plaisir. Tout en continuant à la caresser d'une langue experte, il fit jouer ses doigts en elle jusqu'à ce qu'elle pousse un cri de volupté qui résonna à travers la pièce.

Lorsqu'il la prit dans ses bras pour la porter jusqu'à la chambre, Quinn crut presque qu'elle avait perdu la raison.

— Non, pas là ! s'écria-t-elle.

— Il y a quelque chose qui ne va pas avec cette chambre ?

— Je ne peux pas, balbutia-t-elle en dissimulant son visage au creux du cou de Matteo.

— Qu'est-ce qu'il t'a donc fait ?

— Je ne veux pas parler de lui.

Il la déposa sur un canapé, d'où on jouissait d'une vue magnifique sur les pitons, et s'assit près d'elle.

— Je savais que cela se passerait comme ça, fit-elle d'une voix étranglée.

— Pourquoi ? C'était donc différent, avec lui ?

— Oui.

Quinn ne pouvait ignorer le sexe dressé du bel Italien, qui déformait son pantalon. Jusque-là, jamais la pénétration ne lui avait procuré le moindre plaisir ; pourtant, elle aurait tant voulu faire partager à Matteo l'extraordinaire jouissance qu'elle ressentait et chasser de son regard les démons qui l'habitaient…

Elle s'assit sur ses genoux, face à lui, et lui prit le visage entre ses mains pour le couvrir de baisers.

— J'ai peu d'expérience. Il faut me guider.

— Dis-moi ce qui te fait envie, à toi.

— Ça, dit-elle en pressant les lèvres contre la chair brûlante de son torse.

Elle prit tout son temps pour l'explorer, le découvrir, lui arrachant de tendres gémissements qui lui prouvaient qu'elle faisait ce qu'il fallait. Elle laissa ses lèvres errer sur son ventre superbement musclé. Lorsque sa bouche descendit plus bas, il se raidit, le souffle court.

— Tout va bien ?

— *Eccelente*, confirma-t-il d'une voix rauque.

Elle déboucla sa ceinture et fit descendre son pantalon le long de ses longues jambes. Son boxer noir ne cachait pas grand-chose de sa virilité triomphante, la plus impressionnante qu'elle ait vue. Elle avait tellement envie de le toucher que toutes ses inhibitions furent soudain balayées. Lorsqu'elle s'agenouilla devant lui, le regard de Matteo s'assombrit.

— Un de mes fantasmes, murmura-t-il tandis qu'elle se penchait sur lui. Mais je veux que tu le fasses à ton rythme.

Quinn glissa les doigts dans son boxer et dégagea le sexe tendu, doux comme du velours et dur comme de l'acier. Elle voulait le faire jouir comme il l'avait fait jouir, qu'il sente son envie comme elle avait senti la sienne.

Quand elle baissa la tête pour le prendre dans sa bouche, il poussa un cri de plaisir guttural. Elle ressentit une étrange impression de puissance. Elle joua avec son sexe lentement d'abord, puis plus vite. Il se mit à trembler, visiblement aussi prêt à s'abandonner qu'elle l'avait été. Plus rien d'autre ne semblait compter pour lui. Les démons s'étaient enfuis…

— Je veux que tu m'accompagnes, balbutia-t-il en plongeant les mains dans ses cheveux pour l'attirer à lui.

Son cœur se serra et toutes les humiliations qu'elle avait subies lui revinrent à la mémoire. Repoussant les mains de Matteo, elle le prit plus profond dans sa bouche et accéléra le rythme de sa caresse. Soudain, il l'écarta d'elle en poussant un juron.

— *Maledizione,* Quinn…

Elle releva la tête et vit qu'il jouissait. Spectacle primitif, érotique, d'une beauté surprenante. Dans la pièce silencieuse, on n'entendait que ses halètements. Il mit un long moment à revenir à lui.

— Ne bouge pas, dit-il enfin, je vais me changer.

Il revint après avoir passé un boxer propre, se rassit et la reprit dans ses bras.

— Je savais que tu me rendrais fou, mais pas à ce point…

— Je préfère que ça se soit passé de cette façon.

— Tu sais, j'avais des préservatifs.

— Ce n'est pas le problème.

— Tu ne veux vraiment pas en parler ?

Quinn ferma les yeux en faisant non de la tête. Pour la première fois depuis longtemps, elle était en paix, sûre de son intégrité et bien résolue à s'en tenir là. A savourer cette impression. Mais pas plus d'une nuit. Une nuit pour faire traverser à Matteo ce cercle de feu. Une nuit pour se retrouver elle-même. Voilà tout.

Ils restèrent là, serrés l'un contre l'autre. Elle somnola, prise dans une douce torpeur et, en émergeant, elle sentit le torse de Matteo se soulever doucement contre sa joue. Le ciel était très sombre. Pas un bruit.

Elle s'écarta de lui pour contempler son beau visage, dont la pénombre accentuait les traits — et les cernes. Depuis quand n'avait-il pas dormi sereinement ? Pourtant il paraissait détendu et paisible.

Elle se dirigea vers le piano, prit ses vêtements et sortit.

Matteo s'éveilla en sursaut et se redressa, cherchant ses repères. Le jour commençait à poindre derrière les pitons jumeaux. Il était seul dans la pièce, où flottait le parfum de Quinn. Les épisodes de la nuit précédente lui revinrent en tête comme les pièces d'un puzzle. Son désespoir, ses efforts pour le chasser en jouant du piano, l'apparition de Quinn, les moments d'intimité qu'ils avaient partagés.

Dio ! Il avait rompu la promesse faite à son frère !

Son estomac se noua. Quinn en avait eu envie tout autant que lui — elle aussi, elle avait un démon à chasser —, mais cela ne justifiait rien. Un frisson glacé coula le long de son échine. Il se leva pour prendre une bouteille d'eau dans le réfrigérateur et but longuement au goulot.

Quinn avait dit : « Ce soir, le contrat n'existe plus. » Mais n'était-ce pas exactement ce que lui avait promis Angélique Fontaine avant d'aller se plaindre à son père ? Et si Quinn, incapable d'assumer cet acte, choisissait Silver Kangaroo par souci d'objectivité ?

Il se précipita sur la terrasse. Dans la lumière blafarde de l'aube, ses manquements lui apparurent plus graves encore. Non seulement il avait pris le risque de nuire à sa famille, mais comment pouvait-il s'arroger de nouveau le droit de vivre quand Giancarlo avait été fauché en pleine jeunesse ? Combien de temps encore lui faudrait-il se punir en semant la destruction autour de lui ?

Il inspira en grand et se força à positiver. Riccardo lui avait fait confiance, et il savait d'instinct que Quinn ne le trahirait pas.

Il revint dans sa suite et enfila un maillot de bain avant de prendre l'escalier qui menait à la plage. Puis il entra dans l'eau et nagea. La nuit précédente, Quinn l'avait sauvé du désespoir ; hélas, en ce moment, l'enfer lui semblait de nouveau tout proche.

7

— Dites donc, c'est De Campo qui nageait en direction de Gros Piton, ce matin ? demanda Daniel Williams tout en versant un broc entier de lait dans son café. Avec le décalage horaire, je n'ai plus les yeux en face des trous.

La cuillère de Quinn heurta sa soucoupe.

— Impossible. Beaucoup trop loin.

— J'ai pu me tromper, mais il m'a bien semblé le reconnaître.

Sa respiration se bloqua. Dans quelles dispositions Matteo s'était-il réveillé ? Normalement, les requins ne venaient pas dans ces parages, mais cela faisait une sacrée distance, même pour un athlète. Il était censé prendre le petit déjeuner avec eux avant de partir pour La Belle Bleue, dans une demi-heure.

— Je me demande pourquoi il n'est pas là, dit-elle en se levant. Je vous retrouve dans dix minutes.

En sortant du restaurant, elle faillit se heurter à Matteo, vêtu d'un pantalon bleu marine et d'une chemise jaune pâle. En un seul morceau, songea-t-elle, soulagée.

— Daniel prétend t'avoir vu nager vers Gros Piton. Il a dû se tromper…

— Pas du tout.

— C'est complètement stupide !

— Nous en reparlerons dans l'intimité, dit-il en se tournant vers le restaurant. J'ai besoin de prendre un café.

Durant le voyage en voiture le long de la côte jusqu'à La Belle Bleue, Quinn tenta d'oublier qu'elle avait couché avec l'homme assis à côté d'elle. Loin de la créature insensible et frigide dont se plaignait Julian, elle avait crié de plaisir entre ses bras. Des images de la nuit passée lui revinrent à l'esprit, comme un film dans lequel elle aurait joué le premier rôle. Elle, adossée au piano… Matteo penché sur son corps consentant…

Le rouge lui monta au visage. Coucher avec un client potentiel ne figurait pas parmi les interdits du code moral de Davis Investments, parce que personne n'aurait imaginé un pareil manquement éthique ! Mais si son équipe ou Daniel Williams l'apprenait, elle le paierait cher. L'impartialité de son arbitrage serait remise en question et sa réputation en souffrirait. Le problème était que jamais elle ne s'était sentie aussi vivante. Jamais même elle n'avait cru qu'elle pourrait l'être. La nuit précédente, elle avait eu l'impression d'arracher Matteo à un brasier ; et, bizarrement, de se redonner vie à elle-même.

Une seule nuit. On pouvait accepter un moment de folie, non ? Le moment venu, elle saurait garder la tête froide pour faire son choix. A condition de ne plus recommencer et d'oublier… Quelle ironie, songea-t-elle en contemplant les luxueux voiliers qui dansaient au bord de la marina. Le seul homme qui lui convenait lui était précisément interdit.

En voyant l'emplacement de La Belle Bleue, au nord de Sainte-Lucie, sur une péninsule qui abritait les plus belles plages, Matteo comprit pourquoi il avait naguère lu dans un magazine que c'était le plus spectaculaire des hôtels de l'île. Baigné de trois côtés par la mer, chaque suite y possédait sa piscine ouverte sur l'océan ; le restaurant était posé sur l'eau, et on y avait comme voisins de merveilleux poissons tropicaux. Sans parler du superbe spa, qui proposait des traitements naturels inédits à une élite venue de tous les points du globe.

Mais la réalité pouvait avoir raison de la plus luxueuse des brochures touristiques. Cinq minutes de visite en compagnie du directeur de l'hôtel, Raymond Bernard, avaient suffi à le convaincre que la rénovation à dix millions de dollars était un désastre. Le plafond de la cuisine semblait prêt à s'effondrer, l'installation électrique paraissait hasardeuse. Jamais cet établissement n'ouvrirait dans deux semaines, et le regard accablé de Quinn prouvait assez qu'elle n'était pas dupe. Comme elle paraissait trop furieuse pour poser la question, il demanda lui-même à Raymond comment il comptait accueillir dans deux semaines les VIP susceptibles de relancer cet hôtel considéré comme un trésor national. La réponse du directeur fut totalement irréaliste et Quinn se mit à rouler des yeux, excédée par tant d'incompétence.

Le matin, tout en nageant, Matteo avait pris conscience de la stupidité de sa conduite, que rien ne pouvait excuser. Il ne lui restait plus qu'à faire profil bas, en priant pour que cette erreur n'influe pas sur la décision de Quinn, et à lui prouver que De Campo était vraiment le meilleur partenaire pour Luxe. L'état désastreux de La Belle Bleue lui en offrait l'opportunité. Grâce à son expérience, il avait les compétences nécessaires pour rénover un hôtel de luxe, au contraire des équipes qui travaillaient avec Quinn dans ses restaurants spécialisés dans les glaces et les hamburgers. Quant à Daniel Williams, tout cela lui échappait complètement à en croire son attitude discrète.

Raymond s'arrêta devant les nouvelles cuisines, dont il énuméra les qualités avec un surprenant enthousiasme.

— Impressionnant, n'est-ce pas ? lâcha-t-il, sur le ton traînant spécifique des Caribéens.

— C'est bien mon avis, mais sans doute pas dans le sens où vous l'entendez, rétorqua Quinn, les mains sur les hanches.

— Je pensais que vous seriez ravie de voir comme nous avons avancé.

— La situation est catastrophique, répondit-elle vertement, mais nous en reparlerons. Pour le moment, remettez-nous les menus pour que nous puissions en discuter pendant le déjeuner.

Ils s'assirent sur la terrasse, devant la piscine, et le chef vint leur présenter lui-même les menus qu'il avait élaborés. Avant qu'il ait terminé, Matteo savait déjà qu'un tel manque de créativité était indigne du lieu.

— Et les fruits de mer ? demanda Quinn. Sainte-Lucie est une île des Caraïbes. Les gens s'attendent à ce qu'on leur propose des fruits de mer.

— Il y a deux entrées de poisson, objecta le chef. D'après moi, pour une clientèle internationale, c'est très suffisant. Et parmi les amuse-gueules, il y a du crabe.

Elle se prit la tête entre les mains.

— Quinn, s'enquit Raymond Bernard d'une voix pleine d'appréhension, avez-vous d'autres remarques à faire ?

Matteo souffrait pour elle devant tant d'inconséquence.

— Cet établissement est encore en devenir, dit-elle en se tournant vers Daniel et lui.

Ils déjeunèrent au bord de la mer. Quand Quinn voulut s'asseoir dos à la mer, Matteo lui avança prestement une autre chaise.

— De ce côté, la vue est plus belle.

— J'aurais préféré que vous en profitiez, Daniel et vous. Vous en avez moins souvent que moi l'occasion.

— Euh…, intervint l'Australien à la hâte, reconnaissant par là qu'il avait perdu l'occasion de marquer un point. Oui, une dame doit toujours avoir la plus belle vue. Je… je vais nous chercher des bières.

— Et quelle dame ! glissa discrètement Matteo à Quinn tandis qu'elle s'asseyait.

Elle le fusilla du regard.

— Ce qui s'est passé la nuit dernière ne t'autorise aucune familiarité, rétorqua-t-elle en le tutoyant de nouveau.

— Nous en reparlerons. Accepteras-tu de prendre un verre avec moi avant le dîner ?

Quinn n'avait pas la moindre envie de discuter des événements de la veille, mais une mise au point lui parut nécessaire.

— Un verre, pas plus, acquiesça-t-elle.

Matteo l'attendait au bar, élégant dans son pantalon noir et sa chemise lavande — une chemise que seul pouvait porter un homme parfaitement confiant en lui. En la voyant arriver, il se leva.

— Je t'ai commandé un verre de riesling.

Son vin favori quand il faisait chaud. Décidément, Matteo De Campo était un observateur hors du commun, et attentionné. Elle l'avait noté dans l'après-midi, pendant qu'ils continuaient la visite de l'hôtel. Tel un super-héros avec des rayons X dans les yeux, il avait remarqué une foule de détails qu'elle n'avait pas notés.

— Merci, répondit-elle en s'installant dans un fauteuil en cuir. Nous devons rejoindre les autres dans une demi-heure.

— Dans ce cas, j'irai droit au but, dit-il en s'asseyant en face d'elle.

En dépit des deux cachets qu'elle avait avalés, la migraine lui serrait les tempes.

— La nuit dernière a été une aberration, articula-t-elle sèchement. Nous devons nous en tenir là et ne jamais recommencer.

— C'est vrai, ce serait un désastre, pour toi comme pour moi.

Quinn poussa un soupir de soulagement. Ils étaient au moins d'accord là-dessus.

— Néanmoins, je tiens à te remercier, reprit-il.

— De quoi ?

— Si tu n'étais pas venue, je ne sais pas ce que j'aurais fait. J'étais vraiment au plus bas.

Il paraissait soudain si vulnérable, si tendu, qu'elle faillit faire un geste dans sa direction. Elle s'en empêcha.

— J'avais moi aussi quelques démons à exorciser.

— Je ne sais pas ce que ton mari a bien pu te faire, mais cet imbécile a réussi à te fragiliser. Seul un fou a pu quitter la femme que j'ai tenue dans mes bras la nuit dernière.

— C'est plus compliqué que cela.

Soudain, elle comprit que, s'ils continuaient cette conversation, ils risquaient d'aller plus loin qu'ils ne le désiraient. Matteo dut le percevoir aussi car il avala une longue gorgée de bière avant de lever vers elle un regard plus calme.

— La Belle Bleue ne va pas réussir l'inspection, Quinn. Vous avez un gros problème.

— Je sais, mais j'hésite. Raymond me jure qu'il a le meilleur entrepreneur de l'île.

— Et ce que tu as vu aujourd'hui t'en a convaincue ?

Son père lui avait demandé de régler l'affaire, mais elle ne connaissait rien à la construction ni au climat local des affaires. Matteo sortit une carte de visite de sa poche et la lui tendit pardessus la table.

— Cette entreprise a travaillé dans certains de nos restaurants américains. Leur bilan est impeccable et ils sont présents sur cette île. Je les ai appelés cet après-midi pour leur demander s'ils seraient d'accord pour venir jeter un coup d'œil.

— Dans combien de mois ? Nous ouvrons dans deux semaines. Il faut au moins que la cuisine soit opérationnelle. Le reste peut se faire petit à petit.

— S'ils acceptent de travailler pour vous, ils feront immédiatement le plus urgent. Je dis bien : « s'ils acceptent ». De Campo est prêt à peser de tout son poids dans la balance. Ils peuvent venir dès la semaine prochaine.

— Vraiment ?

— Si tu veux, je peux rester jusque-là.

Sur ses lèvres, se formaient déjà les mots : « Oui, je t'en prie », parce qu'elle redoutait terriblement que La Belle Bleue ne puisse ouvrir à la date prévue. Mais elle comprenait aussi pourquoi Matteo proposait de l'aider : s'il était mêlé de près à cette rénovation, il serait plus difficile pour elle d'évincer De Campo. Et puis accepter de l'aide, ce n'était pas trop son style, malgré l'angoisse qui lui serrait la gorge à la vue du désastre de cet hôtel. Elle était terrifiée au souvenir de la Quinn de la nuit précédente, cette créature étrange totalement subjuguée par son sublime amant.

— Je connais ces gens, reprit-il. Si c'est réalisable, ils le feront.

— Très bien. Mais cela n'interviendra pas dans mon choix pour les vins destinés aux établissements Luxe.

Il acquiesça et se leva, professionnel.

— Je vais essayer de les joindre avant le dîner, dit-il en se dirigeant vers sa suite.

Quinn le suivit des yeux, la poitrine comme prise dans un étau. Ce n'était pas le moment de chercher à faire dire à Matteo combien la nuit qu'ils venaient de passer ensemble avait été exceptionnelle. Même si elle en rêvait, au fond de son cœur. Ce qu'il cherchait, lui, c'était à se rendre indispensable à Davis Investments. La nuit précédente avait peut-être été explosive, mais Quinn comptait moins qu'un contrat de dix millions de dollars.

Elle se leva brusquement. Même si la pilule était plutôt amère, ce n'était pas une surprise : n'était-elle pas le genre de fille que les hommes avaient toujours une bonne raison de quitter ?

8

D'expérience, Matteo savait que, pour qu'une situation finisse par s'améliorer, il faut d'abord qu'elle empire.

Il s'assit dans un petit salon de La Belle Bleue pour déguster une bière locale, tandis que Quinn raccompagnait l'entrepreneur, qui avait battu en retraite avant qu'elle ne lui demande d'en faire un peu plus. Celui-ci avait déjà dû faire travailler ses équipes à plein régime pour terminer les finitions du restaurant et du bar avant l'ouverture de l'hôtel, prévue cinq jours plus tard. Décidément, cette femme ne ménageait ni son propre sommeil ni celui des autres !

Une fois le programme établi avec l'entreprise, Matteo lui avait proposé de rester pour l'aider à superviser les travaux, une tâche qu'elle n'aurait pas pu accomplir seule et dont il avait l'habitude. Toutefois, il devrait rentrer à New York pour un conseil d'administration immédiatement après la réouverture, puis aller faire sa présentation à Chicago.

François avait quelque peu délaissé les cuisines du Paradis pour travailler d'arrache-pied avec eux afin d'établir les menus et mettre en place une organisation du bar et du restaurant digne d'un cinq-étoiles. A présent, ce n'était plus qu'une question de mise en œuvre : le chef parviendrait-il à exécuter les plats ? Les serveurs sauraient-ils composer les cocktails qu'ils avaient créés ? La machine était-elle assez bien huilée pour tourner impeccablement et satisfaire aux désirs d'une clientèle très exigeante ?

Epuisé, Matteo se massa la nuque. Quinn s'appuyait sur lui

chaque jour davantage, exactement comme il l'avait souhaité. Daniel Williams avait fini par retourner en Australie, visiblement mécontent de devoir abandonner la place. Elle s'était montrée si brillante dans cette situation d'urgence qu'il comprenait très bien pourquoi elle avait si vite réussi à gravir les échelons. Cependant, sans doute aurait-elle intérêt à revoir son style de management car elle se montrait parfois trop passionnée et trop dure, même si chacun, du chauffeur de bus au barman, reconnaissait ses compétences. Même Raymond Bernard, qui traversait en ce moment le salon à son côté, paraissait avoir été contaminé par sa fièvre — peut-être pourrait-il conserver son poste.

Ils s'immobilisèrent devant lui. Les yeux cernés de Quinn suffisaient à prouver qu'elle aurait besoin de plus de soutien qu'il ne pouvait lui en apporter. Elle jeta sur la bière qu'il buvait un regard d'envie.

— Le vol de notre nouveau sommelier a été annulé. Il n'arrivera que demain matin, au plus tôt.

— Dans ce cas, nous ferions mieux de rentrer au Paradis.

— Je ne vous le conseille pas, intervint Raymond. Une tempête se prépare.

— A ce point ? demanda Quinn en scrutant le ciel.

— C'est un vrai cyclone tropical qui s'annonce.

— Les planchers des suites sont-ils achevés ? demanda-t-elle.

— J'ai fait terminer celui de la suite du Dauphin, au cas où vous préféreriez rester. Elle comporte trois chambres. Tous les autres doivent encore être cirés.

Quinn se mordit la lèvre. Compte tenu de ce qui s'était passé entre Matteo et elle, ce n'était pas une bonne idée de partager l'unique suite disponible. Pourtant, même s'il adorait conduire dans des conditions extrêmes, il n'avait pas l'air emballé à l'idée de prendre la route escarpée qui menait à l'autre bout de l'île sous une tempête tropicale.

— Cela vous gêne de rester ? lui demanda-t-elle.

— Pas du tout.

Matteo haussa les épaules. Puisqu'il avait réussi à s'empêcher durant une semaine entière de poser la main sur Quinn, il finirait bien par s'endormir de l'autre côté de la cloison qui les séparerait.

— Nous allons rester, dit-elle au directeur.

Ils passèrent à la boutique de l'hôtel pour acheter de quoi se changer. Un Bikini orange attira le regard de Quinn.

— Cela me ferait du bien de nager. Vous devriez acheter un maillot, vous aussi, dit-elle en entrant dans la cabine d'essayage.

Les yeux fixés sur le rideau, il se dit qu'elle devait être folle. Comme si ce n'était pas déjà assez difficile de partager une suite ! Pourtant, il faisait si chaud... Et il se sentait tellement épuisé... Il finit par acheter un maillot, un T-shirt et un pantalon de toile. Compte tenu des horaires déments que s'infligeait Quinn Davis, il aurait tout le temps de nager pendant qu'elle travaillait.

Douché et changé, Matteo fit son entrée dans le luxueux salon de la suite destinée à abriter des P.-D.G. et des stars. Il y trouva Quinn qui faisait les cent pas, téléphone à l'oreille, visiblement stressée. Pensant qu'elle n'avait pas besoin de lui, il sortit sur la terrasse pour observer le ciel chargé de lourds nuages noirs. Raymond ne s'était pas trompé : la tempête allait fondre sur l'île d'un moment à l'autre. Rien de tel qu'un bon orage pour soulager la tension qui régnait entre Quinn et lui, se dit-il.

Pas question toutefois d'aller se baigner pour le moment, mieux valait attendre qu'elle se soit remise au travail. La voix de la jeune femme, toujours au téléphone, s'était faite plus aiguë :

— Non, Warren, tout se passe bien et je n'ai pas besoin que tu viennes.

Une pause.

— Tu ne me fais donc pas confiance, reprit-elle.

Autre pause.

— Tu ferais mieux de te concentrer sur nos hôtels aux Etats-Unis. Cette réouverture va très bien se passer, je te le promets.

« A condition que tout fonctionne », songea Matteo en grimaçant à l'évocation de tout ce qui restait encore à terminer en cinq malheureux jours.

La conversation téléphonique prit fin abruptement. Quinn le rejoignit sur la terrasse, les yeux étincelants de frustration et les traits tirés par la fatigue.

— Où est le vin ? demanda-t-elle.

Il tira du seau à glace une bouteille de blanc glacé dont il lui versa un verre.

— Pourquoi refuses-tu de reconnaître que tu es un être humain, comme nous tous ?

— Ce n'est pas ça, protesta-t-elle, mais mon père ne me fait jamais vraiment confiance et me remet sans cesse en question. Il faut qu'il vérifie tout pour relever ce qui ne va pas.

— Personnellement, j'ai plutôt eu l'impression qu'il essayait de t'aider.

— Il ne cherche à m'aider que s'il a l'impression que tout marche de travers.

— Les gens qui réussissent ne procèdent pas de cette façon, ils savent s'entourer de collaborateurs compétents.

Elle releva le menton, comme si elle n'avait pas entendu.

— Pour une seule petite fois, j'aurais aimé agir de manière totalement indépendante. Et lui prouver que si je réussis, ce n'est pas seulement parce que je suis la fille de Warren Davis, mais grâce à mes compétences personnelles.

— Nul ne peut en douter.

— Bien sûr que si ! Les membres du conseil d'administration n'arrêtent pas de me dégommer. Je les entends ricaner derrière mon dos.

— Tu vas passer le reste de ta carrière à te demander ce que l'on pense de toi ?

Elle brandit son verre en lui jetant un regard hostile.

— Tu sais ce qu'il m'a dit quand je me suis retrouvée sur la liste des meilleurs entrepreneurs ? « Dommage que tu ne sois pas la première femme du classement. » Pas un mot de félicitations.

— Il n'est pas doué pour les compliments, mais il était fier, j'en suis certain. C'est un tel exploit de figurer sur cette liste.

— Il a des critères inhumains. C'est une machine.

— Et toi, tu as parfaitement intériorisé ce comportement qui ne vous rend heureux ni l'un ni l'autre.

— J'ai besoin de me dépasser en permanence.

— Pas du tout. Ce dont tu as besoin, c'est de croire en toi-même. Ici, tu fais des miracles, mais tu as besoin d'aide. Il y a trop de problèmes de toutes sortes.

— Je les réglerai.

— Tu risques d'y laisser ta santé.

— Je ne t'ai pas demandé ton avis, répliqua-t-elle en le fusillant du regard.

Dans certains moments comme celui-ci, Matteo la trouvait monstrueuse. Voilà tout ce qu'elle trouvait à lui dire alors qu'il s'échinait pour elle depuis une semaine ! Cependant, tout en râlant intérieurement, il savait qu'elle avait été contrainte de se murer dans cette coquille, pour se protéger. La voix de la raison retentit dans sa tête : « Tu ferais mieux de prendre tes distances avant de te lier affectivement à une femme avec qui il t'est interdit d'avoir une relation. »

Ils dînèrent aux chandelles à une table qui dominait l'océan, tandis que le tonnerre retentissait et que les éclairs illuminaient la nuit de superbes arcs blancs. Ils parlèrent peu. Matteo ressentait un tel désir de la toucher qu'il serrait les poings sous la table tout en évoquant les différents problèmes à aborder avec le sommelier le lendemain matin. Il se força à avaler son saumon, en se demandant si, de son côté, elle luttait aussi contre le courant qui les reliait, plus puissant que la tempête qui approchait d'eux.

S'il franchissait le pas, il était un homme mort, il le savait. Jamais il n'avait entretenu de vraie relation avec une femme. Son lourd passé l'en empêchait. Et avec le passif qu'elle traînait, Quinn avait besoin de quelqu'un en qui elle ait toute confiance, pour restaurer sa confiance en les hommes, pas d'un individu dans son genre.

Le dîner achevé, elle lui proposa une liqueur ou un café. Il lut la déception sur son visage lorsqu'il refusa.

— J'ai du travail, dit-il en se levant pour regagner sa chambre. Merci pour ce dîner.

*
* *

Quinn se versa un autre verre de vin, avant de recommencer à faire les cent pas. Elle ne parvenait plus à contrôler son angoisse. Matteo n'avait évidemment pas mérité sa colère, lui qui venait de passer une semaine à tenter de la tirer d'une situation impossible. Parfois, elle le trouvait trop parfait. Trop calme, trop contrôlé. Capable d'envisager tout problème dans son ensemble. Sauf quand il était miné par cette mort dont il refusait de parler…

Ses doigts se crispèrent sur son verre glacé. Elle s'arrêta pour contempler la mer. Il fallait bien qu'elle reconnaisse que, ce qui la tuait, c'était que Matteo ait pu abattre un tel travail sans s'occuper d'elle. Cela lui donnait des envies de meurtre. Où était la raison dans tout ça ?

Elle rentra pour passer le Bikini qu'elle venait d'acheter. Il était trop échancré sur les cuisses et lui couvrait à peine les seins, mais quelle importance ? Matteo l'avait quittée sans un regard en arrière, fidèle au contrat qu'ils avaient passé. Comment pouvait-il se contrôler à ce point et oublier la nuit qu'ils avaient partagée ? Elle avait eu beau essayer, ça n'avait pas marché.

Elle ressortit s'asseoir au bord de la piscine. La tempête était passée au large de la presqu'île avant de s'éloigner ; le clair de lune argenté éclairait la surface de l'eau où se reflétait son visage troublé. Cette nuit, qui resterait unique, l'avait profondément marquée. Grâce aux caresses passionnées de Matteo, ses craintes avaient laissé place à la certitude qu'elle était belle, désirable et méritait d'être aimée.

Durant l'année chaotique qu'elle avait passée avec Julian, celui-ci lui avait reproché de ne pas être assez souvent chez eux, de manquer de chaleur en général et de ne pas le traiter comme le maître de maison. Elle avala une gorgée de vin. Son mari avait aussi été très déçu par son manque d'expérience sexuelle. Mais sa nuit avec Matteo prouvait qu'elle n'était pas frigide ; et maintenant qu'elle se savait capable de désirer et de ressentir du plaisir, l'idée que cette expérience ne se renouvellerait pas la déstabilisait. Jamais aucun homme ne la ferait vibrer aussi bien que Matteo — elle l'avait pressenti dès leur première rencontre.

Elle effleura l'eau de ses orteils et contempla les gouttelettes qui retombaient comme de grosses larmes. Ses yeux se mouillèrent. Pas question de redevenir la femme qui avait nié une part d'elle-même, la femme frustrée par son mari de la sensualité que Matteo lui avait rendue. Dommage que ce play-boy ne songe qu'à emporter le contrat…

Des larmes roulèrent sur ses joues. Voilà longtemps qu'elle n'avait pas pleuré. Depuis la mort de Sile, sa mère adoptive, qui avait finalement perdu la bataille qu'elle menait si vaillamment contre le cancer. C'était comme si désormais une faille s'était ouverte en elle, une fissure par où tout était exposé et qui rendait chaque respiration douloureuse.

La lune d'argent disparut derrière les nuages et tout devint soudain d'une clarté aveuglante : elle attendait davantage de la vie, songea-t-elle en s'essuyant les joues du dos de la main, mais elle ne savait pas exactement quoi. Comment être une autre, elle qui avait toujours été le brave petit soldat qui faisait ce qu'on lui demandait ? Les larmes ruisselèrent de plus belle. Matteo avait bien raison de dire qu'elle refusait d'être un être humain. C'était trop dur.

Vers minuit, accablé par la chaleur et incapable de dormir, Matteo sortit de sa chambre pour aller à la piscine. Les cris assourdissants des grenouilles arboricoles emplissaient l'air. D'habitude, il les trouvait plutôt apaisants, mais pas cette nuit. Après avoir lu ses e-mails et différents rapports, puis parlé à Gabe — qui avait l'air particulièrement satisfait du dernier vin qu'il avait créé —, il n'était pas parvenu à s'endormir, malgré la fatigue.

Il attrapa une serviette sur l'étendoir et se dirigea vers le bassin. En voyant Quinn assise au bord, les jambes dans l'eau, il se figea. Elle fixait la mer des Caraïbes et son profil se dessinait si exquisément dans la pénombre qu'il ne put en détourner le regard. Jamais il n'avait encore rencontré de femme dont la beauté le touche à ce point. Un véritable envoûtement.

S'il avait été raisonnable, il se serait enfui en courant. Mais il était fasciné par son Bikini orange, qui dissimulait mal ses courbes, et par son long cou gracieux que mettait en valeur sa queue-de-cheval. *Dio !* Jamais il n'aurait dû accepter de partager cette suite avec elle.

Devinant sa présence, elle tourna la tête et le fixa, les yeux brillant de larmes. Ainsi, il y avait donc une faille dans l'armure de cette battante qui ne baissait jamais la garde…

« Va-t'en vite, lui souffla sa petite voix intérieure, avant que tout ne s'écroule autour de toi. » Mais il s'assit à côté d'elle et plongea les pieds dans l'eau.

— Tu ne pouvais pas dormir ? Qu'est-ce qui ne va pas ?

— Je ne sais pas, avoua-t-elle.

Il lui ramena une mèche de cheveux derrière l'oreille.

— Tu es trop exigeante envers toi-même. Il faut accepter de l'aide, sinon tu vas craquer.

— Ça n'a rien à voir.

— Alors, dis-moi de quoi il s'agit.

Elle croisa nerveusement les doigts.

— Pendant la nuit que nous avons passée ensemble, j'ai eu l'impression de revivre, d'éprouver enfin, pour la première fois de ma vie, ce que tout le monde ressent, de ne plus être une simple machine à accumuler les profits.

— Tu n'as jamais été insensible, Quinn. Simplement, tu ne sais pas exprimer tes émotions.

— J'ai trop peur.

— Pourtant, tu peux y arriver. Il est plus difficile de se faire obéir au doigt et à l'œil par cinquante personnes que de se montrer honnête envers soi-même.

— Ah bon ? répondit-elle en lui jetant un regard plein de flamme. Comme ça, tu veux que j'affronte mes émotions, que je sois sincère ? Alors commençons tout de suite. Tu prétends que l'homme qui m'a quittée devait être fou, mais tu n'as pas hésité à en faire autant. Ce sont les actes qui comptent, Matteo, pas les paroles. Maintenant, tu peux m'inscrire dans le catalogue de tes conquêtes tandis que moi… je me sens déchirée.

Il garda le silence, conscient que, quoi qu'il dise, cela se retournerait contre lui — et nuirait au contrat qui était en jeu.

— Tu vois, reprit-elle, pour toi, tout est facile. Sur ton téléphone tu dois avoir au moins dix contacts que tu pourras appeler dès ton retour.

— Quinn, le vrai problème, c'est ce contrat qui va faire la une du *Wall Street Journal*, pas nos hormones.

— Je le sais parfaitement, dit-elle en croisant les bras sur ses seins, qui semblaient vouloir s'évader du Bikini.

Bon sang ! Il avait une telle envie de la toucher…

— Dis-moi ce qui t'arrive, pour de bon. Contrairement à ce que croient les femmes, les hommes ne savent pas lire dans leurs pensées.

— J'ai peur, avoua-t-elle d'une voix rauque. Peur de ne plus jamais ressentir pour aucun homme ce que j'ai éprouvé pour toi l'autre nuit. Peur de redevenir la Quinn frigide parce qu'elle est incapable de lâcher prise.

— Comment peux-tu penser une chose pareille ?

— Jamais plus je ne me sentirai aussi vivante, et ça me terrifie.

— Tu te trompes. Il te suffit de choisir le bon partenaire.

— Le bon partenaire ! s'exclama-t-elle en le contemplant d'un air indigné. Je suis donc la seule à penser que ce que nous avons partagé cette nuit-là était exceptionnel ?

Il serra les dents pour ne pas répondre et détourna le regard.

— Je veux la vérité, Matteo, dit-elle en se relevant.

— La vérité ? répondit-il en lui agrippant le poignet pour la retenir. Vraiment ?

Il fit une pause et prit une grande inspiration. Les mots qu'il allait prononcer scelleraient assurément son sort. Mais les dés étaient lancés à présent, il ne reculerait pas.

— La vérité, c'est que j'ai passé toute la semaine dernière à tenter désespérément de ne pas commettre l'erreur qui nous enverrait dans le mur tous les deux. Pas une minute, je n'ai cessé de penser à ce qui s'était passé entre nous. Cette nuit-là, Quinn, tu n'étais pas un simple dérivatif, comme tu as l'air de le croire, mais la seule personne capable de me sauver de moi-même, la seule que je désirais, si violemment que cela m'a arraché au désespoir.

Du bout des doigts il lui effleura la joue.

— Tu sais que tout cela peut nous mener au désastre, souffla-t-il.

— Peu m'importe, répondit-elle en se cabrant comme une chatte sous sa caresse. Je peux très bien quitter le comité de sélection de Luxe. Mais si, pour toi, je ne représente qu'un contrat, je te supplie de partir, maintenant.

— Quinn ! s'écria-t-il, le cœur battant.

Elle posa les lèvres sur son front.

— Je veux passer cette nuit avec toi. Savoir si je suis capable d'aller plus loin encore.

Sous ses doigts palpitait la peau si douce de cette femme exceptionnelle. Il ferma un instant les paupières pour tenter de se contrôler, mais cette alchimie les dépassait tous les deux. Ils avaient trop besoin l'un de l'autre. Jamais il n'avait ressenti un désir aussi puissant. Il prit le visage de Quinn entre ses mains pour l'attirer à lui et approcha la bouche de la sienne.

— Je vais te faire l'amour, Quinn. Ce ne sera plus seulement du sexe.

— Quelle est la différence ?

— Essaie, et tu verras, dit-il en l'embrassant enfin.

Un baiser plein de promesses qui avait goût de miel. Puisqu'il avait choisi l'enfer, il fallait qu'il profite de chaque minute…

— Matteo, souffla-t-elle en se cambrant.

Il défit le nœud qui attachait son soutien-gorge sur la nuque, dévoilant ses seins. Le soupir de plaisir qu'elle poussa lorsqu'il commença à les caresser fut le plus puissant des aphrodisiaques. Il s'écarta pour mieux profiter du spectacle.

— Tu savais que ce Bikini me mettrait dans tous mes états.

— Peut-être…

Il sourit, puis lui lécha les aréoles et les tétons jusqu'à ce qu'elle se mette à gémir doucement. Ensuite, il glissa les doigts sous le bas du Bikini. L'intimité de Quinn était tiède et humide. Du velours, répondant au moindre contact. Il aurait voulu la goûter de nouveau et la faire jouir de sa langue, mais il avait plus envie encore de plonger dans le sien son sexe si dur qu'il en devenait douloureux. De la sentir vibrer sous lui et crier grâce…

Lorsqu'il introduisit un doigt en elle, elle s'arqua contre sa main.

— C'est trop bon…, murmura-t-elle.

— Je peux faire mieux encore, n'en doute pas. Et cette fois, Quinn, nous allons dans la chambre.

— Non. Je te l'ai déjà dit : « Pas de chambre. »

— Dans ce cas, nous nous en tiendrons là, décréta Matteo en l'écartant d'elle. Je ne sais pas ce qu'il t'a fait pour que tu aies peur à ce point mais moi, jamais je ne te ferai le moindre mal. Je te le promets.

Une lueur d'hésitation passa dans le regard de la jeune femme. Il appuya le front contre le sien.

— Il faut que tu me fasses confiance, reprit-il.

Elle se mit à trembler et crispa les doigts sur ses épaules, comme si elle luttait contre elle-même.

— Oui, dit-elle en enfouissant la tête contre son épaule.

Il la souleva et la transporta dans sa chambre. Quand il la déposa sur le sol, le corps de Quinn se tendit et ses traits se crispèrent. Il lui détacha les cheveux et plongea les doigts dans leur masse soyeuse.

— J'arrête dès que tu me le demandes. Sans la moindre question.

Elle releva la tête et posa une main sur son torse, à l'emplacement du cœur, comme pour qu'il lui communique un peu de sa sérénité. Il se pencha sur sa bouche, qu'il embrassa jusqu'à ce qu'elle se blottisse contre lui.

— Tu me rends fou, murmura-t-il contre ses lèvres tandis qu'elle mordillait la sienne de ses petites dents pointues. Si tu savais combien de fois j'ai rêvé de ce moment…

Il tomba à genoux et fit glisser son maillot.

— Quinn…

Il la caressa longuement de sa langue. Au moment où il la sentit sur le point de craquer, il la prit par les fesses pour l'attirer encore plus à lui. Elle poussa un cri et s'agrippa à ses cheveux en murmurant des mots inintelligibles. Alors, il se releva et lui prit les mains pour les poser sur la ceinture de son maillot de bain.

— Enlève-le-moi.

Elle obéit. Lorsqu'elle releva la tête, son regard exprimait l'expectative. Il l'embrassa sur la bouche jusqu'à ce qu'il la sente de nouveau détendue entre ses bras.

— N'oublie pas, *bella* : si tu me dis d'arrêter, j'arrête.

Elle acquiesça, le front collé au sien. Matteo la souleva et la déposa sur l'immense lit, où sa chevelure se déploya sur le drap blanc. Sa peau, sa silhouette étaient parfaites, excitantes en diable. Quand il posa la main sur la courbe de sa hanche, elle écarquilla les yeux.

— Touche-moi, souffla-t-il. J'ai envie que tu me touches.

Elle se pencha en avant et serra les doigts sur son érection. Jamais il ne s'était senti aussi dur. Il se pencha, la prit par les fesses et lui plaça la cuisse contre sa taille.

— J'ai envie d'être en toi, Quinn…

Elle hocha doucement la tête. Il enfila rapidement le préservatif qu'il avait dans la main. Quinn le guida alors en elle. Les mains crispées sur le matelas, il se força à rester immobile.

— Plus profond ? demanda-t-il.

— Oui.

Il s'enfonça davantage. Elle se cabra contre lui.

— Encore…

Très lentement, centimètre par centimètre, il se laissa glisser en elle, attendant que son corps s'ouvre à lui. Jusqu'à ce qu'il soit entré jusqu'à la garde. En lisant dans le regard de Quinn un étonnement émerveillé, il laissa échapper un juron en italien. Jamais il n'avait ressenti un tel plaisir. Il poussa un cri rauque quand elle noua les jambes plus étroitement autour de sa taille.

— Dis-moi de quoi tu as envie, souffla-t-il.

Sur un ton mi-timide mi-pressant, elle lui fit part de ses désirs, qu'il satisfit lentement. Les joues de sa maîtresse rosirent de plaisir. Au risque de perdre le contrôle, il l'incita à en dire plus encore. Elle eut des exigences plus insistantes, plus précises. Il avait le corps tremblant de l'effort qu'il faisait pour se dominer.

Dans un sursaut, elle se cabra en criant, tandis qu'il caressait son clitoris pour accroître son plaisir.

— *Sei bella*, souffla-t-il en posant la bouche sur la sienne.

Elle gémit et ferma les yeux en s'arquant contre ses doigts. Soudain, une succession de spasmes brûlants eurent raison de son *self-control*. Un véritable feu d'artifice. Il cria à son tour, sauvagement. Tout son corps se mêlait à celui de Quinn dans une harmonie totale qu'il n'avait jamais encore éprouvée.

Durant un long moment ils restèrent silencieux l'un et l'autre, n'osant prononcer le moindre mot. Puis Matteo roula sur le côté, attira la jeune femme à lui. Il sentit sur son visage les larmes qu'elle avait versées. Il les essuya en balbutiant de douces paroles en italien, jusqu'à ce qu'elle s'endorme entre ses bras.

Le clair de lune baignait la pièce d'une lueur féerique. Il referma les bras sur le corps de Quinn. Il n'était pas tombé dans le puits où voulaient l'attirer ses démons. Il n'était pas allé en prison. Il avait trouvé La Femme. Son contrat était rempli.

9

Le chant des oiseaux arracha Quinn au sommeil entrecoupé et agité qui l'avait fait se tourner et se retourner toute la nuit. Elle n'avait pas l'habitude de dormir avec quelqu'un — durant les derniers mois de leur mariage, quand la situation s'était totalement dégradée, Julian et elle ne couchaient plus dans le même lit. Le corps chaud de Matteo rivé au sien comme une ancre sécurisante lui semblait à la fois étrange et merveilleux. Car, même si elle se sentait aimée et en sécurité, elle éprouvait une sorte de claustrophobie…

En apercevant un bras musclé et hâlé dans un rai de lumière, son estomac se noua et ses doigts se crispèrent sur les draps blancs. Cette nuit avec son formidable amant avait été incroyable. Inoubliable. Mais son désir d'être enfin une femme valait-il le désastre qui n'allait pas manquer de suivre ? Désormais, elle n'avait plus d'autre choix que de renoncer à faire partie du comité de sélection de Luxe. Et donc d'avouer à Warren qu'elle avait engagé une relation personnelle avec Matteo De Campo.

Un filet de sueur glacée coula le long de son échine. Rejetant le drap, elle se glissa hors du lit, enfila son Bikini et sortit dans la cour. Le ciel commençait à peine à blanchir. Il faisait déjà chaud, mais seule la certitude qu'une fois de plus elle allait décevoir son père pouvait provoquer en elle cette fièvre cuisante. Une fois de plus, il allait l'épingler de son regard bleu-vert, jusqu'à ce qu'elle comprenne qu'il serait plus facile de renoncer. Jamais il n'admettrait qu'elle ait pu faire passer ses désirs personnels avant une mission de cette importance. Ensuite, après avoir manifesté sa fureur, il réfléchirait avant de lui signifier la conduite à adopter.

Elle contempla les vagues qui se brisaient sur le rivage, plus violemment après la tempête de la veille. Cette nuit, Matteo lui avait fait l'amour avec une merveilleuse délicatesse, transformant son corps en un instrument de plaisir, et non pas de punition comme Julian. Pour la première fois de sa vie, elle avait fait honneur à ses propres désirs.

Cela risquait de nuire à sa carrière, mais elle ne pouvait plus supporter le vide de sa vie personnelle. Quant à savoir si elle avait bien fait de choisir Matteo De Campo pour sauter le pas — un homme connu pour enchaîner les conquêtes —, c'était tout autre chose.

Elle ferma les yeux pour humer les senteurs de frangipane, gardénia, magnolia. Matteo avait eu envie de lui faire l'amour, mais il ne l'aimait pas. Il la désirait seulement, et c'est ce qui expliquait la folie de la nuit précédente. S'il lui restait un grain de bon sens, elle n'attendrait pas qu'il mette fin à leur aventure : elle romprait la première, avant de s'y brûler les ailes. Pour en garder un excellent souvenir et préserver son cœur.

Une bouffée d'air humide l'enveloppa et elle baissa les yeux sur la vaste étendue turquoise. Au fond, rien de mieux que de nager pour se rafraîchir les idées.

Matteo s'éveilla dans un lit vide. Il éprouvait un désir si vif pour Quinn que cela aurait dû le déconcerter, mais il était trop occupé à se demander où elle pouvait être. Soudain une réalité plus perturbante encore lui traversa l'esprit : il avait franchi les limites et atteint le point de non-retour.

Il sortit du lit pour partir à sa recherche, en proie à une impression de déjà-vu. Sauf que, cette fois, c'était complètement différent. Cette fois, s'il avait couché avec Quinn Davis, ce n'était pas pour échapper à une angoisse qui le torturait mais poussé par le pur désir d'elle, en proie à une émotion si profonde qu'il préférait l'oublier.

Il enfila son boxer, un peignoir et sortit sur la terrasse. Personne là non plus. Où pouvait-elle être allée à 6 heures du matin ? Avait-elle réalisé l'erreur dont ils allaient devoir assumer tous deux les conséquences ? De son côté, il lui faudrait tout avouer à Riccardo, qui risquait de très mal le prendre. Comme si la même histoire se répétait, qu'il mettait de nouveau en péril un contrat de plusieurs millions de dollars et risquait de faire vaciller l'entreprise De Campo.

Il poussa un soupir en pensant à la manière dont son frère allait accueillir la nouvelle et jeta un coup d'œil distrait en direction de la mer. En trois ans, il avait beaucoup changé : ce contrat Luxe avait été son unique objectif et, pour l'emporter, il avait mis au point une stratégie subtile. Pas exactement celle dont aurait usé Riccardo, mais parfaite. Son frère ne la comprendrait pas. Jamais il ne l'avait compris d'ailleurs. Il allait le descendre en flammes.

Les yeux fixés sur l'horizon, où le soleil commençait à se lever, il songea qu'il ferait bien de suivre lui-même le conseil qu'il avait donné à Quinn : arrêter de chercher à plaire aux uns et aux autres et vivre comme il l'entendait. Avec elle il était bien, il le ressentait jusque dans la moelle de ses os, et il allait devoir convaincre Riccardo de lui faire confiance. Le convaincre qu'il remporterait ce contrat malgré tout et que jamais il n'avait oublié son objectif.

Il allait rentrer prendre une douche quand il aperçut dans la mer une silhouette qui nageait vers l'hôtel. Quinn ! En atteignant le rivage, elle s'essuya les yeux et le fixa, ses longs cheveux noirs au vent, comme une sirène venue lui rendre visite.

— Toi aussi, tu aimes nager dès l'aube ?

Elle s'essora les cheveux, un sourire narquois aux lèvres.

— Seulement après une nuit d'extase en compagnie d'un homme avec qui je suis en affaires. Sinon, j'y vais plutôt après le travail, en fin de journée.

— Une nuit d'extase, répéta-t-il d'un ton rêveur. Dans ce cas, tu aurais dû rester au lit pour un petit revenez-y matinal.

— Cet homme, je dois l'évaluer.

— J'ai bien peur que tu ne surestimes l'importance de cette évaluation.

L'eau dégoulinait le long de ses courbes alléchantes. Matteo la prit par le menton pour poser un long baiser sur ses lèvres salées, d'une délicieuse douceur. Cela lui semblait si naturel, si juste d'être avec cette femme qu'il ne pouvait comprendre où était le mal. Même s'il avait une raison à dix millions de dollars de le savoir.

Lorsque leur baiser se termina, elle haletait doucement.

— Peut-être pourrais-tu essayer de me convaincre d'aller plus loin ? murmura-t-elle.

— Peut-être pourrais-tu essayer de me parler de Julian ?

— Julian ?

— Je veux comprendre.

Son regard émeraude s'assombrit et elle détourna la tête.

— Il n'y a pas grand-chose à dire, lâcha-t-elle en s'asseyant sur un transat. Notre mariage a été un désastre, à tous points de vue. Il m'a épousée pour se créer un réseau, parce que j'étais la fille de Warren Davis. Il ne m'aimait pas et ma personnalité ne lui convenait pas. En fait, ce qu'il voulait, c'était une femme capable de recevoir, pas de travailler. Une épouse qui flatte son ego vingt-quatre heures par jour et sept jours sur sept.

— Il ne te connaissait donc pas ?

— Il pensait que je changerais.

— Tu l'aimais ? demanda-t-il en prenant place sur le transat voisin.

— Je m'étais entichée de lui, reconnut-elle en ramenant ses genoux contre sa poitrine. Il présentait bien, il avait du succès. En apparence, le fiancé idéal. Mais j'ai appris à mes dépens que la réalité était tout autre.

Un homme qui l'avait maltraitée au point qu'elle refuse d'entrer dans une chambre avec un autre homme… Matteo grinça des dents.

— Que s'est-il passé ? Je sais qu'il t'a fait du mal et ce n'est pas pour rien que tu pratiques le krav maga.

Elle détourna le regard vers la mer étincelante.

— Quand je l'ai épousé, je n'avais aucune expérience sexuelle. J'avais connu deux hommes avant lui, rien de bien marquant. Ça n'a pas plu à Julian. Je le décevais de toutes les manières, mais en particulier au lit, et plus il était frustré, plus il avait envie de me punir.

Elle s'interrompit en soupirant et écarta machinalement de son front une mèche de cheveux.

— Plus il se mettait en colère, reprit Quinn, plus je me renfermais dans ma coquille. Je ne voyais pas comment lui plaire et, à la fin, il me faisait peur. C'est alors qu'il a voulu me prouver à sa manière qu'il me dominait.

— Il t'a… violée ? demanda Matteo d'une voix tendue.

— Jamais je ne me suis refusée à lui. Cela n'aurait fait qu'empirer les choses. Disons qu'il se montrait… brutal.

— Pourquoi ne l'as-tu pas quitté ?

— Parce qu'il convenait à Warren et que je savais qu'un divorce décevrait profondément mon père. C'est d'ailleurs ce qui s'est passé : jamais il ne m'a pardonné.

— Ton père ignorait ce qui se passait ?

— Comment aurais-je pu le lui dire ? « Papa, l'homme que tu as voulu que j'épouse n'a pas cessé de m'insulter, depuis le jour même de notre mariage. Il s'est révélé violent et me trompe avec d'autres femmes » ?

— Il t'a trompée ? s'écria Matteo, les yeux étincelants.

— A la fin seulement. Mais, pour tout dire, je l'aurais presque supplié moi-même de le faire.

Il serra les poings, regrettant que Julian Edwards ne soit pas dans les parages.

— Pourquoi n'es-tu pas partie ? Si ton père avait su la vérité, ça l'aurait rendu fou furieux.

— Ce n'est pas le genre de la famille. Les Davis règlent leurs problèmes tout seuls. Qu'il s'agisse d'une fusion ou d'un mariage, le succès est obligatoire.

— Quelle idiotie ! Et s'il était allé plus loin ? S'il t'avait frappée ?

— Jamais il ne l'aurait fait. Chez lui, tout était contrôlé.

— Il y a un début à tout. En général, Quinn, ce genre de type ne s'arrête pas là.

Il y eut un long silence.

— Maintenant, il est parti, c'est tout ce qui compte.

Matteo contempla longuement le profil délicat de la jeune femme avant de la prendre par le menton pour l'obliger à tourner la tête vers lui.

— Tu ne t'es jamais dit que tu méritais mieux ?

— Pour moi, mon mariage était un échec personnel. La preuve que j'étais incapable d'avoir une relation.

— Tu n'étais pour rien dans cet échec. Ton mari était un monstre !

Elle lui adressa un regard si plein de vulnérabilité qu'il en eut le cœur serré.

— Au départ, les torts étaient partagés. Je n'ai pas su l'accueillir. Quand je veux, je peux me montrer très désagréable. Rejeter les gens ou les ignorer.

— Sans doute. Mais, en grattant un peu, on découvre que tu es perspicace, sexy et pleine d'empathie. Personnellement, je ne crois plus désormais que tu me rejettes.

— Avec toi, c'est autre chose.

— *Si, bella.* C'est la vie qui l'a voulu. Moi, je sais que tu aimes le sexe. Que tu adores ça, même, dit-il en lui tendant la main pour qu'elle le rejoigne.

— Et maintenant ? s'enquit-elle avec une lueur coquine dans le regard.

— Place-toi à cheval sur moi, *cara*, chuchota-t-il.

Elle obéit et s'assit sur lui, jambes écartées. Il glissa la main dans son maillot pour caresser son sexe tiède, jusqu'à ce qu'il la sente prête à l'accueillir. Son érection était si violente qu'il dut étouffer un gémissement. En haletant, elle lui caressa la joue, où la barbe commençait à repousser dru. *Dio !* Quinn était tellement sexy quand elle acceptait de se laisser aller.

— Préservatif, chuchota-t-il en lui en tendant un tiré de la poche du peignoir.

Elle le lui enfila tandis qu'il lui ôtait son bas de Bikini.

— *Portami dentro di te, tesoro.* Prends-moi en toi.

Elle saisit son sexe dressé et le pressa doucement contre sa féminité brûlante pour le taquiner. Cette fois, Matteo laissa échapper un cri rauque. Lentement, Quinn l'introduisit en elle. Il resta parfaitement immobile tandis qu'elle montait et descendait au-dessus de lui. Elle se mit à trembler et lui agrippa les épaules. Il ne se lassait pas de contempler son visage.

— Tu es la femme la plus belle que j'aie jamais connue, murmura-t-il d'une voix rauque. Ne mets jamais en doute ta capacité à éprouver du plaisir, Quinn.

Elle se pencha pour l'embrasser sur la bouche et il la prit par les hanches pour la soulever et la faire descendre tour à tour, très lentement d'abord, les yeux fermés, goûtant chaque seconde de plaisir. Leurs gémissements emplissaient l'air matinal. Elle enfouit la tête au creux de son cou en l'encourageant doucement : « Plus vite, plus fort. »

En sentant sa chair frémir contre son sexe, Matteo sut qu'ils atteignaient le point de non-retour. Il l'attira à lui et la prit par les fesses pour mieux la plaquer contre lui.

— Comme ça, chuchota-t-il. Sers-toi de moi.

Quinn se pencha pour frotter son clitoris contre le bassin de son amant et tout son corps se raidit, prêt à exploser. Puis elle poussa un cri, secouée par un orgasme qui provoqua celui de Matteo. Il souleva le bassin en laissant échapper un gémissement guttural.

Lorsque leurs derniers spasmes se furent apaisés, ils restèrent un long moment allongés côte à côte sur la terrasse, au bord de la plage, bercés par le bruit des vagues. Puis Matteo souleva Quinn et la transporta jusqu'à la douche, où il la lava avec tant de sensualité que leur désir se réveilla et qu'il la prit de nouveau.

Il lui vint alors à l'esprit que jamais il ne se lasserait de désirer cette femme extraordinaire.

10

Durant la dernière ligne droite précédant la réouverture de La Belle Bleue, les choses finirent par se mettre en place. La veille du grand jour, Quinn crut apercevoir le bout du tunnel, tout en redoutant secrètement des imprévus. Pour la première fois de la semaine, elle se permit de sourire.

Son optimisme était tel qu'elle avait accepté une folle proposition de Matteo : faire une petite pause pour aller manger du rôti, une crêpe de farine fourré à la viande et aux épices, dans une paillote de la plage célèbre pour cette spécialité des Caraïbes. L'un comme l'autre avaient besoin de faire un break, d'évacuer les tensions.

Tandis que Matteo prenait une douche, elle passa un short et un T-shirt dans la chambre qu'ils partageaient désormais — il avait laissé ses vêtements dans l'autre, pour faire illusion. Ensuite, elle releva ses cheveux en queue-de-cheval. Au moment où elle se mettait un peu de rouge à lèvres, elle aperçut la montre en or de Matteo, posée sur la commode. Un objet d'une rare élégance, qui aurait fait la joie d'un collectionneur.

Elle la retourna machinalement et aperçut au dos une inscription en italien finement gravée. Tout en se reprochant sa curiosité, elle la tapa sur son ordinateur pour obtenir une traduction.

Pour mon fils, tu étais unique. Garde-le toujours avec toi. Alfonso.

La montre de Giancarlo, devina-t-elle. Quinn reposa vivement l'objet sur la commode. Depuis leur nuit au Paradis, Matteo était moins triste ; pourtant, à certains moments, le masque glissait et son regard paraissait de nouveau hanté. Elle fronça les sourcils. Il prétendait qu'elle était un livre fermé, or, tout en feignant d'être ouvert au monde, il traînait cette histoire enfouie.

Le soleil se couchait quand ils remontèrent la plage en direction du restaurant — une minuscule paillote aux couleurs éclatantes. Tandis qu'ils dégustaient leurs rôtis et leurs bières sur le sable, face aux vagues, elle s'appliqua à nourrir une conversation légère.

— Warren s'est manifesté ? demanda soudain Matteo.

— Quand il va en Asie, il ne me donne guère de nouvelles à cause du décalage horaire. Il ne m'appellera sans doute pas avant son retour à Chicago.

— Il faudrait pourtant le mettre au courant.

— Je vais le faire, dit-elle en lui jetant un regard en coin.

Elle ne comprenait pas pourquoi il ressentait une telle hâte de révéler leur relation à Warren et à toute l'équipe.

— De toute façon, il rentre demain, ajouta-t-elle.

Il acquiesça, les yeux rivés à l'océan.

— Tu as parlé à Thea, aujourd'hui ? Comment va son pied ?

Quinn fit la grimace. Un étalon de huit cents kilos avait écrasé le pied gauche de sa sœur la veille pendant qu'elle pratiquait un examen, provoquant de multiples fractures.

— Elle est chez elle, forcée à l'inactivité, et maudit ce fichu cheval, répondit Quinn.

Elle repoussa son assiette, convaincue que le seul moyen d'amener Matteo à se livrer, c'était de parler elle-même.

— Tu vois, en ces moments où j'ai dû prendre des décisions cruciales, j'aurais aimé connaître ma sœur qui vit dans le Mississippi.

— Tu as des contacts avec ta famille biologique ?

— Non, et je n'ai rien à leur dire. C'est eux qui ont choisi de ne pas me garder. Puis ils ont eu une autre fille. Fin de l'histoire. Mais ma sœur n'y est pour rien et j'ai envie de la rencontrer, même si nous ne devenons jamais très proches.

— Tu crois que, pour tes parents, ça a été aussi simple que tu le prétends ?

Elle avala une gorgée de bière.

— Ils m'ont abandonnée et, deux ans après, ils ont eu ma sœur. Il n'y a pas grand-chose à ajouter.

— Peut-être quand tu es née n'étaient-ils pas prêts, pour des raisons que tu ignores ? La vie n'est pas aussi noire et blanche que tu veux le croire. Il y a des zones grises.

Des zones grises ? Comme abandonner sa fille et ne plus jamais la revoir, au risque de lui briser le cœur à jamais ?

— Je ne m'attendais pas à ce que tu comprennes, dit-elle, amère.

— Tu devrais faire un effort. Vivre dans l'isolement ne peut rien t'apporter.

— Et toi, tu fais semblant de te lier facilement, Matteo, mais ce n'est que comédie. Tu fais semblant de parler mais tu ne dis rien.

— Avant de parler de moi, si on en finissait d'abord avec toi ? Pourquoi ne t'attendais-tu pas à ce que je comprenne ?

— Parce que toi, tu as une famille aimante. Une famille à toi. Ta chair et ton sang. Comment pourrais-tu comprendre ce qu'on ressent quand on n'a pas été désiré ? Warren et Sile étaient si désespérés de ne pas avoir d'enfant qu'ils m'ont adoptée ; quelques mois plus tard, leur rêve s'est réalisé et Thea est née. Du coup, ils n'avaient pas plus besoin de moi que ma famille biologique. Grandir avec cette idée n'a pas été très confortable, figure-toi !

— En tout cas, il y a une chose dont je suis certain, c'est que Thea t'adore. Je l'ai bien vu le soir de notre rencontre, au cocktail donné chez ton père. Et rien qu'à entendre celui-ci te parler, on sent qu'il te respecte. Moi, je me demande ce qu'il me faudrait faire pour que mon père me respecte de cette façon. Sans parler du reste de ma famille. J'ai passé ma vie à me battre pour ça.

Quinn repoussa sa bière, déconcertée par ce point de vue qui remettait complètement en cause le jugement qu'elle portait sur sa propre famille. Son passé douloureux la privait-il vraiment de toute objectivité sur ce sujet ?

— Tu vis dans une famille de gladiateurs qui passent leur

temps à se battre entre eux pour être le meilleur, déclara-t-elle après un long silence.

— Peut-être.

— Pourquoi le père de Giancarlo t'a-t-il donné la montre de son fils ?

Les épaules de Matteo s'affaissèrent soudain.

— Excuse-moi, reprit-elle, penaude. Je l'avais prise pour l'admirer de plus près et j'ai lu l'inscription.

— Parler de Giancarlo ne nous apportera rien de positif. Il est mort et on ne peut plus rien y faire.

— Et tu m'accuses d'être fermée comme une huître !

Elle vit passer dans ses yeux un éclair d'une telle intensité qu'elle en frémit.

— Quinn, je suis responsable de sa mort, articula-t-il en détachant les syllabes. Je l'ai *causée.* C'est ce que tu voulais m'entendre dire ? Le père de Giancarlo m'a donné cette montre pour que je ne me sente pas coupable tout le reste de ma vie, jour après jour.

— Je suis convaincue que tu te trompes.

— Giancarlo était tout pour moi, dit-il d'une voix blanche, les yeux fixés sur l'horizon. Même si j'étais très proche de mes frères, le lien était moins fort. Nous avons grandi ensemble à Montalcino et on nous a tous les deux élevés pour devenir des hommes de pouvoir, avec des responsabilités. Giancarlo est devenu P.-D.G. d'un des principaux groupes automobiles européens, une sorte de star du monde des affaires, et moi, responsable de De Campo pour l'Europe. Nous étions au sommet, grisés par le succès…

— Le pouvoir devient vite un poison.

— Giancarlo avait du mal à gérer sa réussite, reconnut Matteo en se tournant vers elle. Il buvait trop, conduisait trop vite et il aimait trop s'amuser. Peut-être avait-il ça dans le sang. Son père était alcoolique, mais il réussissait en affaires et parvenait à cacher le problème. Giancarlo se disait que lui aussi arriverait à gérer. Il ne voulait pas se reconnaître de limites.

— La nuit de l'accident, il avait bu ?

— *Si*, avoua-t-il en serrant les poings. De mon côté,

j'avais à supporter Riccardo, qui passait son temps à m'épier et à m'empêcher de tracer ma propre voie dans l'entreprise, convaincu que je n'étais pas mûr ; alors que, moi, je savais que je l'étais. Par dépit et pour essayer de me détendre, je suis parti avec Giancarlo en virée à Monte-Carlo. On s'est bien amusés, on a gagné au casino plein d'argent que des femmes ont essayé de nous faire dépenser, mais j'ai fini par retrouver une lueur de raison et suggéré que nous repartions. Giancarlo a insisté pour rester boire un dernier verre…

Quinn sentit son estomac se nouer.

— C'est pour cette raison que tu as réagi si violemment quand Daniel t'a tendu ce cognac, l'autre soir ?

— C'était la boisson préférée de Giancarlo. Ou plutôt sa cuirasse. J'aurais dû comprendre qu'il avait déjà son compte et l'empêcher de boire. Au contraire, poussé par cet esprit de compétition qui nous aiguillonnait sans cesse, j'ai accepté. Ensuite, j'ai suggéré que nous fassions la course pour rentrer à l'hôtel.

— Après avoir bu ? s'exclama-t-elle, horrifiée.

— On avait perdu le contrôle. On est repartis pour l'hôtel par deux routes différentes, mais j'ai été le seul à arriver. J'ai tout de suite compris ce qui s'était passé.

— Un accident ?

— J'ai fait demi-tour. Il avait pris une rue en sens interdit et avait heurté de plein fouet un arbre. Quand je l'ai retrouvé, la police était déjà là, mais on ne pouvait plus rien faire. Il est mort sous mes yeux avant l'arrivée de l'ambulance.

— Oh ! Matteo…

— Cette nuit-là, il m'avait confié que, malgré toutes les femmes qui nous tournaient autour, il était amoureux de Zara, sa petite amie, et qu'il voulait l'épouser. Se fixer, devenir père. Il pensait que notre façon de vivre nous menait à la catastrophe. Il avait envie d'autre chose. Il y a quelques semaines, j'ai lu dans le journal que Zara s'était fiancée. Elle va en épouser un autre.

La gorge de Quinn se serra au point qu'elle eut du mal à répondre.

— Vous aviez tous les deux perdu la tête, Matteo. Tu n'es pas responsable de ce qui est arrivé.

— C'était moi le plus solide. J'aurais dû anticiper. J'aurais pu le sauver.

Les larmes aux yeux, elle lui prit le visage entre les mains.

— Tu ne peux pas sauver les autres. Tu as déjà bien trop à faire avec tes propres démons.

Les mâchoires de Matteo se crispèrent sous ses doigts. Les derniers rayons du soleil éclairaient ses traits durcis par le chagrin.

— Tu es un type bien, dit-elle, tandis qu'une larme lui coulait sur la joue. Si Giancarlo te voyait, il serait fier de toi.

— Comment pourrais-je profiter des meilleures années de ma vie alors qu'il est mort ? Jamais je ne pourrai accepter cette réalité.

En l'enlaçant, Quinn leva vers lui son visage baigné de larmes.

— Où qu'il soit, c'est pourtant ce qu'il désirerait. Ce serait plus tragique encore que tu passes ta vie à le pleurer et non à lui faire honneur.

— Lui faire honneur ? Mais comment ?

— Un jour, Sile m'a dit que ce qui compte, ce ne sont pas les fautes que nous commettons, mais ce que nous finissons par en faire. Il faut que tu choisisses la route qui te permettra de dépasser tes erreurs. Et n'oublie pas, comme le père de Giancarlo l'a dit, combien tu comptais pour lui.

Quinn s'assit en le serrant contre elle, comme pour absorber sa douleur, jusqu'à ce qu'elle sente enfin son grand corps se détendre entre ses bras. Peut-être avait-il fini par être touché par ce qu'elle lui avait dit…

En silence ils revinrent à l'hôtel en longeant le rivage, main dans la main. Elle avait choisi sa propre route et commencé à prendre des décisions qui engageaient son avenir, et elle aurait voulu être sûre de ne pas se tromper de chemin. Mais même sans trop savoir où elle en était, se dit-elle, elle ne pouvait demeurer plus longtemps immobile.

11

La grande réception donnée pour la réouverture de La Belle Bleue était une parfaite réussite. Un vrai miracle !

Le marbre italien brillait sur les murs du hall, dont les fissures avaient été parfaitement comblées et polies. Les fontaines et les bassins, loin d'être achevés quand Quinn était arrivée à Sainte-Lucie, cascadaient avec un doux murmure. Et des serveurs en uniforme blanc faisaient circuler les hors-d'œuvre du nouveau menu, originaux et fleurant bon les épices locales.

Le jour tombait tandis que Quinn observait ce spectacle depuis la terrasse donnant sur la mer, un peu à l'écart de la foule. Elle inspira longuement, tout au plaisir de sa sérénité retrouvée. Une renaissance parfaite pour cet hôtel de légende, en dépit de la sueur et des larmes qu'elle avait coûtées.

Le personnel circulait dans le patio illuminé par des torchères, au milieu d'une foule d'invités admiratifs — d'autres dansaient au son d'un orchestre reggae. A la lueur des flammes on découvrait toutes les célébrités que comptaient les Caraïbes, et des journalistes spécialisés dans le tourisme venus du monde entier. La nouvelle équipe avait fait merveille sous la houlette d'un Raymond Bernard transfiguré, au point que Quinn avait décidé de le maintenir à son poste.

Elle avala une gorgée de champagne. Matteo avait eu raison de donner à Raymond une seconde chance. A vrai dire, il avait eu raison sur de nombreux points. Quand elle s'était mise à paniquer, la semaine précédente, il avait réussi à la calmer et à la convaincre de résoudre les problèmes l'un après l'autre. Tout était affaire de confiance, lui avait-il expliqué. Et quand on en avait suffisamment, on la transmettait autour de soi. C'était ce qui lui manquait le plus, mais il lui avait appris à aller la chercher au fond d'elle-même. Depuis, elle n'était plus la même femme.

Elle le chercha des yeux dans la foule. Superbe dans son costume gris foncé, il bavardait avec François et un notable local. Une force de la nature. Son cœur se mit à battre la chamade. Chaque jour, ils s'étaient montrés extrêmement discrets car elle n'avait pas réussi à contacter son père pour démissionner de ses fonctions à la tête de la branche restauration de Luxe. Mais, chaque nuit, ils se retrouvaient, mêlant leurs corps et leurs âmes dans un tumulte qui déstabilisait totalement son univers si bien ordonné. Une folie dangereuse. Comme si elle replongeait enfin dans la vie, tête la première. Et même la certitude que tout ceci aurait une fin ne pouvait l'empêcher de voir la vie en rose.

Comme s'il avait lu dans ses pensées, Matteo se matérialisa soudain à côté d'elle, plus magnétique que jamais.

— Si tu cessais de te poser des questions, murmura-t-il.

— Je ne te remercierai jamais assez. Sans toi, je n'y serais pas arrivée.

— Je reconnais que nous formons une bonne équipe, répondit-il avec un haussement d'épaules.

Contrairement à elle, il savait arrondir les angles. Et boostait sa créativité. Jamais cette soirée n'aurait eu lieu sans leurs qualités respectives. Si seulement elle avait pu l'avoir toujours à ses côtés…

Quinn baissa les yeux. Quelle aberration de penser à un avenir commun ! Pour elle autant que pour lui.

— Tu veux danser ? proposa-t-il.

— Non. Pas ici.

— Une danse entre partenaires commerciaux. Où est le mal ? dit-il en la prenant par la taille pour la guider à travers la foule.

Elle n'était pas si sûre de savoir jouer la comédie, surtout quand ils se mirent à bouger au rythme sensuel du reggae.

— Je n'arrive pas à rouler des hanches.

— Laisse-toi un peu aller, je vais te guider.

Quinn essaya de régler ses mouvements sur ceux de son cavalier, si souples et élégants, mais impossible. Il l'attira à lui pour l'obliger à mettre ses pas dans les siens.

— Il y a pourtant des moments où tu réussis parfaitement à me suivre, lui souffla-t-il à l'oreille.

— Matteo !

— Personne ne peut nous entendre.

Peut-être, mais elle entendait les battements sourds de son pouls, la chaleur des cuisses de Matteo contre les siennes et la folie qui la guettait, menaçant de lui ôter toute prudence. Elle reprit son souffle et s'écarta de lui.

Cet homme savait lire en elle. Près de lui, elle se sentait meilleure. Heureuse. Mais, dès le lendemain, il rentrerait à New York et elle à Chicago.

Elle trébucha et il lui reprit la taille, les yeux fixés sur elle.

— Qu'est-ce qui ne va pas ?

Ce qui n'allait pas, c'était qu'elle était folle amoureuse. Cette vérité venait de la frapper de plein fouet…

— Rien.

— Tu mens.

Elle poussa un soupir. A quoi bon nier ?

— Tout ceci touche à sa fin. Tu le sais aussi bien que moi.

Le regard de Matteo s'assombrit.

— Quand en es-tu venue à cette conclusion ?

— Toi… et moi…, commença-t-elle en baissant la tête. Demain, nous serons de retour aux Etats-Unis, dans deux villes différentes pour vivre deux vies différentes.

— Ils ont supprimé les liaisons aériennes entre New York et Chicago ? ironisa-t-il.

Quinn n'était pas d'humeur badine. Bientôt, Matteo ne voudrait plus d'elle et elle ne pouvait supporter cette perspective.

Comme toujours, il lut dans ses pensées :

— Je veux que tu fasses partie de ma vie, dit-il en lui serrant les mains dans les siennes.

Le bourdonnement de la foule se fit plus intense dans ses

oreilles. Faire partie de sa vie, qu'est-ce que ça voulait dire ? Pour combien de temps ? Un mois ? Six mois ? Jusqu'à ce qu'elle ne l'intéresse plus et qu'elle se retrouve le cœur brisé, comme toutes les femmes qu'il avait connues ?

Un souvenir lui revint. Un samedi matin, alors qu'elle était encore en pyjama en train de boire un café, des déménageurs avaient sonné à la porte. Sans comprendre ce qui se passait, elle avait appelé Julian à Boston, où il était censé assister à un match avec son frère. Elle avait alors appris qu'il vivait depuis trois mois avec sa maîtresse et qu'il avait décidé de la quitter. Les déménageurs étaient une façon civilisée de mettre fin à une histoire, lui avait-il expliqué. A peine avaient-ils quitté l'appartement qu'elle s'était adossée à la porte et laissée glisser sur le sol, le visage baigné de larmes — soulagement et humiliation mêlés. Elle n'avait alors pensé qu'à la façon dont elle allait annoncer cet échec à son père.

— Quinn ? intervint Matteo sur un ton impatient. Tu m'écoutes ?

— Combien de temps au maximum es-tu resté avec une femme ? demanda-t-elle en relevant le menton.

— Qu'est-ce que cela a à voir avec nous ?

— Réponds.

— Six mois. Avec ma dernière petite amie. Je l'aimais bien.

« Seigneur, six mois… », se désola-t-elle *in petto*. Elle avec son complexe d'échec et lui avec sa terreur de s'engager, comment cela pourrait-il fonctionner ?

— On ferait mieux d'arrêter tant qu'il en est encore temps. Si je parle de nous à mon père, je risque mon avenir professionnel.

— La vérité, c'est que tu crains une nouvelle déception.

— Qu'est-ce que tu as réellement à m'offrir, Matteo, en dehors d'une histoire brûlante avec un tombeur italien ? « Faire partie de ta vie », qu'est-ce que cela signifie au juste ?

— Tu le sais très bien.

— Je préférerais que tu me l'expliques.

— Je te parle de l'avenir, Quinn ; de *notre* avenir, que tu essaies de briser avant même qu'il ait commencé.

— Je tente de me préserver. Je n'ai pas perdu la mémoire.

— Je crois plutôt que tu cherches la bagarre.

— Mais non, c'est toi !

Soudain, son intuition l'avertit qu'on les regardait. Elle tourna la tête. Assis au bar, un homme les fixait d'un air intéressé. A côté de lui trônait un appareil photo.

— Ce n'est pas l'endroit idéal pour poursuivre cette conversation, dit-elle.

— Tu as raison, mais tu ne t'en tireras pas comme ça. Nous avons eu tort d'entamer cette relation, mais nous ne pouvons pas revenir en arrière. Nous en reparlerons plus tard, je te le promets.

Le morceau prit fin et Quinn se glissa hors des bras de son cavalier, soulagée.

— Je vais dire un mot au gouverneur avant qu'il ne parte.

D'un pas rapide, elle traversa la terrasse. Pas question de prendre une décision aussi importante alors qu'elle n'avait pas les idées claires : officialiser sa liaison avec Matteo De Campo risquait d'avoir sur sa vie des conséquences qu'elle ne mesurait pas encore.

La nuit était tombée depuis longtemps et la fête se poursuivait. Matteo rejoignit François au bar. Le chef était ravi de constater que l'événement était un succès. Les journalistes spécialisés et les VIP se félicitaient tous de voir l'hôtel retrouver sa splendeur passée. Pour Matteo, ce travail était donc terminé — contrairement à sa relation avec Quinn. Il demanda à François où elle était.

— Elle est allée chercher une bouteille de porto pour un invité.

Matteo fronça les sourcils, contrarié. Depuis leur danse, elle cherchait délibérément à l'éviter. François lui tendit un verre de vieux rhum en commentant les événements de la soirée avec de grands gestes. Matteo avala une gorgée.

« On ferait mieux d'arrêter tant qu'il en est encore temps », avait-elle affirmé. A peine avait-elle abordé ce sujet qu'il avait compris qu'il ne voulait pas en finir. Il n'était pas prêt à la laisser partir, et peut-être ne le serait-il jamais. Surtout pas après avoir pris de tels risques.

Il reposa son verre.

— Je reviens tout de suite.

Il traversa le restaurant et descendit dans la vaste cave climatisée. Il aperçut Quinn devant des rangées de bouteilles de porto.

— Tu as encore quelque chose à me dire ? lança-t-elle, les poings sur les hanches.

— Non. Tu cherches quel millésime ?

Dès qu'elle l'eut renseigné, Matteo sortit une bouteille d'un casier et la posa sur la table. Puis il emprisonna la jeune femme de ses deux bras, la coinçant contre une étagère.

— J'aimerais vraiment comprendre ce que tu as en tête, attaqua-t-il.

— Je croyais que nous devions aborder le sujet plus tard.

— Pourquoi pas maintenant ? J'ai l'impression qu'en quelques heures, nous avons déjà régressé d'une semaine.

— Quelqu'un attend cette bouteille.

— Je veux savoir ce qui se passe dans ta tête, Quinn.

— J'ai peur, reconnut-elle après un court silence.

— Peur de quoi ?

— Je n'en sais rien. Tout va trop vite et je… je…

— Dis ce que tu as à dire.

Elle lui jeta un regard d'animal traqué.

— Je suis en train de tomber amoureuse de toi. Je sais que c'est stupide, mais je n'y peux rien et…

Matteo l'arrêta d'un baiser, soulagé, incapable de résister à la force qui le poussait vers elle. Quinn laissa échapper un long soupir, comme si elle acceptait enfin de cesser de se battre et lui prit le visage entre les mains. Il l'attira à lui et l'embrassa avec passion.

— Il faut croire en nous, Quinn. Cette histoire est réelle. Nous sommes réels et nous allons nous en sortir ensemble.

— Quelle jolie légende pour une magnifique photo ! fit une voix amusée derrière eux, dans une explosion de lumière.

Matteo s'arracha à Quinn tandis qu'un nouveau flash illuminait la pénombre. Un photographe !

L'homme disparut dans l'escalier. Matteo se lança à ses trousses.

Traversant le restaurant, le paparazzi atteignit la terrasse, où il se perdit dans la foule. Matteo s'immobilisa, haletant, avant de se précipiter sur un vigile pour qu'il alerte ses camarades. Ils parcoururent les lieux en vain : l'homme avait filé.

Matteo attendait la liste des accréditations de presse, qu'il avait demandée à Raymond Bernard. Près de lui, Quinn était pâle comme une morte.

— Pendant que nous dansions, il ne nous a pas quittés des yeux.

— Je ne comprends pas, répondit Matteo. La porte de la cave se referme toute seule et il faut un code pour l'ouvrir.

— Avant qu'elle se referme, il y a un délai de dix secondes. Il a dû en profiter pour s'y glisser sur tes talons.

— C'est le photographe de *Confidentiel*, déclara Raymond en revenant, une feuille à la main, l'air contrarié. Mais il n'avait pas l'autorisation de prendre des photos dans la cave.

Quinn semblait avoir le cœur au bord des lèvres. Matteo fut tenté de téléphoner à Alex pour lui demander de faire pression sur le magazine pour qu'ils n'utilisent pas la photo en les menaçant de poursuites. Mais il était 2 heures et même sa belle-sœur ne pourrait rien faire avant l'ouverture des bureaux. A ce moment-là, il serait peut-être trop tard…

— Ils vont l'utiliser, n'est-ce pas ? demanda Quinn d'une voix tremblante.

— Sans doute.

Il était 2 h 30 quand ils regagnèrent leur suite.

— Connu comme tu l'es, dès demain matin, cette photo sera partout.

— C'est bien possible, dit Matteo d'un ton léger malgré l'angoisse qui lui nouait l'estomac. En tout cas, concernant La Belle Bleue, le succès a été complet. Tu as superbement travaillé. Maintenant, il faut que tu dormes. Demain, j'appellerai Alex pour régler définitivement cette affaire.

— Contrairement à toi, je n'ai pas l'habitude qu'on diffuse

des photos de moi sur internet. Cette histoire désastreuse va nuire à ma réputation.

Il fit un pas vers elle, le cœur battant.

— Ce qui est fait est fait. Dramatiser ne sert à rien.

— Attends que mon père ait débarqué et que l'équipe réalise l'erreur que nous avons commise. Quand je pense que j'étais sur le point de quitter Luxe ! Maintenant, tout le monde va savoir que…

— Nous gérerons le problème. Ensemble.

— Tu t'imagines que Daniel Williams va voir cette photo sans crier au scandale ? s'écria-t-elle d'une voix plus aiguë. Mon comportement va contre toutes les règles d'éthique qui se pratiquent dans ce genre d'appel d'offres !

— Quinn…

— Pourquoi n'as-tu pas gardé les mains dans tes poches jusqu'à la fin de la réception, comme je te l'avais demandé ?

— Tu veux qu'on en discute ? s'emporta-t-il. N'oublie pas que c'est toi qui as commencé !

Les joues en feu, Quinn se dirigea vers la porte-fenêtre, qu'elle ouvrit pour contempler la mer.

— Je ne serai pas la seule à en pâtir, Matteo. De Campo risque de perdre le contrat.

Il ne l'ignorait pas plus que la peur qui lui serrait la gorge.

— Paniquer ne va pas nous aider.

— C'est toute ma carrière qui est dans la balance, balbutia Quinn. Je me tue au travail depuis sept ans pour faire mes preuves, et que les gens me respectent enfin pour ce que je suis. Tout ça pour en arriver là. Juste parce que j'ai voulu satisfaire mon envie de coucher avec toi.

Matteo la prit par le bras pour l'attirer à lui.

— Inutile de nous déchirer parce que tu as peur. Je t'ai déjà dit que je ne te laisserai pas faire.

— Et pourquoi ? Jamais tu ne m'as seulement dit que…

— Que quoi ? la coupa-t-il en la prenant par le menton pour la forcer à le regarder.

— Rien. Je ne sais vraiment plus moi-même où j'en suis.

Il comprit alors qu'elle voulait entendre qu'il était amoureux d'elle. Ce constat le paralysa. Même s'il chérissait Quinn, il n'était pas certain de savoir ce qu'était l'amour. Alors de là à prononcer ces mots…

— Tu… Tu comptes beaucoup pour moi, dit-il d'un ton bourru. Je t'ai déjà dit que tu faisais partie de ma vie.

Elle leva vers lui un regard d'animal blessé.

— C'est entièrement ma faute. M'amouracher d'un play-boy… Je fais partie de ta vie, oui, jusqu'à ce que tu te lasses de moi.

— Quinn…

— Ça suffit pour ce soir. Comme tu le dis souvent, demain est un autre jour, dit-elle en se dirigeant vers les chambres.

En la voyant si vulnérable, Matteo faillit lui courir après. Mais que dire ? Il l'avait contrainte à se livrer à lui et maintenant, il ne savait plus quoi faire de ce qu'elle lui avait révélé. Il serra les poings dans ses poches. Mieux valait qu'ils se calment tous les deux en réfléchissant aux conséquences de leurs actes. Dans cette affaire, tout était dans la balance : sa carrière, l'avenir de De Campo et ses relations avec sa famille. Il devait agir. Vite, en toute logique et sans émotion.

Sinon, sans aucun doute, tout partirait à vau-l'eau.

12

C'était encore pire qu'il ne l'avait imaginé…

Pour la dixième fois, Matteo, sa tasse de café encore à moitié pleine à côté de lui, se força à relire le texte qui s'affichait sur le site de *Confidentiel*, sous la photo maudite.

UN RAPPROCHEMENT AU SEPTIÈME CIEL ?

Une fois de plus, tous les regards se tournent vers Matteo De Campo, qui a déjà séduit tant de beautés sur notre planète qu'on se demandait où il allait bien pouvoir étendre le champ de ses nouvelles conquêtes. Mais notre célibataire avisé semble plutôt engagé dans un rapprochement très lucratif avec le clan Davis, comme le montre ce cliché où on l'aperçoit en conversation passionnée avec la vice-présidente du groupe Luxe, Quinn Davis, au cours de la réception donnée à Sainte-Lucie pour la réouverture de La Belle Bleue. Nous applaudissons des deux mains ce rapprochement brûlant, et félicitons notre cher Matteo d'avoir su faire fondre celle qui de toute évidence ne mérite plus son surnom de « Reine des glaces ».

Il se prit la tête entre les mains. A la place de Daniel Williams, il se poserait déjà des questions sur la régularité d'un tel comportement. Quant à Warren Davis, comment allait-il réagir ? Sans parler de Riccardo…

Quinn sortit de la chambre, le regard ensommeillé, blanche comme un linge mais déjà habillée.

— Il faut absolument que j'intercepte mon père avant qu'il ne lise cet article, mais il n'y a pas d'avion avant huit heures. Ton jet pourrait-il m'emmener à Chicago ?

— *Si.* Veux-tu que je t'accompagne ?

— Je dirige une multinationale, Matteo. Je n'ai pas besoin d'un baby-sitter.

— Je t'ai simplement proposé de t'accompagner.

— Je n'ai pas besoin de toi, merci. Je serai prête dans trente minutes, dit-elle avant de rentrer dans la chambre.

Il regarda sa montre. Au même moment, le bip d'un texto. Riccardo.

Rejoins-moi chez moi le plus vite possible.

Une impression de déjà-vu le submergea. « *Mi deludi* », lui avait dit son frère aîné quand le contrat avec la compagnie aérienne avait capoté. « Tu m'as déçu. » Le second pire moment de sa vie après celui où il avait découvert la voiture de Giancarlo enroulée autour d'un arbre.

Alex l'appela pour lui demander s'il avait réellement une histoire avec Quinn. Il confirma.

— Pas un mot à quiconque, Matteo, dit la femme de Gabe avant de lui fixer rendez-vous avec Riccardo et Lilly pour tenter de limiter les dégâts.

Le vol vers les Etats-Unis se déroula en silence. Dès qu'ils eurent atterri à l'aéroport de Chicago, Matteo aida Quinn à descendre puis repartit aussitôt pour New York, obsédé par la prochaine confrontation avec son frère. Il ne lui restait plus qu'à espérer que Warren se montre raisonnable et autorise De Campo à continuer à postuler.

Il n'y avait pas de plan B…

***

A peine assis sur la terrasse de Riccardo et Lilly, dans l'Upper East Side de Manhattan, après avoir accepté le verre de scotch que lui tendait son frère, il préféra prendre les devants :

— Il faut que je t'explique, Riccardo : je tiens beaucoup à elle.

— Tu *tiens à elle* ? ironisa son frère d'une voix dure, dans laquelle perçait la colère. Je t'avais dit de garder les mains dans tes poches. Pour une fois que je te demande de faire quelque chose pour notre entreprise ! Ne me dis pas qu'avec toutes les femmes qui te tournent autour, tu avais précisément besoin de coucher avec celle-là ?

— Attention à ce que tu dis, lança Matteo, piqué au vif.

Son frère reposa violemment son verre sur la table.

— J'aimerais t'arracher la tête. Je te jure que…

— Je crois que je suis amoureux d'elle.

— Je me fiche qu'elle soit la mère de tes futurs enfants, Matteo ! Tu ne l'auras pas, un point, c'est tout.

— Tu te trompes.

Riccardo serra les poings et, durant une seconde, Matteo crut que celui-ci allait le frapper. Cela faisait des années que la tension montait entre eux. Soudain, son esprit fut traversé par une vision d'une évidente clarté : Riccardo avait raison, Quinn était bien la mère de ses futurs enfants. Pour la première fois de sa vie, il envisageait cette éventualité. Pas question d'y renoncer !

En jurant, Riccardo avala une longue gorgée de scotch.

— Je me suis montré patient, Matteo. Des tas de fois, je t'ai pardonné, au bénéfice du doute, mais je crains que tu n'aies le même instinct de mort que ce malheureux Giancarlo — paix à son âme. Je ne sais plus que faire de toi.

Le sang de Matteo se figea dans ses veines.

— J'admets que, depuis deux ans, j'ai fait n'importe quoi. Mais je me suis repris en main. Voilà deux semaines que je travaille comme un fou pour remporter ce contrat. Luxe va nous choisir.

— Si Warren Davis ne nous élimine pas d'emblée quand il saura que tu couches avec sa fille. Daniel Williams fera un tel foin que Luxe sera forcé de nous évincer de l'appel d'offres.

— Quinn ne le permettra pas. Elle sait quel est le bon choix.

— Elle aussi, elle s'est compromise.

— Cela ne l'empêchera pas de manifester sa préférence. Je la connais.

— Cela ne veut pas dire que leur comité de sélection suivra son avis.

— Je saurai les convaincre.

— Tu crois vraiment que je te permettrai de le faire, compte tenu de ce qui s'est passé ? Je ferais mieux d'y aller moi-même.

— Tenons-nous-en à ce qui a été prévu. Je connais l'entreprise et les différents concurrents. Je sais que je vais gagner. Il faut que tu me fasses confiance.

Durant un moment, Riccardo arpenta la terrasse, les yeux fixés sur la piscine.

— Ce n'est pas une simple question de *business*, finit-il par lâcher entre ses dents serrées. C'est notre famille qui est en jeu.

Une vague de colère submergea Matteo. Il fit un pas en avant et se retrouva nez à nez avec son frère.

— Tu as toujours prétendu être le seul concerné par ce qui se passe chez De Campo, Riccardo, mais je le suis autant que toi. Je vais emporter ce marché, mais à ma façon. Quant à Quinn, pour moi, elle n'est pas négociable. Prends-le comme tu veux, je ne reviendrai pas là-dessus.

Riccardo le fixa droit dans les yeux.

— Très bien, fais comme tu voudras, concéda-t-il.

13

De la hanche, Quinn tint ouverte la porte du bar, deux cafés glacés coincés contre la poitrine. Un filet de sueur glissa le long de son dos : depuis le week-end précédent, la température dépassait les trente-cinq degrés à Chicago et la chaleur était de plus en plus moite et accablante. Les brises fraîches des Caraïbes lui manquaient, tout autant que la paix qu'elle y avait trouvée… Matteo et elle avaient eu beau travailler jour et nuit à rénover La Belle Bleue, jamais elle ne s'était sentie aussi bien que lorsqu'il était à ses côtés ; dans une bulle, à l'abri du reste du monde. Et c'était là précisément le problème : dès son retour à la réalité, elle avait eu l'impression que tout s'effondrait.

Elle se fraya un chemin parmi les touristes en direction de la façade dorée de l'immeuble qui abritait le siège de Davis Investments. A peine avait-elle mis le pied à l'aéroport que son ancienne anxiété l'avait submergée, tandis que le distant « je t'appellerai » de Matteo résonnait à ses oreilles. Plus question d'être ce personnage qu'on lui avait imposé de devenir mais, au fond, qui désirait-elle être ?

Puis elle avait dû affronter son père, aussi furieux qu'elle s'y attendait, qui s'était interrogé uniquement sur son engagement professionnel sans égard pour ses sentiments personnels. Cela l'avait mise tellement en colère que, de fil en aiguille, elle avait exprimé des rancœurs passées sans rapport avec l'affaire en question. Malgré tout, elle avait réussi à le convaincre, ainsi que le reste de l'équipe, de conserver De Campo parmi les deux finalistes. Son père avait confié à Walter Driscoll, le directeur général de Luxe, la place qu'elle occupait à la tête du comité de sélection, avait caressé Daniel Williams dans le sens du poil et la disgrâce de Quinn avait été consommée.

A présent, elle pouvait de nouveau se concentrer sur son travail. Elle entra dans l'immeuble, un peu tendue : tout le personnel semblait prendre part à la controverse et chuchoter derrière son dos. Les tabloïds s'en donnaient à cœur joie et, pire que tout, Matteo lui manquait au plus haut point.

Elle avait succinctement, mais courtoisement, répondu à ses textos et à ses appels lui demandant si elle allait bien. En fait, la médiatisation qu'elle avait subie l'avait convaincue qu'elle ne pourrait jamais supporter de vivre ainsi sous le regard des autres.

Elle prit l'ascenseur pour le dernier étage, déposa un des cafés sur le bureau de Kathryn, ramassa son courrier et fit la grimace en voyant celle-ci brandir un journal.

— Je n'en peux plus. J'aime encore mieux ne rien savoir.

— Peut-être préférerez-vous l'original en chair et en os qui attend dans votre bureau ? répliqua malicieusement son assistante.

Son cœur se mit à battre plus vite.

— Matteo est dans mon bureau ?

— Je me suis dit qu'il n'avait pas besoin de rendez-vous.

Tout le monde avait l'air de s'intéresser à sa vie privée. Elle se figea, partagée entre son désir de voir son ancien amant et la nécessité de se montrer aussi contrôlée que de coutume. Kathryn lui jeta un regard amusé.

— Vous allez le laisser attendre longtemps ?

— Je me demande simplement comment la nouvelle Quinn doit mener cette affaire.

— A votre place, je commencerais par fermer la porte. A propos, ajouta Kathryn en souriant, cette nouvelle Quinn Davis me plaît beaucoup.

Son bureau minimaliste aux murs clairs constituait un cadre parfait pour mettre en valeur la beauté de Matteo. Une fesse posée sur le coin de la table, le téléphone à l'oreille, vêtu d'un pantalon sombre, d'une chemise gris clair et d'une cravate gris foncé, il était l'élégance personnifiée.

— La décision ne sera pas prise avant vendredi, lui dit-elle de but en blanc.

Il leva les yeux et lui adressa un sourire qui la fit frissonner.

— C'est *toi* que je suis venu voir.

— Tu t'imagines qu'en t'installant ici à demeure tu en apprendras davantage ?

— Ferme la porte, veux-tu ?

Elle obéit.

— Chaque fois que je t'ai téléphoné, tu t'es arrangée pour écourter la conversation. Comment savoir si tu vas bien ?

— Tout ce cirque autour de nous n'a donc pas suffi à te convaincre que j'avais raison et qu'il valait mieux en finir ?

— Je croyais avoir été clair en te disant que, pour sortir de cette mauvaise passe, mieux valait unir nos forces, dit-il en lui tendant la main.

Déstabilisée par son parfum, ses gestes, sa présence, Quinn eut un mouvement d'animal rétif, mais il l'emprisonna entre ses jambes et écarta la mèche qui lui tombait sur le visage. Inutile de se mentir : contre lui, elle se sentait de nouveau à sa place.

— D'abord, je tiens à te remercier d'avoir permis à De Campo de rester en compétition.

— Ce n'est que justice.

— Ensuite, tu voudrais m'entendre dire que je suis tombé amoureux de toi dès la première soirée, je le sais, mais chaque chose en son temps, Quinn. Moi aussi, je traîne un lourd bagage.

— Je ne sais pas quoi faire, répondit-elle, le cœur serré, mais une chose est certaine : la situation actuelle ne me convient pas.

— Cela n'a rien à voir avec le contrat. Même si De Campo se retirait de la compétition, tu ne me ferais pas davantage confiance.

— N'ai-je pas de bonnes raisons pour cela ?

— Je suis fou de toi et ça me fait peur, parce que jamais je ne me suis retrouvé dans cette situation. Il faut être plus indulgente envers moi.

— Comment surmonter le problème alors que nous avons tous deux si peur de nous engager ?

— Parce que c'est toi et parce que c'est moi, murmura-t-il tendrement. Ensemble, nous sommes parfaits.

Comment se contrôler après un tel aveu ? Elle se hissa sur la pointe des pieds et l'embrassa. Aussitôt, leurs corps s'enflammèrent. Matteo émit un son rauque en l'écartant de lui.

— Si tu veux mettre fin aux rumeurs, tu ferais mieux de garder ton emprise. Tu as des projets pour ce soir ?

— Un bon bain chaud. Mais tu pourrais peut-être participer ? suggéra-t-elle, mutine.

— Je ne te le ferai pas regretter, répondit-il avec un sourire qui la fit fondre.

Ils s'arrêtèrent dans une épicerie pour acheter du fromage et une bouteille de vin, qu'ils rapportèrent dans le penthouse de Quinn. Du bord de la terrasse splendidement aménagée, Matteo contempla la vue à couper le souffle tandis qu'elle débouchait le pinot noir qu'il avait choisi.

— Alors, cette conversation avec ton père ?

Elle préféra lui en fournir une version un peu édulcorée :

— Il pense que j'ai perdu la tête et que tu te sers de moi pour emporter le contrat.

— Quinn…

— Je sais que c'est faux et je le lui ai dit. Et je lui ai dit également que j'avais besoin que de temps en temps, il se comporte en père, pas en patron.

— Et qu'a-t-il répondu ?

— Il a été sidéré. Il croit que je suis aussi dure que lui, mais il se trompe. Et il m'a fait remarquer que je ne suis pas très douée pour la communication…

— C'est le moins qu'on puisse dire.

— Je lui ai aussi révélé la vérité, au sujet de Julian.

— Il ne s'en doutait pas ?

— Disons qu'il n'avait pas envie de savoir. Il a été horrifié, mais je crois que, du coup, il m'a mieux comprise.

Matteo la prit par le cou pour l'attirer à lui.

— Tu vois bien que ce n'était pas si difficile !

Sa chaleur et sa force l'enveloppèrent : elle aurait trop de mal à vivre sans lui.

— Je ne supporterai pas de subir de nouveau ce que j'ai vécu avec Julian. Si tu me quittes maintenant, nous en sortirons indemnes. Tous les deux.

— La souffrance fait partie de la vie. Nous surmonterons les épreuves. Ensemble. *Capisci ?*

— Oui, répondit-elle, au bord des larmes.

Il la souleva dans ses bras et Quinn le guida vers la chambre. Là, d'une main tremblante, elle lui ôta ses vêtements. Elle avait besoin d'être possédée par ce corps tendu et musclé, de combler ce vide si douloureux en elle. Ensuite, il la déshabilla avec une impatience qui lui ressemblait peu — et qui aurait dû l'effrayer, compte tenu de ce qu'elle avait vécu avec Julian. Mais, au contraire, elle l'y incita en lui répétant à quel point elle avait envie de lui.

Oui, elle avait enfin le pouvoir de se donner. Sans réserves.

— Matteo, gémit-elle d'une voix rauque, prends-moi.

— Déjà ?

— Oui, maintenant, je t'en prie.

D'un mouvement si puissant qu'elle en eut le souffle coupé, il se glissa en elle, dominateur, parfaitement contrôlé. Son plaisir grandit à chaque poussée de son merveilleux amant. Au comble de l'excitation, elle se cabra, soulevant le bassin et bougeant en rythme, tout en l'encourageant à continuer, à accélérer.

Quand son corps réclama la délivrance de l'orgasme, elle supplia Matteo de la satisfaire. Il se retourna alors sur le dos en l'entraînant avec lui pour qu'elle le chevauche, puis lui stimula le clitoris du pouce. Il la caressa ainsi jusqu'à ce qu'elle crie enfin, en proie à l'orgasme le plus violent qu'il lui ait donné. Son sexe grossit et palpita en elle. En gémissant, il crispa les doigts sur ses hanches tandis qu'il s'abandonnait lui aussi à l'extase suprême.

Après un bain chaud, ils se remirent au lit pour déguster le fromage et le vin. A la fin du dîner, Matteo la prit dans ses bras et la serra contre lui. Tout était parfait, si parfait que Quinn resta longtemps éveillée à écouter le souffle calme et régulier de l'homme qui avait conquis son cœur.

Et pourtant, peut-être parce que son père lui avait dit et répété que cette histoire n'était pas faite pour durer, elle regrettait qu'il ne lui ait pas proposé de se retirer de l'appel d'offres, ce qui aurait totalement clarifié leur relation. Mais il n'avait pas tort : il allait falloir qu'elle apprenne à faire confiance. Et d'abord à lui. Le problème étant que cela n'était plus dans ses habitudes depuis longtemps.

14

Assis sur la terrasse de Quinn, qui était partie travailler, Matteo ajoutait quelques statistiques de dernière minute à sa présentation quand la sonnerie de son mobile l'arracha à sa tâche. Sur l'écran apparut le nom de Gabriele.

— Sans vouloir te mettre la pression, attaqua son frère d'un ton légèrement ironique, si tu gagnes, De Campo change de stature mais, si tu perds, tu deviens à jamais le mouton noir.

— Tu avais un autre motif d'appeler ? grimaça Matteo.

— Il faut que tu rappliques séance tenante. J'ai réussi à obtenir un rendez-vous avec la Régie des Alcools. Suite à une annulation, le directeur a inopinément un moment à nous consacrer.

Il fronça les sourcils.

— Tu t'attends à ce que je prenne l'avion aujourd'hui pour la Californie ? demanda-t-il, incrédule.

— Réunion en fin d'après-midi, suivie d'un dîner. Si tu rentres demain matin, tu seras à Chicago à temps pour faire ta présentation l'après-midi, comme prévu.

— Pas question, Gabe !

— J'ai besoin de toi ici. Le directeur est une femme et, apparemment, elle te connaît.

Matteo se leva et se dirigea vers la terrasse.

— Ma carrière de play-boy est terminée.

— Elle s'appelle Katlyn Jones. Tu te souviens d'elle ?

Effectivement, Matteo l'avait croisée à deux reprises dans

des réceptions où il s'était rendu avec son ex, une actrice de Hollywood.

— Tu me fatigues, Gabe…

— Ce rendez-vous, voilà deux ans que je l'attends. Deux ans que je veux qu'ils m'écoutent au sujet des malbecs.

— Et moi, voilà deux ans que je suis au purgatoire, *fratello mio.*

— Enfin nous allons nous en sortir, tous les deux. Sois ici à 2 heures, et je te promets que tu seras de retour à temps.

Son frère raccrocha. Matteo jura à voix basse, avant d'appeler le pilote du jet De Campo puis son assistante. Du taxi qui l'emmenait à l'aéroport, il envoya un texto à Quinn pour la mettre au courant. Rien qu'à voir le doute qui assombrissait son beau regard dès qu'il était question de ce contrat, il devait lui prouver qu'il était sérieusement amoureux d'elle…

Quinn pénétra dans son penthouse, les bras chargés de sacs d'épicerie, le cœur battant comme chaque fois qu'elle allait revoir Matteo. Elle avait pris le risque de franchir le pas et de lui préparer à dîner car il travaillerait certainement très tard pour préparer la réunion, et elle se doutait qu'il n'aurait rien mangé de la journée. Elle était une piètre cuisinière mais, depuis des semaines qu'elle le fréquentait, elle pressentait qu'elle ferait mieux de s'améliorer — sur ce point et sur beaucoup d'autres…

Elle se dirigea vers la terrasse, où il avait l'habitude de travailler. Jusqu'à la réunion, ils avaient décidé qu'ils resteraient ensemble autant que le leur permettaient leurs emplois du temps. Aucune trace de lui. Elle se dit qu'il avait dû aller courir un moment pour se détendre et passa un tablier.

Elle commença par couper les légumes en petits dés. Sans Matteo, cet appartement lui paraissait sans vie. Elle avait envie de lui raconter qu'elle avait fini par contacter l'agence d'adoption pour reprendre contact avec ses parents biologiques. Elle ignorait ce qui en sortirait mais, au moins, cela lui permettrait de tourner la page.

Cependant, il valait mieux avancer à pas de loup. Tout

comme avec Matteo, malgré la facilité, l'évidence avec laquelle ils s'accordaient. La nuit précédente, quand il lui avait dit qu'il aimerait bien acheter une maison dans Lincoln Park, elle s'était immédiatement imaginée en train d'y vivre avec lui. Un pas de géant qui aurait dû la pousser à fuir, terrifiée. Alors qu'au contraire…

Oui, elle aimait cet homme, et elle n'avait jamais aimé Julian, elle s'en rendait compte maintenant. Enfin elle comprenait qu'on puisse ressentir de la plénitude avec une personne et de la solitude avec une autre. Pour limiter la poussée d'adrénaline, elle tenta de se concentrer sur le *prosciutto* qu'elle découpait.

Une fois sa sauce terminée, Quinn la laissa mijoter et passa dans la chambre pour se changer. En voyant la pendulette marquer 20 heures, elle s'étonna que Matteo ne soit pas rentré. Soudain, elle remarqua que son sac de voyage avait disparu. Gagnée par une panique incontrôlable, elle se rendit dans la salle de bains. Les affaires de toilette de Matteo n'y étaient plus, ni son ordinateur portable dans le salon, découvrit-elle quelques secondes plus tard.

Il était parti. Exactement comme Julian, qui n'était jamais revenu…

Quinn chancela, prise d'un vertige. Matteo l'avait-il laissée tomber ? Impossible, ce n'était pas son genre, tenta-t-elle de se rassurer. Elle l'appela mais tomba sur le répondeur. Elle écouta sa propre messagerie vocale, puis regarda de nouveau sa boîte de réception d'e-mails.

Rien.

Elle pensa à appeler la secrétaire de Matteo, mais il était déjà tard. Alors elle prit une douche, avant de se verser un verre de vin. A 23 heures, elle l'appela de nouveau mais n'obtint que sa messagerie. Même s'il avait eu une urgence, pourquoi ne lui avait-il pas laissé au moins un message ?

Le cœur broyé, les yeux brûlant de larmes, elle revint dans la cuisine et jeta le dîner à la poubelle. Elle se brossa les dents en s'obligeant à rester calme. Il y avait forcément une explication.

En sortant de la salle de bains, elle s'aperçut que son téléphone clignotait. Elle se précipita et découvrit un texto de Matteo :

> J'ai vu que tu avais appelé. Il faut que je te parle demain. Je passerai te prendre pour boire un café avant la réunion.

Durant deux ou trois minutes, elle demeura figée, relisant ce message. Puis l'illumination se fit soudain : il était en train de la plaquer.

C'était évident ! Comme il sentait qu'il allait remporter le contrat Luxe, il n'avait plus besoin de rester avec elle. Exactement comme Julian : une fois qu'il avait vampirisé les contacts de la famille Davis, elle ne lui avait plus servi à rien et il l'avait plaquée. Une question la tarabustait toutefois : pourquoi maintenant et pas après la signature du contrat ?

Elle éteignit la lumière et se glissa dans son lit, le visage baigné de larmes. Seigneur… Comment ses émotions, ses sentiments avaient-ils pu la tromper à ce point ? Mais elle ne se laisserait pas briser une fois de plus. Elle était forte, à présent.

15

Quinn éteignit la sonnerie du réveil. La lumière filtrait à travers les stores de la chambre. Aussitôt, elle fut malade à l'idée d'assister à la réunion de présentation pour Luxe, et plus encore de prendre un café avec Matteo avant.

Elle sortit du lit pour aller prendre une douche. Si le bel Italien la laissait tomber, comment continuer à avoir confiance en elle ? Elle avait été tellement certaine qu'il était *le bon.*

Tout en se faisant un shampoing, elle tenta de s'éclaircir les idées. Mais elle ne pouvait cesser de se demander pourquoi. Qu'y avait-il en elle de si profondément mutilé, de si déficient, de si affreux pour que tous la laissent tomber ? Ses parents biologiques, Julian, et maintenant, Matteo…

Elle se sécha et revint dans la chambre. En voulant prendre de la lingerie dans un tiroir, elle se figea : la montre de Matteo était posée sur sa commode. Son cœur bondit. Jamais il n'aurait laissé derrière lui un objet auquel il tenait tant s'il n'avait pas eu l'intention de revenir. Perplexe, elle ouvrit son placard pour y prendre un haut et y aperçut le costume préféré de Matteo, celui qu'il avait l'intention de porter pour la réunion. En elle l'espoir grandit encore.

« Nous surmonterons les épreuves. Ensemble. *Capisci ?* »

Elle l'avait cru et avait promis de lui faire confiance. Et s'il ne l'avait pas vraiment quittée ? « Il faut que je te parle demain avant la réunion. » Qu'est-ce que cela voulait dire ? Pouvait-elle enfin croire en quelqu'un ?

*
* *

En raison d'une attente au décollage à San Francisco, Matteo pénétra dans la salle de réunion du cinquante-cinquième étage de Davis Investments avec dix minutes de retard. Il était néanmoins prêt à se battre, à réparer tout ce qui devait l'être et à assurer son avenir avec Quinn.

Il avait revu sa présentation avec Gabe, qui l'avait trouvée parfaite. Conscient de ce qui se jouait là pour De Campo, il avait passé le voyage retour vers Chicago à en imprimer chaque détail dans son esprit. L'adrénaline coulait dans ses veines, la détermination bandait chacun de ses muscles.

Il salua Walter Driscoll, le directeur de Luxe et nouveau président du comité de sélection, ainsi que chacune des personnes présentes individuellement. En s'arrêtant devant Quinn, il remarqua les cernes bistre sous ses yeux et ses paupières gonflées, comme si elle avait pleuré.

— Quelque chose ne va pas ? chuchota-t-il.

— Dépêche-toi, sinon Williams va te battre, répondit-elle dans un souffle en bougeant à peine les lèvres.

Il alluma son ordinateur portable pour entamer sa présentation, inquiet néanmoins de voir la femme qu'il aimait si bouleversée. Walter Driscoll lui fit signe et il se concentra sur la première diapositive pour créer chez les spectateurs un certain état d'esprit. Cette présentation, il ne pouvait pas la rater.

Au bout de quelques minutes, il perçut des hochements de tête et des regards approbateurs quand il énuméra tout ce que De Campo pouvait apporter à Luxe : ses vins, mais aussi son expérience dans la restauration et ce souffle nouveau que Gabe avait suscité à Napa. Plus il avançait dans ses propos cependant, plus Quinn s'affaissait sur sa chaise, comme s'il lui était physiquement douloureux de se trouver là.

Soudain, n'y tenant plus, il se tourna vers Walter Driscoll :

— Puis-je m'entretenir quelques instants avec… Mme Davis ?

— Vous avez un quart d'heure pour faire votre présentation, monsieur De Campo. Vous pouvez l'utiliser comme bon vous semble.

— Peux-tu me rejoindre quelques instants dans le hall ? demanda Matteo en se tournant vers la jeune femme.

Elle faillit protester, mais, en voyant l'intérêt que suscitait cet incident dans l'assistance, elle préféra se lever.

— Que se passe-t-il ? lança-t-elle tandis qu'ils sortaient de la pièce. Il te reste encore un tiers du temps qui t'est alloué.

— Dis-moi ce qui ne va pas.

— Il faut que tu continues…

— Pas avant que tu m'aies dit pourquoi tu fais cette tête.

— Où étais-tu ?

— En Californie, chez Gabe, je t'ai avertie par texto.

— Le seul texto que j'ai reçu, c'est celui où tu me disais que tu voulais me parler.

— Je t'en ai envoyé un hier matin, avant de partir, affirma Matteo en plissant les yeux. Pour te dire que je serais de retour pour la réunion.

— Je ne l'ai pas reçu. J'ai cru que tu m'avais quittée.

— Quittée ? s'écria-t-il, abasourdi.

Quinn ferma les yeux et s'appuya au mur.

— Quand Julian est parti, il a simplement envoyé des déménageurs prendre ses affaires un samedi matin, alors qu'il était censé être à Boston avec son frère.

— Tu crois que j'aurais pu partir comme ça ? Je n'ai donc pas réussi à te convaincre de ce que j'éprouve pour toi ? Alors que j'ai parlé d'acheter une maison ?

— Quand je suis rentrée chez moi hier, j'étais si heureuse que j'avais décidé de te préparer à dîner. Imagine ma déception. Je n'avais pas reçu ton texto et j'essayais de comprendre ce qui avait pu se passer. Et puis ce matin, en voyant la montre de Giancarlo et ton costume, j'ai repris espoir. J'ai besoin de pouvoir faire confiance à quelqu'un et, si ce n'est pas toi, ce ne sera personne d'autre.

— Tu crois qu'un célibataire endurci comme moi fait le projet d'acheter une maison avec une femme s'il n'est pas fou d'elle ? protesta Matteo, la gorge serrée malgré son sourire.

— Tu n'avais pas l'air d'y attacher tant d'importance.

— J'avançais sur la pointe des pieds, histoire de voir ta réaction.

— Je reconnais que je manque parfois de subtilité, dit-elle avec un petit sourire.

— Je ne me risquerai pas à approuver, fit-il d'un ton léger. Ecoute, j'ai dans ma poche une bague que je comptais t'offrir après la présentation en te faisant ma demande, pour te prouver que je t'aime et que mes sentiments n'ont rien à voir avec le contrat Luxe. Ne me force pas à la sortir.

— Une bague ? bredouilla Quinn en ouvrant de grands yeux.

— Oui. A présent, oublie-la jusqu'à ce soir pour que je puisse faire ma demande dans les règles. Je vais utiliser les dix minutes qui me restent pour tenter d'assurer notre avenir.

— Je ne suis pas sûre d'avoir la patience…

— Essaie, dit-il en rentrant dans la salle.

Matteo réussit à terminer sa présentation dans les temps. Lorsqu'il releva la tête, tous les membres du comité le regardaient en souriant. Il avait fait tout ce qu'il pouvait, il ne lui restait plus qu'à espérer. Walter Driscoll le remercia et lui dit qu'il reprendrait contact avec lui au cours de la semaine. Matteo serra la main de tous les membres du comité avant de s'arrêter devant Quinn :

— Tu as le temps de prendre un café ?

Elle acquiesça d'un signe de tête. Dans l'ascenseur, elle s'efforça de ne pas penser à la bague promise par Matteo, mais elle avait l'impression de flotter sur un nuage. Sur le trottoir elle eut la certitude que son amour pour cet homme était plus fort que tout. Plus fort que la ville dont le cœur battait autour d'eux, plus fort que le soleil qui leur chauffait les épaules et baignait la cité dans une lumière dorée. Plus fort que son passé douloureux.

Au moment où ils allaient entrer dans le bar situé au coin de la rue, elle s'immobilisa.

— Je ne peux pas.

— Tu ne peux pas quoi ?

— Aller prendre un café avec toi en sachant que tu as cette bague dans ta poche. C'est impossible. Physiquement.

— Tu veux que je te l'offre maintenant ?

— Oui.

Il pâlit, tira de sa poche un écrin et mit un genou à terre sur le trottoir de Michigan Avenue, l'une des artères les plus fréquentées de Chicago, bondée de monde à cette heure.

Seigneur… Elle avait à ses pieds cet homme superbe, charismatique, qui était tellement plus, tellement mieux que le play-boy décrit par les gazettes. Un homme si brillant, et de tant de manières différentes, que Quinn en avait le vertige. Il avait su la révéler à elle-même et lui avait donné la capacité d'aimer.

Il ouvrit lui-même la boîte contenant une émeraude magnifique sertie de diamants.

— Du même vert que ton regard étincelant.

Un couple de personnes âgées s'était immobilisé à côté d'eux et les fixait avec étonnement.

— Une demande en mariage ! s'écria la dame.

Son mari lui prit le bras :

— Laisse-les donc tranquilles. Ils n'ont pas besoin de public.

— Alors pourquoi avoir choisi Michigan Avenue ? dit la dame en fixant Matteo. Continuez, ne faites pas attention.

— Quelle excellente idée tu as eue, chuchota-t-il à Quinn.

— Tu parles très bien en public, rétorqua-t-elle, taquine.

D'autres passants s'arrêtaient pour les regarder avec intérêt, formant un petit attroupement autour d'eux.

— Tu me le paieras, affirma-t-il.

Le sourire de Quinn s'élargit quand elle sentit que la main de Matteo tremblait un peu en serrant la sienne.

— Jusqu'à ce que je te connaisse, j'étais si perdu que je ne savais même pas ce que je cherchais. Tu m'as donné la lumière et permis de comprendre qui je voulais être, au-delà des erreurs que j'avais pu commettre. Quel que soit le choix du comité de sélection, j'ai déjà gagné le premier prix si tu acceptes de devenir ma femme, Quinn Davis.

Elle laissa échapper un sanglot.

— Epouse-moi, reprit-il. Je veux passer avec toi le reste de ma vie.

Une passante se mit à pleurer et enfouit le visage dans un mouchoir. Quinn se concentra sur Matteo.

— Et toi, déclara-t-elle d'une voix tremblante, tu m'as fait comprendre que tout est possible. Tu m'as rendue meilleure.

— Impossible. Pour moi, tu as toujours été parfaite.

Une larme roula sur la joue de Quinn.

— Je t'aime.

— Moi aussi, *tesoro*. Et maintenant, donne-moi ta réponse avant que tout ceci ne finisse aux infos télévisées.

— Oui, balbutia-t-elle.

— Tu vois, déclara la vieille dame à son mari, c'est comme ça qu'il faut faire.

Sous un tonnerre d'applaudissements, Matteo se releva pour prendre Quinn dans ses bras.

— Je suppose que tu t'attends à un baiser de cinéma ?

— Et comment ! Mais après, n'oublie pas d'annoncer que tu refuses désormais de faire la couverture des magazines.

Une heure plus tard, ils s'envolaient pour New York dans le jet de De Campo pour assister à la fête organisée par la femme de Riccardo.

A peine Quinn et lui étaient-ils arrivés dans le jardin de Lilly et Riccardo, illuminé de lampions colorés, que ses belles-sœurs accaparèrent sa promise. Son frère aîné le prit à part et lui versa un scotch.

— Comme tu étais dans les airs, Walter Driscoll n'a pas pu te joindre. Il vient d'appeler.

— Ils ont fait leur choix ? Déjà ?

— *Si*. Tu as envie de savoir ?

— Arrête de jouer avec mes nerfs !

Un sourire envahit les traits de Riccardo.

— Tu as gagné, *fratello* ! Le contrat de Luxe est pour nous.

Le sol se mit à tanguer sous ses pieds. Matteo avait enterré le passé. Enfin.

— Driscoll t'a trouvé brillant, reprit son frère, une lueur de fierté dans le regard. Impossible d'en désigner un autre, a-t-il dit. J'ai bien fait de te laisser mener l'affaire à ta façon dès le départ. Enfin presque…

— Comme tous les grands chefs d'entreprise, tu t'imagines être le seul à savoir comment doit tourner le monde.

— Tu n'as pas perdu de temps avant de lui passer la bague au doigt, dis donc. Au lit, elle doit être une affaire !

Matteo serra les poings, prêt à frapper, mais Riccardo lui tendit la main en riant.

— Ma femme aussi, tu sais. Quand finiras-tu par comprendre que j'aime bien te titiller ?

— Quand finiras-tu par apprendre à choisir le bon moment pour le faire ?

— Ce ne serait plus drôle.

Au lieu de répondre, Matteo préféra rejoindre sa fiancée, qui discutait toujours avec ses belles-sœurs.

— Où est notre frère-tampon ? demanda-t-il à Alex. J'ai besoin de lui avant d'étrangler Riccardo.

— Il est allé nous chercher à boire. Il y a une photo de ta demande en mariage qui circule déjà sur internet. Elle est magnifique, terriblement romantique.

Matteo ne pouvait détourner les yeux de sa future épouse, resplendissante dans sa robe de cocktail rouge cerise.

— Il sait parler aux femmes, reconnut-elle. Je suis certaine que toutes les femmes présentes auraient volontiers échangé leur mari contre lui.

Gabe apparut, une bouteille à la main.

— J'ai appris la nouvelle, dit-il en l'étreignant. Félicitations. Si nous portions un toast ?

Il lui tendit la bouteille. En voyant l'étiquette, Matteo pâlit soudain.

Bianco Frizzante Giancarlo.

— Il est prêt…, lâcha-t-il d'une voix altérée par l'émotion.

— Oui. Un vin superbe.

Matteo ravala ses larmes.

— Une minute…

Il s'éloigna vers le bord de la terrasse, d'où il contempla le jardin fleuri. Ce vin, Gabriele et lui l'avaient créé à la mémoire de Giancarlo. Ensemble. Ouvrir cette bouteille, c'était reconnaître pour de bon que son ami était parti, lui laissant sa liberté. Il n'était pas encore certain de pouvoir le faire…

Quinn s'approcha de lui et lui prit la main, le forçant à ouvrir les doigts pour les croiser avec les siens.

— Tu l'as aimé, mon amour. Ouvre la bouteille et laisse-le partir.

Il serra sa main si douce et ferme à la fois. Elle avait raison, il était temps de laisser s'éloigner Giancarlo.

Ils revinrent vers les autres. Gabe déboucha la bouteille et remplit leurs verres. Matteo leva le sien.

— A mon passé et à mon frère Giancarlo, qui demeurera toujours dans nos cœurs.

Un vin fruité et long en bouche. *Perfetto.*

— Et à ma future femme, poursuivit-il en se tournant vers Quinn, avec qui je veux passer le reste de ma vie. *Tu sei il mio cuore.*

Quand il se pencha pour l'embrasser, elle lui sourit avec tendresse.

— Décidément, Matteo De Campo, tu n'as pas peur des mots, dit-elle en lui rendant un long baiser.

Elle entrevoyait un avenir radieux avec lui, au sein de cette famille. Pour eux, le voyage ne faisait que commencer. Et il serait magnifique, elle n'en doutait pas.

Retrouvez en octobre 2019, dans votre collection

♦ SAGAS ♦

Trilogie intégrale : ENTRE PASSION ET RAISON de Carole Mortimer - N°114

Un fascinant mystère

Jinx est perplexe. Pourquoi diable Nick Prince est-il venu à sa rencontre ? Le séduisant réalisateur aurait-il percé son secret ? Sous peine de voir sa vie bouleversée, elle doit à tout prix le tenir à l'écart. Mais tout bascule lorsque Nick lui vole un baiser passionné. Dès cet instant, Jinx comprend en effet qu'elle va devoir aussi lutter contre son propre désir…

Un désir plus fort que tout

En accueillant le journaliste venu l'interviewer, Zack Prince a la surprise de découvrir une ravissante jeune femme à la beauté troublante. Très vite, il pressent qu'il pourrait bien perdre le contrôle de la situation : va-t-il réussir à garder ses distances avec celle dont il doit se méfier s'il ne veut pas que sa vie privée soit étalée à la une des journaux ?

L'enfant d'une nuit

Cinq ans plus tôt, Sapphie a passé une nuit d'amour passionnée avec Rick Prince, un célèbre réalisateur. Après quoi, elle ne l'a jamais revu… Aussi ne peut-elle empêcher le désir de resurgir lorsqu'elle le retrouve par hasard. Mais, alors que Rick semble de nouveau s'intéresser à elle, le doute s'empare d'elle : va-t-elle pouvoir lui cacher qu'elle a eu un enfant de lui ?

Trilogie intégrale : SŒURS DE CŒUR de Karen Templeton - N°115

Le secret d'un été

Parce qu'elle vient d'hériter de la propriété où elle a passé de si merveilleux étés, Melanie est de retour à St. Mary Cove. Comment réagira-t-elle lorsqu'elle reverra Ryder Caldwell, dont elle était éperdument amoureuse autrefois, avant qu'il ne lui brise le cœur, dix ans plus tôt ? Ryder, à qui elle n'a jamais révélé son précieux secret…

Le plus beau Noël d'April

Jusqu'à sa rencontre avec Patrick Shawnessy, April était bien décidée à se concentre[r] sur sa carrière et à se tenir à l'abri de toute relation amoureuse. Pourtant, elle est tombé[e] sous le charme de cet homme, père d'une adorable petite fille. Hélas, Patrick semb[le] tout faire pour l'éviter. Comme s'il parvenait à ignorer leur évidente attirance…

Éblouissant désir

Ces baisers, ces caresses, cette fièvre… C'était une erreur, Blythe le sait. Depuis sa nuit d[e] passion avec Wes Philips, elle n'a cessé de penser à lui. Mais Wes, elle en est conscient[e], n'a qu'une seule priorité : son fils Jack. De plus, s'il est dans sa vie aujourd'hui, c'e[st] uniquement parce qu'il l'a embauchée en tant que décoratrice. Et, entre eux, il n'y au[ra] rien d'autre…